A Confederacy
of **Dunces**

笨蛋联盟

〔美〕约翰·肯尼迪·图尔 著

崔扬 李阳 译

John Kennedy Toole
A Confederacy of Dunces

Simplified Chinese edition Copyright © 2023 by Shanghai 99 Readers' Culture Co., Ltd.
All rights reserved.

图书在版编目(CIP)数据

笨蛋联盟/(美)约翰·肯尼迪·图尔著;崔扬，李阳译.—北京:人民文学出版社,2023
（幽默书房）
ISBN 978-7-02-018254-1

Ⅰ.①笨… Ⅱ.①约… ②崔… ③李… Ⅲ.①长篇小说-美国-现代 Ⅳ.①I712.45

中国国家版本馆 CIP 数据核字(2023)第 180348 号

| 责任编辑 | 胡司棋　刘佳俊 |
| 封面设计 | 李苗苗 |

出版发行	人民文学出版社
社　　址	北京市朝内大街 166 号
邮政编码	100705

| 印　　刷 | 山东临沂新华印刷物流集团有限责任公司 |
| 经　　销 | 全国新华书店等 |

字　　数	313 千字
开　　本	890 毫米×1240 毫米　1/32
印　　张	15.75
版　　次	2023 年 11 月北京第 1 版
印　　次	2023 年 11 月第 1 次印刷

| 书　　号 | 978-7-02-018254-1 |
| 定　　价 | 79.00 元 |

如有印装质量问题，请与本社图书销售中心调换。电话:010-65233595

第一章

肉乎乎的脑袋被一顶绿色的狩猎帽勒得浑圆。绿色耳罩下面鼓鼓囊囊，裹着肥硕的耳朵和凌乱的头发。耳郭里钻出短而硬的毛发，向两边翘，看着就像一对转向信号灯。浓密的黑胡子里面，噘着肥厚的嘴唇，嘴角凹陷，挂着不满和薯片碎屑。在绿帽檐的阴影之中，隐藏着伊格内修斯·雷利那双黄蓝相间的眼睛，此刻它们正睨视赫尔墨斯百货商场大钟底下的排队者，搜集着他们着装品位失格的"罪证"。伊格内修斯注意到几套时装，表面上价格不菲，在他看来却恰恰违逆了品位和教养的内涵——任何人拥有任何时尚的或昂贵的东西，都说明他们缺少神学和几何学素养，甚而连人品都是可疑的。

伊格内修斯本人的穿着不仅舒适，而且得体。狩猎帽护住脑袋，防止感冒。宽大的粗花呢裤结实耐穿，行动起来也随心所欲。裤子的褶皱纹和边边角角散发着温润而陈旧的气息，让伊格内修斯倍感温馨。法兰绒的格衬衫省去了冗余的夹克，衣领上露出的脖子则用围巾裹得严严实实。无论以多么抽象和深奥的神学和几何学标准来看，这套装束都无可挑剔，而且它昭示出穿衣人丰富的内心生活。

伊格内修斯将身体的重心从屁股一头挪向另一头，拙如大象。随着臀部的挪动，浑身的肥肉在粗花呢裤和法兰绒衬衫下来回荡漾，似乎要冲破纽扣和裤缝的束缚。重新站定之后，伊格内修斯一边等着妈妈，一边陷入沉思，而这番思量主要诱发于身体不适——他的整个身体仿佛要从那双肿胀的、小山羊皮的沙漠靴里溢出来了。仿佛是为了确认这一点，伊格内修斯将他那双奇怪的眼睛看向地面——脚看起来的确肿了。他打算让妈妈好好看看这双鼓胀的靴子，以此证明她的粗心大意。当他再次抬头，夕阳正缓缓沉入运河大街下的密西西比河。赫尔墨斯大钟敲了五下。他已经酝酿好了怎么措辞严谨地指责他的妈妈，要让她悔悟，至少要让她感到不安。他总得让她有个当妈的样子。

妈妈开着一辆破旧的普利茅斯，把他送到了市中心，她自己则去找医生检查关节炎。在这段时间里，伊格内修斯到维林商店买了一些小号的乐谱，又给鲁特琴配了一根新弦。接着，他去皇家大街的游乐场逛了一圈，看看出没出什么新款的游戏机。他失望地发现电动迷你棒球机不见了，八成被送去维修了。上次玩的时候他就感觉击球手根本不听使唤，费了好一阵口舌，管理人员才肯给他退币，但嘴上仍磨磨唧唧地说棒球机是被伊格内修斯踢坏的。

伊格内修斯沉浸在对棒球机命运的玄想中，运河大街的人与物渐渐褪去。他完全没有注意到在暗处，一双眼睛正从赫尔墨斯百货商场的廊柱后面如饥似渴地注视着他。那是一双悲伤的眼睛，闪着希望与欲望的光芒。

棒球机在新奥尔良修得好吗？也许吧。不过也有可能把它送到密尔沃基或者芝加哥之类的大城市,一想到那样的地方,伊格内修斯的脑海中就浮现出高效的维修店和冒着滚滚黑烟的工厂。他希望棒球机在装运过程中能被轻拿轻放,上面的击球手不会被粗手笨脚的搬运工弄得缺胳膊断腿;否则一定是铁道部的工人们为了增加投诉量而故意损坏货物,借机上演集体罢工的戏码,好摧毁伊利诺伊州的中央车站。

正当伊格内修斯暗自思量着一台迷你棒球机能给人类带来多少欢愉时,那双悲伤而贪婪的目光犹如鱼雷瞄准巨型油轮,穿过人群径直射向他。那警察一把拽住伊格内修斯的乐谱袋。

"先生,能出示一下你的证件吗?"警察问道,那口气似乎很希望对方拿不出身份证明。

"什么?"伊格内修斯轻蔑地看了一眼蓝色帽子上的警徽,"你谁啊?"

"请出示你的驾驶证。"

"我不开车。麻烦你离我远一点,好吗?我在等我妈妈。"

"你袋子里露出来的是什么?"

"你觉得呢,笨蛋?那是鲁特琴的配弦。"

"那又是什么东西?"警察往后退了一些,"你是本地人吗?"

"你们警察就这样骚扰民众吗?我告诉你,这座城正在沦为文明世界的罪恶之都!"伊格内修斯冲着商店门前的人群大喊道,"谁不知道这里都是赌徒、妓女、暴露狂、反基督徒、酒鬼、鸡奸者、瘾君子、自渎者、色情狂、骗子、婊子、神经病和同性恋……这些家伙用行贿把自己伪装出个人样。如果你有时间,我很乐意跟你探讨犯罪问题,但现在请不要来烦我。"

警察一把抓住伊格内修斯的胳膊,伊格内修斯也不含糊,抡起琴谱砸向警察的帽子,挂在袋子外的琴弦扫在警察的耳朵上。

"你!"警察大叫一声。

"走你!"伊格内修斯高喊道,他注意到自己的言行吸引了路人,周围渐渐围拢起一群看客。

赫尔墨斯百货商店里,雷利太太正驻足于烘焙区,胸口紧贴在装有杏仁饼干的玻璃柜前。她伸出一根手指,那指头因常年搓洗儿子发黄的短裤而磨破了皮。她敲了敲玻璃柜,想把售货小姐叫到跟前。

"喂,伊内兹小姐——"雷利太太的口音带有典型的新泽西南部的味道,这种口音只有在墨西哥湾的新奥尔良霍博肯镇才听得到,"这边,亲爱的。"

"嗨,还好吗?"伊内兹小姐问,"最近怎么样,亲爱的?"

"不太好。"雷利太太如实回答。

"唉,真糟糕。"伊内兹小姐靠在玻璃柜上,转眼忘了雷利太太要她拿的点心,"我也不舒服,脚疼。"

"上帝,我要是那么走运就好了,我的手肘得了关节炎。"

"天哪,太不幸了!"伊内兹小姐说道,流露出由衷的同情,"我可怜的老爸就是这病。我们总让他泡热水澡。"

"我儿子成天泡在浴缸里,浴室我都进不去。"

"亲爱的,我以为他结婚了呢。"

"伊格内修斯吗？唉——"雷利太太伤心地说道，"宝贝，给我两打花式杏仁糕吧。"

"但我记得你好像跟我说过他结婚了呀。"伊内兹小姐边说边把蛋糕放进盒子里。

"他连对象都没有，那个小女朋友早就跑了。"

"没事，他还年轻嘛。"

"也许吧，"雷利太太漠然答道，"再给我半打红酒蛋糕。如果蛋糕不够吃，伊格内修斯会抓狂的。"

"你儿子爱吃甜点？"

"上帝啊，我的手肘疼死了。"雷利太太回应道。

百货大楼前围观的人群中央，带着狩猎帽的伊格内修斯正暴跳如雷。

"我要向市长投诉！"伊格内修斯叫嚷着。

"放开这个孩子。"一个声音从人群中传来。

"有本事去波旁街抓脱衣舞娘，"老先生又声援道，"这男孩是个好孩子，他在等他的妈妈。"

"谢啦！"伊格内修斯傲然地说，"我希望你们所有人都成为这场暴行的见证者。"

"你，跟我走！"警察对伊格内修斯说，显然有些底气不足。此时此刻，群情激奋，大有围攻之势，而四下却不见半个巡警来助阵。"跟我到警局走一趟。"

"一个乖孩子在赫尔墨斯商场外等他妈妈都不行吗？"这个老先生又说道，"这座城市从未如此糟糕！这简直是反动分子的作为！"

"你说我是反动分子？"警察一边躲避鲁特琴弦的抽打，一边反问那位老先生，"那好，你也跟我走一趟！你最好搞清楚你在叫谁反动分子！"

"你可抓不了我！"老先生嚷道，"我是'黄金时代俱乐部'的会员，受新奥尔良文娱部的资助。"

"别碰那位老先生，你这个臭警察！"一位女士尖叫道，"他都是做爷爷的人了。"

"没错，"老先生接话说道，"我孙儿孙女六个，都在教会上学，个个聪明。"

越过人群，伊格内修斯看到母亲正慢吞吞地从百货商场前厅走出来。她吃力地提着蛋糕盒，仿佛里面装的不是点心而是水泥。

"妈妈！"他喊道，"快来啊，有人要抓我！"

雷利太太拨开人群，挤进来问道："伊格内修斯！发生什么事了？你干什么？嘿，把你的手拿开，别碰我孩子。"

"我没碰他，女士。他是你儿子吗？"那警察问道。

雷利太太从伊格内修斯手上抢过嗖嗖作响的鲁特琴弦。

"当然，她是我妈妈，"伊格内修斯说道，"你看不出她多担心我吗？"

"她爱自己的孩子。"老先生又抢着说话。

"你要把我可怜的孩子怎么样？"雷利太太质问警察，而伊格内修斯伸出大手轻抚母亲染过的棕红色的头发，"你有闲工夫找一个孩子的麻烦,却不管管镇上游手好闲的外来人。这孩子只不过在等自己的妈妈,你们警察却要逮捕他?"

"显然,这事应该找人权联盟,"伊格内修斯一边说,一边按了按母亲下垂的肩膀,"我们得联络一下莫娜·明可弗,我的前女友,她最清楚这种事。"

"这是反动分子的行径!"那位老先生又开腔。

"他今年多大?"警察问雷利太太。

"我三十了。"伊格内修斯居高临下地答道。

"有工作吗?"

"伊格内修斯在家帮我的忙。"雷利太太抢着回答,刚才的那股勇气干瘪下来。她摆弄着琴弦,把它缠在蛋糕盒上绕来绕去,又补充道:"我有严重的关节炎。"

"我帮着掸掸灰尘,"伊格内修斯对那警察说道,"另外我正在撰写一部长篇论文,痛斥这个时代。但当我被论文搞得脑力不支的时候呢,偶尔会做些芝士酱。"

"伊格内修斯做的芝士酱很好吃。"雷利太太说道。

"多好的孩子,"老先生附和着,"大多数男孩整天在外面瞎跑。"

"你能闭嘴吗?"那警察呵斥那位老人。

"伊格内修斯,"雷利太太声音颤抖地问道,"你到底干了什么,孩子?"

"其实,妈妈,我认为是他挑起的事端,"伊格内修斯把装有活页乐谱的袋子指向那位老先生,"我只是站在这里等着你,祈祷你能从医生那得到令人鼓舞的好消息。"

"把那个老家伙带走，"雷利太太对警察嚷道，"他只会添乱，让这样的人在街上乱走，真是糟糕！"

"警察都是反动分子。"老先生又喊了一句。

"我不是让你闭嘴吗？"警察生气地说。

"每晚我都跪谢上帝的庇护，"雷利太太转向众人，"如果没有警察，我们早没命了，可能躺在床上都会被人割喉。"

"这话不假，姑娘。"人群中有位女士回应道。

"为我们兢兢业业的警察祈祷吧！"雷利太太宣讲道。伊格内修斯激动地拍拍母亲的肩膀，轻声鼓动她。"你们会为一个反动分子祷告吗？"

"当然不会！"有人狂热地回应道，并开始推搡起那位老先生。

"我说真的！这位女士，"老先生大喊道，"他要抓你儿子，就像在俄国发生的事，他们都是反动分子。"

"闭嘴！"警察粗暴地说着，一把扯住老先生的大衣领。

"哦，我的天哪！"伊格内修斯嚷道，眼前这个面黄肌瘦的小个子巡警要拘捕那位老先生，"现在我真的要精神崩溃了。"

"救救我！"老先生朝人群呼喊，"这是强行管制！这是对宪法的践踏！"

"他疯了，伊格内修斯，"雷利太太说道，"我们最好离开这儿，孩子。"然后她又转向众人："大家快跑吧，搞不好这个疯子会把我们都杀掉，我看他才是反动分子。"

"你别太过头了,老妈。"伊格内修斯一边说,一边和母亲奋力推开人群,快速地沿着运河大街遁走。等他回望时,只看到老先生与小个子警察在百货商场的大钟下扭打在一起。

"你能走慢点吗?我的心脏难受。"伊格内修斯恳求道。

"闭嘴吧。你以为我想吗?我都这把年纪了还要跑起来!"

"不管什么年纪,心脏都很重要。"

"你的心脏没事。"

"再不慢下来就有事了……"伊格内修斯跌跌撞撞地跑着,粗花呢裤子磨着他肥大的屁股嚓嚓作响,"你拿上琴弦没?"

雷利太太把他拉到波旁街拐角,两个人沿着法国街继续走。

"臭小子,你到底干了啥,惹得警察非要抓你?"

"天晓得!但我知道他制服那个老法西斯之后就会来抓我们了。"

"真的吗?"雷利太太紧张地问。

"嗯,我觉得会。他好像铁了心要抓我。他们一定有抓人指标,我猜他不会让我这么轻易脱身。"

"那可完了!你会上报纸的,伊格内修斯,这回丢人丢到家了!你肯定在等我的时候又捣乱了。我就知道,小子!"

"要说谁能做到谨言慎行,那一定是我,"伊格内修斯气喘吁吁地说,"好了,我们歇会儿吧,我感觉自己大脑严重充血。"

"好啦,好啦。"雷利太太看着儿子通红的双颊,意识到他很可能说到做到,瘫倒在她脚边。他以前干过这种事。那次,她硬要伊格内修斯在星期天陪自己去教堂做礼拜,结果他在去的路上就瘫倒两次,在听到关于懒惰的布道时又瘫倒一次,场面十分尴尬。"那我们进去休息一会儿吧。"

雷利太太用蛋糕盒顶着伊格内修斯的后背,把他推进了"欢乐之夜"酒吧。黑暗中弥漫着波旁威士忌和烟蒂的味道,母子两个爬上两把高凳。雷利太太把蛋糕盒放在吧台上,伊格内修斯翕动着鼻孔,抱怨道:"天哪,老妈,这里太难闻了,我都要吐了。"

"你打算回到街上,让那个警察把你抓起来吗?"

伊格内修斯没吭声,只是一个劲地吸气、做鬼脸。一个酒保在暗处观察这二位客人多时,然后阴阳怪气地问道:"喝点什么?"

"我要一杯咖啡,"伊格内修斯很有派头地说道,"菊苣咖啡加煮牛奶。"

"只有速溶的。"酒保回答。

"我不喝那玩意儿,"伊格内修斯对妈妈说道,"太恶心了。"

"好啦,来杯啤酒吧,伊格内修斯,不伤身的。"

"会胀肚子的。"

"来杯迪克西。"雷利太太吩咐酒保。

"那么,这位先生,"酒保装腔作势地问,"喝点什么?"

"也给他一杯迪克西。"

"我可不一定喝。"酒保去开啤酒的时候,伊格内修斯趁机对母亲说道。

"伊格内修斯，我们不能坐在这里不消费。"

"为什么不能？我们是这里唯一的客人，他们应该感到荣幸才对。"

"这里晚上有脱衣舞表演。"雷利太太用胳膊肘捅了捅儿子。

"我猜到了，"伊格内修斯冷冰冰地答道，看起来有些别扭，"我们就应该去别的地方休息，我估计警察很快就会搜到这儿。"他从鼻腔重重地喷出一口气，又清了清喉咙。"谢天谢地，我的胡须能帮我滤掉部分臭气，我的嗅觉器官已经开始发出预警信号了。"

黑暗中传来玻璃杯和冰柜叮叮当当、乒乒乓乓的声音。过了很长一段时间，酒保再次现身，把啤酒放到两个人面前，却假装不小心将酒杯撞在伊格内修斯的膝盖上。"欢乐之夜"酒吧将最糟糕的服务送给这对母子，这是专门对付那些不受欢迎的顾客。

"你们这儿不会正好有冰镇杏仁露吧，有没有啊？"伊格内修斯问道。

"没有。"

"我儿子特别爱喝杏仁露，"雷利太太解释道，"我都整箱整箱地买。有时候他坐下来，一次能喝掉两三罐。"

"我相信他对这些细节不感兴趣。"伊格内修斯说道。

"想摘掉帽子吗？"酒保问。

"一点不想！"伊格内修斯斩钉截铁地说，"你不觉得这里冷飕飕的吗？"

"请便。"说完，酒保飘进酒吧另一头的阴影里。

"真是的！"

"冷静点。"他妈妈安抚道。

伊格内修斯掀起靠近妈妈一侧的耳罩，说道："好吧，我把这个掀起来，这样你就不用扯着嗓子说话了。关于你的手肘还是什么的，医生怎么说？"

"他说需要按摩。"

"我希望你别指望我帮你按摩，你知道我不喜欢和别人有身体接触。"

"他还告诉我尽量避免着凉。"

"我觉得要是我会开车，或许能帮到你。"

"唉，没关系的，宝贝。"

"事实上，光是坐车就够我受了。当然，最糟糕的是坐在灰狗大巴的顶层，有那么高，你还记得我那次去巴吞鲁日吗？一路上我吐了好几回。司机没办法，只好把车停在一片泥沼中，让我下去透透气，把其他乘客们气得要命。他们的肠胃是铁打的吗？受得了那么可怕的车子。离开新奥尔良真叫人害怕，出了这块地界，人心都是黑的，那才叫一片荒原啊。"

"我记得那次，伊格内修斯，"雷利太太心不在焉地应了一声，仰头喝了一大口啤酒，"你到家时病得不轻呢。"

"那还不算什么。最糟糕的是，我到了巴吞鲁日之后发现买的是往返车票，回来的时候还要坐那辆倒霉的巴士。"

"宝贝，这些你都跟我说过了。"

"返程的时候我叫了辆出租车，花了四十美元。虽然路上有好几次想吐，可至少没那么难受。我让司机开得慢点，他倒是开得很慢很慢，被州交警截停了两次，说他低于高速路的最低时速；更倒霉的是，第三次拦下他时，警察直接没收了他的驾照。你看，他们一直在用雷达监视我们啊。"

雷利太太的注意力在儿子与啤酒之间游移，这个故事她听了三年了。

"当然，"伊格内修斯继续说道，误认为母亲在专心听他讲故事，"那是我有生以来唯一一次离开新奥尔良。我想我那么难受可能是失去方位感的缘故。在那辆飞驰的大巴车上，我感觉自己被抛进了无底深渊。等出了沼泽区，驶进巴吞鲁日附近的山丘时，我开始担心会不会有粗野的乡巴佬朝我们的大巴车扔手榴弹。他们喜欢袭击过往的车辆，可能因为那是进步的象征，我猜。"

"不过，我觉得挺好的，你没接下那份工作。"雷利太太机械地接过话，最后那个"我猜"给了她提示。

"我是不可能接受那份工作的。当我见到中世纪文化学院院长时，我的手就开始起鸡皮疙瘩。那是一个完全没有灵魂的人，开口就说我没打领带，然后又装模作样地对我的短夹克衫评头论足。像这种无足轻重的家伙竟敢如此无礼，简直令人发指。在这个世界上让我瞧得上眼的物件可不多，那件短夹克就是其中之一。要是让我找到那个变态偷衣贼,我一定要让有关部门把他抓起来!"

雷利太太仿佛又看到了那件沾满咖啡渍的短夹克,其实她一直想把那玩意儿连同其他几件伊格内修斯"最心爱"的衣服捐给美国志愿者协会。

"我实在忍不了那个粗俗不堪的冒牌'院长',他还在喋喋不休胡说八道的时候,我逃出了他的办公室,冲向最近的厕所,却发现是'教工专用'的。不管三七二十一,我进了其中一个隔间,然后把短夹克搭在隔间门上。突然,我听见一串脚步声,然后眼睁睁地看着那件夹克被抽走,接着厕所外的门被关上了。当时,我根本无法追赶那个无耻的小偷,只能尖叫,后来有人赶过来,敲敲隔间的门,说自己是学校保卫处的人,反正他是那么说的。我隔着门把事情的来龙去脉说给他听,他承诺会找回我的短夹克,就离开了。事实上,就像我之前说的那样,我怀疑他就是那个'院长',因为两者的声音听起来很像。"

"如今人心不古啊,宝贝。"

"完事之后,我立刻冲出厕所,一心只想离开那个鬼地方。在那座空荡荡的校园里,我差点被冻成了冰棍,好不容易才拦到一辆出租车,司机同意把我送到新奥尔良,要价四十美元。那个司机倒是热心肠,肯把夹克借给我穿。可是当我到家的时候,他却因为被扣驾照气得要死,而且一个接一个地打喷嚏,好像得重感冒。毕竟路途遥远,我们在高速公路上行驶了将近两个小时呢。"

"我想再来一杯啤酒，伊格内修斯。"

"妈妈！在这种烂地方？"

"就一杯，宝贝。好啦，再来一杯。"

"我们很可能在这些玻璃杯里喝到不干净的东西。算了，既然你坚持的话，帮我要一杯白兰地，怎么样？"

雷利太太朝酒保打了个手势。后者又从阴影中飘了出来，并问道："你在大巴车上发生什么事了，伙计？那段结尾我还没听到呢。"

"请你管好你的吧台！"伊格内修斯火冒三丈，"我们叫你的时候，你应该管好嘴巴默默为我们服务，这才是你的职责！如果我们想让你加入讨论，我们会向你示意的。事实上，我们讨论的是非常重要的私人话题。"

"他不过想对你友善些罢了，伊格内修斯，你别大惊小怪的。"

"唉，问题就在这里！在这种贼窝里，谁也不会对你友善。"

"我们要两杯啤酒。"

"一杯啤酒，一杯白兰地。"伊格内修斯更正道。

"没有干净的杯子了。"酒保说。

"真糟糕，"雷利太太叹息道，"算了，就用我们喝过的杯子吧。"

酒保耸了耸肩，再次消失在阴影之中。

警局里，那位老先生和嫌犯们——大多数是商店扒手——并坐在长凳上。他们就是今天下午警队的辉煌战果。老先生在自己的大腿上整齐地排列好社保卡、圣欧德克鲁尼圣名协会会员卡、黄金时代俱乐部徽章，还有一张证明自己是美国退伍军人的纸条。坐在他身边的是一个年轻的黑人男子，眼睛藏在太阳镜后，正饶有兴趣地研究着老先生的个人"档案"。

"哇哦，"他咧嘴笑道，"你真是神通广大呀。"

老先生没理他，仔仔细细重新排列他的卡片。

"他们怎么能把你这样的人抓进来了？"戴太阳镜的小伙子朝老者的卡片吞云吐雾，"那些警察肯定是没达成指标，失去理智了。"

"他们侵犯了宪法赋予我的权利！"老先生愤然开口。

"他们不吃这一套，你最好想点别的理由，"一只黝黑的手伸向其中一张卡片，"咦，'什么年龄俱乐部'啊？"

老先生一把抢过卡片，重新放到大腿上。

"这些小卡片救不了你。他们照样会把你扔进监狱，他们就知道那么做。"

"真的吗？"老先生在烟雾缭绕中问道。

"当然，"又一团烟雾升腾起来，"你犯了什么事，伙计？"

"我也不知道。"

"你不知道？哇哦，这就尴尬了，伙计，你肯定犯了什么事。他们通常会无缘无故地抓一些黑人，但是你到这里来，一定是有原因的。"

"我真的不知道，"老先生一脸阴霾，"我只是站在赫尔墨斯百货商店外的人群里。"

"你偷别人钱包了。"

"没有。我就骂了警察一句。"

"骂什么了？"

"反动分子。"

"反动分子？哎哟——如果我骂警察'反动分子'，现在肯定被遣送回安哥拉了，但真他妈的有'反动分子'。就像今天下午，我本来在伍尔沃斯店里闲逛，有人从'坚果屋'偷走一袋腰果，那个女店员像挨了刀子一样叫唤。哎呀，你猜怎么着？一个店员走过来把我按住，接着警察就他妈的把我押到这来了。他们根本不让我解释，哼！"黑人小子嘴里叼着烟，"没人在我身上搜出那袋腰果，但警察还是把我抓起来了。我看那个店员就是'反动分子'，狗娘养的。"

老先生清了清喉咙，继续摆弄他的证件。

"他们会放你走的，"太阳镜说，"至于我嘛，他们可能要找我谈话，吓唬吓唬我。就算知道腰果不是我偷的，他们也会想办法黑我。他们会买一袋腰果，塞在我的口袋里。伍尔沃斯小店没准儿想让我在监狱里蹲一辈子。"

黑人小子一副听天由命的样子，又吐出一口蓝色烟圈，把他自己、老先生，还有那些小卡片统统笼罩其中，然后自言自语道："我在想谁偷了那袋腰果，没准是那个店员自己干的。"

老人被传唤到屋子中央的书桌前，警长正襟危坐，逮捕他的那位巡警此刻正站在一旁。

"你叫什么名字?"警长发话。

"克劳德·罗比乔克斯。"老先生回话,并把那些小卡片一一摆到警长面前的桌子上。

警长瞄了一眼桌面,说道:"巡警曼库索说你拒捕,还骂他是反动分子。"

"我不是故意的。"老人悲伤地说,他发现眼前这个警长根本不在乎他那些珍贵的证件。

"曼库索还说,你指控所有警察都是反动分子。"

"哦哟!"黑人小子在房间那头惊呼。

"能不能闭上你的嘴,琼斯?"警长呵斥道。

"好的。"琼斯回答。

"下一个就是你。"

"话说,我可没说谁是反动分子,"琼斯争辩,"我被伍尔沃斯的店员陷害了,我根本不喜欢吃坚果。"

"我让你闭——嘴——"

"好嘞。"琼斯笑嘻嘻地回答,吹出一团巨大的烟雾。

"我说那些话都是无心的,"罗比乔克斯先生对警长说,"当时我太激动了,随口胡说的。这名警官要抓一个男孩,那可怜的孩子只不过站在赫尔墨斯商场前等他的妈妈。"

"什么?!"警长转向那个脸色苍白的小警员,"你想干吗?"

"他才不是什么男孩,"曼库索辩解道,"他是个穿着滑稽的大胖子,看着就很可疑。我不过是做例行检查,他就开始反抗。说实话，他看起来像个变态狂。"

"哦，变态狂？"警长露出贪婪的目光。

"是的，"曼库索恢复了些自信，"一个肥乎乎的大变态。"

"有多肥？"

"我见过的最肥的人。"曼库索说着，展开双臂，好像在描述捕鱼的场景。警长的眼睛更亮了。"首先引起我注意的是他戴的那顶绿色狩猎帽。"

琼斯一边吞云吐雾，一边侧耳倾听，神情超然。

"既然如此，曼库索，你怎么没把他带回来？"

"他逃掉了。有个女人从商店里出来，把现场搞得一团乱，两个人弯弯绕绕地溜进了法国区。"

"哦，两个来自法国区的嫌疑人。"警长恍然大悟。

"不是那样的，警长，"老先生打断了他，"那个女人真是他的妈妈，一位和气、漂亮的女士。我以前在市区见过他们，是这位警官把她吓坏了。"

"听着，曼库索，"警长厉声叫道，"你是警队里唯一一个要从母亲身边抓走孩子的警察！你为什么抓这个老人回来？给他家里打电话把人接走。"

"行行好吧，"罗比乔克斯先生央求道，"别给我家里打电话。我女儿忙着照看孩子，我这辈子从未进过警局，她肯定不会来接我。要是我的孙儿们知道了，会怎么看我？他们可都在教会学校读书啊。"

"给他女儿打电话，曼库索。让他长个教训，竟敢叫我们反动分子。"

"求求你们了！"罗比乔克斯先生泪水涟涟地说，"我的孙儿们都很敬重我的。"

"上帝啊！"警长有些抓狂，"曼库索，你竟然要抓一个等候母亲的孩子，又把人家的爷爷给带回来。你马上给我滚蛋！滚蛋！把老头带走。你想抓可疑分子是吧？一定让你达成所愿。"

"是，是，遵命长官。"曼库索唯唯诺诺地应着，领着抹眼泪的老先生出去了。

"哎——呀——"琼斯在一团烟雾中感叹了一声。

"欢乐之夜"酒吧外，暮色渐浓，波旁大街华灯初上。雾气沁湿了街道，霓虹灯透过薄雾半明半暗地闪烁着。在清冷的暮色中，出租车疾驰而过，留下四溅的水花声。它们送来了第一批夜游人——这些人大多是中西部的游客和差旅者。

此外，"欢乐之夜"酒吧里还招待着这样一些客人：一位翻看《赛马新闻》的男士，一个与酒吧有着隐蔽关系、神色抑郁的金发女郎，还有一名衣冠楚楚的年轻男子，他正一根接一根地抽着沙龙牌香烟，大口喝着冰镇代基里酒。

"伊格内修斯，我们该走了。"雷利太太说着，打了个嗝。

"什么？"伊格内修斯大叫一声，"我们要留下来见证堕落的一幕，演出就要开始了。"

衣着优雅的年轻男子一抖，代基里酒洒在了自己墨绿色的天鹅绒夹克上。

"嘿，酒保，"雷利太太叫道，"拿块毛巾过来，有位客人把酒弄洒了。"

"不要紧，亲爱的，"年轻男子气呼呼地说，他扬起眉扫了一眼伊格内修斯母子，"我觉得自己来错地方了。"

"别丧气，亲爱的，"雷利太太劝慰道，"你喝的是什么？看起来像凤梨雪球。"

"我告诉你，你未必听得懂。"

"你怎么敢对我最最亲爱的妈妈这么说话！"

"哦，小点声，你这个大块头，"年轻人恼了，"看看我的夹克衫吧。"

"恶心至极！"

"好啦好啦，和气些，"雷利太太劝道，嘴边沾着泡沫，"我们今天的麻烦够多啦。"

"我必须说，您的儿子似乎很喜欢找茬。"

"行了行了，你们俩消消气。大家来这儿都是为了找乐子，"雷利太太朝着年轻男子微笑着说道，"我请你喝杯酒吧，亲爱的，你刚才那杯不是洒了吗？我正好再要一杯迪克西啤酒。"

"我真要走了，"年轻男子叹了口气，"不管怎么说，谢谢你。"

"这大好的夜晚，走什么呀？"雷利太太反问道，"哎呀，别在意伊格内修斯的话。为什么不留下来看表演呢？"

年轻人翻了翻白眼。

"就是,"金发女郎也开口劝道,"看看丰乳肥臀嘛。"

"妈妈,"伊格内修斯冷冷地说,"我认为你在助纣为虐!"

"伊格内修斯,不是你要留下来看表演的吗?"

"没错。我是想留下来观察,而不是和他们同流合污。"

"宝贝,实话跟你说吧,我今晚不想再听你那大巴车故事了,你在这里整整讲了四遍。"

伊格内修斯看起来有些受伤。

"我没想到自己竟让你感到无聊了。毕竟,那次乘车经历对我来说刻骨铭心。作为母亲,你应该关心关心我的精神创伤,它们塑造了我的世界观。"

"什么乘车经历?"金发女郎一边问,一边将高脚凳拉到伊格内修斯旁边,"我叫达琳,我喜欢听有趣的故事,你那个故事好玩吗?"

酒保把啤酒和代基里酒重重地推到他们面前,而伊格内修斯的大巴车奇遇记再度登场。

"这里有一个干净杯子。"酒保对雷利太太吼道。

"真好!伊格内修斯,看看,我拿到了干净的杯子。"

可她的儿子光顾着讲前往巴吞鲁日的故事,压根没听见她说话。

"亲爱的,你知道吗?"雷利太太对年轻人说道,"今天我和儿子遇到麻烦了,有个警察要抓他。"

"哦,天哪,那些警察都是一根筋,是不是啊?"

"就是。我的伊格内修斯可是有硕士学位的。"

"他到底干什么了?"

"什么也没干,就站在那等待他可怜的、亲爱的妈妈。"

"他那身打扮有点古怪。我刚进来看到他时,以为他是个演员呢,虽然我想象不出他能演啥。"

"我一直提醒他要注意衣着,可他就是不听。"雷利太太看着儿子身着法兰绒衬衫的背影,以及脖颈后面的鬈发,"你这件夹克很漂亮啊。"

"哦,这件啊!"年轻人摸摸衣袖上的天鹅绒,"不瞒你说,这东西可不便宜,是我从一家精致的'乡村'小店淘来的。"

"你看起来不像乡下人呀。"

"哦,我的天哪,"年轻人叹了口气,咔嗒一声按下打火机,点燃一根沙龙牌香烟,"我指的是纽约的'格林威治村'①,亲爱的。话说回来,你那顶帽子从哪儿买的? 挺不错。"

"哎呀,上帝啊,自从伊格内修斯第一次领受圣餐的时候,我就有这顶帽子了。"

"你想卖掉它吗?"

"啥意思?"

"我是做旧衣买卖的,我出十美元怎么样?"

"呃,得了吧,就这?"

"十五?"

---

① 格林威治村(Greenwich Village),纽约艺术家、作家聚集地。

"真的吗？"雷利太太立马摘下帽子，"卖你了，亲爱的。"

年轻人打开钱夹，掏出三张五美元钞票递给雷利太太，然后将杯中的代基里酒一饮而尽，起身说："现在我得走啦。"

"这么快？"

"认识你真是太高兴了。"

"当心，外面又冷又湿哦。"

年轻人笑了笑，小心翼翼地将帽子掖在雨衣底下，走出了酒吧。

"雷达监控，"伊格内修斯正声情并茂地讲道，"真是天网恢恢。出租车司机和我看起来就是他们屏幕上的小豆点，从巴吞鲁日开始，一路上都有监控。"

"你被雷达监控了？"达琳打了个哈欠，"真想不到！"

"伊格内修斯，我们得走了，"雷利太太说，"我饿了。"

她一转身，打翻了酒杯。酒杯"啪"的一声摔到地板上，摔成一堆棕色玻璃碎片。

"老妈，你又搞什么啊？"伊格内修斯不耐烦地说，"你没看到达琳小姐正在和我说话？你不是买蛋糕了吗？吃呀。你总抱怨出不了家门，现在好不容易来市区一趟，我以为你会好好享受一下夜生活呢。"

伊格内修斯又回到了雷达的话题上。雷利太太只好悻悻地打开蛋糕盒，拿出一块布朗尼蛋糕吃起来。

"你想尝一块吗？"她好心邀请酒保，"味道不错。这还有几块红酒蛋糕，也很好吃。"

酒保假装忙着找货架上的东西,充耳不闻。

"我闻到了红酒蛋糕的味道!"达琳叫道,朝伊格内修斯身后望去。

"来尝尝,亲爱的。"雷利太太说。

"我也吃一块,"伊格内修斯插嘴道,"我觉得配上白兰地一定更美味。"

雷利太太把蛋糕盒摊在吧台上,就连看《赛马新闻》的先生都尝了一块杏仁蛋糕。

"夫人,您在哪里买到这么好吃的红酒蛋糕?"达琳问,"酥软多汁呢。"

"就在赫尔墨斯商场,亲爱的。店里口味可多了,随意挑选。"

"口感真不错,"伊格内修斯也不得不承认,伸出粉红色的大舌头把胡子周围的蛋糕渣舔得干干净净,"再给我一两块杏仁蛋糕,不过我觉得像椰子糕那种粗纤维食物也很好。"

他饶有兴致地在蛋糕盒里挑来拣去。

"我呢,喜欢饭后吃些甜点。"雷利太太对酒保解释道,但对方转身背对着她。

"我猜您一定很擅长做菜?"达琳问道。

"我妈不'做'菜,"伊格内修斯咬文嚼字地说,"她'烧'菜。"

"以前结婚的时候,我也做菜,"达琳慢悠悠地说,"不过,我常用罐装食品,我喜欢罐装西班牙米饭,还有番茄肉汁意大利面。"

"罐装食品有悖常理,"伊格内修斯说,"我怀疑吃那种食物会损害人的灵魂。"

"天哪,我胳膊肘又疼起来了。"雷利太太抱怨道。

"拜托,我在说话呢!"她儿子气恼地说,"我从不吃罐装食品。只有一次破例,吃完我感觉肠道都萎缩了。"

"你应该受过很好的教育吧?"达琳说道。

"伊格内修斯大学毕业后,又花了四年多的时间完成硕士学位,然后很明智地毕业了。"

"'很明智地毕业',"伊格内修斯愤愤地重复道,"拜托你解释解释,什么叫'很明智地毕业'?"

"别用那种口气跟妈妈讲话。"达琳责备他。

"唉,他有时候就这样对我,"雷利太太大声哀叹着,随即哭了起来,"你们不知道,一想到我为这孩子付出的一切……"

"妈妈,你在说什么呀?"

"我说你不懂得感恩。"

"够了。恐怕你是喝多了。"

"亏我拿你当宝,你却当我是垃圾,"雷利太太转向达琳啜泣道,"他的奶奶留下一笔保险金,全被我拿出来供他读大学,足足供了他八年。他倒好,现在整天窝在家里看电视。"

"你应该感到羞愧,"达琳批评起伊格内修斯来,"看看你人高马大,再看看你可怜的妈妈。"

雷利太太瘫在吧台上,已然泣不成声,一只手紧紧握着酒杯。

"太荒唐了。妈妈,差不多得了。"

"如果我知道你这么冷血,先生,我是不会听你讲什么灰狗大巴的疯故事的。"

"妈妈,快起来!"

"你看起来就是个疯疯癫癫的傻大个,"达琳越说越来气,"我早该料到。看看这位可怜的女士都哭成什么样了!"

达琳想把伊格内修斯从高脚凳上推下去,结果他倒在了他的母亲身上,后者忽然止住哭闹,喘着气叫道:"我的手肘!"

"怎么回事?"酒吧黄绿色的人造皮革门边传来一位女士的声音。这位女士虽近中年,但身材匀称,亮闪闪的黑皮衣裹着她婀娜的身段,仿佛蒙着水气。"我才出去几个小时,买点东西而已,看看这里都成什么样了。我就应该寸步不离地守在店里,看着你们这些人别坏了我的生意。"

"那两个醉鬼,"酒保说道,"我一直没给他们好脸色,他们却像苍蝇一样赖着不走。"

"你呢?达琳,"那位女士质问道,"跟他们交上朋友了?坐在凳子上玩什么把戏呢?"

"这家伙一直在欺负他妈妈。"达琳解释道。

"妈妈?现在我们店里要招待大妈级的人物了?这生意做得真是臭。"

"不好意思,您说什么?"伊格内修斯开口道。

女人没理他,看着吧台上横七竖八的空蛋糕盒,说道:"竟然还有人在这野餐,该死的!我早就告诉过你们,小心招来蚂蚁和老鼠。"

"不好意思,"伊格内修斯又开腔了,"我妈妈在这儿呢。"

"我的运气真是好啊,正要找个清洁工,就有人在这里乱丢垃圾,"女人瞄了眼酒保,"把这两位给我弄出去。"

"是,李小姐。"

"不劳您大驾,"雷利太太不满地说,"我们这就走。"

"没错,没错。"伊格内修斯连声附和,笨拙地向门口挪动,丢下身后的母亲。雷利太太正从高凳上爬下来。"妈妈,你快点。这个女人看起来就像个纳粹指挥官,没准会打人。"

"等等!"李小姐尖叫一声,一把抓住伊格内修斯的袖子,"这两个人要付多少钱?"

"八美元。"酒保说。

"这简直是拦路抢劫!"伊格内修斯怒吼道,"你会收到我的律师函的。"

雷利太太从刚才那个年轻人给她的钞票中抽出两张,付了账,然后摇摇晃晃地从李小姐身边走过。"我们有自知之明,咱们到别的地方消费去。"

"谢天谢地,"李小姐回敬道,"赶紧走。做你们这种人的生意就是自寻死路。"

酒吧的软垫门在雷利母子身后砰地关上了。李小姐在门里说:"我向来讨厌妈妈,包括我妈。"

"我妈就是个婊子。"看《赛马新闻》的男人开口道,头都不抬一下。

"妈妈们都是狗屎，"李小姐边说边脱下皮外套，"现在我们谈谈吧，达琳。"

酒吧门外，雷利太太挽着儿子的胳膊慢吞吞地前行。两个人尽管很卖力，却走不快，左摆右晃，走出了举步维艰的样子：左三小步，停一下；右三小步，顿一顿。

"那个女人太糟糕了。"雷利太太说。

"她颠覆了所有人类美德，"伊格内修斯补充道，"话说回来，我们的车停得有多远？我要累死了。"

"在圣安区，宝贝，再走几条街就到了。"

"你把帽子落酒吧里了。"

"哦，我把它卖给那个年轻人了。"

"卖了？为什么？你怎么不问问我的意见？我对那顶帽子很有感情。"

"对不起，伊格内修斯。我不知道你这么喜欢它。你从没说过呀。"

"那种感情难以言表。它是连接我童年的纽带，也是追忆往事的线索。"

"可那个人给了我十五美元呀，伊格内修斯。"

"算了，别说了。这笔买卖该遭天谴。天晓得他会用那顶帽子做什么勾当。你收好那十五美元了？"

"还剩七块钱。"

"我们为什么不歇一会儿，吃点东西？"伊格内修斯指向街道拐角处一辆形如热狗的推车，说道，"他们卖的热狗，我觉得有一英尺①长。"

"热狗？宝贝，这种下雨天，我们俩冷飕飕地站在外面吃那种东西？"

"不过是个提议嘛。"

"反对，"雷利太太借着酒劲说，"咱俩赶紧回家。我绝对不吃那种脏兮兮的车子里卖的东西，那些小贩都是邋遢鬼。"

"如果你坚持的话，"伊格内修斯噘着嘴说，"不过，我真的很饿，而且你刚刚——可以这么说——为了三十个银币②，把象征我童年的帽子卖掉了。"

他们在波旁街湿漉漉的石板路上继续前行，仍旧保持那种别致的步伐。到了圣安区，他们轻而易举地找到那辆老旧的普利茅斯车。因为这辆车的车顶高过其他车一大截，这让它显得十分醒目。即便在超市的停车场，这辆普利茅斯也很容易找到。为了开出车位，雷利太太驱车两度冲上马路牙子，结果撞上停在后面的大众牌汽车，这辆一九四六年产的普利茅斯保险杠顿时在大众汽车的引擎盖上留下印记。

"我的天哪！"伊格内修斯大叫道，被甩倒在车后座上，只有绿色狩猎帽在窗口晃动，看起来像一颗诱人的大西瓜。他向来在后排落座，因为不知在哪儿读到过，副驾驶是最危险的位置。此刻，母亲狂野而拙劣的车技让他十分不满。"我怀疑你成功地撞坏了后面那辆无辜的小车，你最好趁车主出现之前离

---

① 1英尺约30厘米。
② 典出《圣经·新约·马太福音》26章，指犹大出卖耶稣获得的30个银币。

开现场。"

"闭上嘴，伊格内修斯。你把我弄紧张了。"雷利太太对着后视镜里的狩猎帽说道。

伊格内修斯在座位上直起身子，从后挡风玻璃看过去。

"那辆车简直惨不忍睹。你的驾照——如果你真的有驾照的话——肯定会被吊销的。我对此绝无异议。"

"你躺下睡一会儿吧。"妈妈话音刚落，车子又狠狠向后倒去。

"这种时候，你觉得我能睡下吗？我担心小命不保啊，你确定你的方向盘打对了吗？"

突然，车子一跃而起，冲出车位，滑过湿漉漉的街道，一头撞向一个铁艺阳台的支柱，支柱倒向一边，而这辆老普利茅斯车还不依不饶地顶着建筑物吱吱嘎嘎地叫。

"哦，上帝！"伊格内修斯在后座上尖叫道，"看看你干了什么？"

"快去叫神父！"

"我想这里没人受伤，妈妈。不过，我接下来几天的胃口都被你毁了。"伊格内修斯摇下后车窗，仔细研究着撞在墙面上的挡泥板，"我猜我们得换车灯了。"

"我该怎么办啊？"

"如果是我开车，我就挂倒挡，潇洒地离开现场。这间破房子的主人肯定想告我们，这种机会要等多少年才有！他们没准儿在夜里往路面上洒了润滑油，就等你这样的司机把车开飞，撞进他们的破屋。"伊格内修斯打了个嗝，"我的消化系统乱成一团，我开始胀气了！"

雷利太太拉动扭曲的换挡杆，小心翼翼地倒车。车子刚向后移，便听到头顶传来木头碎裂的声音，接着木板噼里啪啦地断裂声和金属刮擦的噪声。然后，阳台被肢解成几块，轰然落下，砸向车顶，那声音如无数手雷被齐齐引爆。再看这辆老爷车，如同被石头砸中的可怜虫，呆立在原地，阳台上的一块铁艺饰品砸穿了后车窗。

"宝贝，你还好吗？"雷利太太疯狂地问道，碎片似乎掉得差不多了。伊格内修斯重重地呕了一声，黄蓝色的眼睛泛出泪水。

"说话啊，伊格内修斯！"雷利太太哀求道。她转过身，正好看到伊格内修斯把头伸出窗外，在撞出大坑的车身一侧大吐特吐起来。

巡警曼库索穿着芭蕾紧身裤和黄色毛衫在沙特尔大街徐徐而行。警长说，这身行头能让他抓到货真价实的可疑分子，而不是什么老人家或者等妈妈的男孩。这当然是警长对他的惩罚。警长是这么对他说的：从现在起，你全权负责逮捕可疑分子，警局有一柜子的奇装异服，可以让你每天扮演一个新角色。绝望的曼库索巡警只好在警长的注视下换上紧身衣，然后被推出警局，并收到了要么好好表现、要么滚蛋的警告。

他在法国区转悠了整整两个小时，却一无所获。有那么两次，貌似有戏：先是拦住一位头戴贝雷帽的男子，跟对方索要香烟，却被男子威胁说要报警抓他；随后他又跟一个年轻人搭讪，那个年轻人身穿军用雨衣，头戴女式帽，可那人扇了他一记耳光，就一溜烟跑了。

　　巡警曼库索走在沙特尔街上，边走边揉他那半边火辣辣的脸颊。这时，似乎响起了一阵爆炸声。他暗自希望这是可疑分子在投弹或者吞枪自杀，随即飞快地跑过街角，冲到圣安区，只见一位头戴绿色狩猎帽的家伙在一堆废墟中大吐特吐。

第二章

"随着中世纪体系的崩溃,混乱之神、疯狂之神与恶俗之神占尽上风。"伊格内修斯在他的大本子上写道。

在享受了一段时间的井然秩序、安宁统一,以及与上帝合体的完整感之后,西方世界刮起了变革之风,企图改天换日。这股妖风于世人无益。曾经的光辉岁月已无人问津,思想家阿伯拉尔①、托马斯·贝克特②以及经典剧作《世人》缔造的精华沦为糟粕。命运女神将车轮碾向人类:它压碎我们的锁骨、撞烂我们的颅骨、粉碎我们的躯干、刺穿我们的盆骨,让我们的灵魂无尽地悲鸣。曾经,人类飞得有多高,如今跌落得就有多惨;曾经,我们只奉献给灵魂的虔诚,如今却侍奉于买卖。

"这段写得不赖。"伊格内修斯自言自语,继续奋笔疾书。

商贾与欺诈之徒掌控了整个欧洲,他们阴险的言论被

---

① 皮埃尔·阿伯拉尔(Pierre Abelard,1079—1142),法国著名神学家和经院哲学,一般认为他开创概念论之先河。
② 托马斯·贝克特(Saint Thomas à Becket,1118—1170),英格兰国王亨利二世的大法官兼上议院议长,坎特伯雷大主教,后被杀身亡。

奉为"启蒙"。审判日将至,人文知识的余烬之中却尚无凤凰涅槃的身影。谦卑而虔诚的农夫皮尔斯①前往市镇,将自己的亲生骨肉卖给了"新秩序"的权贵。至于其用意,我们只好说是值得怀疑的。(参见雷利·伊格内修斯著,《血染的双手:罪恶全貌——十六世纪欧洲部分暴行研究》,论文专著,第二页,1950年,珍藏图书室,左侧走廊,三楼,霍华德·蒂尔顿纪念图书馆,杜兰大学,新奥尔良18号,路易斯安那州。〔注释:我将这一专著作为馈赠寄往该图书馆,但不确知馆方是否接受。该文系铅笔手稿,或许已被随手丢弃。〕)旋涡散开了。人类的生存链条如同串起的回形针,被那些挂着口涎的白痴"啪"地扯断;死亡、毁灭、混乱、发展、野心与进取成了农夫皮尔斯的新宿命。在这残酷的命运中,他必须担负起有悖常伦的重任——去工作!

伊格内修斯对历史观的回溯暂时告一段落,他先在页脚处画了一个绞索,接着又画了一把左轮手枪和一个小箱子,并在小箱子上整整齐齐地写下三个字:"毒气室"。随后,他的笔尖又是一番龙飞凤舞,将此命名为"启示录"。待到完成这一切,他便将笔记本往地板上一扔,和满地的其他本子混在一起。这

---

① 《农夫皮尔斯》是一部以中世纪梦幻故事的形式写成的教诲诗,由威廉·兰格伦所著。作者是中世纪英格兰诗人,他的创作共同推动了14世纪英国民族文学的发展和英国民族通用语言的形成。

真是一个硕果累累的早晨啊，他想。这个上午的收获胜过以往数周之和。几十个笔记本散落在床边，像印第安人的头巾围在床的四周。伊格内修斯自鸣得意地想，这些泛黄的纸张与宽线格子里孕育着伟大的比较历史领域的研究种子。当然，它们现在还比较凌乱，但总有一天，他会担负起编辑的使命，把这些零星的思考拼凑成一幅宏伟的著作。这幅完整的"拼图"会向有识之士展示过去四百年里，人类历史如何踏上了毁灭之路。五年来，伊格内修斯一直致力于这项研究，平均每个月产出六小段文字。他甚至记不清自己都写过什么，而且认为有些只是涂鸦之作。然而，他内心笃定——罗马又不是一天建成的。

伊格内修斯撩起他的法兰绒睡衣，看了看鼓胀的肚子。他通常只有早晨躺在床上思考十五世纪宗教革命之后人类悲惨的转折时才会感到胃胀。无论何时，只要想起多丽丝·戴[1]抑或灰狗巴士，这种身体反应则会更加明显。然而，自从那次险遭逮捕，又接连遭遇撞车事件后，他开始没来由地犯胀气的毛病。他的幽门经常随意"关闭"，这让他的胃里储满了气体。而这些气体可不是吃素的，它们对于幽禁"愤愤不平"。伊格内修斯甚至怀疑他的幽门是不是像预言家那样，试图告诉他一些事情。作为中世纪史的专家，伊格内修斯深信"命运之轮"——《哲学的慰藉》[2]的核心概念，这部哲学著作奠定了

---

[1] 多丽丝·戴（Doris Day，1922—2019），美国著名歌星、电影演员，有"雀斑皇后"之称。
[2] 《哲学的慰藉》是一本狱中之作，由波爱修斯在狱中赴死前所著，著作采用对话形式，探讨了幸福、善恶、命运和自由意志的性质。

中世纪思想的基础。作者波爱修斯①，于罗马晚期被国王囚禁时，写下了这部著作。他在书中说，盲眼女神将我们置于旋转的轮盘，所以人类的运势是循环往复的。被警察抓捕这等荒唐事，难道是厄运周期的开始？他的命运之轮正急转直下吗？撞车事故也是个凶兆。伊格内修斯越想越担忧。虽然波爱修斯贡献了伟大的哲学思想，他本人却饱受酷刑并被无情虐杀。伊格内修斯的幽门又闭合了，他朝左翻了个身，想迫使"阀门"重新打开。

"哦，命运女神，你这个粗心大意的盲眼女神啊，我被你绑在轮盘上了，"伊格内修斯打着嗝说，"别把我压在你的轮辐之下，把我高高举起吧！神啊！"

"孩子，你在里面嘀咕什么呢？"他妈妈隔着门问道。

"我在做祷告。"伊格内修斯气愤地回答。

"巡警曼库索今天会来跟我核实车祸的事。你最好能为我多说几遍万福马利亚，亲爱的。"

"哎哟，上帝啊！"伊格内修斯嘟囔着。

"宝贝呀，我很高兴你在祷告。我正纳闷你把自己关在屋里做什么呢。"

"请走开！"伊格内修斯尖叫起来，"你正在破坏我的宗教热情！"

---

① 波爱修斯（Boethius，480—524），古罗马政治家、哲学家。欧洲中世纪初期罕见的百科全书式思想家，在逻辑学、哲学、神学、数学、文学和音乐等方面都做出了卓越的贡献，有"最后一位罗马哲学家""经院哲学第一人""奥古斯丁之后最伟大的拉丁教父"之称。

伊格内修斯侧身使劲地上下抖动，突然感到一股气团冲上喉咙，他顺势张开嘴巴，却只打了一个小嗝。不过，此番抖动却引发了某种生理反应。伊格内修斯摸了摸被单下的微微的勃起之物，他直挺挺地躺在床上寻思接下来该怎么做。红色的法兰绒睡衣裹在胸口，巨大的肚子陷进床垫里。伊格内修斯不无伤感地想到，十八年过去了，这个小小的爱好如今变成一种机械的生理行为，而不再能带来奇妙的遐想。有那么一段时间，伊格内修斯几乎把这事干成了一种艺术，以艺术家、哲学家、学者和绅士所具备的技巧和热情演练这一嗜好。他的房间里还藏着一些曾经用过的小工具：一只橡胶手套、一块从绸伞上扯下来的布料、一罐诺克斯玛牌的护肤品……只是每次完事之后还得把它们收拾起来，这让伊格内修斯十分沮丧。

伊格内修斯集中精力行事。幻象终于显现，那是他熟悉的身影———一只忠心耿耿的大型柯利牧羊犬———他高中时代的宠物。"汪！"伊格内修斯几乎听到了雷克斯熟悉的叫声。"汪汪！汪汪！哇呜——"雷克斯如在目前，它一只耳朵耷拉着，呼呼地喘着气。随后，那幻影跃过篱笆，迅猛地追逐一根小木棍。那根木棍不知怎么落在伊格内修斯的被子上。随着那团棕白相间的毛球越来越近，伊格内修斯睁大双眼，又变成斗鸡眼，最后缓缓闭合。他虚弱地倒了下去，躺在四个枕头中间，此刻特别希望屋里有一盒舒洁牌的纸巾。

"招搬运工？我看你们在报纸上登广告了。"

"什么?"拉娜·李看了看戴太阳眼镜的小伙,"有推荐信吗?"

"有警察的口信,他说我最好找个有收入的活儿干。"琼斯说着朝空荡荡的酒吧吐了口烟。

"不好意思。我可不想跟警察有瓜葛,做这种生意不行,就这样吧,我还要忙呢。"

"我和条子没啥关系。他们不过在搞什么'流浪汉帮扶',他们是这么说的。"琼斯消隐在他自己制造的烟雾中,"我以为'欢乐之夜'酒吧会帮助我们这些人重新融入社会,让一个可怜的黑人男孩远离牢狱之苦呢。我保证把纠察队拦住,让酒吧在好市民榜单上名列前茅。"

"废话少说。"

"嘿!哇哦——"

"你有相关工作经验吗?"

"啥?你是说扫地、拖地这些狗屁活儿?"

"说话注意点,孩子,我这里可是做正当生意的。"

"见鬼,谁不会做那些活儿啊,尤其是黑人。"

"我一直在给这个职位寻找合适的人选,"拉娜·李换上一副人事经理的腔调,"已经找几天了。"她双手插进皮外套的兜里,打量起眼前戴太阳镜的家伙——这真是一笔好买卖,简直天上掉下的馅儿饼。一个黑人如果没有工作可能被当成流浪汉抓起来,这么说,她等于俘获了一个能让她免费使唤的服务生了。这真是极好的。自从酒吧被那两个坏分子捣乱后,拉娜·李第一次感到心情愉悦。"工钱一周二十块。"

"嘿！难怪你一直招不到人。哎呀，'最低工资标准'怎么说？"

"你需要工作，对吧？我需要一个搬运工。现在生意不好做，给你多少就是多少了！"

"上一个在这里工作的工友准是饿死的——"

"每周工作六天，从十点到三点。如果你满勤，没准儿给你加点薪水，没准儿哈——"

"这你别担心，我一准儿到岗。只要别再让我蹲局子，"琼斯说道，朝拉娜·李脸上吐了口烟，"你把他妈的扫帚放哪儿了？"

"咱们丑话说在前面，在这里干嘴巴必须放干净点。"

"遵命，夫人。我当然不想在'欢乐之夜'这么高雅的地方留下劣迹。哇哦！"

这时，门被推开了，达琳步履款款地走了进来。她身着一条缎面鸡尾酒礼裙，头戴花朵装饰帽，边走边优雅地摆动着裙边。

"你怎么来这么晚？"拉娜劈头盖脸地朝她喊道，"我告诉过你今天一点就要到。"

"昨晚我的凤头鹦鹉感冒了，拉娜，真是糟透了，它整晚都在我耳边咳嗽。"

"你从哪里找来这么可笑的借口？"

"是真的啦。"达琳委屈地抗议道。她把大帽子放在吧台上，爬上一个高脚凳，立马被琼斯吐出的烟雾笼罩其中。"今天早上，我不得不带它去看兽医，打了一针维生素。我可不希望这只可怜的鸟在家里四处咳嗽。"

"你昨晚脑子进水了？跟那两个家伙在店里胡闹！达琳啊，我每天，每一天都在努力跟你强调我们要招待什么样的客人。结果，我一进门就撞见你跟一个老妈子和一头肥猪侃大山，还吃得满地垃圾！你这是想让我关门大吉吗？要是客人在门口看到你们这个'组合'，肯定扭头就去别家店啊。要我怎么说你才能懂啊，达琳？要我怎么说才能让你开开窍？"

"拉娜，我已经说过了，我是同情那个可怜的女人。你真该看看她儿子是怎么对她的，你真应该听听他讲的灰狗大巴的故事。而且，那位善良的女士为他的饮料买单了呀。为了让她好过一些，我是迫不得已才吃她一块蛋糕的。"

"好吧，下次要是再让我逮到你跟这种人在店里胡闹，破坏我生意，我就把你扫地出门，懂了吗？"

"是的，夫人。"

"真懂了？"

"是的，夫人。"

"那好。你带这小子去看看我们放扫帚和杂物的地方，把老太婆打碎的酒杯收拾一下。为了弥补你昨晚的过失，你务必把这里打扫得干干净净。我出去买东西了。"拉娜走到门口，转身又说道，"任何人不准动吧台下的小柜子，明白？"

"我发誓，"达琳目送拉娜出门，然后扭头对琼斯说，"这地方比军营还恐怖。她刚才雇用你了？"

"嗯，"琼斯答道，"她哪是'雇用'我，她是从拍卖台上把我低价收购了。"

"至少你有薪水拿，我却要靠劝人喝酒赚提成。你以为那容易吗？让客人在这里花钱买酒喝，你试试看，全都兑水啦！他们得花上十块钱、十五块钱，才能多多少少感觉到那么一点醉意。这活儿太难了。拉娜甚至往香槟里兑水，你真该尝尝那味道。她一天到晚抱怨店里生意不好，她真的应该到吧台喝一杯自家的酒水，就知道怎么回事了。其实，只要有五个客人来店里喝酒，她就有钱可赚。水又没有成本。"

"那她还买什么？小皮鞭？"

"这可别问我。拉娜什么也不跟我说。这女人怪得很，"说着，达琳轻哼了一声，"我真想做个脱衣舞娘，我在自己的公寓里天天练习。如果拉娜能让我在这里跳夜场，我就可以拿固定的薪水，而不用靠兜售假酒提成了。话说回来，昨晚那两个人在这里喝酒，我也应该拿提成才对。那个老太太在这儿喝了不少啤酒，搞不懂拉娜有什么好埋怨的。做生意就是做生意。店里的客人什么样的没有，那个肥佬和老太太也不见得差到哪里去啊！我觉得让拉娜不爽的大概是他头上那顶搞笑的绿帽子——他讲话的时候会把耳罩垂下来，听人讲话的时候又把耳罩竖起来。拉娜进来的时候，正赶上大家对着他大喊大叫，而他把耳罩竖得好像一双张开的翅膀。你想想，那样子有多好笑。"

"你说那肥佬和他妈妈来过这里？"琼斯问道，脑子里不由得想象当时的情景。

"嗯哼,"达琳叠好手帕,塞在胸口,"希望他们以后再也别来了。否则我可真要倒大霉,上帝啊。"达琳担忧地说道,"拉娜回来前,我们得把这里收拾一下。不过,我劝你差不多就行,没必要太卖力。我从来就没见这里干净过,况且这儿一天到晚总是黑漆漆的,谁也看不出有什么区别。你听拉娜的口气,像是要把这盘丝洞吹嘘成什么高雅场所呢。"

琼斯又吐了一口烟。透过墨镜,他还真是什么也看不清。

巡警曼库索很喜欢骑着摩托车在圣查尔斯大街上巡视,他非常享受这种感觉。所以特意从警署借来这辆体形硕大、轰鸣如雷的摩托——通体铝合金,闪着淡蓝色的光,只消轻轻触碰开关,车子就像弹珠机闪烁起红白交替的警灯。车上警笛更是刺耳异常——如同十二只发狂的山猫一起嚎叫——足以把方圆半英里① 以内的可疑分子吓得屁滚尿流、抱头鼠窜。巡警曼库索对这台摩托简直爱到极致。

不过,那些面目狰狞的罪恶之源今日似乎遁迹潜形,离他十分遥远。圣查尔斯大街两旁的老橡树合冠蔽日,冬日的暖阳被筛下斑驳之光,洒在摩托车铬合金外皮上,闪闪发亮。这个午后一扫几天来的阴冷与潮湿,出人意料地暖和,给新奥尔良的冬日徒增一脉温情。巡警曼库索对这份暖意感激不尽,因为

---

① 1英里约1.6公里。

今天他只穿了一件 T 恤衫和一条齐膝花短裤，这是警长特意为他配的行头。他的下巴上挂着一缕长长的红胡子，倒让胸口暖和了一些。这把大胡子是他趁警长不备，从储藏室偷偷拿出来的。

巡警曼库索深吸一口气，闻着橡树散发出的泥土的气息，圣查尔斯大街一定是世界上最可爱的地方，他不无浪漫地想着。时不时地，他超过缓慢行驶的有轨电车，那些电车看起来优哉游哉地绕过街道两旁的老宅子，仿佛不知终点在何处。眼前一片祥和、繁荣，哪有什么可疑的地方？他想在下班后去探望一下可怜的寡妇雷利。那天，她在一片撞烂的废墟中痛哭的样子，让人揪心。他唯一能做的就是尽力帮她一把。

他在君士坦丁堡街朝运河方向驶去。在一片古老衰败的街区，他的座驾趾高气扬地喷着尾气，轰隆隆地驶入始建于十九世纪末的民宅之中。这是典型的"特威德老大"①时代的郊区住宅，木雕和旋涡形装饰尽显哥特与镀金时代的遗风。房屋贴面而建，中间仅留一条羊肠小道；房屋四面围着铁栅栏或砌着低矮的砖墙。略大些的房子被改造成了临时公寓，各家的门廊也改成了房间。有的人家在前院竖起了铝皮做的车棚，还有几家房檐上搭着明晃晃的铝皮遮阳棚。自维多利亚时代以来，这条街区日益衰败，无人问津地迈进二十世纪，经济上更是囊中羞涩。

---

① 特威德老大（Boss Tweed），美国有名的政治犯。

曼库索对着地址发现自己要找的是这个街区里的"小人国"——除了车棚之外,数它最小。一棵结了霜的香蕉树,枯黄萎靡地倚在门廊前面,随时准备躺平,效仿之前倒塌的铁栅栏。这棵枯树底下堆着个小土包,上面斜插着一个用胶合板做成的凯尔特十字架。那台一九四六年产的普利茅斯汽车停在前院,保险杠抵着门廊,尾灯堵住了砖砌的人行道。除了一辆老爷车、一个破十字架,以及一株风干的香蕉树,这个小院子光秃秃的,没有灌木丛,没有草坪,自然也没有鸟儿来吟唱。

巡警曼库索看了看这辆普利茅斯车,注意到车顶和挡泥板上深深凹陷的褶痕,褶痕距离车身只有三四英寸[①];后车窗砸出了大洞,洞口被人用一块印着"范·坎普猪肉与豆子店铺"的硬纸板糊了起来。他走过小土坟,仔细辨认十字架上褪色的字迹——"雷克斯"。他踏上破旧的石阶,听到紧闭的百叶窗内传出低沉而洪亮的歌声:

大女孩不哭。

大女孩不哭。

大女孩,她们不会嘤嘤地哭。

她们不哭。

大女孩,她们不哭……咿咿

---

① 1英寸约2.54厘米。

他按了按门铃,这才看到门玻璃上贴着一张褪了色的纸条,上面写着"嘴上不留神,船翻不留人",下面画着一个大波浪卷发美女,伸出一根手指放在褐色的双唇上。

沿街的居民纷纷走上门廊,观看这位巡警和他的摩托车。街对面的百叶窗缓缓地翻动,暗示巡警曼库索在他看不见的地方还有一批看客。在这种街区,出现警用摩托是件大事,尤其是驾驶员还穿着短裤,围着一圈红胡子。住在这个小区的居民虽然很穷,但都是安分守己的人。一时间,曼库索觉得有些不自在,便又按了按门铃,摆出一个自认为挺拔的军姿。他本想给看客们展现出地中海人的轮廓,可大家看到的却是一副瘦小枯干的形象:他的短裤笨拙地系在胯上,脚上穿着拉到脚踝的尼龙袜,上面是吊袜带,中间露出一对麻秆腿。看客们虽然好奇,却没有大惊小怪,有些人还略显不屑,因为他们料定警察早晚会找上这户人家的。

大女孩不哭。
大女孩不哭。

巡警曼库索使劲地敲了敲传出歌声的百叶窗。

大女孩不哭。
大女孩不哭。

"他们在家呢,"通过隔壁窗子的百叶窗,传出一个女人的叫声,这简直就像杰伊·古尔德①的家庭生活,"雷利小姐可能在厨房,你到后院去。先生,你是干什么的?警察吗?"

"巡警曼库索,便衣警探。"他郑重地回答道。

"哦?"一阵沉默,"你找哪一个?儿子还是妈妈?"

"妈妈。"

"那还好。那小子可不好对付,他正看电视呢,听到没,这声音让人抓狂。我都快崩溃啦!"

巡警曼库索谢过这位只闻其声的妇人,便走进一条阴湿的小巷。在后院,他找到了雷利太太,院里几株光秃秃的无花果树中间系着一根绳子,雷利太太正拿着一条污迹斑驳、发黄的床单,想往绳子上面挂。

"哦,是你啊!"雷利太太怔了一下才开口。她第一眼看到这个红胡子男子出现在院子的时候,差点大叫起来。"你最近好吗,曼库索先生?他们怎么说?"她穿着一双棕色软帮毛毡鞋,小心翼翼地踩着残破的砖路,向他走去,"快进屋吧,我们喝杯香喷喷的热咖啡。"

厨房很宽敞,天花板也很高,是整座房子里空间最大的一间,里面弥漫着咖啡和旧报纸的气味。与其他房间相同的是,这里很暗。在油腻腻的壁纸和棕色的木质线脚的衬托下,厨房里更显暗淡,更何况从巷子照进来的光本来就很少。尽管曼库

---

① 杰伊·古尔德(Jay Gould, 1836—1892),美国铁路公司总经理、投机者,有"强盗大亨"之称,与 J.P. 摩根、科尼利尔斯·范德比尔特齐名。

索对室内装潢并不感兴趣，但他和其他人一样，一眼就注意到了那台带着高温烤箱的古董电炉以及顶着圆柱形马达的老式电冰箱。这让他想起自家厨房里的电炸锅、烘干机、自动搅拌机、打奶器、华夫饼干机还有电动烤肉架，好像它们在妻子丽塔营造的"小世界"里，无时无刻不在嗡嗡地响、研磨、搅拌、敲打、冷却、嘶嘶煎烤……他很纳闷，雷利太太在这样缺东少西的厨房里能做出什么呢。他家丽塔只要在电视购物上看到家电促销的广告，不管三七二十一、有用没用，照单全收。

"跟我说说那男人怎么说的？"雷利太太开始用她那爱德华时代的煤气炉煮牛奶，"我得赔多少钱？那个，你告诉他我是个穷寡妇了吧？还有个孩子要养，说了没？"

"是的，我都告诉他了，"巡警曼库索答道，他笔直地坐在椅子上，热切地望着面前铺着油布的餐桌，"您介意我把胡子摘下来放在桌上吗？这里有点热，胡子粘在我脸上了。"

"当然不介意，孩子，放这儿吧。尝一块果酱甜甜圈。早上我从杂志街买回来的，很新鲜。伊格内修斯一早就跟我讲：'妈妈，我想吃果酱甜甜圈。'我就特意去杰门店铺那给他买回来两打。你看，多少还剩下一些。"

她递给曼库索一个油腻腻的蛋糕盒。盒子被撕烂了，好像有人想要一下子拿光所有的甜甜圈而对它施加了酷刑。巡警曼库索看到盒子底部还有两片干瘪的甜甜圈，边缘湿漉漉的，准是有人把上面的果酱舔掉了。

"谢谢你，雷利女士，我中午吃得很饱。"

"哎呀，真可惜。"她先把浓浓的冷咖啡倒进两个杯子，又把煮沸的牛奶倒了进去。"伊格内修斯可喜欢吃甜甜圈了。他跟我说：'妈妈，我爱甜甜圈。'"雷利太太凑近杯子边缘，啜了一小口，"他这会儿在客厅里看电视呢，他每天下午都会准时收看那个小孩子跳舞的节目。"在厨房音乐声没有门廊那边响亮，巡警曼库索脑海中出现这样一幅画面——在电视机的荧屏前，绿色狩猎帽沐浴在蓝白色的电视荧光中。"他根本不爱看那个节目，却一场也不肯错过。你真该听听他是怎么说那些可怜的孩子的。"

"今天早上我跟那位先生谈过了。"巡警曼库索说道，希望打断这个话题，免得雷利太太喋喋不休地聊她儿子。

"是吗？"她往自己的咖啡里添了三勺糖，大拇指紧紧地捏着糖勺，勺柄几乎戳到眼睛。她又啜了一口："他怎么说，亲爱的？"

"我告诉他我已经调查过这起事故，原因是你的车子在潮湿的路面上打滑了。"

"听起来不错。他怎么说呢，宝贝？"

"他说他也不想闹上法庭，希望庭外和解。"

"哦，上帝！"伊格内修斯在前屋大叫道，"这是对高雅品位的极大侮辱。"

"别理他，"警察先生吓了一跳，雷利太太安抚道，"他看电视的时候一贯如此。'庭外和解'的意思是他想要钱，对吗？"

"他请了一位承包商评估损失，这是估价的结果。"

雷利太太接过估值单，上面是一张表格，每一栏都填了数字，表格顶端印着承包商的抬头。

"天哪！一千零二十美元！这太可怕了。我拿什么赔啊？"她手中的估值表掉到油布上，"你确定都算对了吗？"

"是的，夫人。他还请了律师来核算，所有数据都明明白白。"

"可是，我要上哪儿凑够这一千多块啊？我和伊格内修斯的全部家当就是那点少得可怜的社会保险金和养老金，那还是我可怜的丈夫留下来的。这点钱远远不够啊。"

"我怎么见得了此等乱象？"伊格内修斯又在客厅里尖叫起来。随即响起一阵狂野的音乐，节奏铿锵，众孩童齐齐合唱，殷勤地歌颂着爱情。

"很抱歉。"巡警曼库索说道。在得知雷利太太的经济困境后，他几乎感到心都碎了。

"啊，这不是你的错，亲爱的，"她郁郁寡欢地说，"实在没办法的话，我只能抵押房子了，总不能什么也不做，是不是？"

"您说得对，夫人。"曼库索回应道，耳畔传来一阵急促的脚步声。

"在这个节目里表演的孩子都该被送到毒气室去！"伊格内修斯穿着睡袍大步流星走进厨房，对来访的客人只是冷冷地"哦"了一声。

"伊格内修斯,你认识曼库索先生吧?快打声招呼。"

"我的确见过这个人。"伊格内修斯说道,眼睛看向后门。

巡警曼库索着实被眼前包裹在法兰绒睡袍下的庞大的身躯吓倒了,他怔在那里,一时间竟忘了跟伊格内修斯寒暄几句。

"伊格内修斯,亲爱的,我们撞坏了人家的房子,现在要支付一千多块的赔偿金。"

"一千块?他连一个子儿也别想拿到。我们马上起诉他,联系我们的律师,妈妈。"

"我们哪有律师?对方已经找承包商做过损失评估了。曼库索先生说,做什么都没用了。"

"哦,好吧。那你去赔吧。"

"如果你觉得起诉有用,我就去告他。"

"酒后驾驶,"伊格内修斯冷静地分析道,"你没胜算的。"

雷利太太看起来郁闷至极。

"可是,伊格内修斯,我们要赔一千零二十美元啊。"

"我相信你会搞到钱的,"他对母亲说,"还有咖啡吗?你是不是把咖啡都倒给这个假面狂人了?"

"我们可以抵押房子。"

"抵押房子?绝对不行。"

"那还有别的办法吗,伊格内修斯?"

"有办法,"伊格内修斯心不在焉地说,"我希望你别拿这种事烦我,那个电视节目已经够让我心烦的了。"他闻了闻牛奶,把它倒入奶锅,"我建议你马上给乳品店打个电话,这牛奶不新鲜。"

"我能从房产抵押处拿到一千块的，"雷利太太对一旁沉默的巡警平静地说道，"这房子是很好的抵押品。去年有个房产中介要出七千美元买下它呢。"

"那个节目的讽刺之处就在于，"伊格内修斯在灶台旁说道，一只眼睛盯着奶锅，准备牛奶一煮沸就抓起锅柄，"它本想给我们国家的年轻人树立榜样。我倒是很想知道开国之父们看到这些孩子堕落到给祛痘洗面奶做广告会做何感想？不过，我本来就认为所谓的'民主'迟早会走到这一步。"他费力地把牛奶倒进印着秀兰·邓波头像的马克杯里，"为了挽救国家，我们应该出台一条严厉的法令。美利坚合众国不仅需要神学与几何学知识，还需要高雅的品位与尊严。我怀疑我们已经处在悬崖边缘摇摇欲坠了。"

"伊格内修斯，我明天要去一趟房产抵押处。"

"妈妈，我们不能跟那些放高利贷的家伙打交道，"伊格内修斯在饼干罐里摸索着，"会惹麻烦的。"

"伊格内修斯，亲爱的，不然的话，他们会把我送进监狱的。"

"嗯，如果你又要上演歇斯底里的戏码，我就不得不回客厅去了。事实上，我马上就要回去了。"

他迈开大步，循音乐声而去，拖鞋打着他巨大的脚底板上，啪啪地响。

"我该拿这孩子怎么办呢？"雷利太太悲伤地问巡警曼库

索,"他一点都不关心他可怜的妈妈。有时候我觉得他根本不在乎他们把我送进监狱。那孩子是个铁石心肠。"

"你把他宠坏了,"巡警曼库索安慰道,"女人要小心,别宠坏孩子。"

"你有几个孩子呀,曼库索先生?"

"三个。罗莎莉、安托瓦内特,还有小安吉洛。"

"哎呀,多好啊。我猜他们一定很可爱吧?不像伊格内修斯,"雷利太太摇了摇头,"伊格内修斯从前也是一个乖乖宝。我不知道他怎么会变成现在这个样子。他以前会对我说:'妈妈,我爱你。'现在他再也不说那样的话了。"

"唉,别哭啊,"巡警曼库索被深深地打动了,劝慰道,"我给你再煮些咖啡吧。"

"他才不在乎……老妈被关起来了呢……"雷利太太抽泣着打开烤箱,从里面拿出一瓶麝香葡萄酒,"你想喝点好喝的红酒吗,曼库索先生?"

"不用了,谢谢。身为警察,我必须注意形象,为了保护市民我得时刻保持警惕。"

"那你不介意吧?"雷利太太委婉地问道,然后拿起瓶子喝了一大口。巡警曼库索在煮牛奶,他动作娴熟地拿起奶锅在炉灶上盘旋。"有时候我真的很沮丧。生活艰难,我就拼命工作。我一直很努力。"

"你得往好的一面看。"巡警曼库索说道。

"我也这么想,"雷利太太说道,"我觉得,有些人比我过得还悲惨。就像我可怜的表姐，人非常好，每天都去教堂做弥撒。一天清晨，她赶去听费舍曼牧师布道，结果在杂志街被有轨电车撞了，当时天还没亮。"

"我这个人嘛，从来没有让自己消沉过，"巡警曼库索说起了善意的谎言，"做人看开些，你明白我的意思吧？我从事的工作很危险。"

"会有生命危险吗？"

"有时候我一个坏人都抓不到，有时候我还抓错人。"

"就像赫尔墨斯商场前的那位老先生吗？那是我的错，曼库索警官。我就应该猜到从头到尾都是伊格内修斯在捣鬼，他就是这副德行。我总要告诉他：'伊格内修斯，来，穿这件漂亮的衬衫，穿那件我买给你的好看的毛衫。'可他就是不听。那孩子长了个榆木脑袋。"

"有时候我在家里也遇到麻烦，要带三个孩子，妻子还总发神经。"

"发神经太可怕了。可怜的安妮小姐，就是我隔壁那位，她总是紧张兮兮的，一天到晚嚷嚷说伊格内修斯吵到她了。"

"可那个是我老婆啊。有时候我只能从家里逃出来。要是换成别的男人，早就出去喝酒找乐子了。这话也就跟你说说。"

"我有时候会喝点小酒减减压，你懂吧？"

"我会去打保龄球。"

雷利太太极力想象瘦小的巡警曼库索手握大保龄球的样子，然后追问道："你喜欢那玩意儿？"

"保龄球真是好东西,雷利女士,它能让你不去想那些烦心事。"

"哦,天哪!"客厅传来一声惨叫,"这些小女孩简直就是妓女啊。她们怎么能在大庭广众之下表演这么不堪入目的节目呢?"

"我希望自己也能有一个那样的爱好。"

"你试试打保龄球吧。"

"哎呀呀,我的肘部有关节炎,而且我年纪大了,玩球怕会闪了腰。"

"我姨妈六十五岁,当奶奶的人了,还一直打保龄球呢。她还加入了一个保龄球队打比赛呢。"

"有些女人是那样的,可惜我不擅长运动。"

"打保龄球不只是一项运动,"巡警曼库索反驳道,"你在球馆会遇到很多人,他们都很和善,你能交到不少朋友呢。"

"是呀,但是我怕球掉下来砸到我的脚指头,我的脚已经够糟糕了。"

"下次,我去球馆打球叫上你吧,再带上我姨妈。你、我,还有我姨妈,我们三个人一起去打球,怎么样?"

"妈妈,这咖啡是什么时候煮好的啊?"伊格内修斯责备道,他又啪嗒啪嗒地跑进厨房。

"一个小时前,怎么了?"

"咸得很。"

"我觉得味道不错啊,"曼库索接茬道,"跟法国市场里卖的咖啡没什么两样。我又煮了一些,你要喝一杯吗?"

"请见谅,"伊格内修斯说,"妈,你打算整个下午都招待这位先生吗?我得提醒你,今晚我有一场电影要看,七点钟必须准时到达剧院,这样才能赶得上看卡通片。所以我建议你现在开始准备晚饭。"

"我得走了。"巡警曼库索赶忙说道。

"伊格内修斯,你不觉得丢脸吗?"雷利太太训道,"我和曼库索先生正在喝咖啡,你却闹了一个下午。你根本不关心我上哪儿筹钱,也不在乎他们会不会把我关进监狱,你什么都不关心!"

"难道我要在家里,当着一个戴着假胡子的陌生人的面被自己的妈妈数落吗?"

"我的心都碎了。"

"哦,真是的。"伊格内修斯转向曼库索,"请您做做好事,先行离开,成吗?别再刺激我妈妈了。"

"曼库索先生什么都没做,他很友善。"

"我还是走吧。"巡警曼库索抱歉地说道。

"我会凑到钱的,"雷利太太尖叫道,"我要把房子卖了,我要让你眼睁睁地看着我卖了它,臭小子。然后我去住敬老院。"

她扯起油布的一角开始抹眼泪。

"如果你再不走,"伊格内修斯威胁正在挂假胡子的曼库索,"我就要报警了。"

"他就是警察,蠢货。"

"真是荒唐透顶,"伊格内修斯嘟囔着,然后啪嗒啪嗒地走开了,"我回自己房间了。"

他砰地关上门,从地板上抓起一个便笺本,重重地倒在床上的枕头里,开始在泛黄的纸页上又涂又画。将近半个小时,他又是扯头发又是咬铅笔,终于挤出这么一段文字:

> 倘若赫罗斯维塔①仍然在世,我们定会寻求她的忠告与指引。中世纪的简朴与安宁淬炼了这位神圣的修女——传奇的女预言家,她锐利的目光能驱除我们眼前显现的恐惧,而这份恐惧正是由电视散播的。如果我们把这位圣女的一只眼球和一个电视显像管并置放在一起——二者大小和形状基本一致,那将会产生多么奇幻的电极爆炸的景象啊!那些在电视上放浪舞姿的孩子,将会分解为许多离子和分子,从而被净化掉。堕落者的悲剧是命中注定的。

雷利太太站在客厅里,看到儿子房门上用肉色的创可贴粘了一张便笺纸,上书"请勿打扰"四个大字。

"伊格内修斯,让我进去。"她厉声叫道。

"让你进来?"伊格内修斯隔着门应道,"没门。我正在埋首创作一段精妙的文章。"

---

① 赫罗斯维塔(Hroswitha,约953—1003),中世纪第一位女性剧作家,著有剧作《奥托颂》。

"你让我进去。"

"你知道这里不欢迎你。"

雷利太太砰砰地猛敲房门。

"我不知道你这是怎么了,妈妈,我怀疑你得了间歇性精神失常。鉴于此种猜测,我更不敢开门了。你手上没准儿正握着一把匕首或者一个残破的酒瓶。"

"打开房门,伊格内修斯。"

"哦,我的幽门,它又关上了!"伊格内修斯大声呻吟起来,"你这下满意了?我一晚上的好时光都被你毁了!"

雷利太太整个身子扑向这扇未上漆的木门。

"行啦,别把门撞坏了。"他终于妥协道,随后门闩滑开了。

"伊格内修斯,地上摊得是些什么垃圾呀?"

"你看到的是我世界观的体现,虽然有待整合,但是你小心别踩着它们。"

"干吗把百叶窗全关上?外面还亮着呢,伊格内修斯!"

"我的存在不无普鲁斯特效应①,"伊格内修斯说着迅速爬回床上,呻吟道,"哎哟,我的胃啊。"

"这里有股怪味。"

"哎呀,你又想怎么样?当人处于封闭状态,身体就会释放出特殊的味道。只不过在这个除臭剂和种种变态产品大行其

---

① 马塞尔·普鲁斯特(Marcel Proust, 1871—1922),法国作家,代表作《追忆似水年华》。"普鲁斯特效应"指只要闻到曾经闻过的味道,就会开启当时的记忆。

道的年代，人们很容易忘记这一点。事实上，我倒觉得房间里的气味让人心情舒畅。席勒①写作的时候会放一个烂苹果在桌上，那种味道激发他的灵感。我也有我的需要。你或许还知道马克·吐温喜欢平躺着写出那些老套又无聊的文章，当代学者还绞尽脑汁论证其作品深刻的意义，对马克·吐温的崇拜是我们这个时代知识僵化的根源之一。"

"如果我知道屋子里是这个样子，我早就进来了。"

"我不知道你为什么进来，或者说，为什么你非要闯入我的私人领地。我怀疑这里被陌生的灵魂入侵后，还能否恢复原貌。"

"我来跟你谈谈，孩子。你把脸从枕头里抬起来。"

"看来，那个滑稽可笑的法律代表成功地蛊惑了你，他似乎煽动你和自己的孩子反目成仇。顺便问一句，他已经走了，是不是？"

"是的，我还为你的失礼向他道歉了。"

"妈妈，你踩在我的笔记本上了！拜托你能站开一点点吗？你已然毁了我的消化系统，能否脚下留情放过我的思想成果呢？"

"好啊，伊格内修斯，你说我应该站在哪儿呢？难道让我跟你一起躺在床上？"雷利太太怒了。

"注意脚下！拜托！"伊格内修斯吼起来，"天哪！有谁遭

---

① 席勒（Johann Christoph Friedrich von Schiller, 1759—1805），德国18世纪著名诗人、哲学家、历史学家和剧作家，德国启蒙文学的代表人物之一。

到过这般彻底底底的攻击与围剿？到底是什么逼得你要在这里发疯？是围攻我嗅觉的廉价葡萄酒吗？"

"我决定了。你必须出去找工作。"

哦，多么低俗的玩笑，命运女神竟然这么耍他？被捕、车祸、工作——这可怕的循环何时才能结束？

"我懂了，"伊格内修斯平静地说道，"据我了解，以你的智商做不出这么重大的决定，一定是那个白痴警察给你灌输了这个念头。"

"我跟曼库索警官长谈了一次，就像你爸爸在世时那样。你老爸以前会告诉我该怎么做，要是今天他还活着就好了。"

"曼库索和我爸唯一的共同点就是他们都是微不足道的小人物。显然，你现在的精神导师就是那种人，认为只要人人都不停地工作，一切都会好起来。"

"巡警曼库索在警局的工作并不顺当，但他还是努力工作。"

"我敢肯定他一定养了好几个惹人厌的毛孩子，这些孩子个个都想长大之后做警察，连女孩也不例外。"

"他有三个可爱的孩子。"

"可以想象，"伊格内修斯开始在床上慢慢弹跳，"哦！"

"你在干吗？又在耍你那个幽门？别人都没有幽门，就你有！除了你，没人身上长幽门！我也没有！"

"人人都会长幽门！"伊格内修斯尖叫道，"只是我身上的更发达。我正试着打开它，拜你所赐，现在又堵住了。根据我的经验，它要一直闭合了。"

"曼库索先生说，如果你出去工作，你就能帮我解决赔偿问题。他说对方会接受分期赔付。"

"你那位警察朋友的话真多啊。你真会拿他当借口，我没想到他这么巧舌如簧，还这么会俘获人心。你就没发现他想毁掉我们这个家吗？从他在赫尔墨斯商场前企图粗暴地逮捕我那一刻起，这种破坏就开始了。尽管你智商有限，还无法理解这一切，但是妈妈，你要知道他是我们的头号克星，是他拨弄了我们的命运轮盘，让它急转直下。"

"什么轮子？曼库索先生是个好人。他没把你抓进去，你就偷着乐吧！"

"在我的启示录中，这个人会被自己的警棍刺穿。无论如何，想让我出去工作，没门！现在我正忙着干大事，我觉得我进入了创作的巅峰期，或许是那场事故激发了我的灵感。不管怎么说，我今天就写了不少。"

"可我们总归要赔钱啊，伊格内修斯。你难道想看我坐牢吗？倘若你的老妈在铁窗后抹眼泪，你就不觉得惭愧吗？"

"请您别再提坐牢了，成吗？你脑子里好像只有这一个念头。事实上，你似乎乐此不疲。殉道在我们这个时代已经毫无意义了。"他轻轻地打了个嗝，接着说，"我建议你节省一下家庭开销，很快你就会凑够那笔钱了。"

"家里的钱还不是给你买吃的和那些奇奇怪怪的玩意儿了。"

"我最近在家里发现一些空酒瓶,里面的酒可不是我喝的。"

"伊格内修斯!"

"几天前,我犯了个错误,没把烤箱检查一番,就开始加热。结果,等我打开烤箱门准备把冻比萨放进去的时候,发现里面是一瓶烤得快要爆炸的葡萄酒,差点炸瞎我的双眼。我建议您把挥霍在酒精上的钱节省一些。"

"你还好意思说我,伊格内修斯。我才买了几瓶葡萄酒,你呢?你都买了些什么玩意儿!"

"麻烦你解释一下什么叫'玩意儿'?"伊格内修斯厉声说道。

"你那些破书、老留声机,还有我上个月给你买的小号。"

"我觉得小号是一项不错的投资,尽管我们的邻居安妮小姐不太喜欢。她要再敢敲我的百叶窗,我就朝她泼水。"

"明天我们就看报纸查招聘启事。你得穿戴得体,找一份工作了。"

"麻烦你解释一下什么叫'穿戴得体'?我可不想装扮成一个彻头彻尾的笑柄。"

"我会给你熨烫好一件白白净净的衬衫,你从你爸的领带里挑一条好看的系上。"

"我能相信我听到的一切吗?"伊格内修斯埋在枕头里喃喃自语。

"要不然,伊格内修斯,我就去把房子抵押了,你真想失去头上这片屋瓦吗？"

"休想！你不能抵押这房子，"伊格内修斯抡起巨大的手掌猛地拍在床垫上，"那会毁掉我好不容易建立起来的安全感。我无法忍受任何不相干的人掌管我的家园。一想到这些，我的手上就起疹子。"

他摊开一只手掌，让他妈妈看看上面泛起的疹子。

"想都不要想！"他继续说道，"这会激发我所有潜在的焦虑，后果不堪设想。我可不想你下半辈子都在看护一个关在阁楼上的疯子。我们绝不能抵押房子。你一定还有存款！"

"我在爱尔兰银行里有一百五十美元的存款。"

"天哪！就这么点存款？我没想到咱们家一贫如洗。不过，幸好你没有早告诉我，要是我早知道这种贫困的境况，我的神经早就崩溃了。"伊格内修斯挠挠掌心，"但我必须承认，这个选择对我来说相当残酷。我严重怀疑是否有人会愿意雇用我。"

"宝贝，你这是说的什么话？你是个好孩子，又受过良好的教育。"

"雇主能感到我厌弃他们的价值观，"他翻了个身，四脚朝天地平躺在床上，"他们惧怕我。我怀疑他们会察觉到我是被逼无奈才出来工作的，我怕他们看出我厌恶这个时代。以前，我在新奥尔良公立图书馆上班时就是这样。"

"但是，伊格内修斯，那是你大学毕业后找的唯一一份工作，而且你只上了两个星期的班。"

"可不就是嘛。"伊格内修斯回答道，他手握一团纸球瞄准乳白色的吊灯，准备投篮。

"你那份工作就是往书上贴小纸条那么简单。"

"没错，但是我对贴纸条有自己的美学标准。有时候，我每天只贴三四张纸条，但我对自己的工作质量很满意。我对工作有整体把握，而图书馆的管理层却对此看不顺眼。他们只想要一个贴纸条的动物，一个只懂得给畅销书涂胶水的动物。"

"你觉得你还能去那里工作吗？"

"我深表怀疑。离职的时候，我对加工部的女主管说了些刻薄的话。他们连我的借阅卡都注销了。这下你明白我的世界观给人们带来的恐惧和憎恨了吧。"伊格内修斯打着嗝说，"我不想再提那趟让我误入歧途的巴吞鲁日之旅，但我相信，就是那场事故让我对工作产生了心理障碍。"

"伊格内修斯，那所大学对你挺好的。说实话，他们让你待了那么久，还让你上过一堂课，是不是？"

"哦，就算是吧。那些从密西西比来的白人穷鬼跑去院长那里告状，说我是教皇的支持者和宣传员，这根本就是捏造嘛。我并不支持现任教皇，他根本不符合我心目中手握威权的理想型教皇的标准。事实上，我强烈反对现代天主教的相对主义。可是，这些天真无知的红脖子①基督徒竟然煽动我的学生组成了一个委员会，要求我评阅并返还压在我手上的论文和试卷。他们甚至在我办公室的窗户外头搞起了小型示威。这简直

---

① 特指美国南方乡下白人。

太戏剧化了!这些头脑简单的孩子,搞起示威游行倒很有一套。就在游行示威进行到白热化的时候,我把所有积压的试卷——当然一个也没给他们评分——通通扔出窗外,全都砸在他们的脑袋上。学院小肚鸡肠,容忍不了此等反抗当代学术乱象的行为。"

"伊格内修斯!你从来没跟我提起过这件事!"

"那时候我不想刺激你嘛。我还对那帮学生说,为了人类的福祉,我希望他们个个绝子绝孙。"伊格内修斯重新摆了摆脑袋边的枕头,"我永远也不会去看那些满脑子阴暗思想的学生写在纸上的胡言乱语。无论在哪工作,我都是这个态度。"

"你肯定能找到一份体面的工作。他们迟早会发现,你是个拥有硕士学历的男孩。"

伊格内修斯重重地叹了口气,说道:"看来,我是别无选择了。"他扭曲的面孔摆出一副受难的神情——在这一轮循环结束前,同命运女神较量是无济于事的。"当然,你要知道这一切都是你的错,我的写作进度将因此大大延误。妈妈,我建议你赶快去找告解神父,好好忏悔一番。向他承诺,今后不再犯错和酗酒;告诉他,你道德上的堕落导致了何等后果;让他知道,因为你的过错,一部批判当代社会、具有里程碑意义的控诉书不得不延迟完成。也许他能清楚你的过失有多么巨大。如果他符合我所认定的牧师的标准,忏悔过程一定会相当严格。不过,我已经学会了对当下的牧师不抱任何期待了。"

"我一定会乖乖的,伊格内修斯,你看着吧。"

"好吧，好吧，我会找份工作的，但不一定是你口中的'好工作'。我敏锐的洞察力说不定还会使雇主受益。工作经验或许会给我的写作增添新的维度。积极投身于这个我所批判的社会体系本身不恰恰是一种有趣的讽刺吗？"伊格内修斯打了一个响亮的嗝，"要是莫娜·明可弗看到我堕落到如此地步，就好了。"

"那女孩现在怎么样了？"雷利太太狐疑地问道，"为了让你上大学我花了不少钱，结果你竟找了那样的女朋友。"

"莫娜仍在老家纽约。她这会儿肯定在什么游行集会上嘲弄警察，好让他们逮捕自己呢。"

"她以前真让我头疼，满屋子乱弹吉他。倘若她真像你说的那么有钱，你就该把她娶回家，好好过日子，再生个可爱的宝宝。"

"我能相信这些龌龊之言是从我自己母亲的嘴里说出来的吗？"伊格内修斯吼道，"现在快去给我做晚饭吧。我得准时赶到剧院。今晚有个马戏团音乐剧，好评如潮，我期盼已久了。我们明天再研究招聘广告！"

"我真为你感到骄傲，儿子，你终于要去上班了！"雷利太太激动地说道，在儿子湿漉漉的胡须上亲了又亲。

"看看那个老太婆，"琼斯暗自思量，大巴车一颠，他撞到邻座女士身上，"她以为我这个黑人要吃她豆腐。瞅瞅，她屁股都要挪到窗子外了。哼，我才不会占什么人的便宜呢！"

琼斯小心翼翼地往远处挪了挪，两条腿叠在一起。他想要是能在车上抽根烟就好了，然后琢磨起那个"头戴绿帽子的肥仔"。此人好像忽然之间成了镇上的名角，不知这个肥佬下次会在哪里现身，这个戴绿帽子的怪胎还真有点神鬼莫测。

"哦，我要去跟那个条子说一声，让他知道我找到工作了，以后别老盯着我。我还要告诉他，我遇到一个好心人，每周付我二十块钱。他准会说：'很好啊，小子，我很高兴你能改邪归正。'然后我说：'是啊！'他说：'现在你大概算得上是这个社会的一分子啦。'然后我说：'是啊，我找到一份黑人该干的活，领着黑人该拿的工钱。我是这个社会真正的一员了，现在我是个真正的黑人啦，不再是流浪汉，只是个黑人。'哇哦！这变化有多大啊？！"

那位老妪拉响了下车铃，她从座位上站起来，竭力避免与琼斯有任何肢体接触。琼斯透过绿色太阳镜冷冷地看着这个女人扭着身子往外挤。

"瞧她那副样子，她肯定觉得我染了梅毒或者肺结核，还是个大色狼，我会用剃刀宰了她，再拿走她的钱包，哎哟。"

太阳镜小伙看着老妇人下了车，走进车站人群，在人群后方发生一阵骚动。一个男人正用手里的报纸卷抽打一个戴着长长的红胡子、穿着花短裤的男人。那个红胡子男人看起来有点眼熟。琼斯感到一丝不安，先是绿帽子幽灵，现在又是这个似曾相识的红胡子。

直到红胡子男人跑远了，琼斯才把视线从窗口收回来。他翻开达琳送给他的《生活》杂志。在"欢乐之夜"酒吧，也只有达琳对他不错。达琳订购杂志是为了提升自身素养，现在又送给琼斯看，说对他有帮助。琼斯艰难地阅读起一篇有关美国在远东事务中影响力的社论，读到一半就放弃了。他不明白这类杂志怎么能帮助达琳实现做脱衣舞娘的愿望呢？那可是她的人生目标。他翻到后面的广告页，觉得杂志里就这部分内容最合胃口。这一期杂志上的广告做得棒极了。他尤其喜欢安泰人寿保险那则广告，一对夫妇刚买下一栋漂亮房子；还有雅德利剃须膏的广告男模，看起来又酷又有钱。那才是杂志的价值所在，他希望有一天自己也能像广告里的男士那样神气。

当命运弄人的时候，不妨看场电影解解压。伊格内修斯话到嘴边，却想到自己几乎每晚都去看电影，不论命运之轮怎样转动。

伊格内修斯端坐在漆黑的普利塔尼亚影院里，距大银幕只有几排之遥。他肥硕的身躯挤在座位中间，并摊向左右两侧的邻座。右侧的座位上还放着他的外套、三杯奶昔、两袋备用爆米花，袋口处被整齐地卷了起来，为了保证爆米花温热松脆。此刻，伊格内修斯正一边吃着手中那袋爆米花，一边全神贯注地欣赏银幕上的影片预告。其中有一部预告片烂透了，他决定，过几天再来亲自鉴定一下全片。接着，巨幅银幕绚丽起来，"米高梅"家的狮子一声怒吼，影片的片名闪现在他那双不可思议的蓝黄相间的双眼中。伊格内修斯的表情僵硬，手里的爆米花袋子颤动起来。进影院前,他特意把两边的耳罩别在帽子上,此刻音乐声尖利,从四面八方进攻他裸露的双耳。他仔细辨别,从中选出两首他尤为厌恶的流行曲,接着仔细研读起演职人员的名单,筛选出他讨厌的演员的名字。

演职员名单播放完毕,伊格内修斯如愿地挑出了几个演员、作曲人、导演,连同发型师和助理制片人,这些人的作品曾经在不同场合下冒犯过他。接着,银幕上出现了好多动物,它们围在马戏团的帐篷外头。伊格内修斯贪婪地观看这一幕,并一眼挑出站在杂耍团旁的女主角来。

"哦,我的上帝!"他尖叫道,"她在那儿!"

前排的孩子们纷纷转过头瞪他,但伊格内修斯浑然不知。他那双蓝黄色的眼睛锁定女主角,她正提着一桶水欢快地朝一头大象走去。

"这比我料想的还要糟!"伊格内修斯看到出场的大象,嘟囔了一句。

他把空空如也的爆米花袋放到嘴边,往里面吹气,然后静置一会儿。五彩缤纷的荧光注入他的双瞳。一记鼓声响起,影片配乐送来小提琴的旋律。女主角与伊格内修斯同时张开嘴巴,只是一位在吟唱,一位却在痛苦地呻吟。黑暗中,伊格内修斯颤抖的双手猛地一拍,爆米花袋"嘭"地炸开,惹得影院里的孩子们齐声惊叫。

"什么声音?"糖果柜台边的小姐朝剧场经理问道。

"他今晚在这儿。"经理指了指银幕下方那个庞大的黑影说道，然后沿着过道走到前排。那里的尖叫声越来越疯狂，但孩子们不是出于恐惧，而是在比试谁叫得更响亮。这令人毛骨悚然的尖叫声以及不时爆发出的傻笑让幽暗处的伊格内修斯在一旁幸灾乐祸。经理稍稍吓唬几句，前排捣乱的叫声才稍稍平息。他随即扫了一眼夹在孩子们中间那个突兀的身影，在一排小脑袋中间伊格内修斯像一头巨大的怪兽，实际上那是他臃肿的轮廓罢了。绿色帽檐下伊格内修斯那双火眼金睛正紧紧地跟随着女主角和大象穿过宽阔的银幕，进入到马戏团的帐篷里。

有一阵子，伊格内修斯安静下来，只是偶尔对接下来的剧情闷声嗤笑。这是一个片中角色齐齐亮相的场面：最显眼的位置上，女主角伴着华尔兹的旋律在秋千上荡来荡去。她微微一笑，镜头给了一个巨大的特写，伊格内修斯则仔细检查她有无蛀牙或补牙；她伸出一条腿，伊格内修斯又迅速查验起她的腿部轮廓有无缺陷。她开口歌唱，歌词大意是要人不断努力，直到成功。伊格内修斯捕捉到这一要义后，不禁打起冷战。他盯着女主角牢牢抓住秋千的手，希望接下来的一幕她会跌落在碎木屑上。

第二幕是和声部分，所有演员齐声歌唱。他们一边面带笑容地奋力歌颂这最后的胜利，一边尽情地摇摆、悬荡、翻跟头、吊威亚。

"哦，我的天哪！"伊格内修斯难以抑制地大叫道。爆米花撒在衬衫上，滑落到裤子的褶皱里。"是什么样的败类才能拍出这样的无耻之作？"

"闭嘴！"坐在他后面的人抗议道。

"看看这些傻笑的白痴！这里的电线通通都应该被切断！"伊格内修斯把最后一袋仅剩的几粒爆米花搅得哗哗响，"哦，谢天谢地，这一幕总算结束了。"

当剧情进入到卿卿我我的爱情戏时，伊格内修斯跳出座位，大步走向糖果柜台，又买了些爆米花。等他重新入座时，正赶上银幕上两个粉红色的身影准备接吻。

"他们很可能有口臭，"伊格内修斯在孩子头顶上大声宣布，"很难想象这些嘴巴以前都碰过什么脏东西。"

"你得想想办法，"卖糖果的小姐直截了当地对经理说道，"他今晚真是变本加厉，太糟了。"

经理叹了口气，冲向目标人物。这时，伊格内修斯还在喋喋不休："哦，上帝呀，他们的舌头可能正舔着对方的牙套和蛀牙！"

第三章

伊格内修斯在家门口的砖砌小路上蹒跚而行,吃力地爬上台阶,按响门铃。枯死的香蕉树上掉下来一根寿终正寝的树枝,直挺挺地僵卧在普利茅斯车的车盖上。

"伊格内修斯,宝贝啊,"雷利太太打开房门,惊呼道,"你怎么了?看起来奄奄一息的样子。"

"我的幽门在电车上又堵了。"

"上帝呀,快进屋,别在外面冻着。"

伊格内修斯拖着沉重的双腿郁闷地走进厨房,瘫倒在椅子上。

"保险公司的人事经理太欺负人了!"

"你没得到那份工作?"

"当然,没戏!"

"发生什么事了?"

"我不想多说。"

"你去其他地方找了吗?"

"显然没去!我现在这副样子能得到老板的青睐吗?我很有自知之明地决定回来了。"

"别难过,宝贝。"

"'难过'?我的字典里恐怕从来没有'难过'二字。"

"别这个态度呀。你一定能找到一份体面的工作。你才出去几天啊,"母亲看着他说道,"伊格内修斯,你跟保险公司人事经理谈话的时候也戴着这顶帽子吗?"

"当然戴着。那间办公室冷得一塌糊涂,也不知道他们的员工怎么能在那种冰窖里日复一日地存活下来。还有头顶那些荧光管,简直要把人的脑袋烤焦,把眼睛都晃瞎了。那个办公室可太糟糕了,我试着跟那个人事经理说明它的缺陷。但他好像一点也不感兴趣,而且最后对我颇有敌意。"伊格内修斯打了个响嗝,"我早就告诉过你,事情会变成这个样子。我和这个时代格格不入,别人只要看到这一点,就会很反感。"

"天哪,宝贝,你得积极一点。"

"积极?"伊格内修斯粗暴地重复了一遍,"是谁把这种垃圾观念植入到你脑子里的?"

"曼库索警官。"

"哦,上帝啊!我就知道。他是'积极人设'的典范吗?"

"你真应该听听那个可怜警官的遭遇,听听他的长官在警局里是怎么……"

"够了!"伊格内修斯捂住耳朵,一拳捶打在桌子上,"我不想再听到任何一句有关那个男人的话。几个世纪以来,就是曼库索这种人挑动世界大战,传播疾病。这个恶灵竟然阴魂不散地闯进我们家,摇身一变成了你的斯文加利[1]!"

---

[1] 斯文加利(Svengali),乔治·杜·莫里哀小说《翠儿比》中教翠儿比练声并用催眠术控制她唱歌的音乐家。斯文加利式的人物尤指利用催眠术来达到罪恶目的的人。

"伊格内修斯,冷静一点!"

"我才不要'积极'。所谓的'乐观主义'让我恶心,那种思想是畸形的。人类自堕落以来就痛苦地苟活于世。"

"我不痛苦。"

"你痛苦。"

"不,没有那回事。"

"你有,你就有。"

"伊格内修斯,我一点也不痛苦。如果我有这种感觉,我会告诉你的。"

"要是我酒驾撞毁了他人财物,然后又把自己的孩子扔给一群恶狼,我一定会捶胸顿足、大哭一场。我会跪下来忏悔,直到双膝流血。我倒想问问,神父怎样看待你的罪过?"

"他说了三声'万福马利亚'和一声'我们的天父啊'!"

"就这些?"伊格内修斯尖叫道,"你有没有告诉他你做了什么?你耽误了一部伟大的批判性作品的问世!"

"我忏悔过了,伊格内修斯,我把所有的事情都告诉神父了。他说:'看起来这不是你的错,亲爱的。你只不过不小心在潮湿的路面上滑了一下。'然后,我又跟他说了你的事。我说:'我的儿子说我妨碍了他写作,他在这本书上已经花费了五年的光阴。'神父说:'是吗?我听着不觉得有多重要。你告诉他不要总待在家里,赶紧出去工作。'"

"这就是我为什么不支持教会!"伊格内修斯吼道,"你本该在忏悔时接受鞭笞!"

"好了，伊格内修斯，明天你再试试其他地方吧，这个城市有很多工作机会。我跟德国餐馆工作的玛丽·路易斯小姐聊过。她说她有一个既瘸又聋的弟弟，需要戴着耳机。你猜怎么样？人家在古德威尔公司找了一份不错的差事。"

"说不定我也可以去那试试。"

"伊格内修斯！他们只雇盲人或智障人士做做扫帚什么的。"

"我确信跟残障人士共事会很愉快。"

"咱们看看今天下午的报纸吧，也许能找到一些好工作。"

"如果明天一定要出门，我不要像今天这么早。市区闹哄哄的，搞得我心烦意乱。"

"你今天可是吃了午饭才出门的啊！"

"我还是感觉浑身不舒服。昨晚一连做了几个噩梦，醒来时身上都碰伤了，还满嘴冒胡话。"

"听听这个。我每天都在报纸上看到这份招工启事，"雷利太太说着将报纸举到眼睛近前，"诚聘整洁、刻古的人……"

"那是'刻苦'吧。"

"哦，是整洁、刻苦、可靠、安青的人……"

"是'安静'啦！给我吧！"伊格内修斯说着，夺过他妈妈手里的报纸，"没文化真可怕。"

"我爸爸很穷嘛。"

"拜托！我现在可没心情再听一遍你的悲惨故事。'诚聘整洁、刻苦、可靠、安静的员工。'天哪！他们到底想要招什么怪物？我恐怕永远也不会在崇尚这种世界观的公司上班。"

"接着读，宝贝。"

"'文员工作，二十五岁至三十五岁之间，有意者请每日上午八点至九点间，前往运江工业集团利维制裤厂。'这个不适合，九点之前我可赶不到那里。"

"宝贝，要工作一定得早起啊。"

"不行，母亲大人。"伊格内修斯把报纸扔到烤箱上，"我的眼光太高了，这种工作根本不适合我。估计送报纸之类活儿我还行。"

"伊格内修斯，像你这样的大块头根本没法骑车送报。"

"或许你可以开车载我，我从后座窗口把报纸扔出去。"

"听着，小子，"雷利太太恼火地说道，"你明天必须去其他地方试试，我是认真的，首先就去这家利维制裤厂。伊格内修斯，我了解你，你今天准是出去玩了。"

"哦，哦，"伊格内修斯打了个哈欠，露出肥大的粉红色舌头，"利维制裤厂，名字听起来跟我之前应聘过的公司一样差，没准更糟。我算是明白了，我挣扎在劳动力市场的最底层。"

"宝贝，慢慢来，你一定会成功的。"

"哦，我的上帝啊！"

巡警曼库索得到一个好点子。这个点子从哪里来？还不是伊格内修斯·雷利。那天，他给雷利家打电话，想约雷利太太出来跟他和他的姨妈一起去打保龄球，结果接电话的是伊格内修斯，朝他大喊一通："你这个白痴别再骚扰我们了！如果你还有点脑子就去调查'欢乐之夜'那样的窝点，我和我亲爱的妈妈在那里不但被人欺负，还被狠狠地敲诈了一笔。我不幸地成了一个恶毒、放浪的酒吧女的猎物；还有，那个老板娘是个纳粹分子，我们好不容易才逃出来，差点丢了小命。好好调查一下那帮家伙，别总来烦我们，你这个小三。"

后来，雷利太太从她儿子手里夺过电话。

要是警长知道此事，一定龙颜大悦，说不定还会表扬自己一番。所以巡警曼库索清了清喉咙，对警长说道："我得到线索，一家店里有酒吧女。"

"你得到线索？"警长问道，"谁给的线索？"

经多方考虑，巡警曼库索决定不把伊格内修斯牵扯进来，于是选择说是雷利太太。

"我认识的一位女士。"他答道。

"那位女士怎么会知道那种地方？"警长又问，"谁带她去的？"

总不能说是"她儿子"吧，否则自露破绽。为什么每次跟警长说话都这么不顺呢？

"她一个人去的。"巡警曼库索最后说道，他极力挽回，使谈话不陷入僵局。

"一位女士独自去那种地方？"警长抓狂地叫道，"这到底是个什么女人，啊？没准她自己就是酒吧女！曼库索，赶紧出去吧，去把可疑分子给我带回来。到现在为止，你一个正经货也没抓到,别再跟我提什么酒吧女了,去储物室拿上你的衣服。今天,你要扮成——大兵。快去!"

巡警曼库索伤心地走出门,前往储物室。他不明白自己为什么总是不招警长的待见。待他走后,警长立马找来一个警探,指示道:"你带几个人找个晚上走一趟'欢乐之夜'。有个蠢货跟曼库索提过那儿,这事别让曼库索知道。我可不想叫那个笨蛋抢了风头。在他抓着可疑分子之前,我要让他一直穿着戏服。"

"长官,今天我们又收到一起关于曼库索的投诉。有一位女士说,昨晚在公交车上,有个带墨西哥帽的小个子故意挤她。"探员说道。

"这可不是开玩笑的,"警长若有所思地说,"再有这样的投诉,我们就逮捕曼库索。"

在狭小的办公室里,冈萨雷斯先生打开灯,又点燃了办公桌旁的煤气加热器。在利维制裤厂工作的这二十多年来,每天早上他都是第一个来到办公室的人。

"我今天早上上班的时候天还黑着呢。"要是碰上被迫来厂里视察的利维先生,冈萨雷斯先生一定会抓住机会说出这个话。

"你出门肯定很早啊。"利维先生则会这么说。

"今天早上我还碰到了送奶工,跟他在办公室外的台阶上聊了两句。"

"哦，得了吧，冈萨雷斯。你有没有弄到去芝加哥的机票？我要去看小熊队与包装工队的比赛。"

"我把办公室弄得暖暖和和的，这样大家来上班时就不会挨冻啦。"

"你在浪费我的煤气。冷一点对你们有好处。"

"早上我一个人在这儿算好了两页账。您看，我还在饮水机旁逮了一只老鼠。这家伙没料到旁边有人，被我用纸镇一下命中。"

"把那只该死的老鼠拿开。这地方太让我压抑了。快打电话帮我预定看赛马比赛的酒店。"

不过，在利维制裤厂，想要晋升一点也不难。单凭"守时"这一项，就可以得到提拔。冈萨雷斯先生成了办公室经理，领导着几个萎靡不振的办事员。他从来都记不住手下文员和打字员的名字，他们似乎只是时不时地在办公室里进进出出而已，只有特里克希小姐例外。这个已届耄耋之年的助理会计，在将近半个世纪的时光里错误百出地往利维厂的账本上登记数字。她每天上下班总是戴着一顶绿色的赛璐珞[①]遮阳帽，冈萨雷斯先生将此举诠释为对利维制裤厂的无限忠诚。不过，在周末参加礼拜时，她有时候也会戴上这顶帽子，当作女士凉帽使用。甚至在参加亲兄弟的葬礼时，她也带着它，幸亏被眼疾手快的弟媳妇一把扯下。不管怎么说，利维夫人发过话，无

[①] 赛璐珞（celluloid），硝化纤维塑料。

论如何也不准辞退特里克希小姐。

冈萨雷斯先生拿着一块抹布漫不经心地擦起桌子。办公室里寒气袭人，清清冷冷，只有墙洞里大老鼠玩儿得热火朝天。每天这个时候，冈萨雷斯先生都在咀嚼同一个问题——在利维制裤厂工作给他带来了多少欢愉。外面的码头上，货轮鸣着汽笛轻盈地在上升的晨雾中滑行，深沉的雾号声在办公室生锈的文件柜间频频回荡。随着受热膨胀，他身边的小煤气炉也发出嘎吱嘎吱的响声。这一切都在宣布冈萨雷斯一天的工作即将开始。然而，二十年来他早已习惯了这样的开场白。然后，他点燃每天的十支烟中的第一支。烟头快要烧到过滤嘴时，他把烟掐灭，再将烟灰缸里的东西倒进垃圾桶。他总是希望整洁的桌面能给利维先生留下好印象。

在冈萨雷斯办公桌一旁的是特里克希小姐的拉盖桌。每一个关不上的抽屉里都堆满了旧报纸。办公桌脚埋在球形图案的绒布毯里，其中一个桌脚下塞了一块硬纸板，以此保持桌子的平衡。特里克希小姐的座位上常年被一只装满旧布料的棕色纸袋和一团毛线霸占着。她桌上的烟灰缸里堆满了烟蒂，直往外掉。冈萨雷斯先生一直搞不懂这些烟蒂是从哪里冒出来的，因为特里克希小姐不抽烟。为解开这一谜团，他向她询问过好几次，但每次得到的答复都不一样。特里克希小姐的领地似乎有一种磁性，能吸引来办公室里的所有废品，要是谁的钢笔啦、眼镜啦、钱包啦、打火机啦之类的不见了，通常可以在她办公桌上的某个地方找到。特里克希小姐还保管着所有的电话簿，它们都堆在她满满当当的抽屉里。

冈萨雷斯先生正准备去特里克希小姐那儿寻找他丢失的印章，这时办公室的门开了，特里克希拖着脚步慢吞吞地走了进来，在木地板上蹭了蹭运动鞋的鞋底。她又拎来一个纸袋，里面装着大同小异的旧布料和毛线，袋子顶端伸出来的东西正是他要找的印章。这几年特里克希小姐总是随身带着纸袋，有时候会在办公桌边堆上三四个，但她从来没跟人透露过这些袋子的来历和用途。

"早上好啊，特里克希小姐，"冈萨雷斯先生提高嗓音热情地问候道，"今天早上过得怎么样啊？"

"谁？哦，你好啊，冈麦斯①。"特里克希小姐有气无力地应了一声，然后像是遭遇了海风一样，摇摇晃晃地飘入女卫生间。特里克希小姐的身姿从不挺拔，她的身体跟地板的夹角永远小于九十度。

冈萨雷斯先生趁她不在，赶紧从纸袋里拿回自己的印章。他发现印章上沾了一层油渍，摸着闻着都像是培根上的油。他一边擦拭印章，一边想今天会有几个人来公司上班。一年前的某一天，只有他和特里克希小姐来上班，后来公司每个月加薪五美元，可即便如此，办公室的员工仍有连个电话都不打就人间蒸发的。这成了冈萨雷斯的一块心病。所以在特里克希小姐到岗之后，他仍然眼巴巴地看着大门。尤其在眼下这段日子，

---

① 此处特里克希小姐把冈萨雷斯的名字念错了。

工厂马上要开始装运春夏两季的货物。事实就是，冈萨雷斯迫切需要人手。

突然，冈萨雷斯先生看到门外出现了一顶绿色的遮阳帽。难道是特里克希小姐穿过工厂间，从前门又折返回来了？这很像她的风格。有一次特里克希小姐早上走进洗手间，后来就再也没有出来过。直到傍晚，冈萨雷斯才发现她在工厂阁楼的布匹堆上睡着了。门开了，冈萨雷斯先生见过的最夸张的大块头走进了办公室。他摘下绿帽子，露出一头浓密的黑发，因为抹着凡士林，头发粘在脑壳上，油汪汪的，看起来像二十年代的发型。大块头脱下大衣，身上的肥肉被紧巴巴的白衬衫箍成一圈一圈的，一条宽边花领带垂下来，将白衬衫左右分开。这家伙的胡子上似乎也涂了凡士林，看起来泛着油光。尤其不可思议的是，他有一对蓝黄相间的眼睛，眼珠子周围布满了细密的粉红色的血丝。冈萨雷斯几乎要大声祈求眼前这个庞然大物是来应聘工作的。他按捺不住内心的激动与喜悦。

伊格内修斯发现，这是迄今为止他进过的最狼藉的一间办公室。污迹斑斑的天花板上七扭八歪地吊着几个光秃秃的灯泡，在变了形的地板上洒下一层微弱的黄光。破旧的档案柜将办公室分成了几个小隔间，每个隔间都铺着一张办公桌，桌面被漆成怪异的橙色。透过办公室落满灰尘的窗户，可以看到灰蒙蒙的波兰大道码头、陆军终点站和密西西比河；更远处，还可以看到干船坞和对岸在阿尔及尔区耸立的屋顶。这时，一个老迈的妇人蹒跚而入，撞到一排文件柜上。这里的氛围让伊格内修斯倍感亲切，他体内的幽门愉快地开启了。伊格内修斯几乎要大声祈求自己能够得到这份工作。他也按捺不住内心的激动与喜悦。

"什么事？"一位衣冠楚楚的男士坐在整洁的办公桌旁轻快地问道。

"哦，我以为那位女士是这儿的负责人呢，"伊格内修斯用他最洪亮的声音答道，发现这个男人是整间办公室里唯一不和谐的存在，"我看到了你们的招聘广告，是来应聘的。"

"哦，好极了！你想应聘什么岗位？"男人热切地说道，"我们在报纸上登了两个职位，一个招女工，另一个招男工。"

"你觉得我该应聘哪一个呢？"伊格内修斯有些恼火。

"哦，"冈萨雷斯先生面露难色，"很抱歉，我没搞清楚。我的意思是，性别不是问题，这两份工作你都能胜任。我是说，我对性别没有要求。"

"请别介意。"伊格内修斯说道。他饶有兴趣地注意到那个老妇人已经俯在办公桌上打起瞌睡，看来这里的工作环境真不赖啊。

"请坐，请坐。特里克希小姐会把你的外套和帽子放到员工储物柜里。我们希望您把利维制裤厂当成自己的家。"

"可我们还没有正式谈呢。"

"好说，好说，我想我们的意见一定会达成一致。特里克希小姐，特里克希小姐。"

"谁啊？"特里克希小姐叫道，把烟灰缸撞翻在地。

"来，我帮您拿吧。"冈萨雷斯先生伸手去够对方的帽子，却被一巴掌扇开，不过他被允许接过对方的外套，"多漂亮的领带啊！现在这种领带可不多见了。"

"这是已故家父的领带。"

"哦，很遗憾。"冈萨雷斯先生说着将外套放进一个老旧的铁皮柜里。伊格内修斯看到里面放着一个纸袋，跟老妇人办公桌边的两个纸袋一模一样。"顺便介绍一下，这位是特里克希小姐，我们这里资历最老的员工之一。你会发现她是个很好相处的人。"

特里克希小姐已经睡着了，她长满白发的脑袋枕在一堆旧报纸上。

"对，"她叹口气说，"哦，是你啊，冈麦斯。到下班时间啦？"

"特里克希小姐，这是新来的同事。"

"好啊，大块头男孩，"特里克希小姐说道，翻了翻浑浊的眼珠，望向伊格内修斯，"养得真好啊。"

"特里克希小姐已经在这工作五十多年了。仅凭这一点，你就能看出我们这儿的员工有多么满意利维制裤厂。特里克希小姐是已故的老利维先生的手下，老利维先生是一位顶和善的绅士。"

"是啊，一位顶好的绅士，"特里克希小姐附和道，但她早就记不清老利维先生是谁了，"他待我极好，没说过一句重话。"

"谢谢你，特里克希小姐。"冈萨雷斯先生飞快地说道，好像典礼上的司仪迫切地想要结束一段拙劣的表演。

"公司说今年复活节会给我一个上好的煮火腿，"特里克希小姐对伊格内修斯说道，"我希望他们不会食言。他们已经忘记给我送感恩节火鸡了。"

"特里克希小姐一向支持公司。"办公室经理赶忙补充道，但是这位老迈的助理会计员仍然喋喋不休地抱怨火鸡的事。

"这些年我一直在等着退休。每年，他们都让我再干一年。他们不停地让你干活，直到你辞职为止。"特里克希小姐上气不接下气地说。接着她对退休的话题失去了兴趣，转而补充道："我本该得到那只火鸡的。"

她拿出一个纸袋，开始整理东西。

"你今天能开始上班吗？"冈萨雷斯先生问伊格内修斯。

"真是不可思议，我们还没谈薪酬，你就让我开工。难道现在找工作不用走正规的程序吗？"伊格内修斯傲慢地问道。

"哦，你的职责之一是整理文件，我们确实很需要这方面的人手，周薪六十美元。如果因病因事误工，就从周薪里扣。"

"这点工资远低于我预期的底线，"伊格内修斯拿腔拿调地说道，"我呢，有一个敏感的幽门，时不时会迫使我卧床休息几日。有好几家待遇更好的公司争着要我呢，我还是先考虑他们吧。"

"但是，"办公室经理神秘兮兮地说，"特里克希小姐的周薪才四十美元，而且她还是老员工呢。"

"她看起来的确很老,"伊格内修斯说道,只见特里克希小姐正在把包里的东西摊在桌子上,来回摆弄,"难道她不是应该早就退休了吗?"

"嘘——"冈萨雷斯先生压低声音,"利维夫人不许她退休,她认为特里克希小姐有点事做才好。利维夫人是一位既聪明、又有教养的女人。她上过心理学的函授课程。"冈萨雷斯先生话锋一转:"还是说说你的工作前景吧。你走运啦,一上班就拿六十美元的周薪,这都是因为利维公司开展的吸引新人计划。特里克希小姐就没那么幸运,她是在这个计划实施前进入公司的,而这项政策又没有追溯力,所以她享受不到这种待遇。"

"我真不想让您失望,先生,但您开的薪水实在太低了。有个石油巨头开出上千美元的高价聘请我做他的私人秘书。当时,我犹豫要不要接受他那种拜金主义的世界观。我觉得我最后很可能对他说:'成交。'"

"你每天还有二十美分的车补费。"冈萨雷斯先生恳求道。

"哦,这样嘛,情况就大不相同啦,"伊格内修斯做出了让步,"我暂时接下这份工作吧。我必须承认'利维制裤厂计划'很吸引我。"

"哦,那么,真是太棒了,"冈萨雷斯先生激动得结结巴巴地说,"他一定会喜欢这儿的,是不是啊,特里克希小姐?"

特里克希小姐一心摆弄她的破烂,根本没理他。

"我觉得很奇怪,您都没问我的名字。"伊格内修斯轻蔑地哼了一声。

"哦，天哪。我怎么把这事给忘了！您尊姓大名啊？"

那天，还有一位职员也来上班了，她是个速记员。另外有一名女士打电话说她决定辞职，以后去拿政府救济金过日子。此外，便再无其他人与利维制裤厂联系过。

"摘下墨镜。戴着那玩意儿怎么能看见地板上的垃圾？"

"谁想看垃圾啊？"

"我让你摘下墨镜，琼斯！"

"就——不——摘——"琼斯将扫把伸到酒吧高脚凳下面，把凳腿撞得乒乒乓乓直响，"周薪才二十块，你以为这里是种植园吗？"

拉娜·李用皮筋啪啪地扎好一捆纸币，又拿出收银机里的硬币，堆成几叠。

"扫把不许撞到吧台上，"拉娜尖叫起来，"该死，你弄得我神经紧张了。"

"你想让人安安静静地扫地？就去请个老婆子来，我扫地就这样。"

扫把又狠狠地撞了几回吧台。烟雾与扫把随着主人的步伐在地板上变换着位置。

"你应该让你的顾客使用烟灰缸，让他们知道你给伙计的工资还不到最低标准。说不定他们会发发善心。"

"小子，你最好感谢我给你这份工作，"拉娜·李说道，

"外面有多少黑人小子在找工作呢。"

"是啊,要是他们知道薪水这么少,很多黑人小子都跑去做流浪汉了。我有时候觉得,如果你是个黑人,不如就做个流浪汉。"

"你最好知足你有份工作。"

"每天晚上我都跪下来祈祷。"

扫帚又撞在桌子上。

"扫完地告诉我一声,"拉娜·李说道,"我有件小事,你替我跑个腿。"

"跑个腿?嘿,我以为我的职责就是扫地、擦地呢,"琼斯吐出一串烟圈,"还有什么狗屁跑腿?"

"听着,琼斯,"拉娜·李把一堆硬币丢回收银机,并在纸条上写下一个数字,"我要做的就是给警察打个电话,说你失业了,你懂我意思吗?"

"那我就告诉警察'欢乐之夜'酒吧就是个妓院,我到这儿工作,简直就是掉进了陷阱。哈!我正在耐心地收集证据,只要我掌握了证据,我就去警局好好说道说道。"

"说话小心点!"

"时代不同啦,"琼斯推了推太阳镜,"你再也吓唬不了黑人啦。我只要喊几个兄弟聚在酒吧门前,你就没生意可做了,说不定还会上电视新闻。黑人已经受够气了,周薪只给二十块,你休想差遣我。我受够了当流浪汉,也不想再拿那么点工资。你找别人跑腿去吧!"

"好了，别说了，把地扫完。我让达琳去办。"

"可怜的姑娘，"琼斯拿着扫帚在一个座位边扫来扫去，"又要推销酒水，还要替人跑腿，哇哦！"

"你可以给警察打电话举报她啊。她可是个酒吧女郎。"

"我要等着专门告发你。达琳并不想做酒吧女郎，她是被迫的。她说她想追求的是演艺事业。"

"是吗？就凭她的脑子，没被送去疯人院就算她走运了。"

"说不定在那儿也比这里强呢。"

"她最好还是把心思都放在推销酒水上，而不是老想着跳什么破舞。我能想象出她在我的酒吧里表演会是什么情景。达琳是那种你稍不注意，就能毁了你生意的蠢货。"

软垫门砰的一声被撞开，一个少年踢踢踏踏地走了进来，他脚踩弗拉门戈靴，一对金属鞋掌在地板上蹭来蹭去。

"嗯，差不多到时间了。"拉娜对他说。

"你雇了个新伙计？"男孩的目光透过额前油亮亮的鬈发打量着琼斯，"上一个伙计呢？死了还是怎么了？"

"亲爱的。"拉娜温柔地说道。

男孩打开一个花哨的手工钱包，拿给拉娜几张钞票。

"一切顺利吗，乔治？"她询问道，"孤儿们喜欢吗？"

"他们喜欢戴着眼镜坐在书桌上那个，看起来像老师什么的。这次我只要那种。"

"你觉得他们还想再要一个？"拉娜兴致勃勃地问。

"当然了，为什么不要呢？或者有黑板和书本，你懂的，拿着粉笔的那种。"

男孩与拉娜会意地一笑。

"懂了。"拉娜说着,眨巴眨巴眼。

"嘿,你是个瘾君子吧?"男孩冲着琼斯喊道,"你看起来挺像瘾君子的。"

"要是你屁股后面插一把'欢乐之夜'的扫帚,你一定看起来更像瘾君子,"琼斯慢悠悠地回敬道,"这里的扫帚虽然旧,但很好用,还分叉。"

"好了,好了,"拉娜尖叫道,"我可不想这里发生什么种族骚乱,我还要做生意呢。"

"你最好让你的孤儿小朋友滚远点儿,"琼斯朝他们喷了一口烟,"我干这种活儿可受不了任何侮辱。"

"过来,乔治,"拉娜说着打开吧台下面的柜子,拿出一个牛皮纸包递给他,"这是你要的东西,现在快回去吧,走吧。"

乔治朝她使了个眼色,砰的一声关门出去了。

"他是你和孤儿们之间的信使吧?"琼斯问道,"我很想看看他照管的那些孤儿。我敢说联合基金会肯定不知道这帮孩子。"

"见鬼,你到底想说什么?"拉娜怒气冲冲地问道。她细细地端详着琼斯脸上的神情,可惜对方戴着墨镜,什么也看不出。"做点慈善有什么错?擦你的地板去。"

拉娜数起男孩拿给她的钞票,那样子就像一位口吐咒语的女祭师,珊瑚色的双唇吐出一串串数字,念念有词。她时不时地闭上双眼，计算一番，接着在一叠纸上记下几个数字。她柔美的身体——这是她长期投资带来的丰腴的回报——正虔诚地俯在铺着塑料贴面的"圣坛"上。手肘旁的烟灰缸里飘出轻烟，犹如焚香，与她的祷告声一同徐徐攀升，飘过她手里高高举起的"圣体"①，那是这些祭品中唯一一枚银币。她正仔细研究上面的铸造时期，带动手腕上的镯子叮当作响，仿佛在召唤圣餐领取者前往圣坛。不过，这圣殿中只有一人，却因血统而不被接纳，他此刻正埋头拖地。那枚银币意外滑落，拉娜双膝跪地，恭敬地拾起它。

"嘿，当心，"琼斯大叫，瞬间破坏了仪式的神圣感，"你弄丢了从孤儿那搜刮来的银子，你这个笨手笨脚的家伙。"

"你看到它滚到哪儿去了吗，琼斯？"她急切地问道，"快帮我找找。"

琼斯放下拖布，眯着眼透过墨镜镜片和烟雾，开始四下搜罗起银币。

"真是狗屎，"他喃喃自语，此时两个人都俯在地板上找硬币，"吼吼！"

"我找到了！"拉娜激动地叫道，"我找到了！"

"哇哦！我很高兴你找到了。嗨，你最好别再把银币掉到地板上，否则'欢乐之夜'会破产的。你还有一堆工资要付呢，到时候麻烦可大了。"

---

① 天主教徒在做弥撒时把面饼代表耶稣的身体，称为"圣体"（host）。

"你怎么就不能闭上嘴呢,臭小子?"

"嘿,你叫谁'臭小子'?"琼斯抬起扫柄,狠狠地戳向圣坛,"你可不是郝思嘉·奥哈拉①。"

伊格内修斯小心翼翼地钻进出租车,把君士坦丁堡街的住址告诉了司机。随后,他从外套口袋里掏出一张利维制裤厂的信纸,又从司机那借来写字板当书桌。当车子驶入圣克劳德大道的车流中,伊格内修斯开始奋笔疾书。

> 第一天的工作告终之时,我已疲惫不堪。然而,我不想暗示说,我有多么沮丧、郁闷或泄气。这么说吧,这是我生平第一次与现代制度正面交锋,我下定决心作为一个观察者和批评家潜伏其中,完全依照它的意志行动。如果像利维制裤厂这样的公司再多一些,我相信美国劳工们会更好地完成手上的活儿。靠谱的员工应该丝毫不受外界干扰。"老板"冈萨雷斯先生是个十足的傻瓜,但还算讨人喜欢。他总是一副忧心忡忡的样子,顾虑多到了让他不敢批评任何员工的工作表现。他几乎什么事情都能接受,民主得近乎弱智。举个例子,特里克希小姐,这个商业帝国元老级的人物,在点煤气炉的时候不小心烧毁了一些重要的订单。尽管公司最近接到的订单越来越少,而这些来自

---

① 小说《飘》的女主人公。

堪萨斯城的订单价值大约五百美元（五百块啊！），可冈萨雷斯先生竟然对她的无心之过表现得云淡风轻。不过我们别忘了那位据说才华横溢、学识渊博的神秘老板娘利维夫人，她亲自给冈萨雷斯下过指令，要他好好对待特里克希小姐，要让她觉得自己有活力、受欢迎。话说回来，冈萨雷斯先生对我也非常客气，允许我由着性子整理文件。

接下来，我打算尽快同特里克希小姐畅谈一次。这位资本主义的美杜莎一定能为我提供很多独到的见解和深入的观察。

这里唯一一条"臭鱼"——原谅我用俚语描述这个人，因为这样的表达再好不过地传达出我对她的憎恶——就是速记员歌莉娅，一个年纪轻轻却厚颜无耻的骚货，满脑子都是乱七八糟的想法和颠倒是非的价值观。她唐突地对我品头论足，严重践踏了我的人品和举止。我把冈萨雷斯先生拉到了一旁，告诉他歌莉娅打算今天下班后偷偷离职。冈萨雷斯先生自然火冒三丈，当即炒了歌莉娅的鱿鱼。他难得享受一次权威感，这我看得出来。事实上，诱使我做这件事的是歌莉娅的鞋跟发出的恼人的声音。要是让我再听一天它咔嗒咔嗒的声音，我的幽门会堵上一辈子。当然，还有她的睫毛膏啦、口红啦，以及其他种种俗不可耐的东西，我懒得在这里一一罗列。

我觉得档案部大有可为，我从众多空位中选择了一个靠窗的办公桌。整个下午，我都坐在那儿，把小煤气炉开到最大,眺望窗外来自异国港口的船只,看着它们穿过港口冰冷、幽暗的海水。特里克希小姐轻微的鼾声和冈萨雷斯先生急促的打字声映衬着我的思考,形成了令人愉快的反差。

利维先生今天没有出现,听说他很少进厂视察。据我所知,按照冈萨雷斯先生的说法,他"正在想方设法把公司转让出去"。也许只有我们守在办公室里的三个人(至于其他人,如果明天来上班,我就想办法让冈萨雷斯先生解雇他们,办公室里人不能太多,会让人分心)才能重振公司,让小利维先生恢复信心。我已经想到了一些金点子,而且我相信,凭借我的一己之力一定能让利维先生把心思全部放到公司的业务上来。

顺带说一句,我还跟冈萨雷斯先生达成了一项划算的协议:说服他同意我打车上下班,作为我帮他省下歌莉娅薪资的回报。尽管接下来的讨价还价给本来愉快的一天蒙上了一个小小的污点,但我终于让他明白我的幽门和整体健康状况都处于岌岌可危的状态,最后还是我赢了。

由此可见,即便命运女神的轮盘向下转动,它偶尔也会有停顿的时候。也许我们还会发现,自己正处在大逆势下的小小顺势之中呢。当然,整个宇宙都建立在环环相套的法则之上,而我目前正处于一个良好的内循环中。当然,在内循环中也可能存在更小的循环。

伊格内修斯把写字板还给司机,然后开始对车速、方向和挡位指手画脚起来。等车子到达君士坦丁堡大街的时候,车内陷入一片死寂,弥漫着敌意,直到司机索要车费才打破沉默。

伊格内修斯气急败坏,好不容易从出租车里爬出来,一眼便看到迎面走来的母亲。她穿着粉色短大衣,头戴红色小帽,帽檐遮住一只眼睛,看起来像极了《淘金者》系列剧里的逃难女星。伊格内修斯还绝望地注意到一抹新色,原来她在大衣翻领上别了一株枯萎的圣诞红。她踩着碎石路花枝招展地走来,脚上那双棕色坡跟鞋踩在路面上咯吱咯吱直响,像是对打折后的身价提出抗议。尽管伊格内修斯对她这身行头并不陌生,但是这般全副武装的样子还是轻微撼动了他的幽门。

"哦,亲爱的,"雷利太太上气不接下气地说,他们狭路相逢,普利茅斯车的后保险杠把人行道堵得严严实实,"出大事了!"

"哦,上帝啊!又出什么事了?"

伊格内修斯立刻联想到准是母亲娘家的亲戚又出什么事了,这家人似乎特别容易遭灾受难。曾有年迈的姨妈被无赖打劫五十美分,表弟被杂志街的有轨电车撞伤,还有食物中毒的舅舅,以及被飓风刮下来的电线不幸击中的教父。

"是我们隔壁可怜的安妮小姐,今天早上在小巷里晕倒了,说是神经紧张,宝贝,她说你早上摆弄班卓琴把她吵醒了。"

"我弹的是鲁特琴,不是班卓琴!"伊格内修斯吼道,"她以为我是马克·吐温笔下的怪胎吗?"

"我刚去看望她了。她现在住在圣玛丽街她儿子家里。"

"哦,那个粗鲁的小子啊,"伊格内修斯抢到他妈妈身前爬上台阶,"谢天谢地,安妮小姐终于能消失一阵子了。这回我再弹鲁特琴,就不用忍受小巷对面的恶声恶气啦!"

"我特意去兰尼商店,给她买了一对装着卢尔德①圣水的念珠。"

"天哪!我这辈子从未见过哪家商店像兰尼一样,里面摆了那么多宗教圣物。我估计这家店很快就会显现神迹,兰尼本人也要飞升了吧。"

"安妮小姐可喜欢这对念珠了呢,孩子,她一拿在手里就开始祷告了。"

"毫无疑问,祷告比跟你聊天有趣。"

"坐下,孩子,我给你弄些吃的。"

"安妮小姐晕倒把你彻底搞蒙啦,你似乎忘记早上送我去利维制裤厂应聘的事了。"

"哦,伊格内修斯,结果怎么样?"雷利太太连忙问道,她把火柴凑到几秒钟前刚刚打开的火眼上,火柴一靠上去就噌地蹿起火苗。"天哪,我差点烧着自己。"

"我现在已经是利维制裤厂的员工啦。"

"伊格内修斯!"他母亲大叫一声,把他泛着油光的脑袋揽入怀中,粉色羊毛大衣压在他的鼻子上。她热泪盈眶地说:

---

① 卢尔德(Lourdes),法国比利牛斯省的天主教圣地。

"我真为你骄傲，儿子。"

"我都要累死了，办公室的氛围非常紧张。"

"我就知道你会成功的。"

"谢谢你对我这么有信心。"

"利维制裤厂付你多少工钱呀，宝贝？"

"每周六十美元。"

"啊，只有这么点儿？你可以再看看别的公司，看有没有更好的机会。"

"只要人够机灵，不愁没有升职和发展的机会。薪水迟早会涨起来的。"

"你这么认为？好吧，我还是很骄傲，宝贝。快把大衣脱下来，"雷利太太打开一罐利比炖肉，倒进锅里，"公司有没有可爱的女孩子啊？"

伊格内修斯想到特里克希小姐，说道："是有一个。"

"单身？"

"看起来是。"

雷利太太朝伊格内修斯眨眨眼，把他的大衣扔到柜子上。

"看，宝贝，我先煮炖肉，再开一罐豌豆，冰箱里有面包。我从杰门小店买了块蛋糕，不过，我这会儿想不起来把它放哪儿了。你去厨房找找，我得出去了。"

"你要去哪儿？"

"曼库索警官和他姨妈一会儿来接我，我们约好要去法齐奥打保龄球。"

"什么?"伊格内修斯尖叫道,"是真的吗?"

"我会早点回来的。我跟曼库索警官说了,我不能在外面玩得太晚,而且他姨妈年纪也不小了,我猜她也需要早点休息。"

"我第一天上班回来就受到这种待遇?"伊格内修斯火了,"你不能打保龄球,你不是得了关节炎吗?这太荒唐了。你要去哪儿吃饭?"

"我打算在保龄球馆买点墨西哥辣肉吃。"雷利太太说着走回自己房间,换衣服去了,"哦,亲爱的,有你一封信,从纽约寄来的,我放到咖啡罐后面了。看起来像那个莫娜写给你的,信封脏兮兮。莫娜怎么能寄出这样的信呢?你不是说她爸爸挺有钱的吗?"

"你打不了保龄球,"伊格内修斯吼道,"这是你要做的最最荒唐的事!"

雷利太太砰地关上了门。伊格内修斯找到信,撕开信封,从里面抽出一张某剧院夏日电影节的年度放映表。在这张皱巴巴的放映表背面是一封亲笔书信。信上字迹潦草、笔锋生硬,那正是明可弗的笔体。从这封信的称谓来看,莫娜不像是写给朋友的,倒像是写给某位编辑的:

先生:

你给我写的这封怪异而又恐怖的信,究竟要表达什么呢,伊格内修斯?你只给了我这么一点证据,让我怎样联系民权联盟呢？我无法想象警察为何要拘捕你。你不是整天待在家中的吗？如果你不写那场"交通意外"，我或许会相信你被拘捕的事。可你说你的手腕被折断了，那这封信是怎么写出来的呢？

伊格内修斯，我们对彼此坦诚一些吧。我根本无法相信你信里写的东西。然而，我却为你深感担忧。臆想有人逮捕自己——这可是偏执狂的典型特征。你一定知道，弗洛伊德认为妄想与同性恋倾向存在很大的联系。

"下流！"伊格内修斯大吼道。

但是，妄想症这方面我不想多谈了，因为我知道你对任何形式的性行为都采取坚定的反对态度。倒是你情绪方面的问题仍然很明显。鉴于你在巴吞鲁日应聘教职的失败经历（你将失败的原因归咎于大巴车云云——显然是为了转移过失），你可能一直没有摆脱挫败感。而这次"交通意外"只不过是你为自己漫无目的又无能为力的存在寻找的新的借口而已。伊格内修斯，你必须认同一些事情。正如我几次三番告诫你的，你必须投身到当下最迫切需要解决的问题中去。

"呜，啊。"伊格内修斯打了个哈欠。

在你的潜意识中,你竭力为自己的失败——身为一名知识分子或思想斗士,没能积极投身到重要的社会活动中——而辩解。而一次美好的性体验则可以净化你的身心,你非常需要性爱治疗。据我对临床案例的了解,你最后会变得身心失调,就像伊丽莎白·布朗宁①那样。

"多么厚颜无耻!"伊格内修斯气急败坏地说道。

我对你并无同情之心,因为你自己关闭了通向爱和社会交往的心门。目前,我把所有的时间都用来为一群无私的朋友筹款,他们准备拍摄一部震撼人心的电影,是关于异族通婚的。尽管电影预算不高,但剧本情节跌宕起伏,充满令人着迷的格调和讽刺意味的台词。剧本是一个叫希姆尔的年轻人写的,我们在塔夫脱高中念书的时候就认识了。希姆尔还会在电影中扮演丈夫的角色。我们从哈莱姆街找到一个女孩扮演他的妻子。她是一个真实且充满活力的姑娘,我已经把她视为自己的闺蜜。我经常同她探讨种族问题,鼓励她畅所欲言,即使她有时候刻意回避这种讨论。我看得出她对于我俩的谈话充满感激之情。

剧本中还有一个病态的保守主义者,一个爱尔兰地主。他拒绝把房子租给这对男女,尽管他们俩已经在压抑

---

① 伊丽莎白·布朗宁(Elizabeth Barrett Browning, 1806—1861),又称勃朗宁夫人,是英国维多利亚时代最受人尊敬的诗人之一。

的种族文化仪式下结为夫妻。这个房东住在一间小而闭塞的房子里，四面墙上挂满了教皇的照片或其他宗教品。换言之，观众只要看一眼他的屋子，立刻就会知道他是什么样的人。我们还没有找好扮演房东的人，但是你一定能把这个角色演好演活。伊格内修斯，如果你肯跟那个死气沉沉的城市一刀两断，割断你和你的妈妈、你的床之间的脐带，你马上就能获得这个绝好的机会。你对这个角色感兴趣吗？我能支付的薪酬不多，但你可以住在我那儿。

我可能会用吉他弹一些感伤或抗争的音乐作为配乐。我希望我们能尽早将这个宏伟的电影项目搬上银幕，因为莱奥拉，就是那个与众不同的哈莱姆女孩，开始跟我们计较薪酬了。我已经从我老爸手上套了一千美元，尽管他一如既往地对我的事业表示怀疑。

伊格内修斯，我已经花了好长时间给你写信、逗你开心。除非你肯接下这个角色，否则不要再给我写信了。我讨厌胆小鬼。

莫娜·明可弗

附言：如果你愿意接受房东这个角色，请写信给我。

"我得给这个粗鲁无礼的荡妇一点颜色看看。"伊格内修斯嘟嘟囔囔地把这张"年度放映表"扔进了炖锅底下的炉火中。

第四章

利维制裤厂是一座外形怪异的建筑物，由两部分构成。工厂正面是十九世纪的砖砌商用建筑，双重斜坡屋顶，屋顶下凸显着几扇洛可可风格的阁楼窗户，只是窗格大多残缺不全。大楼内部，顶层为办公区，二层是存储区，废料区集中在一层。这栋大楼被冈萨雷斯先生称为"大脑中心"，与其相连的是工厂厂房，外形如谷仓，接近飞机库的造型。厂房的锡制屋顶上耸立着两根倾斜的大烟囱，好像一对特大号的电视天线。但这两根"天线"不仅接受不到外界的电子信号，还会时不时地冒出令人作呕的黑烟。沿着铁轨对岸的运河与江流，是一排整齐的灰色码头棚屋，而利维制裤厂就悄无声息地蜷缩于此，乞求着城建更新。

"大脑中心"区域开展的活动非比寻常。伊格内修斯正在将一张宽大的硬纸板钉在档案柜旁的门柱上，硬纸板上用蓝色粗体哥特式字体写着：

研究查阅部
　　负责人：伊·杰·雷利

整整一上午，他撇开文件归档不管，专心做标识牌。他趴在地板上，身边散落着硬纸板和蓝色染料，仔细涂画了一个多小时。其间，特里克希小姐闲来踱步，踩到了标识牌，尽管只是在边角处留下了一个小小的脚印，但还是被明察秋毫的伊格内修斯发现，他顺着污迹的边缘画了一朵极具艺术性的鸢尾花。

"真不错，"冈萨雷斯先生抓着停工的间隙，赞美道，"这块标示牌给办公室增添了新基调。"

"这是什么啊？"特里克希小姐在标识牌前驻足观察，并发问道。

"这是一块指示牌。"伊格内修斯骄傲地说道。

"我怎么一点也看不懂，"特里克希小姐说，"这里发生了什么事？"她转向伊格内修斯，问道，"冈麦斯，这个人是谁呀？"

"特里克希小姐，你认识雷利先生的呀。他已经在这儿工作一个星期了。"

"雷利？我以为是歌莉娅呢。"

"快回去核对数字，"冈萨雷斯先生对她命令道，"中午之前我们务必要把报表送到银行。"

"哦，是，是，一定得送去。"特里克希小姐嘴上附和着，人却朝女卫生间慢吞吞地走去。

"雷利先生，不是我向你施压哈，"冈萨雷斯先生小心翼翼地说，"只是我看到你办公桌上还有一堆材料没有归档呢。"

"哦，那个呀，是啊。今早我打开第一个抽屉的时候，看到一只相当肥硕的老鼠在啃有关阿贝尔曼纺织品的文件夹。我想还是等它吃饱了再动手比较稳妥。我可不想感染上鼠疫，然后把责任归咎到利维制裤厂的头上。"

"言之有理。"冈萨雷斯先生紧张地说道，这个衣冠楚楚的家伙一想到"工伤"的可能性就浑身发抖。

"另外，我的幽门最近失控了，搞得我没法弯腰开低层的抽屉。"

"我这儿正好有个东西你能用得上。"说完，冈萨雷斯先生钻进办公室的储物间。伊格内修斯以为他是给自己找药去了，结果对方却手拿一个超级小的轮滑铁凳走了出来。"就是这个，以前做归档的文员就坐在这玩意儿上面沿着底层抽屉滑进滑出，你试试看。"

"我觉得以我这样特殊的身形去适应这种工具，恐怕没那么容易。"伊格内修斯说道，他那双锐利的眼睛紧紧地盯在锈迹斑斑的小凳子上。伊格内修斯平衡感向来很差。他从小时候起就很胖，跌跤、摔倒、栽跟头是家常便饭。直到五岁，他才勉强学会像别的小孩一样正常走路，但身上的瘀青和伤痕不计其数。"不过，为了利维制裤厂，我就试试吧。"

伊格内修斯缓缓下蹲，大屁股摸索着凳面，支起的膝盖与肩头平齐。等他终于在小铁凳上落座时，看起来就像一只钉在图钉上的大茄子。

"这绝对不行，我感觉难受极了。"

"适应适应嘛。"冈萨雷斯先生鼓励道。

伊格内修斯以双足支撑，沿着档案柜一侧费力地挪动，不料一只滑轮卡进地板缝。铁凳先是微微一斜，接着整个儿翻了过去，伊格内修斯被重重地摔在地板上。

"哦，上帝啊！"他大叫一声，"我感觉后背摔坏啦！"

"别急，"冈萨雷斯先生惊讶地尖叫道，"我扶你起来！"

"不行！你千万不要移动背部受伤的人，赶紧去找个担架！我可不想因为你的过失变成瘫痪。"

"你试试站起来呀，雷利先生，"冈萨雷斯先生看着脚下的庞然大物，一颗心沉到了谷底，"我来帮你，我觉得你伤得不重。"

"别碰我，"伊格内修斯尖叫道，"你这个蠢货！我才不要在轮椅上度过余生。"

冈萨雷斯先生只觉得双脚冰冷发麻。

伊格内修斯轰然摔倒的巨响把特里克希小姐从女厕所里吸引了出来。她绕过散落的文件，跌跌撞撞地来到人肉山包前。

"哦，天哪，"她虚弱地问，"歌莉娅死了吗，冈麦斯？"

"没有！"冈萨雷斯先生厉声道。

"嗯，那我太高兴了。"特里克希小姐舒了一口气，一只脚踩到伊格内修斯摊开的手掌上。

"哎呀！我的天哪！"伊格内修斯大吼一声，弹坐起来，"我手上的骨头被你踩碎啦！我的手永远也不能用了！"

"特里克希小姐很轻的，"办公室经理安慰伊格内修斯，"我觉得她不会对你造成那么大的伤害。"

"你怎么知道？让她踩在你身上试试啊，蠢货！"

伊格内修斯坐在两个同事的脚边，只顾研究他受伤的手。

"依我看，这只手今天怕是不能再用了。我最好马上回家用冷水泡一泡。"

"不过，你得把文件归档的活干完啊。看看，你已经赶不上进度了。"

"这个时候你还惦记文件归档？我准备联系我的律师，让他们起诉你骗我坐到这么一张倒霉的凳子上。"

"我扶你起来，歌莉娅。"特里克希小姐摆出一副举重的架势，马步蹲开，脚趾外翻，像芭蕾舞蹈演员一样蹲了下去。

"你快起来吧！"冈萨雷斯先生严厉地对她喝道，"你会摔倒的。"

"不会的，"特里克希小姐抿着两片干瘪的嘴唇，挤出几个字，"我要帮歌莉娅一把。冈麦斯，你到那边蹲下来，我们俩抓着歌莉娅的胳膊。"

伊格内修斯无动于衷地看着冈萨雷斯蹲到了自己的另一边。

"你们两边的力道分配不均，"他像个训导员一样说道，"如果你们俩想把我拉起来，用这个姿势不会产生杠杆效力，搞不好我们三个都会受伤。我建议你们试试站立的姿势，这样你们更容易弯下腰，把我拉起来。"

"歌莉娅，别紧张，"特里克希小姐一边说着，一边弓起身子前摇后晃。接着，她摇摇晃晃地一头倒向伊格内修斯，而伊格内修斯被她这么一撞,又摔了个仰面朝天。特里克希小姐头上的鸭舌帽帽檐刚好抵住了伊格内修斯的喉咙。

"哦噗,"伊格内修斯喉咙深处发出咕咕的声音,"噗哇——"

"歌莉娅!"特里克希小姐气喘吁吁,看着压在身下的这张大脸,叫道,"不好了,冈麦斯,快叫医生来!"

"特里克希小姐,赶紧从雷利先生的身上下来!"办公室经理蹲在两个下属身边,带着怒气低声叫道。

"噗——"

"你们这些人在地板上搞什么鬼?"门口突然传来一位男子的声音。冈萨雷斯先生原本生龙活虎的脸庞瞬间布满了惊恐之色,他勒着嗓音细声细气地叫道:"早上好,利维先生。我们很高兴见到您。"

"我只是过来看看有没有我的私人信件,马上就回海边。这个大标识牌是干什么用的?让人看得眼花缭乱!"

"那是利维先生吗?"躺在地上的伊格内修斯喊道。由于一排排文件柜挡着,他看不见门口的人。"噗——我一直盼着能见见他。"

伊格内修斯甩开身上的特里克希小姐,挣扎着站起身来,看到一位穿着运动装的中年男子。这个人一手握着办公室的门把手,半个身子在外,以便来去自如。

"你好,"利维先生漫不经心地打了个招呼,"是新来的吗,冈萨雷斯?"

"哦,正是,利维先生。这位是雷利先生。他做事很有效率,是个不可多得的人才。事实上,他让我们节省了好几个人手。"

"噗,噗——"

"哦,是吗?标识牌上有他的名字。"利维先生看了一眼伊格内修斯,眼神颇为怪异。

"我对贵公司非常感兴趣,"伊格内修斯又对着利维先生滔滔不绝起来,"您在进门时看到的指示牌,只是我计划为公司献上的众多革新中的第一个。啊——噗——我将改变您对这家公司的看法,先生,请记住我的话。"

"真的吗?"利维先生颇为好奇地重新打量伊格内修斯,"冈萨雷斯,有我的邮件吗?"

"哦,没有多少邮件。您新办的信用卡到了。环球航空公司寄来一份证书,为了感谢您乘坐他们航班,飞行满一百个小时,您已经成为他们的荣誉飞行员了。"冈萨雷斯先生打开办公桌,拿给利维先生一份邮件,"这里还有一份从迈阿密酒店寄来的宣传册。"

"你最好现在就给我预订春季比赛的酒店,我已经把比赛的行程单给你了,是不是?"

"是的,先生。还有件事,有几份文件需要您签字。我还得给阿贝尔曼纺织品公司回个信,他们又有麻烦事。"

"知道了,这些骗子又惹什么麻烦了?"

"阿贝尔曼说,上次我们发过去的那批裤子的裤腿只有两英尺。我正在想办法解决此事。"

"是吗?好吧,这地方总是出些奇奇怪怪的事情。"利维先生飞快地说。办公室开始让他感到压抑了,他得赶紧离开。"跟工厂的领班核对一下。他叫什么名字来着?就这样吧,那些文件什么的就和以前一样,你代签一下,我得走了。"利维先生拉开门,"别让这些孩子工作太累,冈萨雷斯。再见!特里克希小姐,我妻子让我问候您。"

特里克希小姐正坐在地板上给一只运动鞋系鞋带。

"特里克希小姐,"冈萨雷斯尖叫道,"利维先生跟你说话呢。"

"谁?"特里克希小姐吼道,"我记得你说过他死了。"

"我希望您下次到访的时候,能看到这里有个翻天覆地的变化,"伊格内修斯抢着说道,"我们会重振您的产业。"

"好的,慢慢来。"利维先生说完,砰的一声关门走了。

"他可真是个了不起的人。"冈萨雷斯先生热诚地对伊格内修斯说道。两个人透过窗子看到利维先生上了跑车。马达轰鸣,一眨眼的工夫利维先生就不见了踪影,只留下一团蓝色的尾气缓缓散去。

"或许我该去收拾那些文件了,"伊格内修斯盯着窗外空荡荡的街道,终于回过神来,"请先签一下这封信件,我好把复写件归档。想必老鼠已经啃完文件了,我现在靠近阿贝尔曼的文件夹应该安全了。"

伊格内修斯用余光看到,冈萨雷斯先生正在信件上费力地伪造戈斯·利维的签名。

"雷利先生,"冈萨雷斯先生一边说着,一边小心地将价值两美元的钢笔笔尖旋进笔帽中,"我去工厂找领班说点事,请你照看一下这里的东西。"

伊格内修斯觉得冈萨雷斯先生口中的"东西"就是指特里克希小姐,这会儿她正躺在文件柜前的地板上呼呼睡大觉。

"放心吧①,"伊格内修斯微笑着用西班牙答道,"您身份尊贵,我用西班牙语向您表达敬意。"

经理前脚刚迈出办公室的门,伊格内修斯就抽出一页利维制裤厂的专用信纸,塞进冈萨雷斯先生的黑色打字机里。利维制裤厂若想鹏程万里,第一步就应当对诋毁者施以重拳。若想在残酷的现代商业丛林中存活下来,利维制裤厂必须变得骁勇善战。伊格内修斯打下了第一行文字:

美利坚合众国
密苏里州,堪萨斯城
阿贝尔曼纺织品公司

阿贝尔曼先生——你个大白痴:

我方已收到贵公司的邮件,获悉阁下对我方长裤的评

---

① 原文为西班牙语:Seguro。

价。不言而喻，这些评价简直一派胡言，反映出你们与现实情况严重脱节。如果你们足够聪明，或许应该了解或意识到，那些尺寸不足的裤子是我们有意寄给贵公司的。

"为什么呢？这究竟是为什么呢？"你们一定会困惑不已地连连追问。很显然，你们落后而苍白的世界观无论如何也无法吸纳这种激进的商业理念。

我方寄出那样一批裤子，是基于以下两个原因：第一，检验你们的主动性（一家企业如果足够清醒、机敏，应该有能力把七分裤塑造为男子气概的代名词。很显然，贵公司在广告和营销推广方面并不给力）。第二，以此检验你们是否达到我方优质产品经销商的标准（我们忠诚可靠的经销伙伴会做到：无论我们的产品在设计与构造上多么与众不同，只要贴上利维制裤厂的标牌，就能确保销量。很显然，你们在这一点上也失败了）。

即日起，我们希望不要再被这种冗长乏味的投诉信打扰。除了订单，我们不接收贵方的任何来信。我方业务繁忙，发展蓬勃，这种厚颜无耻的骚扰行径只会阻碍我公司的宏图伟业。如果你们再敢骚扰，尊敬的先生，你可怜的肩头怕是要遭受鞭笞之苦了。

盛怒之下的

戈斯·利维总裁

伊格内修斯一想到这封信中蕴含着撼动世界的力量，心中不禁快活起来。他拿起经理的钢笔，在信的结尾处仿造了一个利维先生的签名，然后把冈萨雷斯先生写好的回信撕个粉碎，把自己写好的信件放入投寄盒。等做完这一切之后，伊格内修斯踮着脚尖小心翼翼地绕过那个呼呼大睡的特里克希小姐，重新回到文件整理区，抬手便把一摞没有归档的材料扔进了废纸篓。

"嘿，李小姐，那个戴绿帽子的肥仔后来有没有来过啊？"
"谢天谢地，没有来过。那种人专门破坏别人的生意。"
"那你的孤儿小朋友什么时候再来啊？哇哦，我很想知道那些孤儿后来怎么样了。我敢打赌他们一定是引起警察关注的第一批孤儿。"
"我说过了，我只是给那些孤儿送些东西。这总不会碍谁的事吧？做善事让人愉快。"
"听起来就像是'欢乐之夜'做善事的风格啊，那些孤儿肯定得花不少钱买他们想要的东西吧。"
"别操心孤儿的事啦，多关照一下我的地板！我的烦心事已经够多了，达琳想做舞娘，你要涨工资，更麻烦的是，"拉娜想起深夜在酒吧突然出现的那几个便衣，"生意难做啦！"
"是啊，我看出来啦，我觉得自己早晚饿死在这家妓院里。"
"喂，琼斯，你最近去过警察局吗？"拉娜小心翼翼地问道,心里琢磨着会不会是琼斯把警察引到店里来的。这个琼斯虽然工资很低,但不是省油的灯。

"没有啊。我最近没有去拜访那些警察朋友啊,我在等着搜集可靠的证据,"琼斯吐出一团烟圈,"等着找出孤儿案件的突破口呢,哦耶!"

拉娜抿了抿珊瑚色的嘴唇,暗自思量到底是谁给警察通风报信的呢。

雷利太太不敢相信这一切真的发生在自己身上了——没有电视机的喧闹,没有邻居的抱怨,浴室里空空荡荡的,就连蟑螂似乎都销声匿迹了。她坐在餐桌旁,啜了一小口麝香葡萄酒,一口气吹向一只正准备横穿桌面的小蟑螂。那小家伙立刻被吹飞,不见了踪影。"拜拜了,小东西。"雷利太太自言自语道,又往杯里倒了一英寸左右的红酒。她第一次感觉到屋子里的气味都不一样了。其实家里的味道无异于往常,只是少了她儿子身上特殊的体味,那种味道总让她想起隔夜的茶包。她举起杯子,心想利维制裤厂是不是开始散发着隔夜白毫[①]的味道呢?

恍惚间,雷利太太想起那个可怕的夜晚。那晚,她和雷利先生去普利坦尼亚电影院看了克拉克·盖博和珍·哈露主演的《滚滚红尘》。回到家之后,那股燥热和迷乱还没有散去,雷利

[①] 白毫(pekoe),一种中国产的高级红茶。

先生激情勃发地尝试了一些新花样,于是便有了伊格内修斯。可怜的雷利先生,有生之年便再也没进过电影院。

雷利太太叹了口气,目光落向地板,想看看那只小蟑螂是否还在附近,是不是还活着。她心情正好,不愿伤及任何弱小。就在她端详餐桌油毡布的时候,狭小的客厅里传来电话铃声。雷利太太把瓶塞塞回酒瓶口,把酒瓶放回冰冷的烤箱。

"你好。"她拿起话筒。

"嗨,是艾琳吗?"话筒那边传来一个女人粗哑的声音,"你在干吗呢?宝贝。是我,桑塔·巴塔利亚。"

"你最近怎么样啊?亲爱的。"

"累死我了。我在后院刚刚剥完四打牡蛎,"桑塔扯着沙哑的男中音说道,"这活儿太累手啦,别不信,得用牡蛎刀砸它们的硬壳。"

"我干不了这种活儿。"雷利太太坦率地说。

"我倒不介意。我小时候就经常帮我妈敲牡蛎。她在劳腾施莱格市场支了个小海鲜摊。我可怜的妈妈,初来乍到,几乎一句英文也不会说。那时候我还很小,只能帮她敲牡蛎。我没上过学,一天也没上过,亲爱的。我就在小摊子上一只接着一只地敲牡蛎。时不时地,我妈妈过来敲敲我。我们围着小摊子吵吵闹闹,这就是我们。"

"你妈妈很容易发火,是不是?"

"可怜的女人。不管风吹雨淋,她戴着那顶破旧的遮阳帽站在那儿,又听不懂别人说的话。那段日子很苦啊,艾琳。生活艰辛啊，孩子。"

"你说得没错，"雷利太太感同身受地说，"我们住在王妃街的时候，日子也很难熬。我爸爸很穷，他找了一个拉货的活，后来改用汽车，结果有一次他把手绞进了传送带。好几个星期我们家都只能吃红豆和白米饭。"

"我红豆吃多了会放屁的。"

"我也是。桑塔，亲爱的，你打电话来，有事吗？"

"哦，对啦，我差点忘了，你还记得我们那晚去打保龄球是星期几吗？"

"星期二？"

"不对，我觉得是星期三。不管怎么说，那天晚上安吉洛被抓了，没过来。"

"这太可怕啦，警察怎么连自己人都抓。"

"是啊，可怜的安吉洛。他人那么好，一定是在警局惹了什么麻烦。"桑塔哑着嗓子朝话筒咳了几声，"反正，那天晚上是你开车接我的，只有咱俩去保龄球馆打球。今天早上，我去鱼市买牡蛎，有个老头走到我跟前说：'前天晚上您是不是在保龄球馆啊？'我说：'是呀，先生，我经常去那儿玩。'然后他接着说：'那天晚上我和我的女儿女婿也在那里。我看到和您在一起的还有一位红头发的女士。'我就说：'您指的是那位红褐色头发的女士吧？那是我的朋友雷利小姐。我正在教她打保龄球呢。'事情就这样，艾琳。后来，他压了压帽檐，走开了。"

"那会是谁呢?"雷利太太饶有兴致地问道,"这可真奇怪,他看来怎么样啊,宝贝?"

"挺和善的,就是有点老。我以前在社区里见过他,他带着几个小孩做弥撒。我猜那些小孩是他的孙子孙女。"

"这可怪了,谁会打听我呢?"

"我也不知道,孩子,你最好留心些,有人暗中瞄着你呢。"

"哎呀,桑塔!我都一把年纪了。"

"听听这是什么话啊,艾琳,你还是很可爱的,在保龄球馆我就注意到了很多男人偷偷打量你呢。"

"哦,得了吧。"

"千真万确,宝贝。我可不会撒谎。你就是被你那个宝贝儿子耽误了。"

"伊格内修斯说他在利维制裤厂干得很好,"雷利太太争辩道,"我可不想跟什么老男人扯上瓜葛。"

"他也没那么老啦,"桑塔的语气听起来有些受伤,"艾琳,今晚七点,我跟安吉洛去接你。"

"我拿不准要不要去呢,亲爱的,伊格内修斯总说我应该多待在家里。"

"为什么要你待在家里?安吉洛说你儿子已经是个大人了。"

"伊格内修斯说他害怕晚上一个人在家。他担心有窃贼。"

"那就把他也带上,可以让安吉洛教他打保龄球啊。"

"哇哦，伊格内修斯可不是喜欢运动的男孩。"雷利太太赶紧说道。

"不管怎么样，你得来，好不好？"

"好吧，"雷利太太终于答应了，"我觉得运动运动对我手肘有好处。我让伊格内修斯把自己锁在家里好了。"

"这就对了，"桑塔说道，"没人会伤害他的。"

"反正，家里也没什么值钱的东西。我真不知道伊格内修斯怎么会有那些念头。"

"我和安吉洛七点一准儿过去接你。"

"好的。听我说，亲爱的，你再去鱼市打听一下那个老头到底是什么人。"

利维家的房子建在一座松林茂密的山冈上，俯瞰圣路易斯湾的墨海风涛。房屋外庭古朴而不失典雅，室内设计则一改田园风格，丝毫不见古典风韵。整栋房子就像一个设定在七十五华氏度①的恒温子宫，以各种通风口和管道为脐带连接到一个全年无休的空调上。换气管道将墨西哥湾吹来的海风净化后，悄无声息地注入屋内；同时把利维家呼出的二氧化碳、香烟烟雾和百无聊赖的气息统统排出屋外。这台为生命补给的中央空调在相当于房子肠道部分的吸声瓦内运转。它运转的节律，如同红十字会的教官在人工呼吸课上强调的那样："清气进来，

---

① 约24摄氏度。

浊气排出,清气进来……"

这座宅邸如同母体的子宫一样温暖舒适。每把椅子,都有泡沫般的质感,对压力极为敏锐,只消轻轻一按便会下陷几英寸。如果你踩在丙烯酸尼龙地毯上面,立刻就会感受到地毯上柔密的绒毛抚摸你的脚踝。吧台边上摆着一个貌似收音机转盘似的装置,只要旋转按钮,就能调节出或柔和或明亮的光线,全凭心情的需要。房子里每隔几步就摆放着躺椅、按摩床,以及电动按摩板。按摩板上的各个部位对应身体各处穴位,按摩的力道轻柔而又意味深长。这栋"利维雅宅"——滨海路的指示牌上是这么写的——宛如人间天堂,一旦踏入宅院和它的隔音墙内,任何人的所有欲求都将得到极大的满足。

然而,对于利维夫妇来说,家里唯一让人不称心的却是自己的另一半。此刻他们正坐在电视机前,盯着屏幕上汇聚在一处的五颜六色的影像。

"佩里·科莫的脸都绿了,"利维太太充满敌意地说,"看起来像诈尸一样。你最好把这台电视机给店里退回去。"

"我这个星期刚从新奥尔良把它买回来。"利维先生漫不经心地说,他穿着绒布睡袍,胸口 V 领处露出一小撮黑色的胸毛,他正往胸毛上吹风。利维先生刚刚洗过桑拿浴,想把自己彻底烘干。尽管空调和中央供暖系统终年无休,他仍然觉得不放心。

"这样啊,那你再送回去。我可不想被这台破电视机把眼睛晃瞎。"

"得了，闭嘴吧，我觉得他看起来挺正常的。"

"我看他不正常。嘴唇那么绿，你见过吗？"

"这是那些演员故意搽的化妆品。"

"你的意思是，化妆师故意把科莫的嘴涂成绿色？"

"我可不知道他们是怎么弄的。"

"你当然不知道。"利维太太说，涂着宝蓝色眼影的一对眼睛瞪着她的丈夫。而他整个陷在黄色尼龙沙发的靠枕里，只露出绒布睡袍的一角和挂在毛茸茸的小腿上的橡胶浴鞋。

"少烦我，"利维先生烦躁地说，"玩你的按摩板去。"

"今晚我不能用那东西。我刚刚做了头发。"

她摸一摸塑型烫后高耸的银色发卷。

"发型师说我应该再配个假发套。"她又说道。

"你还要假发做什么？瞧瞧你现在的发型……"

"我想要一顶褐色的假发套，这样我就能改变一下气质。"

"听着，你头发本来就是褐色的，对吧？那为什么不等它自然长出来之后买一顶金色假发呢？"

"我没想到啊。"

"那就去好好想想，安静一会儿。我都累死了，今天进市区，我顺便去了趟公司，那鬼地方还是那么压抑。"

"发生什么事了？"

"没事，什么事也没有。"

"我一猜就是，"利维太太长叹一声，"你把你父亲的家业败得差不多了，这就是你人生的悲剧。"

"我的老天,谁想要那个破工厂?根本没人愿意去买那里生产出来的那种裤子,这都怪我爸没远见。三十年代打褶裤刚盛行的时候,他非要生产无褶裤。谁让他是制衣业的亨利·福特。可之后呢?五十年代重新流行无褶裤,他却掉头回去做有褶裤了。你真该去看看冈萨雷斯口中的'夏日新款系列',那简直就是马戏团小丑穿的气球裤。还有那些面料,给我当洗碗布我都不用。"

"我们刚结婚的时候,我多么崇拜你,戈斯。我觉得你有雄心壮志,能把利维制裤厂发扬光大,没准还能把分店开到纽约去。结果呢?公司真到了你手上,你却把它扔到一边了。"

"得了,别再跟我发牢骚,你不是过得挺滋润的?"

"你父亲才是个人物,我敬重他。"

"我爸爸就是一个十足的暴君,既吝啬又刻薄。我年轻的时候,对公司业务有几分热情,不,应该说是满腔热血。但是,他的专横把这一切都毁了。在我眼里,利维制裤厂就是'他的'公司,那就让它自生自灭好啦。当年,但凡是我出的主意,他一概否决,就为了证明我是儿子、他是老子。我讲'褶裤',他肯定说:'不要裤褶!决定不行!'我要是建议'尝试一下新的合成纤维',他就会说:'除非我死了,否则休想。'"

"想当年,你父亲可是推着小车当街卖裤子起家的,看看他取得了多大的成就。有这么好的基础,你不应该让利维制裤厂享誉全国吗?"

"相信我,我没那么做是国家的幸运。我就是穿着那些裤子长大的。好了,好了,你别跟我唠叨了,到此为止吧!"

"好啊,那谁也别说话。你看你看,克莫的嘴唇又变成粉色的了……唉,你从来没有在苏珊和桑德拉面前树立起一个好父亲的形象。"

"上次桑德拉回家,打开钱包拿香烟,结果一打避孕套掉到地板上,正好落到我脚边。"

"这正是我要跟你讨论的问题呀。你从没给两个女儿树立好榜样,难怪她们现在会乱来。我可是尽力了。"

"听着,别再讨论苏珊和桑德拉。她们已经上大学了,所幸我们不知道她们在外面都干了些什么。等她们玩腻了,自然会找个可怜的穷小子嫁掉,到时候也就万事大吉了。"

"到时候你打算做一个什么样的外公呢?"

"我不知道。别烦我啦。去玩你的按摩板,或者到冲浪浴缸里泡一会儿。这个节目我正看得起劲。"

"你怎么能看得下去呢?这些演员的脸都成什么颜色了。"

"就别再重复这个话题啦。"

"下个月我们去迈阿密吗?"

"也许吧。也许我们就在那儿长住了。"

"放弃我们这里的一切?"

"放弃什么了?你的按摩板可以装车运走。"

"公司怎么办?"

"公司把该赚的钱都赚得差不多了,现在应该把它卖掉。"

"幸亏你父亲死得早,他要是活着看到这一切,那可如何是好。"利维夫人悲哀地扫了一眼丈夫的浴鞋,"我猜你是想把所有时间都花在世界职业棒球大赛、德比球赛①、代托纳车赛上面吧。戈斯,这真是太可悲了,十足的悲剧。"

"你可别把利维制裤厂套进阿瑟·米勒②的剧情里。"

"谢天谢地,还有我从旁管着你,还有我关心公司。对了,特里克希小姐最近怎么样?我希望她还没糊涂,还能工作。"

"她还活着,这就不错了。"

"至少我在关心她。换作是你,早就把她扔到冰天雪地里了。"

"那个女人早该退休了。"

"我说过退休等于要了她的命。她必须感受到自己被需要、被爱,这个女人乃是我探寻在心理层面重获青春的绝佳对象。我希望哪天你把她带到家里来,让我好好研究一下。"

"把那个老东西带回来?你疯了吗?我一看到她就会联想到利维制裤厂,我可受不了这种人在我家客厅里鼾声大作,她能把口水溅得满沙发都是。这种人只可远观。"

"多么典型的冷酷无情啊,"利维太太长叹一声,"真不知道这么多年我是怎么熬过来的。"

"我已经尊重你的想法,把特里克希小姐留在办公室。你

---

① 在欧洲多指足球队之间的比赛,在亚洲和北美洲也可指代篮球队、橄榄球队、冰球队和棒球队等集体项目的比赛。
② 阿瑟·米勒(Arthur Miller, 1915—2005),美国当代剧作家,代表作有《推销员之死》。

要知道她每天都搅得冈萨雷斯发狂。今天早上,我去办公室的时候看见每个人都倒在地板上。不要问我他们在做什么,做什么都有可能。"利维先生咬牙切齿地说道,"冈萨雷斯还是那么不靠谱,可你真该看看新来的那位,我不知道他们从哪儿弄来那号人物。你绝对不敢相信自己的眼睛,我都不敢去想这三个小丑在办公室整天都搞些什么,竟然让我太平到今天,光想想都觉得是个奇迹。"

伊格内修斯决定还是不去普利塔尼亚电影院了。今天上映的是一部广受好评的瑞典影片,讲一个男人迷失灵魂的故事。伊格内修斯对这种片子并不感兴趣。他后悔没和剧院经理谈谈为什么要排这么无聊的影片。

他仔细地检查了一番门闩,心里琢磨着妈妈什么时候才能回来。突然之间,她几乎每晚都要出门了。但这会儿伊格内修斯顾不上这个,他还有别的事情需要思考。他打开书桌抽屉,看了看那堆已经写好的文章,这是他早年根据杂志市场的行情写的文章。他给评论类期刊写过《纪念波爱修斯》和《捍卫赫罗斯维塔:写给那些质疑她存在的人》;给家庭杂志写过《雷克斯之死》和《孩子,世界的希望》;为了涉足周日增刊市场,他写了《水质安全之挑战》《八缸汽车的隐患》《禁欲:最安全的节育方式》,以及《新奥尔良:浪漫与文化之都》。他翻着这些旧手稿,寻思着自己为什么没把它们寄出去,其实它们每一篇都有独到的见解。

但是眼下正有一个非常商业化的新项目要处理，伊格内修斯这么一想，便挥起大手一扫，将桌面上的评论文章和便笺本统统拂落在地，桌面重新露了出来。他拿出一个新的活页文件夹，又拿出一支红色的蜡笔，在粗糙的硬皮封面上一笔一画地写下：《打工男孩日记》，抑或《克服懒惰》。"写好后，他翻开文件夹，沿着崭新的横格纸的压线处撕下一个"蓝马"标签贴到文件薄上，又拿起铅笔在一堆已经用过的利维公司专用信纸上扎出几个洞，把信纸插在文件夹的最前面，最后拿起利维制裤厂专用的圆珠笔，在自制的"蓝马"牌纸张上写道：

亲爱的读者：

书本是不朽之子，敢于公然抵抗自己的父辈。

——柏拉图

亲爱的读者朋友，我发现自己已经逐渐习惯办公室忙碌的工作节奏，以前我还很怀疑自己是否具备这样的适应能力。毫不夸耀地说，我在利维制裤有限公司工作的起步阶段，就发明并落实了几项节省劳动力的方法。如果你也是一名办公室职员，可以在茶余饭后翻翻这本充满洞见的日志，甚至不妨抄录几段。这些奇思妙想，对那些官老爷和商业巨头同样适用。

我习惯将上班时间调后一小时，以便在上班前得到更加充分的休息和放松。这样一来，我就避开了工作日中阴郁的第一个小时。否则，迟钝的感官和身体会把办公室的每一样工作都认作苦差。我发现，由于晚到，我的工作质量反而更高了。

我在文件归档方面的创新暂时不便透露，因为这些举措颇具革命性，我必须先验证它们的效果。理论上，这些创新意义重大，但我必须指出，这些易碎又发黄的纸张构成了很大的火灾隐患。并且，我所整理的档案还面临着一个较为特殊的情况（不是所有办公室都会遇到此类情景），那就是它已经成为各种寄生虫的藏身之地。黑死病在中世纪可以致命，可如果在当下这个令人生厌的时代，有人感染这种瘟疫，就荒唐透顶了。

今天我们的上司兼主子——戈斯·利维先生终于大驾光临，这让整间办公室蓬荜生辉。实话实说，我觉得他的举止过于随便，态度也很冷漠。我做的标识牌虽然成功吸引了他的注意（没错，读者朋友们，我终于将它粉刷并粘贴完毕，而我画上去的帝王鸢尾纹可谓锦上添花），可他对此并未表现出多大的兴趣，而是转转就走了，根本不像来办公的。不过，我等一介布衣又有什么资格质疑商界大佬的动机呢？他们的奇思妙想、喜怒哀乐可是关系到整个国家的命运啊。相信终有一天，他会领略到我对公司的拳拳之心与无私奉献。而典范如我者，也将反过来使他对利维制裤厂重拾信心。

特里克希小姐依旧保持她的一贯作风,这证明她比我料想的更加睿智。我猜这位女士一定知道利维制裤厂不少内情。表面上,她摆出一副漠不关心的样子,那只不过是用来掩饰她内心对利维制裤厂的憎恶罢了。因为一说到退休,她立刻变得口齿清晰、谈吐流畅了。我注意到她需要一双崭新的白袜子,她脚上那双已经变灰了。过些时日,我或许会送她一双白色吸汗运动袜,这样的举动说不定会打动她,让她多跟我说点什么。特里克希小姐似乎对我的帽子情有独钟,偶尔拿去戴在头上,换下她自己那顶赛璐珞遮阳帽。

正如我在前几篇连载文章中提到的,我正在效仿诗人弥尔顿,隐居一角,把青春投注在冥想和修习之中,以此历练我的写作技巧。然而,我母亲无节制的放纵行径没心没肺地把我推进了这个乱世,我的身心至今仍处于剧烈的波动阶段。面对工作带来的压力,我一直在调整自己。一旦我的身心适应了办公节奏,我的步子就要迈大些——去工厂考察,那里可是公司的"心脏"。透过厂房大门,传来的嘶嘶、呼呼的声音时不时地钻进我的耳朵。不过,以我目前虚弱的体质,还不适合踏入这等炼狱。偶尔,有些工人会混进办公室,没头没尾地申冤诉苦(通常是抱怨工头酗酒)。等我好起来,我就去拜访那些工人,我对社会行动有着深刻而坚定的信念,我相信我有能力帮到他们。那些眼看着社会不公却唯唯诺诺的人是我无法容忍的。我坚信，想要根治这个时代的弊病，必得无畏向前。

　　社会记略：我多次想要逃离普利塔尼亚影院。之前，我禁不住诱惑看了几部彩色恐怖片，这是电影艺术的堕落，是对任何品位与体面的冒犯。那一卷卷亵渎神明的畸形产物，惊得我目瞪口呆，震颤着我的处子之心，封闭了我的幽门。

　　最近这段时间，我的母亲跟一些令人讨厌的家伙过从甚密，他们妄图把她变成运动爱好者——这一小撮堕落的群体定期去打保龄球，直到麻痹自己。而受到诸如此类的日常干扰，我不免感到想要继续我那蒸蒸日上的写作事业，面临着难以逾越的痛苦。

　　健康记略：今天下午，我的幽门骤然紧闭，因为冈萨雷斯先生要求我补充一列数据给他。好在他察觉到这对我而言造成了何等灾难，然后他体贴地自己动手把数据填上了。我已经尽可能不去生事了，但我体内的幽门管不了这些。顺便说一句，这个办公室经理有时候的确招人烦。

　　未完待续。

达瑞尔——你们的打工男孩

　　伊格内修斯得意地欣赏着自己的大作——这本日志承载了无限的可能性，它如实地反映了当代年轻人所面临的鲜活而真实的问题。最后，他合上活页文件夹，琢磨着如何给莫娜回信，回信要够狠辣，要毫不留情地鞭挞她的所作所为乃至她的世界观。不过，他最好等到完成工厂调研之后，看看能否掀起社会运动再写。要实施这样大胆的举措必须谨小慎微，没准儿自己可以带领工人们大干一番，好让莫娜沦为社会运动方面的保守派。他要证明自己可比那个咄咄逼人的荡妇强多了。

为了放松一下紧绷的神经，伊格内修斯拿起鲁特琴，打算高歌一曲。歌唱前他还做了一番必不可少的热身，他伸出肥大的舌头，向上舔舔胡须，然后边弹边唱起来："莫再等待！回归传统，踏上正途，振作士气。"①

"闭嘴！"安妮小姐的吼声从对面紧闭的百叶窗传了出来。

"你胆敢无礼！"伊格内修斯毫不客气地回应道。他扒开自家的百叶窗，冲着清冷漆黑的街道大喊："开窗啊！开窗啊！你躲在百叶窗后面算什么！"

他愤怒地冲进厨房，装了满满当当一壶水，又跑回自己的房间。就在他要把水泼向安妮小姐家紧闭的百叶窗时，街上传来了关车门的声音。有人走进了小巷。伊格内修斯赶紧拉合百叶窗，又关好灯，他听见妈妈在和什么人说话。他们经过他的窗口下时，巡警曼库索也说了几句话，接着是一个女人沙哑的声音："艾琳，我看一切都很好嘛，你家的灯都没亮，他肯定看电影去了。"

趁他们打开厨房门的工夫，伊格内修斯迅速披上大衣，穿过门厅，跑到前门。他走下前门的台阶，看到曼库索警官那辆

---

① 歌词出自中世纪英国作家约翰·利德盖特（John Lydgate，约1370—1450）之手，诗歌原名为 *Vox ultima crucis*。

白色"漫步者"警车正停在房子前面。他吃力地弯下腰,将一根手指插进一个轮胎的气门芯,直到嘶嘶声停止才肯罢休,只见轮胎的底部像煎饼一样瘫在砖砌的排水沟上。然后,他朝巷尾走去,绕到房子后面,巷子的宽度刚好容得下他的大块头。

厨房里灯火通明。伊格内修斯透过紧闭的窗子,依稀听见母亲那台廉价收音机发出咿咿呀呀的声响。他蹑手蹑脚地爬上后门的台阶,隔着油腻腻的玻璃窗向里窥视。母亲和曼库索警官围坐在餐桌前,桌上放着一瓶时代波旁威士忌,瓶里的酒还剩下五分之一。巡警曼库索看起来比平时更加郁郁寡欢,而雷利太太却点着脚在油毡垫上轻快地打拍子。她面露羞色,含笑望向屋子中央。只见,一头灰白鬈发的矮胖的女人正在油毡垫上跳舞:她把奔拉在白色保龄球衫里面的一对乳房甩得左右翻飞,脚上一双保龄球鞋在地板上猛踩,她扭腰甩胯地徘徊在餐桌与烤炉之间。

看来这就是曼库索的姨妈,也只有他那种人才有这样的姨妈,伊格内修斯轻蔑地哼了一声。

"哇哦!"雷利太太发出一声兴奋的尖叫,"桑塔!"

"看好啦,宝贝——"灰发女人也跟着尖叫一声,嗓门跟拳击裁判一样爆表,她把身子越晃越低,眼见要贴到地板上。

"我的上帝啊!"伊格内修斯喃喃自语。

"姑娘,当心扭断肠子呀,"雷利太太大笑道,"我上好的地板都要被你踩穿啦!"

"你最好还是别跳了,桑塔姨妈。"曼库索警官愁眉苦脸地说道。

"见鬼，我才不要停下来呢，刚刚跳出点感觉，"那女人边反驳边有节奏地缓缓起身，"谁说做了奶奶就不能跳舞啦？"

只见桑塔举起双臂，撅起屁股，摇摇晃晃地穿过油毡垫铺成的T台。

"天哪！"雷利太太狂笑道，斜着酒瓶子往杯里倒酒，"要是被伊格内修斯撞见了可怎么办呀？"

"去他娘的伊格内修斯！"

"桑塔！"雷利太太倒吸一口气，惊讶不已，不过伊格内修斯觉察到，她震惊之余还透着微微的欣喜。

"你们这帮家伙别闹了！"透过百叶窗又传来安妮小姐的吼声。

"谁呀？"桑塔问雷利太太。

"赶紧停下来，否则我就报警！"安妮小姐闷声闷气地喊道。

"拜托，别跳了。"巡警曼库索吓得赶忙恳求道。

第五章

达琳在吧台后面正往半空的酒瓶里兑水。

"嘿，达琳，听听这条狗屎新闻，"拉娜·李命令道，她折了折报纸，又用烟灰缸压住它，"'昨晚，居住在圣彼得堡街的弗里达·克拉布、贝蒂·布姆派尔、莉兹·斯蒂尔，因在圣勃艮第街五七〇号的埃尔·卡瓦约酒吧寻衅滋事、扰乱治安而被捕。据负责逮捕他们的警官称，事件起因是一名不明身份的男子向其中一位女子求婚。这名女子的两位同伴遂向该男子大打出手，男子匆匆逃离酒吧。其间，名叫斯蒂尔的女子将高脚凳掷向酒保，另外两名女子则用板凳、碎酒瓶威胁酒吧内的其他顾客。据酒吧客人描述，那个匆忙逃跑的男子穿着保龄球鞋。'看到没，就是这种人毁了咱们社区！一个老实巴交的男人向一个女同性恋表白，结果被她的女伴群殴。从前这里井然有序，现在倒好，男同、女同处处有。难怪生意不好做，我可受不了女同性恋，绝对受不了！"

"现在晚上进店的就只有条子了，"达琳说道，"那些便衣警察怎么不去盯梢那些女人啊？"

"这地方都他妈要变成警署了！我简直在给警察慈善协会举办义演，"拉娜憎恶地说道，"空荡荡的酒吧里就那么几个警察眉来眼去。我呢，还得花一半时间盯着你这个猪头，生怕你把假酒卖给这些条子。"

"哎呀，拉娜，"达琳说道，"我怎么会知道谁是警察啊？客人看起来都差不多，"她擤了一下鼻子，"我不过是为了生计呀。"

"你看眼神就能知道他是不是警察了，达琳。警察都很自以为是的。我在这行干得太久啦。他们那点勾当我一清二楚，给钞票做记号啦，乔装打扮啦……如果你不会看眼神，就看看他们掏出来的钞票，上面全是用铅笔做的脏兮兮的记号。"

"我怎么看得清那些钞票呢？这里这么暗，我连他们的眼睛都看不见。"

"好吧，不过你总得做点什么啊，我可不想让你干坐在我的凳子上。这几天晚上，你劝劝那个警察头子买酒喝，要让他买双份马提尼才行。"

"那你让我上台跳舞吧。我最近刚学了套舞步，肯定卖座。"

"哦，住嘴！"拉娜吼道。如果琼斯知道晚上有警察来店里探查，廉价清扫工就要拜拜了。"听着，达琳，不要告诉琼斯我们这儿晚上突然有警察光顾，你知道那些黑人是怎么看待条子的。他可能会害怕，然后辞职不干。我的意思是，我想帮帮这小子，别让他变成流浪汉。"

"行吧，"达琳说道，"不过，别指望我劝警察买酒，我特别害怕坐在条子旁边。你知道我们这里缺一样赚钱的工具吗？"

"缺什么？"拉娜生气地问。

"我们这儿缺一只动物。"

"一只什么？基督耶稣啊！"

"我可不给动物铲屎。"琼斯说着，手里的拖把撞在吧台凳的凳脚上，乒乒乓乓地响。

"拖拖这边，看看凳子底下干不干净。"拉娜喝道。

"哦！哇！我难道会漏掉那里？嘿！"

"拉娜，看看报纸，"达琳又说道，"这条街上的酒吧几乎家家都有宠物表演。"拉娜翻到娱乐版面，透过琼斯吐出的烟雾，研究起夜店广告来。

"嗯，小达琳精明强干啊。我看下一步你想升职当酒吧经理了，是不是？"

"不是啦，老板娘。"

"那么，最好记住这一点，"拉娜说着，指尖在广告上游走，"看看这个，杰瑞酒吧弄了一条蛇，一〇四酒吧搞了一群鸽子、一只小老虎，还有一只黑猩猩……"

"这样客人才愿意去嘛，"达琳附和道，"咱们得跟上行业潮流。"

"多谢提醒。既然是你想出来的主意，有什么建议你说说吧。"

"我建议咱们集体投票，一致反对把酒吧改成动物园。"琼斯抢白道。

"专心拖你的地去！"拉娜嚷道。

"我们可以用我养的凤头鹦鹉呀，"达琳建议道，"最近我一直在用它练霹雳舞呢。这只鸟儿特别机灵,你真该听听它都会说些什么。"

"在我们黑人那里,绝不会让一只鸟进酒吧。"

"给这只鸟一个机会吧。"达琳央求道。

"哇哦!"琼斯说道,"小心啊,你的孤儿朋友来了,慈善时间到啦。"

乔治无精打采地走了进来。他上身穿一件松松垮垮的红毛衣,下身穿一条白色牛仔裤,脚上踩着一双米色的弗拉门戈尖头靴。两只手的手背上画满了匕首状的文身。

"抱歉啦,乔治,今天没什么好带给孤儿的。"拉娜飞快地说。

"看到没?哎呀,那些孤儿还是去申请政府救助金吧,"琼斯说着,朝"匕首文身"吐了口烟,"我们连发工资都有困难,行善总得先从自己人开始吧。"

"嗯?"乔治问道。

"最近孤儿院收了不少好衣服呀,"达琳评论道,"我可没什么好给他的,拉娜。我看这家伙倒像是来敲竹杠的。如果这孩子是孤儿,那我就是英女王了。"

"你跟我来。"拉娜对乔治说道,把他带到街上。

"怎么回事?"乔治问。

"我当着那两个混蛋的面说话不方便,"拉娜解释道,"听着,这个新来的清洁工不像之前那个好糊弄。他精明得很,自从上回第一次见到你,就一直跟我打听孤儿院的事。我信不过他，最近警察总找上门。"

"那你就再换一个清洁工啊，反正干活儿的黑鬼有的是。"

"我就算找个瞎了眼的因纽特人也不止这点工钱呢。我跟他达成协议，他只拿打折的工钱。他以为如果他辞职不干了，我就能让警察按流浪罪把他抓起来。这完全就是桩交易，乔治。我的意思是，干我们这行你就得时刻擦亮眼睛，看准机会捡便宜。明白吗？"

"那我怎么办？"

"这个琼斯每天中午十二点，最迟十二点半出去吃午饭，你就在十二点四十五分左右过来。"

"那整个下午我带着这个'包裹'能做什么呢？我总不能在三点之前啥也不干吧。我不想带着这些东西在外面逛荡。"

"你可以去公交车站看看。我不管，只要东西安全就行。明天你再来找我吧。"

说完，拉娜转身进了酒吧。

"我真心希望你把那小子打发走了，"达琳说道，"应该把他举报给'交易管制局'。"

"哇哦！"

"拉娜，拜托啦。给我和我的鸟一个机会吧，我们一定会卖座的。"

"以前基瓦尼俱乐部①的人喜欢进店看可爱的小姑娘们扭

---

① 基瓦尼俱乐部（Kiwanis Club），北美工商业人士及专业人员为维护商业道德而组成的社团，同时也是一个社交和慈善组织。

屁股,现在的人喜欢看动物。你说这些人都怎么了?我看——都有病。一个人本本分分赚钱太难了。"拉娜点燃一支烟,与琼斯对着吞云吐雾起来,"好吧,就给你的鸟一个试镜的机会。你带着鸟在台上,要比让你跟警察坐在台下更保险些。把那只该死的鸟带来吧。"

冈萨雷斯先生坐在小小的煤气炉旁,遥听运河的水声,他宁静的灵魂如入涅槃之境,高高地悬浮在利维制裤厂那两根触角似的烟囱上。他的感官下意识地把玩着老鼠啃咬的声音、旧报纸和木料的气息,以及身上那条松垮的利维牌长裤牵动起的迷思。他轻轻地吐出一缕烟,然后将烟蒂瞄向烟灰缸的正中心,摆出神射手的架势。冈萨雷斯简直不敢相信发生的一切:在利维制裤厂的日子竟然变得越来越美好了。而这美好的根源,就是雷利先生。究竟是哪位神仙姐姐把伊格内修斯·雷利放在利维制裤厂破破烂烂的台阶上的?

他一个人简直抵得上四个。在雷利先生的巧手下,文档整理工作似乎彻底消失了。他对特里克希小姐又那么友善,办公室里几乎没有任何摩擦。尤其是前天下午,冈萨雷斯先生被自己所看到的场景感动坏了——雷利先生竟然屈膝跪地,给特里克希小姐换袜子。雷利先生太有爱心了,虽然他还有一个多事的幽门,好在那些关于幽门絮絮叨叨的对话还可以忍受。这算是他唯一的缺点吧。

冈萨雷斯先生愉快地环顾四周,发现办公室里到处都是雷利先生的手工成果。特里克希小姐办公桌上钉着一个硕大的名牌，上面写着"特里克希小姐"，牌子的一角还有蜡笔画的老式花捧，而他自己的办公桌上也有一个这样的名牌，上面写着"冈萨雷斯主管"，缀以阿方索皇冠风格的装饰。办公室的一根立柱上钉着一个分段的十字架，上面分别写有"利比番茄汁"与"卡夫果冻"的字样，只是字迹都还没上色，雷利先生说打算把它们涂成棕色，夹带些许黑色条纹，以表现木材的纹理。文件柜顶摆着几个空冰激凌纸盒，里面的豆子已经长出小小的藤蔓。一帘紫色的僧侣布挂在雷利先生办公桌旁的窗子上，在办公室中营造出一个冥想的空间。阳光透过布帘洒下紫红色的光芒，一尊三尺高的圣安东尼石膏像站在废纸篓旁，沐浴在阳光里。

从未有过雷利先生这样的员工，这么有奉献精神，这么爱钻研业务。他甚至打算等幽门好一点后就下工厂调研，看看如何改善那里的运行状况。而别的员工总是一副事不关己的样子，一天到晚磨洋工。

这时，办公室的门被缓缓地推开，一只硕大的纸袋抢先露面，这是特里克希小姐开启一天工作的惯常方式。

"特里克希小姐！"冈萨雷斯先生高声喝道，连他自己都觉得口气过于严厉了。

"谁？"特里克希小姐慌乱地叫道。

她低头看了看自己破破烂烂的睡袍和法兰绒睡裙。

"哦，天哪，"她气喘吁吁地说，"我觉得外面挺冷的。"

"你现在马上回家。"

"冈麦斯,外面好冷呀。"

"我很抱歉,可你不能穿成那样来上班啊。"

"我能退休了吗?"特里克希小姐满怀希望地问道。

"不能!"冈萨雷斯先生尖声叫道,"我只想让你回家换套衣服。你家就在这儿附近,快去!"

特里克希小姐慢吞吞地走到门口,砰的一声关上门。不一会儿,她又回来把放在地板上的袋子拎走,又砰的一声把门关上。

一小时后伊格内修斯来上班了,而此时特里克希小姐还没有回来。冈萨雷斯先生听到楼梯间传来雷利先生沉重而迟缓的脚步声。门被猛地推开,神奇小子伊格内修斯·雷利现身了,他脖子上围着一条披肩那么大的格子围巾,围巾的一头塞在大衣里。

"早上好,先生。"他庄重地说道。

"早上好,"冈萨雷斯先生愉快地应道,"今天路上顺利吗?"

"凑合吧。我怀疑那司机根本就是个赛车手,一路上我得一直提醒他。其实,车到公司以后,我们是带着几分敌意分道扬镳的。今天早上咱们的女职员去哪儿了?"

"我不得不让她回家了,今天早上她竟然穿着睡袍就来上班。"

伊格内修斯眉头紧锁,说道:"我不明白为什么要让她回家。毕竟，我们在这里都很随意，这是一个大家庭嘛。我只是希望你没有打击她的工作积极性。"他走到饮水机旁，接了杯水，浇在豆苗上，"说不定哪天早上我也会穿着睡衣来上班，到时候你可不要太惊讶哦，我觉得那样挺舒服的。"

"当然，我没有要命令大家必须穿什么衣服上班的意思。"冈萨雷斯紧张地说道。

"我也希望如此。我和特里克希小姐的忍耐是有限度的。"

冈萨雷斯先生假装在书桌里翻找东西，好避开伊格内修斯向他投来的凌厉的目光。

"我准备把十字架做完。"伊格内修斯终于又开口了，然后从大衣口袋里掏出两夸脱①油漆。

"那太好了。"

"把十字架做出来是当务之急，归档、按字母排序什么的都往后排。等做好这个十字架，我就去工厂看看。我猜那些工人正迫切地渴求倾听和指导，我也许能帮到他们。"

"那当然啦，不用我告诉你该怎么做吧。"

"当然不用！"伊格内修斯瞪着办公室经理，"看起来我的幽门终于允许我下工厂参观了，我可得抓住这个机会。否则，它又要封闭几个星期了。"

"那你今天可一定得去工厂看看。"办公室经理热情地附和道。

---

① 1夸脱约为0.946升。

冈萨雷斯先生眼巴巴地等着伊格内修斯的下文,可对方压根没接茬。伊格内修斯将大衣、围巾和帽子依次妥帖地放进一个文件抽屉里,然后开始动手做十字架。十一点的时候,伊格内修斯一直在给十字架涂第一层油漆,用一支小小的水彩刷一丝不苟地涂着染料,而此时特里克希小姐仍不见踪影。

中午时分,冈萨雷斯先生看了看自己手头正在处理的那堆文件,说道:"我真想知道特里克希小姐到底上哪儿去了。"

"你很可能挫伤了她的工作积极性,"伊格内修斯冷冷地说道,他正在用刷子给硬纸板的粗糙边缘涂色,"不过,她大概在午饭时间会回来。昨天我跟她说过,要给她带一份午餐肉三明治来。我发现特里克希小姐特别喜欢吃午餐肉。我本来也想邀请你品尝一下,不过我担心午餐肉只够我和特里克希小姐两个人吃。"

"没事没事,"冈萨雷斯先生尴尬地挤出一丝笑意,看着伊格内修斯打开油腻腻的牛皮纸袋,"我得赶紧弄完这些报表和发票,午饭不打算吃了。"

"是啊,你最好快点弄。我们绝不能让利维制裤厂在优胜劣汰的竞争中落后。"

伊格内修斯一口咬下去,第一个三明治只剩下一半,他心满意足地咀嚼起来。

"我真希望特里克希小姐能回来。"此时,第一个三明治已经进肚。他接连打了好几个嗝,那嗝声好像要把体内的消化器官肢解成碎片。"恐怕我的幽门受不了这些午餐肉。"

就在伊格内修斯开始撕咬第二个三明治里的肉馅时，特里克希小姐回来了，她的头上反扣着那顶绿色的赛璐珞遮阳帽。

"她总算回来了。"伊格内修斯的嘴上挂着一大片软塌塌的生菜叶子，含糊不清地对办公室经理说道。

"哦，没错，"冈萨雷斯先生微弱地应道，"特里克希小姐。"

"我早猜到了午餐肉会激发她的活力。来，快到这儿来，'商业之母'。"

特里克希小姐不小心撞在了圣安东尼的雕像上。

"我早上一直觉得脑子里有个什么事，歌莉娅。"特里克希小姐边说边抓起一块三明治，拿到自己的工位上。伊格内修斯饶有兴味地看着她的牙龈、舌头、嘴唇相互配合着将三明治一点一点地撕咬进肚，这可真是一个复杂且精密的过程。

"你换衣服的时间可真够长的啊！"办公室经理对特里克希小姐说道，他苦涩地发现这身装束并没比之前的长袍睡衣强到哪儿去。

"谁啊？"特里克希小姐问道，她一张嘴，露出满口嚼得烂乎乎的午餐肉和面包。

"我说，你换衣服的时间太长了。"

"我？我才离开一会儿啊。"

"你能不能别再骚扰她了？"伊格内修斯愤怒地质问道。

"不需要耽搁这么长时间嘛，她家就住在码头附近。"说完，办公室经理继续埋头处理文件。

"你爱吃三明治吗？"待特里克希小姐完成最后一个咀嚼动

作之后,伊格内修斯亲切地问道。

特里克希小姐点点头,吭哧吭哧地开始进攻起第二块三明治。不过她只吃了一半,便一头栽在椅子里:"哦,我饱了,歌莉娅,这东西太好吃了。"

"冈萨雷斯先生,你要不要来点三明治,特里克希小姐没吃完?"

"不用了,谢谢。"

"我倒希望你把它吃光,否则老鼠们会成群结队地出来捣乱。"

"是啊,冈麦斯,你吃吧。"特里克希说着,把吃剩下的半个湿漉漉的三明治扔到经理办公桌的文件上。

"看看你都干了什么,你这个老傻瓜!"冈萨雷斯先生一声惨叫,"见鬼去吧!利维夫人!这可是要送银行的报表啊。"

"你胆敢诋毁利维太太高贵的灵魂?"伊格内修斯咆哮起来,"我要检举你,先生!"

"我花了一个小时准备这些报表。看看她都干了什么……"

"我要复活节火腿!"特里克希小姐嚷道,"还有感恩节火鸡,它们都哪儿去了?我辞掉了一份美差——在五分钱电影院① 收银这么好的工作——来到这家公司,现在我感觉自己要死在这间办公室里了。我必须说这里的工作待遇差极了。我要马——上——退——休!"

---

① 早期的美国电影入场费是五分钱,因此通常称作五分钱电影院。

"你为什么不先去把手洗干净呢?"冈萨雷斯先生对她说。

"好主意,冈麦斯。"说完,特里克希小姐转身去了卫生间。

伊格内修斯感觉受骗了,他本想看一出好戏的。等办公室经理开始重新抄写银行报表时,伊格内修斯继续回到他的十字架工程上。不过,首先他得把特里克希小姐移开才行——老太太从卫生间出来后,径直跪在十字架下做起了祷告,而且刚好挡住了伊格内修斯想要涂漆的地方。后来,特里克希小姐一直在他身边晃悠,其间帮着冈萨雷斯先生封了几个信口,又去了几趟卫生间,打几次小盹。只有办公室经理忙得不亦乐乎,一会儿敲敲打字机,一会按按计算器,这些噪声弄得伊格内修斯有些心神不宁。一点半的时候,十字架的活儿接近尾声,就差在底部写一行金箔小字:"上帝与商贸"。把这条座右铭写好之后,伊格内修斯退后几步,对特里克希小姐说道:"大功告成。"

"哦,歌莉娅,这简直太美了,"特里克希小姐由衷地赞美道,"看看这个,冈麦斯。"

"这太棒了,不是吗?"冈萨雷斯先生说道,一双疲惫的双眼打量着这个十字架。

"现在要开始整理文件了,"伊格内修斯急匆匆地宣布道,"然后去工厂考察。对于社会不公我绝不会坐视不理的。"

"是啊,趁着你的幽门状态良好,快去工厂看看吧。"办公室经理附和着。

伊格内修斯走到档案柜后面,拿起一堆杂乱无章的材料,直接扔进废纸篓。他又趁办公室经理在书桌前揉眼睛的工夫,拉开档案柜第一层抽屉，倒出里面的文件，把那些已经按字母顺序排好的档案也一股脑儿地倒进废纸篓。

然后，他迈着笨拙的步子经过正在十字架前跪拜的特里克希小姐，慢悠悠地走向工厂大门。

巡警曼库索加班做起了暗访，为了给警长逮到可疑分子，哪怕一个也行。那晚，他把姨妈从保龄球馆送回去后，独自一人去了酒吧，想看能不能有什么发现，结果发现了三名将他暴打一顿的悍妇。他应警长召见返回警署，进门的时候，伸手摸了摸头上的绷带。

"你这是怎么搞的，曼库索？"警长一见绷带惊呼。

"我摔了一跤。"

"这倒是你的风格。如果你了解自己的职责，你就应该守在酒吧里，给我们提供有关可疑分子的线索，就像我们昨晚从酒吧里抓回来的三个女人。"

"遵命，长官。"

"关于'欢乐之夜'的问题，我不知道是哪个婊子给你的情报，我们的人几乎每晚都去那儿，但是一无所获。"

"其实，我觉得……"

"闭嘴！你竟敢给我们提供虚假情报。你知不知道我们怎么处置提供假情报的人？"

"不知道。"

"我们会让他在公交车站的厕所蹲坑。"

"知道了,长官!"

"那你就一天八小时守在厕所里,直到抓个人回来。"

"好的。"

"不要说'好的',要说'遵命,长官'。现在给我滚出去,去储物柜找套衣服,今天你打扮成农夫!"

伊格内修斯打开《打工男孩日记》,翻到"蓝马"牌活页纸的空白页,装腔作势地按下圆珠笔尖,怎料利维制裤厂的笔尖禁不住他的力道,笔头弹回到塑料笔筒里。伊格内修斯按得更猛了,可笔尖就是顽固地缩在笔筒里。他气急败坏地拿起笔狂敲桌沿,后来只好捡起躺在地板上的"金星"牌铅笔。他先用铅笔挖了挖耳洞,然后全神贯注地聆听妈妈为晚上去保龄球馆做准备的声音。浴室里传出来来回回的脚步声,他知道,这意味着妈妈正试图同时完成几个梳妆步骤。多年来,他早已习惯这些噪声,每当妈妈准备出门他都会听到:梳子扑通一声掉进马桶,粉底盒咔嗒一声砸到地板上,还有慌乱中他妈妈猝不及防的一声惊呼声:"哎哟!"

伊格内修斯觉得浴室里传出的沉闷的噪声让人心烦意乱,他盼着妈妈赶快收拾完。终于,他听到咔嗒一下关灯的声音,然后妈妈来敲他的房门。

"伊格内修斯,宝贝,我要出门了。"

"好啊。"伊格内修斯冷冷地回应道。

"开开门,宝贝,跟我吻别嘛。"

"母亲大人,我现在正忙着呢。"

"别这样嘛,伊格内修斯,开开门。"

"赶紧跟你的朋友走得远远的,求你了。"

"哎哟,伊格内修斯。"

"你为什么不能让我安静一会儿?我正在创作一部作品,它很有可能拍成电影,极具商业价值。"

雷利太太穿着保龄球鞋,开始踢门。

"你要毁掉那双可笑的鞋子吗?那可是用我辛辛苦苦挣来的钱买的。"

"啊?你说什么,宝贝?"

伊格内修斯放下掏耳朵的铅笔,起身开门。只见他妈妈栗色的头发蓬松地耷在额头上方,鲜艳的腮红从脸颊一路拍到眼皮底下,雷利太太的脸被厚厚的粉扑拍得惨白,连同裙子前襟和散下来的几缕栗色碎发上都沾上了白粉。

"哦,上帝啊!"伊格内修斯叫道,"你把脂粉都撒到裙子上了,不过这没准是巴塔利亚太太的美容秘诀。"

"你为什么总要打击桑塔,伊格内修斯?"

"她看起来也经历过几次人生打击,只不过没把她被打倒,反倒让她得意起来。她如果敢来招惹我,那下场可就大不相同了。"

"伊格内修斯!"

"她还让我的脑海里时时浮现一句脏话:'奶霸!'"

"桑塔都是做奶奶的人了,你说这话羞不羞啊?"

"那天晚上多亏了安妮小姐声嘶力竭的吼叫，家里才复归于平静。我生平从未见过这么无耻的狂欢，而且这个人就站在我家厨房里。如果那个男人真是什么执法人员的话，早就应该当场逮捕他那个'姨妈'。"

"你也别再打击安吉洛了，他已经够倒霉了，孩子。桑塔说他这两天都要待在公交车站的厕所里。"

"哦，上帝啊！我没听错吧？赶快跟你那两个黑帮同伙一起跑路吧——请跟我保持距离，越远越好。"

"你别这样对待你可怜的妈妈。"

"可怜？我没听错吧？我辛辛苦苦往家里挣钱，可钱流出去的速度比挣进来的快多了。"

"伊格内修斯，你说够了没？我这周才从你那儿拿了二十美元而已，还是我苦苦哀求得来的。看看你自己都买了些什么乱七八糟的玩意儿，今天你竟然带回家一个摄影机。"

"摄影机很快就能派上用场了，那个口琴也特别便宜。"

"照这样的花钱速度，我们永远也别想还完那笔赔偿金。"

"那可不关我的事，又不是我开的车。"

"就是，你才不在乎呢，你从来没有在乎过任何事，孩子。"

"我早该料想到，每次打开房门就像打开潘多拉的盒子。巴塔利亚太太不是希望你在马路边等着她和她那个放荡的外甥吗？这样你们宝贵的保龄球时间就一刻也不会被耽误啦。"伊格内修斯打了一个饱嗝，他刚吃完一打布朗尼蛋糕，被幽门困住的甜点味此刻终于释放出来了，"你能不能让我清静一会儿？我被工作折磨了整整一天，难道还不够吗？我想我已经和你说得很清楚了，我每天都沉浸在无边的恐惧之中。"

"宝贝，你要知道，你的努力让我非常感动，"雷利太太吸了吸鼻子说道，"来吧，乖孩子，亲亲妈妈。"

伊格内修斯俯身，在他妈妈脸颊上轻轻吻了一下。

"上帝啊，"他边说边往外吐粉末，"这下我嘴里整晚都要像含着沙砾一样难受了。"

"我把粉抹多了吗？"

"没有，正好。你不是得了关节炎还是什么病来着？你到底是怎么打保龄球的？"

"我觉得这项运动对我有帮助，我最近感觉好多了。"

这时，街上传来汽车喇叭声。

"看来，你的朋友已经从厕所里逃出来了，"伊格内修斯轻蔑地说道，"在汽车站外面瞎晃悠挺像他的作风。说不定，他就喜欢看那些恐怖的长途客车进进出出。他肯定觉得大巴车是个好东西，单凭这一点就能看出他有多么弱智。"

"我会早点回来的，宝贝。"说完，雷利太太关上了小小的前门。

"我很可能被入室抢劫的人虐待！"伊格内修斯尖叫道。

他锁好自己屋子的房门，抓起一个空墨水瓶，打开百叶窗。伊格内修斯把头探出窗外，朝小巷望去，夜幕中那辆白色的小"漫步者"正停在路边。伊格内修斯使出浑身力气，狠狠地将墨水瓶砸了出去，只听到汽车车顶上一声巨响，那声音比他料想的还要大。

"嘿!"他听到桑塔·巴塔利亚在底下大声喊道,伊格内修斯默不作声地关上百叶窗。这下他心满意足了,再次翻开活页夹,拿起他的"金星"牌铅笔。

亲爱的读者:

> 伟大的作家乃读者之良师益友。
> ——麦考利

又一个工作日结束了,亲爱的读者。如前所述,可以说,我已经成功地为这个动荡狂躁的办公室镀上了一层光辉。办公室里一切非必要活动正被逐渐减少。目前,我正忙着装饰这个三只白领蜜蜂所在的生机勃勃的蜂巢。"三只蜜蜂"这一比喻使我联想起三个词,它们能够恰如其分地描述我在办公室的工作:清除、增益、美化①。至于那个滑稽的办公室经理,也有几个词能活灵活现地形容他,比如兴风作浪、低声下气、害人害己、鲁莽冒失、啰里啰唆、颐指气使、惹人生厌、笨手笨脚、附赘悬疣、叽叽喳喳②(照这样写下去,恐怕这个单子要长到失控了)。我得

---

① 这三个词和蜜蜂(bee)一样,都以 b 开头:banish、benefit、beautify。
② 这些词也都以 b 开头:bait、beg、blight、blunder、bore、boss、bother、bungle、burden、buzz。

出的结论是,我们的办公室经理除了制造麻烦、碍手碍脚之外,一无是处。要是没有他的存在,我与另一位办公室职员(我们的商业女神)定会备感岁月静好,我们会在相互体谅的氛围下履行各自的职责。此外,我确信特里克希小姐一心盼望退休的部分原因正是他专断独裁的作风。

我终于可以向大家介绍一下我们的工厂了。今天下午,十字架工程完工后,我的成就感倍增(没错!它终于竣工了,并给我们办公室增添了必要的精神维度),旋即我朝着叮叮当当、呼呼嘶嘶、响声震天的工厂进发了。

眼前的场景既让人激动不已,又令人厌恶不堪。早期血汗工厂的原貌竟然在利维制裤厂这里被完好地保存了下来。要是史密森尼博物馆[1]——我们国家破烂货的汇聚地——有办法将利维制裤厂密封起来,转送到美利坚合众国的首都,那么游客们来到这家饱受质疑的博物馆,看到工人们被定格的劳作瞬间,他们一定会震撼得屁滚尿流,在那身艳俗的游客行头里来一次彻底的"净化"。这里的境况简直综合了《汤姆叔叔的小屋》与弗里兹·朗《大都会》[2]中最恶劣的情形。它是机械化的黑奴制,代表了历史的发展——黑人从摘棉花进步到缝棉花(如果他们仍处于

---

[1] 史密森尼博物馆(Smithsonian Institution),唯一由美国政府资助的半官方性质的博物馆机构。由英国科学家 J. 史密森遗赠捐款,根据美国国会法令于 1846 年创建于首都华盛顿。
[2] 德国知名导演弗里兹·朗(Fritz Lang,1890—1976)制作于 1927 年的电影作品,影片讲述了在 2000 年,未来的大都会里社会分为两个阶层,整个城市赖以运转的庞大机器维护资本家的利益,他们生活在富丽堂皇的摩天大厦之内;而日夜维护机器运转的是靠双手劳动的广大工人群体,他们群居于黑暗的地下城。

摘棉花的阶段,至少还能过上一种健康的户外生活——一边工作一边唱唱歌、吃吃西瓜——在我看来,他们从事集体户外劳动时就应该是这样一幅情景)。对社会不公正的愤愤不平激发了我心中那强烈而又深切的信念,而我的幽门也对此做出热烈的回应。

（说到西瓜,为了避免冒犯某些专业的民权组织,我得承认一点:我不是美国民俗专家,关于西瓜的联想不一定正确。如今,黑人们工作的样子,我猜想是一只手大把大把摘棉花,另一只手把收音机按在脑袋一侧,让里面的广告像子弹一样射入耳膜[1],像什么二手车啦、柔牌洗发剂啦、皇冠发饰啦、嘉露葡萄酒啦,诸如此类。这些人嘴角摇摇欲坠地叼着薄荷味的滤嘴香烟,随时可能把整片棉花地烧成火海。虽然我住在密西西比河沿岸——在许多拙劣的诗歌中,这条河享有盛誉。最流行的主题就是将这条河塑造成父亲的形象,但实际上,密西西比河是一条背信弃义、凶险狡诈的河流,每年河水的旋涡与湍流都会夺去不少鲜活的生命。据我所知,没有哪个人敢把脚趾伸进这条饱受污染的棕褐色的河水中。生活污水、工业废物、致命杀虫剂在这里交汇奔流,水中的鱼儿难逃一死。所以说,把密西西比河塑造成"父亲—上帝—摩西—爸爸—阳具—老爹"全都大错特错。而这种错误的始作俑者,依我

---

[1] 早期传播学认为广播等传播媒介对受众产生即时且深刻的影响,称为"子弹论"。

看，就是那个枯燥乏味的大骗子马克·吐温。然而，这种脱离现实的表达几乎是一切美国"艺术品"的主要特征。美国艺术与美国本质之间如果有任何关联，纯属巧合，这无非是因为整个国家体制与现实本就脱节。这也是我被迫在社会边缘挣扎的唯一原因，我不得不被放逐在这无间的地狱，等待看破现实者勘掘。我从未见过棉花生长，也不想去看。我一生中唯一一次离开新奥尔良的短途旅行——巴吞鲁日之行，就将我卷入了绝望的旋涡。在未来的连载中，我或许会回溯那段历程——那次穿越沼泽、深入沙漠的朝圣之旅让我在归来时饱受折磨，身心俱疲。从另一方面看，新奥尔良，倒是一个非常舒适的都市，它散发着萧索而凝滞的气息，让我倍感亲切。至少，这里气候宜人。而且在这座新月市①里，我上有屋瓦遮雨，口有坚果饮料果腹。虽然，有时候北非的某些地方（如丹吉尔等）让我心驰神往，但是航海行程很可能使我大伤元气，而我又不会傻到坐飞机前往，就算买得起机票也免谈。灰狗大巴的经历是一个惨痛的教训，足以让我接受现状，不敢造次。我希望那些豪华旅游客车能够停运，在我看来，它们的高度似乎违反了某些州际高速公路交通法规中有关隧道行驶许可的规定。亲爱的读者们，也许你们当中有人深谙法规细则，凭借记忆便能挖掘出适当的条陈。那些大巴车真应

---

① 新奥尔良的昵称。

该统统被取缔。一想到在这漆黑的夜晚,它们在外面横冲直撞,我就寝食难安。

利维工厂是一个巨型的、牲口棚式的结构,里面装着大堆的布料、裁剪桌、大型缝纫机,以及提供蒸汽熨烫的火炉。尤其是当你看到在这样机械化的环境里,忙忙碌碌走来走去的都是些"非裔黑人",你会发现整体上有一种超现实的效果。而我必须承认,这其中蕴含的讽刺意义令我浮想联翩。约瑟夫·康拉德①作品中的句子跳进我的脑海,不过此时我记不清具体内容了。也许我把自己同康拉德小说《黑暗的心》②中的库尔兹联系起来了——彼时他远离欧洲贸易公司的办公室,独自面对无尽的恐惧——我的确记得当时我幻想着自己头戴遮阳帽,穿着白色亚麻布马裤,脸藏在驱蚊面罩后面,整个人焕发出神秘莫测的气息。

外面天寒地冻,厂房内倒是被火炉烘烤得暖意融融。但是,我很怀疑到了夏季,这里的工人们还会不会喜欢他们非洲祖先所经历的炎热气候。这些依赖燃烧煤炭来源源不断制造蒸汽的机器定会让夏日的暑气更加猖獗。我发现这个工厂目前没有开足马力投入生产,据我观察,里面只

---

① 约瑟夫·康拉德(Joseph Conrad,1857—1924)英国小说家,代表作有《黑暗的心》。
② 《黑暗的心》(Heart of Darkness)记录了船长马洛在一艘停靠于伦敦外的海船上所讲的刚果河的故事。马洛的故事除了涉及马洛自己年轻时的非洲经历之外,主要讲述了他在非洲期间所认识的一个叫库尔兹的白人殖民者的故事——一个矢志将"文明进步"带到非洲的理想主义者后来堕落成贪婪的殖民者的经过。

有一台火炉在燃煤，也只有一台看起来像裁剪桌的机器在运作。而且，在我巡视厂房的那段时间里，我发现尽管工人们手里抓着各种式样的布料，腿如灌铅地走来走去，但实际上他们只做出一条裤子来。我看到，一个女工正在熨小孩穿的衣服；另一个女工正操作一台大缝纫机，卓有成效地把几块紫红色缎子缝到一起，看样子，她好像在赶制一条色彩艳丽、却不失风度的晚礼服。不过，我不得不承认，自己由衷地钦佩她的工作效率，尤其是看着她在硕大的电动针头下娴熟地前前后后抽转那块布料。很明显她是一位技艺娴熟的老员工，不过让我惋惜的是，她没有将这种才能奉献到剪裁一条利维牌长裤上。这个工厂明显缺乏士气。

我去找工厂的负责人帕勒莫先生，顺便说一句，这个人常常酒不离身，身上的瘀青多因从剪裁桌或者缝纫机上跌下所致，这足见其酒鬼本性。不过，我并没有找到他，没准他趁着午饭的时间又去附近的某个小酒馆买醉了。利维制裤厂附近的居民区里，每拐一个弯就能看到一家酒吧，可想而知这儿的工资低到何种程度。在穷困潦倒的街区，每个拐角都有三四家酒吧。

厂房墙上的扩音器里不断送出爵士乐的靡靡之音。以我所见，工人们萎靡不振的根源正在于此。在这种节奏的轮番轰炸下，人的心智一定渐渐趋向衰退，乃至崩溃。因此，我找到了扩音器的开关，果断地关掉了它。不过，我的这一举动立刻招来工人们的强烈抗议,他们发出一阵粗野而响亮的咆哮,几近挑衅,并向我投来愠怒的目光。于是,我又赶紧打开扩音器,满面堆笑地朝他们挥手,试图证明我刚才判断有误,希望重新赢得他们的信任(然而他们大大的白眼已经为我贴上了"查理先生"①的标签,我必须得花一番功夫向他们表明我是多么乐于帮助他们)。

显然,在音乐的持续刺激下,他们体内形成了巴甫洛夫式的条件反射,而这种反应在他们看来是愉悦的。我曾花过无数个小时坐在电视机前,看那些小孩踩着类似的音乐跳舞,我太了解这种音乐想要诱发的肢体语言。为了平息工人们的怒气,我尝试着现场演绎了一段相对保守的舞步。我不得不说,我扭动起来,身段竟出奇的婀娜,这说明我生就富于乐感,我的祖先一定曾在未开化的荒野上跳过出色的快步舞。我不去理睬工人们诧异的目光,拖着步子挪到一个扩音器底下,边扭边喊,嘴里疯狂地念叨着:"来啊!来啊!跳起来啊,宝贝!听我对你说,哟!"几个人开始朝我指指点点,哈哈大笑,我看得出,自己又赢得了他们的好感;我也对他们笑脸相迎,表明自己和他们一样兴致高昂。唉,《伟人的命运》!伟人的跌倒!我也跌倒!字面上的。在几番旋转过后,我庞大的身躯(尤其是膝盖部分)开始吃不消了,发出最后的抗议,当我尝试一

---

① 非洲裔黑人对白人的蔑称。

个更反常的高难度舞步时——那舞步是我从电视上学来的——我竟然毫无预兆地栽倒在地。工人们表现得极为关切，他们颇有礼貌地将我扶起，对我报以友善的微笑。这么一来，关掉音乐那档子不快可以翻篇了。

尽管蒙受了种种苦难，黑人在大多数情况下却依然保持着乐观的心态。我和他们真的没什么交往。我要么跟与我差不多的人交往，要么独来独往，因为志同道合者寥寥，所以我总是独来独往。工人们似乎都很乐意跟我聊天，同他们中的几个人交谈之后，我发现他们的薪水甚至比特里克希小姐还低。

从某种意义上来说，我觉得自己与这些黑人同病相怜，处境相当：我们都游离于美国主流社会之外。当然了，本人属于自我放逐。但是，很明显，许多黑人都渴望成为美国中产阶级中的一员。我实在想不出其中的缘由。我必须承认，他们的这种愿望让我对他们的价值取向产生怀疑。然而，就算他们想要加入中产阶级队伍，也不关我的事，就让他们自生自灭吧。就我个人而言，如果我发现有人试图帮我向上爬、挤进中产阶级队伍，我将坚定不移地抗争到底。也就是说，对于那些帮我上进的呆头呆脑的傻瓜，我要跟他们斗争到底。这种对抗将会以一系列示威游行的形式展开，并配上各种传统横幅和海报，那些条幅上面会写着："终结中产阶级""中产阶级滚蛋"，等等。我也不拒绝扔上一两枚小小的燃烧弹。此外，无论在快餐店吃饭还是乘坐公交车，我都会刻意与中产阶级人士保持距离，以彰显我内在的正直与高贵。如果有哪个不知死活的中产白人坐到我身旁，我觉得我会一只手痛扁他们的头和肩膀，另一只手敏捷地将一枚燃烧弹扔向载满了中产阶级白人的大巴车。不管别人对我的围攻会持续一个月还是一年，我坚信，在这场惨烈的厮杀和财物损坏之后，一定不会有人再敢来骚扰我。

我由衷地欣赏黑人身上自带的威慑力，这尤其会震慑到某些白人无产阶级成员；我特别希望（这是一种非常私密的坦露）自己也能拥这样强大的气场，让人心生畏惧。一个黑人，什么都不做，只要往那儿一站，就足以让人畏惧；我呢，要想取得同样的效果，非得横眉立目地恐吓一番才行。也许我就应该当个黑人，如果我是一个黑人，我想我一定生得孔武有力，令人畏惧。坐公交车的时候，我会把一只大腿压在邻座的白人老太太枯干的腿上，吓得她们尖叫连连。再者，如果我是一个黑人，我的妈妈就不会催着我找一份好工作了，因为压根就没有好工作可找。我妈妈会是一个憔悴的黑人老太太，一个薪水少得可怜的女佣，会因为长期的劳碌而累垮了身子，这样她晚上就不会再出去打保龄球了。我们两个人一定会与世无争地待在贫民窟某个发霉的破屋子里，无忧无虑地生活，心满意足地认识到自己是多余的，抗争是于事无补的。

然而，我却不愿意见证这可怕的一幕——黑人群体为了晋升为中产阶级而不懈奋斗。我认为这种努力极大地侮辱了他们的种族尊严。不过,我现在这种腔调有点像比尔德①和帕林顿②之流。不久,我就会把促成我事业的商界缪斯——利维制裤厂——全然抛在脑后。我将致力于从个体视角书写美国社会史;倘若《打工男孩日记》在书摊大卖,我将继续提笔刻画、描绘我们国家的原貌。我们这个国家需要被仔细地观察和审视,而这种眼光必然要出自一位超然的旁观者才行,就像你们的打工男孩——我。我已经收集了大量的笔记和随笔,足以提供独特视角,对当代社会现象做出评判。

让我言归正传,赶紧乘着文思的双翼回到工厂和工人们身上吧,他们激发了我冗长的思考,让我有点跑题了。如前所述,我的表演和接踵而至的屁墩儿激发了他们深切而伟大的同志情谊,他们把我从地板上扶起来。我真诚地向他们致谢,他们则操着一口十七世纪的英语口音关切地询问我的状况。我一点都没有受伤,只是微微受挫。不过,既然骄傲是"致命的罪恶",所以我应该竭力避免——由此可见我毫发无损。

接着,我向他们询问工厂的情况,这也是我此行真正的目的。他们都很乐于与我交谈,似乎对我这个人更感兴

---

① 查尔斯·奥斯汀·比尔德(Charles Austin Beard,1874—1948),美国历史学家、政治学教授,著有《美国现代史》等。
② 维农·帕林顿(Vernon Louis Parrington,1871—1929),美国历史学家,著有《美国思想主流》3卷。

趣。显然，剪裁桌前时光过于枯燥，于是令我这个到访者备受欢迎。我们交谈甚欢，但工人们对他们的工作没啥热忱，事实上，他们对我兴致颇高。我并没有因此而感到困扰，只是后来他们提出的问题太过私密，我只好巧妙地搪塞过去。有几个时常到办公室晃悠的工人，问了一些尖锐的问题，是关于办公室里的十字架和相应的装饰。一位女士情真意切，意欲征得我的同意允许她召集几个同伴偶尔去办公室的十字架下面吟唱圣歌（这当然获得我的首肯，虽然我憎恶圣歌和那些该死的十九世纪加尔文教赞美诗，但如果一两次合唱能让这些工人开心的话，我情愿自己的耳膜受些摧残）。后来，当我问及他们的工资状况时，发现他们工资袋里的平均周薪还不到三十美元。经过深思熟虑，我得出如下结论：不说别的，单凭一周连续五天，待在这样的厂房里，就不应该只拿那么少的薪水，尤其是待在利维制裤厂这种地方！屋顶漏水，随时都有坍塌的危险。不过，谁知道呢？比起在利维制裤厂里闲逛，那些工人或许有更重要的事情要做，例如创作一首爵士乐曲，发明一些新舞步，或者干脆做一点拿手的活儿。难怪工人们没什么工作热情。然而让人不可思议的是，生产线上闲得沉闷萧条，办公室里却忙得焦头烂额，这天差地别之状竟然孕育在同一片胸膛里（利维制裤厂）。如果我是工人中的一员（很可能是身材魁梧且极具威信的那种类型，如前所说），我肯定老早就冲进办公室，索要一份体面的工资了。

  这里我要荡开一笔，说几句闲话。当我还在研究生院求学之时，日日散漫。一天，在咖啡店里我碰到一位名叫莫娜·明可弗的小姐，她是一个年轻的本科生，聒噪而无礼，来自纽约的布朗克斯区。这位从大广场街①走出来的年轻学子，被我独具魅力的演说吸引过来，来到我"上朝"的桌旁。随着交谈逐渐深入，我那伟大而独特的世界观渐趋明朗，明可弗这个小妖妇开始在各个层面对我展开攻击，甚至在桌子底下狠狠地踢我。我让她既着迷，又困惑；简而言之，对她来说，我太难理解了。在哥谭镇（纽约别称）贫民窟养成的狭隘的世界观使她无法招架你们的打工男孩独特价值观。你们知道，莫娜以为所有居住在哈德逊河南边与西边的人都是大字不识的牛仔，或者是更糟糕的白人新教徒——这个阶层尤其残酷无知、善于严刑逼供，此外一无所长（我无意为白人新教徒辩护，我本人也很不喜欢他们）。

  不一会儿，仗着一股蛮横，莫娜就把围在桌边的几个"朝臣"都赶跑了。最后只剩下我和她两个人，我俩就着冷却的咖啡唇枪舌剑起来。我说我不赞成她粗声粗气、含混不清的表达，她就给我扣上反犹太主义者的帽子。她的逻辑简直就是半真半假的事实与陈词滥调的混合体，她的

---

① 纽约布朗克斯区的景观街区。

世界观集合了种种对美国历史的错误认知——这些历史知识准是哪个作者蹲在地铁隧道里写出来的。她扯开她硕大的黑色旅行包,一通翻找,掏出几本油腻腻的小册子,开始用上面的词汇中伤我,这些小册子包括《人类与大众》《现在!》《毁坏的路障》《奔涌向前》《憎恶》,还有各种宣言和隶属各类社团的宣传小册子。由此可知,她在一些组织机构里非常活跃,比如"自由学生同盟""性青年组织""穆斯林黑人组织""拉脱维亚之友""混血儿协会""白人公民理事会",等等。她满腔热血地投身这些社会活动,而老成持重如我者,却对此避之不及。

为了看看"外面的世界"是什么样,莫娜从她父亲那儿敲了一大笔钱来上大学。不幸的是,她碰到了我。初次见面,我们就令对方伤痕累累,这激发了彼此的受虐倾向,进而演绎出一段柏拉图式的恋爱关系(莫娜是个如假包换的受虐狂,最让她兴奋的事莫过于被警犬的尖牙撕扯她的黑色连衣裤,或者头朝下地被人从参议院听证会的石阶上拖走)。我必须承认,我总是怀疑莫娜只对我的肉体感兴趣。我对性爱的严苛态度让她欲罢不能,从某种意义上说,我成了她的研究对象。不过,我轻而易举地挫败了她每一次对我身体的城池和心灵的营垒发起的进攻。从前莫娜和我素不相识的时候,就令周围的同学困惑不已,当我们俩出双入对时,更让那些傻兮兮的南方佬一头雾水,而学校里大部分学生都是没脑子的人。我也知道,校园里的风言风语总把我们俩的关系污蔑成最令人难以启齿的地下情。

在莫娜看来，从足弓下陷到抑郁症，所有疾病的解决之道只有一条——性。她向两位南方美女同学大肆宣扬这套理论，把她们纳入麾下，想要改造她们的落后思想，却给她们造成灾难性的后果。听了莫娜的建议之后，其中一位长相甜美的纯情妹子，在各色小伙儿的殷勤配合下得了失心疯；另一位姑娘竟然试图用破碎的可口可乐瓶子割腕自杀，幸好没有成功。莫娜对此的解释是，姑娘们思想太保守，才导致开局不利。她重整旗鼓后，又跑到各个教室和比萨店宣传性作用，搞得自己差点被社会研究所的门卫占了便宜。与此同时，我则努力把她引向探求真理的正途。

几个学期过后，莫娜突然从大学校园里消失了，走之前她愤慨地说："这个鬼地方什么都教不了我。"连同她一起消失的还有那套黑色连衣裤、乱蓬蓬的长发以及那只硕大的旅行包。棕榈树环绕的校园又恢复了往日的死气沉沉和搂搂抱抱。后来，我和这个百无禁忌的野丫头又见过几次，她时常会来南方"巡游视察"，最后辗转到新奥尔良，同我高谈阔论一番。她甚至把我幽闭在阴暗的小屋里，拨弄靡靡之音来诱惑我。莫娜情真意切，败在举止无礼。

我上一次见到她"巡游视察"之后的样子，真是惨不忍睹。当时她走遍南部所有村落，把她从国会图书馆学来的民歌教给那里的黑人。不过，这些黑人似乎更喜欢当代音乐，每当莫娜哀哀戚戚地唱起挽歌时，他们便打开收音机，把音量调高以示抗议。虽然黑人们对她不理不睬，那些白人对她倒是兴致勃勃。一群群的流浪汉和乡巴佬把她赶出村子，戳她轮胎，抽打她胳膊。她被猎狗追、被赶牛棒轰、被警犬咬，甚至被猎枪散弹扫射过。可是，她却时刻享受这般待遇，还骄傲地向我展示她大腿上狗咬的牙印。（补充一句，我觉得这种举动带有性暗示。）让我惊讶又难以置信的是，她竟然穿着黑色丝袜，而不是紧身连衣裤。然而，我的血液并没有上涌。

我们定期通信。莫娜总是在信里敦促我参加各种活动，什么静卧示威、静坐示威、涉水示威，等等。不过，我一不在餐馆用餐，二不游泳，她的建议我一概视而不见。她信件中次要主题无非是煽动我去曼哈顿投奔她，这样我们二人就可以在那个令人发指的商业中心树起大旗，制造双倍的混乱。倘若我身康体健的话，我可能会走一趟。此刻，那个浑身散发着麝香味的小妖精明可弗，想必正奔波在布朗克斯街区幽深的地下隧道里，乘着高速飞驰的地铁，从某个抗议集会赶到下一个民歌狂欢会，或是什么更糟糕的社会活动。总有一天，当局会因为莫娜我行我素的作风而逮捕她，深牢大狱的生活自会让她明白生命的意义，了却烦恼。

最近，她信上的言辞比以往更加傲慢无礼了。我必须采取以牙还牙之道，正因如此，当我在工厂视察时，恶劣的境况让我想起了这个丫头。许久以来，我沉浸于弥尔顿式的孤立与冥想，将自己幽闭在窄巷之内，现在我该勇敢地步入社会了。我断不会像莫娜·明可弗那般从事无聊、消极的社会活动，形端表正且不失古道热肠才是我的风格。

请诸位拭目以待，你们的作者将要做出一个勇敢无畏、富于冒险的决定，这个决定中蕴含的斗争性、深度与力度截然不同于作者本人温和的天性。明天，我再对你们细细描述给莫娜·明可弗之流的回信。顺便说一句，这个决定的结果可能会颠覆（毫不夸张地说）冈萨雷斯先生在利维制裤厂的统治权。这个恶魔必须受到惩戒。届时，某个更具实力的民权组织可能会为我加冕。

行文至此，洋洋洒洒，我的手指已如针扎一般疼痛，难以忍受。此刻，我必须放下手中的铅笔——我的真理引擎——把我几近残废的双手放在温水里泡上一泡。我对正义事业的忘我投入成就了这篇酣畅淋漓的战斗檄文。我觉得我在利维公司开辟出势头强劲的新运势，带着我冲向新的胜利与高度！

健康摘记：双手近残，幽门半开。

社会摘记：无风无浪；妈妈又出去了，形同交际花。你们或许有兴趣知道，她的一位同党对灰狗巴士着迷，可见此人已是无可救药。

为了工厂的事业，我要向圣玛尔丁·包瑞斯——这位黑白混血儿的守护神——祈祷，同时祈求他在办公室里保佑我们，因为他也是老鼠的克星。

未完待续

盖瑞——你们富有战斗精神的打工男孩

塔尔科博士点燃一根"金边臣"[①]，目光移向社会研究院办公室的窗外，越过漆黑的校园，只看得见几间晚课教室里透出星星点点的灯光。整整一晚，他都在办公桌上翻箱倒柜地找东西，他在找那些关于英国君主轶事的笔记。那是他之前在一本百来页的简装本《英国历史概述》里抄来的。明天就要上这门课，现在都八点半了。身为一名大学讲师，塔尔科博士素来以才思敏捷、幽默犀利以及晓畅易懂的概述能力而闻名，这些优势既让他广受女学生的倾慕，又掩盖了他真实的学术能力——样样稀松，尤其对英国历史一无所知。

不过，塔尔科博士自己也很清楚，就算拥有睿智与雄辩的名声，也无法挽救他的无知，对于李尔王和阿瑟王，他除了知道前者好像有几个孩子之外，什么也记不起来啦。他把熄灭的香烟戳进烟灰缸里，重新翻起最底层的抽屉，抽屉的最里面堆着一叠旧论文，第一遍翻找的时候他没有在意。他把这堆论文

[①] 英国香烟品牌。

放在膝盖上,一页页地翻看起来,如他所料,这些都是过去五年自己没有返还给学生的论文。就在他翻看一篇论文时,在一张粗糙、泛黄的便笺纸上,用红色蜡笔书写的两段文字吸引了他的目光:

> 你对你所教授的课程一无所知,这简直可以判你死刑。我怀疑你压根就不知道伊莫拉的圣卡西安是什么人——他是被学生的钢笔活活刺死的!他以身殉道,死得光荣,被后世尊奉为教师的守护神。
> 　　快快向他祈祷吧,你这个呆头呆脑的傻瓜,你这个只知道询问"打网球吗?",或者耍耍高尔夫球杆、牛饮鸡尾酒的伪学者,太需要来自天界圣人的庇护了。虽然你来日无多,但你的死不会重于泰山——因为你无所建树,至死也只是个彻头彻尾的混账。
>
> 佐罗

这一页的最后还画了一把剑。

"啊,我真想知道这个家伙后来怎么样了。"塔尔科大叫道。

第六章

马蒂的漫游者客栈位于本市卡罗敦区的一角，由此延伸六七英里，圣查尔斯大街与密西西比河在大路的尽头交汇。交汇处形成了颇具特色的一隅，街道与有轨电车在一边，河流、堤岸以及铁轨在另一边。这个拐角处形成一个独立的居民小区。在那里，空气中总是弥漫着浓重而甜腻的酒味，那是沿河一带的酿酒厂散发出来的气味。到了盛夏的午后，这甜腻的酒味伴随着河边的微风袭来，让人透不过气。这个居民区大约是在一百多年前偶然形成的，时至今日，都市街区的风采早已不复存在，城里的街道穿过圣查尔斯大街延伸到这片区域后，路面也跟着从沥青变成了碎石沙砾。这是一个古老的乡村小镇，镇上还能看到些许谷仓，它是一个与世隔绝的微型村落。

同这个街区的其他建筑一样，马蒂的漫游者客栈矮矮的，没有刷漆，建得歪歪斜斜。小店稍向右偏，倾向铁轨与河流的方向。店门正面密密实实地贴着各种锡皮广告牌，从啤酒到香烟再到饮料一应俱全，就连门上的挡风玻璃都贴着某个牌子的面包广告。马蒂客栈兼具酒吧与杂货铺的功能，不过售卖的品种非常有限——也就是汽水、面包和罐头食品。吧台一侧放着一台冰柜，里面冻着几磅腌肉和香肠。马蒂店里没有人叫马蒂，店主是华森先生，棕褐色的皮肤，平时少言寡语，拥有这家小店完整的所有权。

"问题是我没有一技之长。"琼斯对华森先生说道。琼斯轻轻地坐在凳边上,双腿弯曲,像一把冰钳,仿佛随时会夹起板凳,从华森老先生的眼皮底下溜走。"如果我受过什么培训的话,现在就不用给那个老荡妇拖地板了。"

"乖乖的,听话,"华森先生含糊地回应道,"在女士面前举止要规矩点。"

"啥?哎呀呀。你不知道啊,伙计!我要和一只鸟一起工作,你愿意跟鸟一起干活?"琼斯朝吧台上方吐了几口烟,"我的意思是,我很高兴那女孩有机会登台表演。她都给那个李婆娘干了很长时间了,需要这么个机会。不过,我敢说那只鸟挣得都比我多,哇哦!"

"和善点,琼斯。"

"哇哦!嘿,你真被洗脑了,"琼斯嚷嚷道,"你为什么就没有雇人到店里擦地板,你说说看?"

"别自找麻烦啦。"

"嘿!你跟那娘们说话的口气一模一样。你们俩没见过面真是太遗憾了。她一定喜欢你这样的,她会说:'嘿,小子,你就是我一直以来想找的人,就像从前那种愚蠢的黑奴。'她还会说:'嘿,你真是太能干了,给地板打个蜡,把墙也刷一下。你真好,过来把厕所打扫干净,再给我擦擦鞋油。'你就只管回答:'遵命,夫人,好的,老板娘,我最听话。'然后,你正忙着擦吊灯的时候,不小心从上面掉下来,屁股摔开了花,这时她那几个女朋友围上来,七嘴八舌,接着李婆娘手一扬,把几个硬币扔到你脚边,叫道:'嘿,小子,你刚才表现得太糟了,快把硬币递给我们,不然我们就叫警察了哦。'呼哈!"

"那位女士是不是说过,如果你给她找麻烦,她就报警?"

"她就是抓住我这个弱点啊!我觉得这个李婆娘跟警察关系不一般,她总跟我说她在警队里有人,还说自己地位很高,警察根本不敢跨进她家店门。"琼斯朝着小小的吧台上方吐出一朵蓝色烟云:"不过,孤儿院那事肯定有鬼,她一定做了什么见不得人的勾当。当她那种人说'做善事'的时候,空气里都飘着阴谋的味道。我知道他们肯定出什么岔子了,突然之间,那个孤儿代表就不上门了。可能是因为我之前问得太多了。见鬼!我非要把这事弄清楚不可。我可不想困在那里,每周只拿二十美元的薪水,还要跟一只像老鹰那么大的鸟一起工作。我想去别的地方,老兄。哇!我想要一台空调、一台彩色电视机,能坐下喝点比啤酒更高级的酒。"

"再来一杯啤酒吗?"

琼斯透过墨镜看了看老头,说道:"你还想让我再买一杯啤酒?一个可怜的黑人男孩拼命干活,一周只赚二十美元。我觉得这时候你应该请我喝一杯免费啤酒,就用你卖腌肉和汽水赚来的钱。你用这里赚来的钱都把你儿子送进大学了。"

"他已经在学校里教书啦。"华森先生自豪地说,拉开一罐啤酒。

"真好啊,哇哦!我才上过两年学。我妈妈在外面给人洗衣服，我在街上滚轮胎，没人提学校的事，也没人学习。见鬼！谁会把工作给一个只会滚轮胎的人？我最后只能和大鸟一块儿工作，老板是那种敢把西班牙苍蝇水①卖给孤儿的货，哎呀呀。"

"要是情况真的很坏的话……"

"什么叫真的很坏？嘿！我可是在现代奴隶制度下干活。要是不干了，我会被当成流浪汉举报给警察；如果继续干下去，我拿到的薪水甚至还不到最低工资的水平。"

"我告诉你怎么做。"华森先生神神秘秘地说，身子探出吧台，递给琼斯一杯啤酒。另一个坐在吧台边上的客人也凑过来听，他一声不响地听着这两个人对话已经有一会儿了。"你可以搞点小破坏嘛，这是眼下你反抗的唯一方法。"

"啥叫小破坏？"

"你知道的，伙计，"华森先生悄声道，"就像哪个女服务员工资太低，她就不小心在汤里多放胡椒粉；停车场的侍应生往汽油里多加润滑剂，把车子撞到围墙上之类的。"

"哇！"琼斯叫道，"就像哪个在超市工作的男孩，因为没拿到加班费，手指一滑，一打鸡蛋就掉在地上了。嘿！"

"现在你明白了吧？"

"我们要搞一场真正的大破坏，"坐在吧台边的那个男子终于开口道，"我们要在工作的地方举行大游行。"

---

① 西班牙苍蝇水（Spinsh fly），一种催情药。

"真的吗？"琼斯好奇地问，"在哪儿？"

"在利维制裤厂。有一个大个子白人跑到厂里跟我们说，他要向公司楼顶扔原子弹。"

"你们这哪里是搞破坏呀，"琼斯说，"这分明是要发动战争嘛。"

"要友善，学会尊重人。"华森先生对陌生的客人说道。

男人哈哈大笑起来，笑得眼角挤出了泪花，说道："那个男的说他为全世界的黑白混血儿和老鼠祈祷。"

"老鼠？哇哦！你们这群人遇到了一个百分百的怪胎哦。"

"他很聪明的，"男人辩解道，"而且还虔诚。他在办公室里做了一个超大的十字架。"

"哇哦！"

"他说：'你们到了中年一定会觉得更幸福的。你们去找一门大炮，再弄些箭，然后把原子弹扔到工厂屋顶。'"男人又大笑起来，"反正，我们在厂里也没啥可干的。他喜欢听我们说话，听到兴起时还会扇动嘴边的大胡子。他说他要带领我们举行一次声势浩大的示威游行，要让其他的游行活动看起来都像是娘们聚会。"

"没错，听起来他要带领你们直奔监狱啊，"琼斯一边说道，一边朝吧台吐出更多烟雾，"他听起来像个疯疯癫癫的白人肥佬。"

"他是有点奇怪，"男人也承认，"但是他在公司的办公室上班，我们的办公室经理冈萨雷斯先生，觉得那家伙特别厉害。基本上他想干什么经理都不管。冈萨雷斯先生甚至允许他随时出入工厂。厂里很多人准备跟他一起游行,他告诉我们他已经获得了利维先生的首肯,同意我们这次游行,他还说利维先生也很想让我们赶走冈萨雷斯。谁知道呢?说不定他们会给我们涨工资。那个冈萨雷斯先生看起来挺怕他的。"

"伙计,跟我说说那个白人救世主长什么样?"琼斯饶有兴致地问道。

"他又胖又高,整天戴着一顶狩猎帽。"

琼斯把隐在墨镜后的眼睛瞪大了。

"那顶帽子是不是绿色的?他戴着一顶绿帽子?"

"没错。你怎么知道的?"

"哇哦!"琼斯说道,"你们要有大麻烦了。那家伙早就被警察盯上了,有一天晚上他来过'欢乐之夜'酒吧,拉着达琳讲他的大巴车奇遇。"

"是啊,你们怎么知道!"男人说道,"他也给我们讲过大巴车的故事,还告诉我们有一次乘着长途客车到过最黑暗的地带。"

"就是那个人,你们最好离那个怪胎远点。他是通缉犯,你们这些可怜的黑人都会被扔进监狱的。哇哦!"

"哦,那我可得好好问问他,"男人说道,"我可不想被一个罪犯领着去游行示威。"

像往常一样,冈萨雷斯先生早早来到利维制裤厂。他颇有仪式感地用同一根火柴点燃了小加热炉和一支过滤嘴香烟，这两支"火炬"的点燃标志着又一个工作日的开始。接着，他把思绪转向早晨的冥想。雷利先生昨天又为办公室添上一道新景观，他用绉纸做成淡紫色、灰色、褐色的彩带，环绕在天花板的电灯上。十字架、标识牌，以及众多的彩带让这位办公室经理想起了圣诞节装扮的情景，引得他小小地感伤了一番。他欣慰地看着雷利先生的工位，发现豆藤长势喜人，交织着向下攀展，已经穿过档案柜的把手。冈萨雷斯纳闷这位文档整理员是怎么做到在不伤及那些嫩枝的前提下给文件归档的。他正思考着这个工作的难题，一抬头惊讶地看到雷利先生撞开门，像鱼雷一样冲了进来。

"早上好，先生。"伊格内修斯粗声粗气地说道，他披着一件既像围巾又像披肩的东西，在他身后水平地飞扬着，如同一面鼓动的苏格兰部族旗帜。他肩上挎着一台廉价摄影机，腋下还夹着一捆什么东西，仔细看才发现是一条卷起来的床单。

"雷利先生，你今天好早啊。"

"你什么意思？我一直是这个时候到的。"

"哦，当然。"冈萨雷斯先生谦和地应道。

"你觉得我今天来得早是有什么特殊目的吗？"

"不是，我……"

"说吧，先生，你今天怎么起疑心了呢？你的眼里分明闪烁着猜疑的光芒。"

"你说什么，雷利先生？"

"你听到我说的话了。"伊格内修斯一边回应,一边慢腾腾地走向工厂大门。

冈萨雷斯先生努力让自己重新平静下来,不被工厂方向传来的类似欢呼的声音扰乱思绪。他想,也许是哪个工人晋升为爸爸了,要不就是谁买彩票中奖了。只要那些工人们不过来烦他,他也愿意以礼相待。对他而言,他们不过是利维制裤厂的"躯干"部分,与"大脑中心"并不相干。他无须为他们分神、担忧,那个酒鬼帕勒莫才是他们的头儿。等时机恰当,这位办公室经理打算以最委婉的方式跟雷利先生谈谈,他花在工厂里的时间和精力有点多。可是,雷利先生最近变得有些冷漠、不可亲近,而冈萨雷斯先生又挺怕与他发生争执。他只要一想到雷利先生熊掌一样的大手重重地拍向他的脑门,他的双脚就发麻,他可不想像一根木桩一样被拍进办公室脆弱的地板里。

工厂这边,四个大汉正抱住伊格内修斯那双像密斯菲尔德火腿①一般粗壮的大腿,使出浑身力气把他抬到一张剪裁桌上。伊格内修斯高昂着头,越过四个搬运工的肩膀,大声喊着指令,好像他在监督众人妥善安放什么稀有之物。

"上一点,右一点,对啦!"他大喊道,"向上,上,小心点,慢点,你们抓紧了吗?"

"紧了!"其中一名搬运工答道。

"我觉得还是没有抓紧,拜托,我已经陷入极度焦虑的状

---

① 美国一家猪肉制品供应商。

态了。"

一旁的工人们兴致勃勃地看着这些搬运工在重压之下摇摇晃晃、踉踉跄跄的样子。

"现在往后一点,"伊格内修斯紧张地喊道,"往后挪,直到桌子正好在我的正下方。"

"别担心,雷先生,"一个搬运工气喘吁吁地说,"我们已经把你对准那张桌子了。"

"很明显你们没有,"伊格内修斯回答道,身子猛地撞上了一根墙柱,"哦,上帝啊!我的胳膊脱臼了。"

其他工人跟着尖叫起来。

"嘿,小心雷先生,"有人叫道,"你们这些人简直要把他的脑袋撞开花了。"

"拜托!"伊格内修斯嚷嚷道,"来人啊,救命啊!我要四分五裂啦!"

"看,雷先生,"一名搬运工上气不接下气地说,"桌子就在我们正下方啦。"

"我还没来得及被你们放到桌子上,说不定就被直接扔进其中一台火炉里了。早知如此,我还是应该站在地上指挥队伍更明智一些。"

"雷先生,你把脚放下来,桌子就在下面了。"

"慢点慢点,"伊格内修斯边说边小心翼翼地向下探出他硕大的脚趾,"哦,确实在我下面,好吧,等我站稳当了,你们再松开手。"

伊格内修斯终于直立地站在长桌上。他用扎成一捆的床单掩在小腹周围,以此来挡住底下观众的视线,因为刚才被抬来抬去的时候,他的某个部位被刺激得兴奋起来。

"朋友们!"伊格内修斯庄严地说道,举起另一只空闲的手臂,"终于,我们的日子到来了。我希望大家带好武器。"对此,剪裁桌周围的人群没有做出任何反应,"我指的是棍子、锁链、木棒之类的家伙。"一阵哄笑,工人们挥舞着手里的栅栏条、扫把、自行车链子以及砖头。"我的天哪!你们还真是配备上了各种各样的武器啊。这样我们发起攻势的猛烈程度可能会超过我的预期。不过,越是重拳出击,收效越显著。我粗略地目测了一番各位手中的武器,由此更增强了我对今天发起这场圣战必胜的信念。我们必须将利维制裤厂洗劫一空,以暴制暴,片甲不留。"

"他说什么呢?"一个工人对另一个问道。

"我们要迅速地攻下办公室,打敌人一个措手不及,趁他们还处在清晨的精神迷雾之中。"

"嘿,雷先生,容我插句话,"人群中一名男子喊道,"有人告诉我,你被警察盯上了,这是真的吗?"

工人之中立刻产生一阵骚动。

"什么?"伊格内修斯尖叫起来,"你从哪里听来的谣言?这完全是捏造的。这种恶毒的谣言准是某个白人至上主义者,或者穷乡僻壤里冒出来的乡巴佬,甚至可能就是冈萨雷斯本人散布的。你怎么能相信啊?这位先生!你们都必须认识到,我们的事业将会面临很多敌人。"

当工人们对他这番慷慨陈词报以热烈掌声时，伊格内修斯正暗自琢磨着，那个工人是怎么知道白痴曼库索曾经想要逮捕自己的呢。也许此人当时也在商店前的围观人群中吧。那个巡警真是讨厌，差点坏了自己的好事。不过幸好，目前局势稳住了。

"现在，先锋队带上这个！"等掌声渐渐平息后，伊格内修斯又大喊道。他夸张地把掩在小腹前的床单抽出来，刷的一下展开。只见在这张黄渍斑斑的床单上用红色蜡笔写着两个粗体大字"前进"。在这两个字的下方，又用精细而繁复的笔体写下了一排蓝色的字："圣战——为了摩尔族的尊严"。

"我真想知道谁能睡在这样的床单上，"一位神情严肃的妇女说道，此人便是合唱队的领队，"我的主啊！"

暴乱队伍中还有几位潜在的骨干成员用更明确的肢体语言表达了同样的好奇。

"现在，"伊格内修斯吼道，在桌子上一跺脚，发出雷鸣般的响声，"安静！请两位体态优美的女士拉着这面横幅，我们走在后面，一起向办公室进军！"

"我才不要拉着那玩意儿呢。"一位女士回答道。

"大家安静！"伊格内修斯气呼呼地喊道，"我开始怀疑你们是否真的配得上这么高尚的事业。显然，你们还没有做好重大牺牲的准备。"

"我们为什么要扯着那张破床单走呢？"有人问道，"我还以为这次游行是为了涨工资呢。"

"床单？什么床单？"伊格内修斯反问道，"此刻我举在你们面前的是让我们无比自豪的横幅，它表明了我们此次游行的目的，是我们一切诉求的可视化的体现。"工人们更加认真地研究起床单上的黄渍。"如果你们只是希望像牛群一般冲进办公室，那么你们参加的不过是一场暴动而已。而这面横幅赋予此次义举以形式感和信念。这里还涉及一些几何知识，一套必须遵守的仪式。来，你们两位女士请站在这里，拉起这面横幅，高举双手，带着光荣骄傲的神情将它挥舞起来。"

那两位被伊格内修斯钦点的女士慢吞吞地走到裁剪桌前，小心翼翼地用大拇指和食指捏住横幅的两个角，好像她们手里拿的是麻风病人的裹尸布。

"这场面比我预想的还要出色。"伊格内修斯说道。

"姑娘，别在我身边挥这玩意儿。"有人对着拉横幅的女士叫道，再一次在人群中激起一阵嬉笑。

伊格内修斯迅速开启摄影机，将镜头对准横幅和工人们："请大家再挥舞一下手里的棍子和砖头好吗？"工人们愉快地照办了。要是莫娜看到这样的场景，她准会被嘴里的浓咖啡呛着。"动作幅度再大一些，狠狠地挥舞手里的武器吧。做个鬼脸，尖叫起来，如果不介意的话，你们中的某些人不妨向上跳起来。"

大伙儿都乐呵呵地听从伊格内修斯的指挥，除了那两位拉横幅的女士一脸苦相。

办公室那边，冈萨雷斯先生看到特里克希小姐在进门时脑袋又撞到了门框上，这标志着她一天工作的开始。与此同时，他在琢磨工厂里爆发出一阵又一阵热烈的欢呼声到底是怎么回事。

伊格内修斯花了一两分钟的时间录制眼前的景象，他的镜头顺着一根立柱向上游走到天花板处。他觉得这是一组既有趣又有设计感的镜头，象征着工人们的雄心壮志。莫娜一定会发狂的，嫉妒会啃噬她那散发着麝香味的五脏六腑。在柱子的顶端，他把镜头聚焦在厂房屋顶内一块几平方英尺地方，那里锈迹斑斑。然后，伊格内修斯把摄像机交给一个工人，让他对着自己拍。当镜头对准伊格内修斯的时候，他凶狠地看着对方，挥舞着拳头，把工人们逗得直乐。

"可以了，"他亲切地说，然后收起摄影机，迅速关好，"现在，让我们暂时控制一下暴动的情绪，先制定作战计划。首先，两位拉横幅的女士走在最前列，紧随其后的是我们的合唱队。你们要边走边唱一些应景的民歌或者宗教歌曲，曲调就由合唱队领队的女士来定。因为我对你们的民歌曲风不甚了解，所以唱什么曲子你们自己选。如果有时间的话，我倒真想教大家唱几首优美的歌曲。我只有一个要求，旋律一定要激昂。其余的人组成此次游行的战斗营。我会走在队伍的最后，用摄影机记录下值得纪念的难忘场景。或许将来的某一天，这卷录影带还能租给学生组织或其他类似让人闻风丧胆的社团，我们就能借此赚一笔外快呢。"

"请大家牢记。我们一开始时要保持冷静、理智。进入办公室后,两位女士拉着横幅走到办公室经理面前,合唱队聚集在十字架附近,战斗营在后方待命。因为此次行动主要针对冈萨雷斯本人,我想战斗营很快就会收到行动指令。如果冈萨雷斯面对此情此景无动于衷,我会大喊一声:'进攻!'这便是诸位发起猛攻的信号。大家有问题吗?"

有人说了句:"一堆屁话。"不过,伊格内修斯根本不予理会。工厂内鸦雀无声,大部分工人都迫不及待地想要换个节奏。工厂负责人帕勒莫先生醉醺醺地在两个炉子之间现身,一会儿又不见人影了。

"显然,大家都清楚战斗计划了,"伊格内修斯见没人提问,继续说道,"现在请两位拉横幅的女士到门边就位,合唱队紧随其后,战斗营压轴。"工人们迅速排好队形,拿着武器嘻嘻哈哈互相比画着。"很好!合唱队唱起来吧。"

一位宗教信仰虔诚的女士吹起了笛子,合唱队成员铆足劲儿唱道:"哦,耶稣,得汝相伴,吾心灿烂。"

"听起来很振奋人心啊,"伊格内修斯评论道,接着他大喊一声,"前进!"

队伍迅速地服从指令,不等伊格内修斯再下达其他命令,横幅已经穿过工厂大门,爬上通往办公室的台阶。

"停下!"伊格内修斯尖叫道,"快来人把我从桌子上抬下来!"

哦，耶稣，你是吾友。
哦，是的，直到永久！
你握住我的手，
我就无比富有。
知你伴我同行，
听我细语嘤嘤。
只要耶稣伴我，
即使大雨滂沱，
我亦无怨无悔。

"站住！"伊格内修斯歇斯底里地喊道，眼看着战斗营最后一个战士的背影消失在门后，"快给我回来，立刻！"

门摇摇晃晃地关了起来。伊格内修斯双手撑着桌面，跪了下来，爬到桌沿边。然后他转过身，又花了好一会儿调动四肢，终于让自己坐到桌子边上。他低下头一看，发现自己的脚离地面才几英寸，遂决定冒险一跃。就在他纵身跳离桌面、脚踩地板的那一刻，摄影机从他的肩膀上滑落下来，"咔嚓"一声砸在水泥地上。摄像机开膛破肚，交卷散落一地。伊格内修斯赶紧拾起机器，按下开关，想要启动它，可是一点反应也没有。

哦，耶稣，他们把我关进监牢
你为我付金担保

>哦，你总是给予
>我们活下去的真理

"那些疯子在唱什么呢？"伊格内修斯对着空荡荡的厂房诘问，把胶卷一段一段地塞进自己的口袋里。

>你不曾伤害我
>你永远、永远，永远不会抛弃我
>我并未作奸犯科
>总是无私奉献
>如今得耶稣相伴

伊格内修斯拖着来不及卷好的胶卷，一路小跑穿过工厂大门，进了办公室。两位女士面无表情地扯着一条脏兮兮的床单，将横幅反面对着一头雾水的冈萨雷斯先生。合唱队的成员闭着眼，没头没脑地哼唱着早已不成调的歌曲，战斗营的成员在一旁若无其事地闲逛。伊格内修斯拨开人群走向经理的办公桌。

特里克希小姐看到他，问道："发生什么事了，歌莉娅？这些工人到这儿干什么啊？"

"趁着还可以跑，快跑吧，特里克希小姐。"他神情严肃地告诫对方。

哦，耶稣，你赐我永无烦恼

让我免受警察骚扰

"我没听清你说的话，"特里克希小姐抓住他的胳膊喊道，"这是黑人剧团的演出吗？"

"把你干瘪的屁股放到马桶上！"伊格内修斯粗鲁地喊道。

特里克希小姐拖着脚步慢慢地走开。

"看明白了吗？"伊格内修斯冲冈萨雷斯凶巴巴地问道，他让两个女士调了个方向，好让被单上有字的一面对着经理。

"这是什么意思？"冈萨雷斯先生看着横幅上的字问道。

"你拒绝帮助这些人吗？"

"帮助他们？"办公室经理惊恐地问道，"雷利先生，你在说什么呀？"

"我在痛斥你对这个社会犯下的罪行。"

"什么？"冈萨雷斯先生的下唇颤抖起来。

"进攻！"伊格内修斯朝战斗部队大喝一声，"这个家伙毫无仁慈之心。"

"你没有给他说话的机会，"一位拉横幅的女士忍无可忍地说道，"你得让冈萨雷斯先生说话。"

"进攻！进攻！"伊格内修斯更加卖力地怒吼道，他黄蓝相间的双眼鼓了出来，射着寒光。

有人心不在焉地挥起手里的自行车链子，往文件柜上一甩，把上面的豆苗盆打翻在地。

"看看，你都干什么了？"伊格内修斯责备道，"谁让你把它们打下来啦？"

"是你下命令'进攻'的呀！"手拿车链条的工人反驳道。

"快住手！"伊格内修斯转头又制止另一个工人。那家伙手拿钢笔刀朝着写有"研究查阅部负责人：伊·雷利"的标识牌狠狠地划了一刀。伊格内修斯气急败坏地喊道："你们这群家伙到底想干吗？"

"嘿，是你自己说得'进攻'啊。"众人异口同声道。

> 在这伶仃之所，
> 你赐恩典于我。
> 你用万丈光芒，
> 照亮暗夜苍茫。
> 哦，耶稣，你容我痛哭流涕，
> 我们永远、永远、永远同舟共济。

"别再唱这么难听的歌曲啦，"伊格内修斯对着合唱队喊道，"不要让这种亵渎神灵的曲调再钻进我的耳朵。"

合唱队停止了歌唱，看起来受了很大的委屈。

"我不明白你到底想干什么！"办公室经理对伊格内修斯说。

"哦，闭上你娘们似的小嘴，你这个白痴！"

"我们要回厂里去了，"合唱队发言人，那位笃信上帝、神情肃穆的女士愤怒地对伊格内修斯说,"你是个坏蛋。我相信警察在四处抓你。"

"没错。"好几个人附和道。

"等一下,"伊格内修斯央求着,"一定得有人向冈萨雷斯发起进攻。"他扫了一眼战斗营,"手拿砖头的那个人,你过来,对着他的脑袋拍几下。"

"我才不会拿这玩意儿打人呢,"拿砖头的男子一口回绝,"你在警察那儿的记录肯定有一英里长。"

两位拉横幅的女士厌恶地把床单扔到地上,跟着合唱队走了,此时合唱队已经陆续走出了办公室。

"你们要去哪里?"伊格内修斯喊道,一时间被怒火和口水呛得说不出话来。

战斗营的队伍里无人应声,开始跟着合唱队和两位旗手走出办公室。伊格内修斯摇摇晃晃地迅速赶上队伍的尾巴,抓住其中一个工人的胳膊。但是,那人像打蚊子一样一掌朝他拍过去,并说道:"麻烦已经够多了,我们可不想进监狱。"

"快回来!我们还没有结束呢。你们想去对付特里克希小姐也行啊。"

伊格内修斯对着渐行渐远的队伍歇斯底里地大喊,不过丝毫没有动摇对方离去的坚定步伐。他们一声不吭地走下楼梯,回到工厂去了。当最后一个保卫"摩尔族尊严"的战士走出办公室时,门晃晃悠悠地关上了。

巡警曼库索看看手表,他在厕所里正好守了八个小时。是时候把道具服还回警局,然后回家了。整整一天,他没抓到一个可疑分子。不仅如此,自己好像还得了感冒。厕所里阴冷潮湿,他喷嚏连连,想打开门,门却无动于衷。他摇摇门把手,又摆弄了一阵门锁,门锁好像卡住了。他对着门又推又晃,叮叮当当地折腾了几分钟。最后,他大喊起来:"救命啊!"

"伊格内修斯!这么说你被解雇了?"

"拜托,老妈,我都快崩溃了。"伊格内修斯把坚果奶饮料塞到胡子下,咕嘟咕嘟地喝了起来,嘴不停地吮吸着,弄出巨大的声响。"如果你这个时候变身恶狠狠的女妖,我只能掉进深渊,万劫不复了。"

"小小的办公室工作都搞不定,亏你受过那么多教育。"

"他们对我羡慕嫉妒恨。"伊格内修斯幽幽地说道,望着厨房褐色的墙壁,露出凄婉的神情。他砰的一声把舌头从瓶口拔出来,打了一记响嗝,嗝气里满是坚果仁味儿。"归根结底,这都是莫娜·明可弗的错。你也知道她多会惹麻烦。"

"莫娜·明可弗?伊格内修斯,你别跟我胡扯了。人家姑娘在纽约。我还不了解你,你小子一定是在利维制裤厂又捣什么鬼了。"

"我的优秀超出他们的想象。"

"把报纸递给我,伊格内修斯。我们得看看招聘广告。"

"你是来真的吗?"伊格内修斯咆哮道,"我又要被推进万丈深渊了吗？显然，保龄球把你灵魂中所有的仁慈都打飞了。我至少要在床上躺一个星期，还得有人伺候吃喝才能恢复健康。"

"说到床，孩子，你的被单到哪儿去了？"

"我怎么知道，可能被偷了吧。我警告过你，会有人入室的盗贼。"

"你的意思是，有人破门而入只偷走了你那条脏兮兮的被单？"

"如果你在清洗衣物方面再勤快一点，那么描述这条被单的字眼就会大不相同。"

"好啦，快把报纸递给我，伊格内修斯。"

"你打算大声读出来吗？我怀疑自己目前的身体状况是否受得了这种刺激。我正在看科学专栏上一篇关于软体动物的文章，还挺有意思的。"

雷利太太一把抢过儿子手里的报纸，只留下两块碎纸片捏在对方手里。

"妈妈！你这种粗鲁的行径，是因为跟那两个西西里的保龄球疯子混久了的缘故吗？"

"闭嘴，伊格内修斯！"他妈妈说道，迫不及待地把报纸翻到招聘版面，"明天一早，你要乘坐圣查尔斯电车，当一回早起的鸟儿。"

"什么？"伊格内修斯心不在焉地问道。他正在琢磨怎么给莫娜回信。胶卷看起来是没救了，要在信上解释清楚这场具有灾难性的圣战也是不可能的了。

"妈妈,你刚才说什么?"

"我说,明天你要跟着早起的鸟儿赶上有轨电车。"雷利太太厉声叫道。

"听起来合情合理。"

"找不到工作,你就别回家了。"

"显然,命运女神决定启动另一轮厄运了。"

"你说什么?"

"没什么。"

利维太太趴在电动按摩板上,几个按摩点在她丰满的身体上又推又揉,就像一个手法温柔的烘焙师在揉捏白花花的面团。她把两只胳膊绕到板子两侧,紧紧将其抱住。

"哦。"她酥软地呻吟了一声,轻轻咬住脸蛋下方按摩板的边沿,十分享受。

"把那玩意儿关了。"从她身后传来她老公的声音。

"什么?"利维太太抬起头,迷离地环顾四周,"你在这儿做什么?我还以为你在城里看比赛呢。"

"我改主意了,如果你不介意的话。"

"我当然不介意,你爱干吗干吗。只是别让我告诉你该怎么做,你办个舞会我都没意见,不信你试试。"

"不好意思。我很抱歉让你从那块板子上下来。"

"别扯上我的按摩板,如果你不介意的话。"

"哦，很抱歉，我侮辱了它。"

"别扯上我的板子，我说得够清楚了。我尽量心平气和，不想跟你吵。"

"还是把那破玩意儿开开吧，然后闭上嘴。我要去冲个热水澡。"

"看看，一点小事你就动气。别把你的负罪感发泄到我身上。"

"什么负罪感？我做什么了呀？"

"你心知肚明，戈斯。你知道自己在荒废生命，本来你有机会把生意扩大到全国的，现在都泡汤了。那可是你父亲生前的全部心血，他无私地传给了你。"

"呃。"

"我们错失了扩展业务的大好时机。"

"听着，我今天就是去挽救公司业务了，结果搞得自己头昏脑胀，所以才没去看比赛。"

为了公司业务，在跟父亲对峙了将近三十五年后，利维先生决定余生再也不要为公司的事操心。可如今他待在自家的寓所里却不得安宁，妻子整天拿公司的事搅扰他，因为她气恼他对利维制裤厂不上心。不仅如此，他越是把公司的事撇到一边，公司就越会出岔子，反倒给他惹了更多的烦心事。看来只有他亲自出马，朝九晚五地干起经理的业务，日子才会更简单一些，没那么多麻烦。问题是，光听到"利维制裤厂"这几个字他就闹心，这个厂名时时刻刻让他想起自己的父亲。

"你去公司干什么了，戈斯？签几份文件？"

"我解雇了一个员工。"

"真的吗？这可是大事。谁被解雇了？是哪个烧炉工人？"

"你还记得我跟你说过的大个子怪胎吗？就是冈萨雷斯那个混蛋招进来的。"

"哦，他啊。"利维太太一骨碌滚到按摩板上。

"你真该看看他在公司里都做了什么。天花板上挂满彩条，办公室里钉着一个硕大的十字架。今天我刚进公司，他就跑来跟我抱怨工厂里有个工人把他豆苗花盆撞翻了。"

"豆苗？他把利维制裤厂当成菜园子了？"

"谁知道他脑子里在想什么。他还希望我解雇那个打翻他豆苗花盆的人，还有另一个划坏他标识牌的家伙。他说厂里的工人是一群对他大不敬的流氓，还说他们要抓他。于是，我到工厂去找帕勒莫，当然又没找到人。不过你猜我看到了什么？地上到处都是工人们扔下的砖头、铁链。他们个个都很激动，跑来跟我告状，说那个叫雷利的家伙，就是那个邋遢的大块头让他们把这些垃圾带来的，这样他们就能进攻办公室，痛扁冈萨雷斯一顿。"

"什么？"

"他还一直鼓动工人们说，他们挣得少、干得多。"

"我觉得他说得没错，"利维太太说道，"昨天，苏珊和桑德拉的信里也提到了这种事。是她们大学里的好朋友告诉她们的，而她们的好朋友又是从自己的父亲那儿听来的。那位父亲好像是个农场主,靠压榨黑奴为生。两个女孩儿听完都很激动。我早就想跟你说来着。都怪那个新来的发型设计师,给我添了不少麻烦,让我把这事给忘了。孩子们希望你能给那些可怜的工人涨点工资,否则她们就不回家了。"

"那两个丫头以为她们是谁啊?"

"当然是你的女儿啦——难不成你忘了。她们想要的不过是敬重你。她们说,如果你还想见到她们,就要改善利维制裤厂的工作环境。"

"她们怎么突然之间关心起黑人了?不喜欢年轻帅哥了吗?"

"现在你又开始攻击起自己的女儿来了。你明白我的意思了?这就是我无法尊重你的原因。如果你的女儿们一个是赛马骑手,另一个是棒球手,你肯定宠爱得不得了。"

"如果她们俩一个是赛马骑手,一个是棒球手,我们俩可好过多了。相信我,她们还能赚大钱呢。"

"不好意思,"利维夫人边说边开启按摩板,"我实在听不下去了。我现在失望透顶,根本没办法提笔给孩子们回信。"

利维先生看过妻子写给女儿们的信。那些信的内容煽情又荒唐,颠倒黑白的境界之高简直能把帕特里克·亨利[1]说成是保守党。受那些信件的影响,女儿们每次放假回家,都对她们的老爸充满敌意,她们觉得自己母亲好像受了莫大的委屈。如

---

[1] 帕特里克·亨利(Patrick Henry, 1736—1799),美国政治家、演说家,弗吉尼亚首任州长。他在美国革命前夜的动员会上以"不自由,毋宁死"的发言而闻名。

果妻子把他写成恶毒的三K党，解雇年轻革命者，她还真能炮制出一篇热血沸腾的战斗檄文来。而手头的素材正好派上用场。

"这家伙简直是个疯子。"利维先生说道。

"在你看来，有个性是精神病，正直诚实是心理变态，我从你那听得太多了。"

"听着，我本来不想开除他，但是有个工人告诉我，他听说这个怪胎正被警察通缉。我这才狠心做了这个决定。现在公司已经够乱的了，可容不下什么通缉犯在那儿兴风作浪。"

"少来这一套，这太像你的作风了。对你这种人而言，斗士和理想主义者不是怪胎就是罪犯，你对他们本能地排斥。不过，多谢你跟我说了这些，这样我给女儿们的回信就更加真实可信了。"

"我从来不会随便解雇人，"利维先生辩解道，"但我不能让一个通缉犯待在公司里，会给我们带来麻烦的。"

"拜托，"利维太太躺在按摩板上摆出一个警告的手势，"现在，那个年轻的理想主义者肯定在某个地方苦苦挣扎呢。要是女孩们知道了，肯定跟我一样伤心。我是一个品德高尚、正直优雅的女性，却从来没有赢得你的青睐。跟你在一起降低了我的身份，你让一切变得庸俗不堪，我也未能幸免。好在我已经变得麻木了。"

"这么说是我毁了你啰？"

"曾几何时，我是一个多么热忱、多么有爱心的女孩子，对生活满怀憧憬。女儿们都知道这一点。我原以为你能让利维制裤厂名扬全国，"利维太太的脑袋随着按摩板上上下下抖个不停，"看看现在，公司业务每况愈下，就剩下那么几个销售商了。你的女儿们很失望，我很失望，那个被你开除的年轻人也很失望。"

"你想让我自杀谢罪吗？"

"这你得自己拿主意，你向来如此啊。我的存在只是为了取悦于你，我就是你收集来的一辆二手跑车。你想用的时候就用，我无所谓。"

"哦，闭嘴，没人那么对待你。"

"你看见没？你总是这么攻击人——那是负罪感、敌对情绪和缺乏安全感的综合表现。如果你对自己满意，对自己为人处世的方式感到自豪的话，你就会变得友善随和。就拿特里克希小姐来说，看看你对她都做了什么。"

"对那个女人我可什么都没做。"

"这就对了，所以她才既孤独又害怕。"

"她就是一个快死的老太婆。"

"自从苏珊和桑德拉走后，我时常有种负罪感。我在做什么？我的未来在哪儿？我是一个胸怀大志的女人，"利维太太感叹道，"我觉得自己这么没用，被你囚禁在金丝笼里。你拿再多的东西也无法满足那个真正的我。"她被震得双眼上下晃动，冷冷地瞪着丈夫，"把特里克希小姐给我带过来，我就不写信了。"

"什么？我可不想让那个老家伙来这里。你的桥牌俱乐部没有活动吗？上次你不写信，我给你买了一条裙子；这次，我给你买一件舞会上穿的礼服，够了吧？"

"这还不够，如果我只是让那个女人有事可做的话，她需要一对一的帮助。"

"以前你上函授课的时候就把她当小白鼠。你为什么还不放过她呢？叫冈萨雷斯让她退休吧。"

"你这么做就等于杀了她。她会觉得自己没有用，你的双手会断送一条人命。"

"哦，天哪。"

"想想我的母亲。每年冬天，在圣胡安[①]海滩上，穿着比基尼，晒着日光浴；跳舞、游泳、欢笑，还有那么多男朋友……"

"每次只要一个浪头打过来，她就心脏病发作。在赌场里没有输光的钱，全花在加勒比希尔顿酒店的家庭医生那儿了。"

"你不喜欢我妈妈是因为她总针对你。她说得没错，我就应该嫁个医生，那种有抱负的人，"利维太太难过地在按摩板上颠着，"不过，对我来说这已经不重要了，苦难会让我更加强大。"

"要是有人把那个该死的按摩板插头拔掉，你会受多少苦难？"

[①] 圣胡安（San Juan），美国自治领地波多黎各自由邦的首府。

"我已经告诉过你了，"利维太太气呼呼地说，"别把这块板子扯进来。你的敌意正占上风。听我说，戈斯，你去医学艺术研究所找那个心理分析师，那个人治好了兰尼售卖念珠的抵触情结，使兰尼的珠宝店扭亏为盈。兰尼对那个医生特别感激。现在，兰尼跟一帮修女达成独家协议，修女们要在这个城市的四十多家天主教学校里兜售他的念珠。那真是财源滚滚啊。兰尼开心，修女开心，连孩子们也开心。"

"听着挺好。"

"兰尼最近买进了一组漂亮的雕像和宗教饰品。"

"我猜他一定很得意。"

"那还用说。你也应该跟他一样，去找那个医生，趁现在还不晚，戈斯。看在女儿们的分上，你应该寻求帮助，我倒无所谓。"

"我知道你无所谓。"

"你是一个头脑非常混乱的人。不说别人，咱们女儿桑德拉接受心理分析以后开心多了，大学里的心理医生帮了她不少。"

"我相信他的确帮了她很多。"

"如果桑德拉听说你开除了那个年轻的激进分子，她的情况会变糟的。我想两个女儿最后一定会跟你彻底反目。她们都那么善良，那么有同情心，就像受虐待之前的我一样。"

"虐待？"

"拜托，不要再让我听到一个讥讽的字眼。"涂着宝蓝色指甲油的手指在上颠下颤的按摩板上比画出一个警告的手势,"是给我的特里克希小姐写信,还是我给姑娘们写信?"

"给你的特里克希小姐,"利维先生最终妥协道,"你可以让她试试你这块板子,准把她屁股颠开花。"

"别扯上我的板子!"

第七章

　　天堂小店公司位于普瓦德拉街一栋黑漆漆的空置商业楼的一层，其所在地原来是一家汽车维修店。店铺大门通常敞开着，但凡路过此处者都能闻到一股刺鼻的味道，那是一种夹杂着煮热狗、芥末和润滑油与汽油混合的味儿。那些机油像是从那种老式的霍普莫比尔汽车里滴下来的，长年累月渗透至水泥地面。这种浓烈的怪味从天堂小店公司传出来，有时候会熏得路人晕头转向，透过敞开的店门向黑黝黝的厂房探望，然后路人的视线会停在一排锡纸热狗车上。这可不是什么精彩绝伦的"汽车展览"，几台热狗车的车身上凹陷出大坑，还有一台热狗车翻倒在地，车轮水平支起，倒像是一场惨不忍睹的"车祸现场"。

　　午后，匆匆经过天堂小店公司的行人中，有一个步伐迟缓、一步一晃的高大的身影。没错，他就是伊格内修斯。在狭小的维修店门前，他突然停住脚步，深深地吸了一口从里面飘出来的气味，这些味道似乎极大地满足了他的感官需求。他那探出头儿的鼻毛对这些气味进行了分析、辨别、整理，然后他明确地嗅出热狗、芥末、润滑油的味道。他又深吸一口气，想竭力分辨出更精微的气味，于是一缕若有似无的热狗面包的香气被他捕捉到了。他看看腕上的米老鼠手表，白色手套指针显示一小时前他刚刚吃过午饭。不过,那诱人的香气已经馋得他口水直流。

他走进厂房,环顾四周,角落里有一位老人正在一口日久年深的超级大锅里烹煮热狗,那口大锅真是让它屁股底下的煤气炉相形见绌了。

"不好意思,先生,"伊格内修斯招呼道,"您这儿卖热狗吗?"

老者抬起被熏出泪水的双眼,望了望这位身材高大的客人。

"你要什么?"

"我想买热狗。它们闻起来太香啦。我就买一根,行吗?"

"行啊。"

"我能自己挑一根吗?"伊格内修斯一边问,一边瞄着锅里。在沸腾的油锅里,法兰克福香肠翻来滚去,活像一只只人工着色的大号草履虫。酸辣的香味从油锅里蒸腾而出,灌注进伊格内修斯的心肺。"我就当自己正在一家高档餐厅,眼前是龙虾池。"

"来,拿上这把叉子,"老人家说着递给伊格内修斯一把压弯变形、剪刀似的玩意儿,上面锈迹斑斑,"手可别碰到里面的水,那玩意儿跟酸液似的,看看这把叉子就知道了。"

"天哪,"伊格内修斯迫不及待地咬了一口热狗,说道:"这味儿可真带劲儿。里面都有什么配料呀?"

"橡胶、谷物、下水。谁知道呢?我是从来不吃的。"

"简直太爽了!"伊格内修斯清了清喉咙,又说道,"刚在外面,我的鼻子就捕捉到了这股不寻常的气味。"

伊格内修斯心满意足地饕餮起来。他一边观察老人鼻子上的疤,一边认真地听对方吹口哨。

"请问这是斯卡拉蒂①的曲子吗?"伊格内修斯终于腾出嘴来说话。

"我觉得我吹的是《稻草中的火鸡》。"

"我以为你熟悉斯卡拉蒂呢。他是最后一位真正的音乐家。"伊格内修斯说道,重新对长长的热狗发起猛攻,"你这么有音乐天赋,或许可以做点别的什么更有意义的事儿。"

伊格内修斯继续吃他的热狗,老人家继续吹他不成调的口哨。接着,伊格内修斯说道:"我怀疑,你把《稻草中的火鸡》当作美国经典曲子在吹。谬哉谬哉,它非但不好听,还惹人生厌。"

"这有什么关系?"

"关系可大了,先生!"伊格内修斯嚷嚷起来,"对诸如《稻草中的火鸡》这类曲子的推崇,正是我们当前困境的根源。"

"你到底从哪儿冒出来的?你想干吗?"

"对于一个把《稻草中的火鸡》视为其文化支柱之一的社会,你怎么看?"

---

① 多梅尼科·斯卡拉蒂(Domenico Scarlatti, 1685—1757),巴洛克时期的作曲家、演奏家。

"谁说的？"老人紧张地问道。

"人人如此！尤其是民谣歌手和小学的三年级老师，还有那些邋里邋遢的大学生和文法学院的孩子。他们整天哼着这些调调儿，像中了邪一样。"伊格内修斯打了个嗝，"我还想再来一根美味的热狗。"

第四根热狗下肚后，伊格内修斯伸出他那条壮硕的粉红色大舌头，把嘴唇四周和上唇边的胡子舔了个干净，接着对老人说道："我都不记得上一次感到这么满足是什么时候了，能找到这个地方，我真是三生有幸。在来到这里之前，只有上帝知道我今天过得多么胆战心惊。我失业了，目前正在找工作呢。可是，我还不如把'圣杯'作为我的奋斗目标呢。我在这个商业区已经奔走一个星期了，但是很显然，我身上缺乏现今的雇主想要的某种变态特质。"

"运气不好，是吧？"

"嗯，这周我只应聘了两家公司。有那么几天，我走到运河街的时候，就已经疲惫不堪了。这些天要是我能打起精神去看场电影，或许会好过点。事实上，市区电影院放映的每一部片子我都看过了，全都糟糕透顶，应该被无限期禁播，估计下周影院行情尤为惨淡。"

老者看了看伊格内修斯，又瞅了瞅那口大锅、煤气炉，以及那些破破烂烂的手推车，开口道："我立马就可以雇你。"

"不胜感激，"伊格内修斯纡尊降贵地说道，"但我不可能在这里工作，这个地方阴暗潮湿，别的不说，我很容易感染呼吸道疾病。"

"你不用在这干活,孩子。我指的是雇你当卖热狗的小贩。"

"什么?"伊格内修斯大叫一声,"你让我整天在外面受雨雪交加之苦?"

"这里又不会下雪。"

"万一下了呢?说不定我刚刚费力地把小车推出去,天就开始下雪。等人们找到我时,我可能已经七窍结冰,瘫倒在阴沟里。巷子里的野猫在我身上抓来挠去,夺走我身上最后一点体温。这活儿我不干,先生,谢谢您,我得走了。我想起来了,我好像还有一个约会呢。"

伊格内修斯心不在焉地看了一眼他的小手表,发现指针又不走了。

"等一下,"老人恳求道,"就试一天吧,怎么样?我急需一个推车的小贩。"

"一天?"伊格内修斯大惊小怪地重复道,"我一天也浪费不起,我还有好几个地方要去,有好几个人要见呢。"

"那好,"老人的语气生硬起来,"你把热狗钱付了。"

"这个嘛,恐怕我要赊个账啦。你就记在这栋房子的账上,或者修理厂的账上,随便怎么记啦。还不是我那位像马普尔小姐[1]一样狡猾的老妈,昨晚在我口袋里发现了几张电影票的存根,所以今天只给了我一些坐车的钱。"

---

[1] 阿加莎侦探小说中著名的"乡村女侦探"。

"那我报警。"

"哦，上帝啊。"

"快给钱！不给钱，我就报警。"

老人家抄起长柄叉子，敏捷地把它的两个生锈的钳子对准伊格内修斯的喉咙。

"你戳到我的进口围巾啦！"伊格内修斯尖叫道。

"把你的车钱给我。"

"我总不能走回君士坦丁堡街吧？"

"你可以叫辆出租车，到家之后，让你的家里人付车费。"

"如果我告诉我妈妈一个老头子拿着一把叉子胁迫我，抢走了两美元，你觉得她会相信吗？"

"我不会再让人占便宜了，"老人家激动地说道，吐沫星子喷了伊格内修斯一脸，"这种事情总是发生在热狗摊上。热狗小贩、加油站服务员经常碰到这档子事儿，赊账啦、抢劫啦。没有人尊重热狗小贩！"

"这明显不是事实，先生。没有人比我更尊重热狗小贩了，他们从事着这个社会里少数有价值的职业之一。抢劫热狗小贩是一种具有象征意味的行径，那些歹徒并不是贪财，只是想侮辱人。"

"闭上你的臭嘴，赶紧付钱。"

"你这个老头还真顽固。不管怎么样，我是不会穿过五十个街区走回家的，我宁愿被你这把生锈的叉子叉死算了。"

"好吧，伙计，现在听我说。我们做笔交易怎么样？只要你从这儿推一辆售货车到外面，卖一个小时热狗，我们就算扯平了。"

"难道我不需要从卫生部之类的地方开个上岗许可吗？我的意思是，也许我指甲里藏着对人体非常有害的细菌。顺便问一句，你就是这么雇人卖热狗的吗？你的招工方式也太不符合当下的政策了。我觉得自己好像被绑架了，我惶恐至极，都不敢问你会怎么解雇你的员工。"

"所以，以后别再打热狗小贩的主意。"

"你已经指明了要点。事实上，你戳中两点，一点在我的喉咙上，还有一点在我围巾上。我希望你做好赔偿我围巾的准备，这是一条独一无二的围巾，出自英国的一家小工厂，工厂后来被德国纳粹空军给炸了。据说德国人在收缴上来的新闻短片中，看到丘吉尔围着这种款式的围巾。于是德国空军受命轰炸那家围巾制造厂，以挫败英军士气。据我所知，我这条围巾可能跟短片中丘吉尔围的那条同款。如今，它怎么说也值上千美元，而且它还可以被拿来当披肩用，你瞧瞧……"

"唉。"老头看着伊格内修斯变着花样地玩起这条围巾，一会儿当腰带、肩带、苏格兰裙，一会儿又用作断臂吊带和手帕……待他一番演示之后，老人家又开口道："谅你在一个小时里也不会对我的天堂小店做出什么出格的事来。"

"倘若拒绝的后果就是被关进监狱，或者被刺穿喉结，我甘愿推着你的小车卖热狗去。不过，我可说不准自己能走多远。"

"别误会，孩子，我不是坏人，眼下你只能这么做。我花了十年的时间想把'天堂小店'打造成一家声誉良好的公司，这太不容易了。人们看不起卖热狗的小贩，他们觉得这是流浪汉做的事，像样的热狗小贩又特别难找。好不容易让我雇到一个称心的员工，结果他一出去就被小混混给抢了。上帝怎么能让一个人的日子这么难过啊？"

"我们一定不要质疑上帝的行事方式。"伊格内修斯说道。

"也许你说得对，但我还是不明白。"

"波爱修斯的书可能会给你一些启示。"

"我每天都在报纸上读凯乐神父和比利·格雷厄姆神父写的东西。"

"哦，天哪！"伊格内修斯气急败坏地说道，"怪不得你这么糊涂。"

"过来，"老人家边说边打开炉子旁的一个铁柜子，"把这个穿上。"

老人家从柜子里拿出一件类似工作服的白色罩衫，递给伊格内修斯。

"这是什么？"伊格内修斯乐呵呵地问道，"看起来挺像学士服。"

伊格内修斯把大袍子从头顶套下来，罩在大衣外，看起来就像一个即将孵化的恐龙蛋。

"把这条带子系腰上。"

"这可不行。这种服饰就应该在身上随意飘动才好，虽然我这件好像飘不起来。你确定没有再大一号的了吗?而且我仔细检查后发现,这件长袍袖口泛黄,胸口上有红色污渍。我希望那些污渍是番茄酱而不是血迹,上一个穿它的人没准儿被小流氓给捅了。"

"来,戴上这顶帽子。"老头递给伊格内修斯一顶小巧的白色长方形纸帽子。

"我是不会戴一顶纸帽子的。我头上这顶已经很完美了,而且更健康。"

"你不能戴狩猎帽卖热狗啊,这是天堂小店制服的一部分。"

"我绝不会戴一顶纸——帽——子!我才不要因为干这样的活儿而得肺炎死掉,要不,你干脆刺死我算了,帽子我绝对不戴,宁死也不戴。就算死我也绝不受侮辱、得肺病。"

"好啦,不戴就不戴吧,"老人家叹了口气,"过来,推这辆车。"

"你觉得我会把这破烂货推到街上去丢人现眼?"伊格内修斯气呼呼地说,他用手抚平身上的长袍,"给我那辆亮闪闪的、车胎是白色的小车。"

"好吧,好吧。"老人家不耐烦地应道。他掀开推车上面小洞口的盖子,用叉子缓缓地把锅里的热狗移到洞里。"现在,我给你放十二根热狗进去。"他又打开另一个装着面包的铁罐子,"我再把一袋面包放到这里,看到了吗?"他合上盖子,又拉开这辆亮闪闪的红色热狗车的小侧门。"这里有一罐液体燃料是给热狗保温用的。"

"我的上帝啊,"伊格内修斯言语中带着几分敬意,"这车子就像中国谜语一样神奇,我怀疑自己会一直掀错盖子的。"

老者在热狗车后面又掀开一个盖子。

"那里面装着什么?机关枪?"

"芥末和番茄酱。"

"好吧,我就大胆地试一试吧,不过,可能没走多远我就先把液体燃料卖出去了。"

老人家把小车推到厂门口,说道:"好了,伙计,上路吧。"

"非常感谢,"伊格内修斯边回答,边推着这辆大大的锡纸热狗车上了人行道,"一个小时以后,我会准时回来的。"

"从人行道上下来。"

"你不是想让我走进车流里吧?"

"你在人行道上推这玩意儿可能会被警察抓起来的。"

"很好,"伊格内修斯说道,"要是警察跟着我,没准还能把劫匪吓跑呢。"

伊格内修斯慢悠悠地推车离开天堂小店总部,穿过人潮汹涌的街道。热狗车如行进中的小船,两边的人流就像船头两侧的波浪。伊格内修斯想,这种消磨时间的方式,比面见人事经理好过多了。连日来好几个经理对他态度恶劣,再加上资金受限,电影院也去不成了,他只好在商业区漫无目的地闲逛,一直挨到可以安然回家的时间。街上的行人纷纷朝伊格内修斯投去目光,却没人投钱买热狗。大约走出半条街,他开始吆喝道起来:"热狗!天堂家的热狗!"

"到巷子里再吆喝,伙计。"老人家在他身后某个地方大喊道。

伊格内修斯转过街角,把推车停在一栋大楼边上。他掀开推车上的各种盖子,给自己做了一根热狗面包,狼吞虎咽地吃起来。整整一个礼拜,他妈妈都很暴躁,不仅不给他买坚果饮料,而且只要他一准备写东西,就砰砰地敲他房门,威胁他要卖掉房子,搬去养老院。她还向伊格内修斯描述曼库索警官是多么有勇气,不顾重重困难,努力保住自己的工作;他是多么渴望工作,即使被放逐到汽车站厕所里,都能逆来顺受。巡警曼库索的境遇让伊格内修斯想起波爱修斯来,后者在被处死前曾经受到国君的囚禁。为了安抚母亲的情绪,改善家庭氛围,他拿出了英译本的《哲学的慰藉》,这是波爱修斯受迫害时在狱中创作的。他把书送到母亲手里,叮嘱她转交给曼库索警官,希望他在禁闭厕所期间细细品读。"这本书教导我们接受无法改变的一切,它描述了在不公正的社会中,一个正人君子的悲惨命运。而这一主题是中世纪思想的基础。这本书准会帮助你的巡警朋友度过危机的。"伊格内修斯仁慈地说道。"真的吗?"雷利太太问道,"哎呀,真是太贴心了。伊格内修斯,可怜的安杰洛收到这本书一定会很高兴的。"至少那一天,那份送给曼库索巡警的礼物给他在君士坦丁大街的生活带来了暂时的平静。

第一根热狗进肚后,伊格内修斯又给自己做了一根。他边吃边琢磨，还有哪些小恩小惠能帮自己缓解来自母亲的催逼。就这样，又过了十五分钟，他发现凹槽里的热狗明显少了许多，于是决定暂时控制一下食欲。他又推起小车沿街缓缓而行，一边走一边喊："卖热狗嘞！"

乔治正在卡隆德莱特街闲逛，怀里抱着几个牛皮纸包裹。他听到叫卖声，朝这位身形硕大的热狗小贩走去。

"嘿，停一停，给我来根热狗。"

伊格内修斯冷峻地打量着挡在热狗车前的少年——满脸青春痘，一头油亮的长发下面挂着一张乖戾的脸；耳朵后面夹着一根香烟，穿着一件宝蓝色的夹克衫，脚上蹬着一双精巧的靴子，一条紧身裤勒得裤裆凸起。这副打扮触犯了伊格内修斯的幽门，更冒犯了他心中一切神学和几何学的原则。

"不好意思，"伊格内修斯爱答不理，"我只剩几根法兰克福香肠了，需要留用。请你让开。"

"留用？留给谁呢？"

"这不关你事，你这个麻秆，你怎么不在学校里待着？你别来纠缠我，好吗？而且，我没有零钱。"

"我有二十五美分。"对方讥笑道，撇了撇两片苍白的嘴唇。

"我不会把热狗卖给你的，先生，听清楚了吗？"

"你有什么问题吗，朋友？"

"我有什么问题？你又有什么毛病呢？你是有多反常啊，刚过中午就想吃热狗？我的良心绝不许我把热狗卖给你。瞧瞧你那糟糕的脸色，你正处于发育阶段，身体需要蔬菜、果汁、全麦面包和菠菜的滋养。我绝不会助长一个未成年人任性妄为的。"

"你在说些什么啊？快卖我一根热狗，我都要饿死了，我没吃午饭。"

"不卖！"伊格内修斯声嘶力竭地叫道，惹得行人纷纷侧目，"现在，马上从我身边滚开，否则我推着车子从你身上碾过去。"

乔治一把掀开面包仓的盖子，叫道："嘿，这里面还有不少面包呢，快做根热狗给我。"

"救命啊！"伊格内修斯大叫一声，忽然想起那个老头警告过，热狗小贩容易遭遇拦路抢劫，"有人偷我面包啦！警察！"

伊格内修斯支起手推车，朝乔治的裤裆撞去。

"哎哟！看着点，你这疯子。"

"救命啊！抓小偷！"

"闭嘴，看在上帝的分上！"乔治砰地扣上面包仓的盖子，"你应该被关起来，你这个大变态。你知道吗？"

"什么？"伊格内修斯叫道，"你胡说些什么？"

"你这个超级大变态，"乔治叫得更大声了，脚后跟蹭着地面，无精打采地走开了，"谁要吃你那双肥爪子碰过的东西？"

"你竟敢侮辱我！快来人啊，抓住那个臭小子！"伊格内修斯看着乔治消失在街道的人群中，疯狂地喊道，"劳驾哪位有识之士抓住那个少年犯。这个肮脏的小崽子，他哪有一点教养？这种街头小混混就该被鞭刑，抽到他跪地求饶！"

热狗车四周聚拢起围观者来，其中一位妇女说道："这难道不是很糟糕吗？他们从哪里找来这么个卖热狗的小贩？"

"流浪汉，他们都是流浪汉。"有人回应道。

"要我说，他们都是喝酒喝的，个个是酒鬼。他们不应该让这样的人在街上晃悠。"

"是我得了妄想症，"伊格内修斯对着人群责问道，"还是你们这帮白痴真的在议论我？"

"别理他，"有人说道，"瞧瞧他那双眼睛。"

"我的眼睛怎么了？"伊格内修斯凶神恶煞地问道。

"我们快走吧。"

"是啊，请走远点。"伊格内修斯回敬道，气得嘴唇发抖。他又给自己做了一根热狗，用来安抚自己濒临崩溃的神经。他颤抖的双手抓起夹着香肠的面团往嘴巴里送，以一口两英寸的幅度大口吃起来，充分的咀嚼安抚了他一阵阵的头痛。当他把最后一点面包屑塞进嘴里时，伊格内修斯感到平静多了。

他再次握紧车把手，推着车子朝卡隆德莱特街走去，身子在车后面慢悠悠地挪动。为了遵守承诺，伊格内修斯在这个街区转悠了一圈，又绕到下一个拐角，停在加利耶礼堂破旧的花岗岩墙外。在那里，他又消灭了两根天堂小店的热狗，然后朝旅程的终点走去。当伊格内修斯走到最后一个拐角，看到普瓦德拉街人行道上立着的"天堂小店有限公司"的标牌时，立即小跑起来，上气不接下气地冲进店门。

"救命啊！"伊格内修斯气喘吁吁地哀叫道，锡制热狗车颠簸地翻过门口低矮的水泥门槛。

"出什么事了,伙计?我以为你会在外面待满一个小时呢。"

"我能回来就是万幸啦,我怕他们再对我下手。"

"谁?"

"不知道是哪个犯罪团伙,看看我的手,"伊格内修斯把一双大爪子伸到老头面前,"看我忍受了多大的创伤,我整个神经系统都在向我反抗,要是我突然休克,你可不要大惊小怪。"

"到底发生什么事了?"

"一个庞大的地下少年犯罪团伙的小混混在卡隆德莱特街袭击了我。"

"你被打劫了?"老人家激动地问道。

"恐怖至极!一把巨大的、生锈的手枪对准我的太阳穴,实际上是抵在上面,导致我脑袋左边的血管堵塞了好一会儿。"

"这个时间段,在卡隆德莱特街?没人制止吗?"

"当然没人制止,人们鼓励这种行为。他们可能觉得看到可怜巴巴、苦苦挣扎的小贩当众受辱是件乐事呢,或者可能对那小子的动机心存敬意。"

"他长什么样子?"

"跟其他男孩没什么两样,一脸青春痘、梳着大背头、喉结很大,一身标准的小混混行头。可能还有别的什么特征,像胎记或者罗圈腿,我记不清了。那时枪口戳着我的头,因为脑供血不足和惊恐过度,我晕倒在人行道上了,显然那家伙趁机洗劫了热狗车。"

"他抢了多少钱?"

"钱?钱没丢。毕竟也没什么钱可抢,因为我一根热狗都没卖出去,他就偷了热狗。

"但是,很明显,他没把热狗全部拿走。我醒来后检查了一下推车,发现还剩一两根。"

"我从来没有听说过这种事。"

"也许他真的饿坏了,或者因为正值发育期,身体里缺乏某种维生素,迫切需要食物的安抚。要知道,人类对食物与性爱的欲望是同等强烈的。如果有持枪强奸的案例,为什么不能有持枪抢热狗的可能呢?我看这没什么稀奇的。"

"你胡说八道。"

"我胡说?从社会学角度看,这种事情合情合理,要怪就怪这个社会。这些青少年受到电视节目和色情杂志的诱惑,但他们交往的对象还是很保守的女孩,这些女生拒绝卷入他们的性幻想。于是,他无处释放的生理需求便升华成对食物的渴望。我,很不幸,成了这一切最终的受害者。我们应该感谢上帝,这个男孩转求食物来发泄。否则的话,说不定我当场就被占了便宜。"

"只剩四根热狗了,"老人家扫了一眼热狗车上的洞眼说道,"这狗娘养的,我真想不通这么多热狗他是怎么拿走的。"

"这个我真不知道,"伊格内修斯说道,接着愤愤不平地补了一句,"我醒来的时候发现车上的盖子全是开着的。当然,没有人过来帮我一把。我身上的白色工作服标志着我是一个小贩，一个被嫌弃的人。"

"你再去试试怎么样？"

"什么？以我目前的状况，你还忍心让我到街上去叫卖？我身上还剩十美分，是去圣查尔斯大街坐有轨电车用的。今天剩下的时间，我打算在浴缸里泡个热水澡，恢复体力。"

"那你明天再过来，小伙子，再试试吧？"老人满怀希望地问道，"我真的需要一个卖热狗的小贩。"

伊格内修斯一边思考，一边仔细地端详老人鼻子上的疤痕，顺便还打了几个嗝。至少，他有工作了，这下妈妈该满意了吧；而且这份工作既没有管束，又不受骚扰。想到这里，他清了清喉咙，又打了个嗝说道："如果明天早上我身体可以的话，我就过来。但我不保证什么时候来上班，不过，我想你还是很有希望看到我的。"

"那就好，孩子，"老人说道，"你叫我克莱德先生就行。"

"好的，"伊格内修斯说道，这才发现自己嘴角还挂着面包屑，于是伸出舌头舔了舔，"顺便说一下，克莱德先生，我要穿着这件工作服回家，以便向我的母亲证明我有工作了。你不知道，她严重酗酒，只有得知我有工作能赚钱了，她才安心。因为这样就能保证她的精神食粮不会断货。我的生活暗无天日，哪天我再跟你细说。不过，现在你得了解一下跟我幽门相关的一两件事。"

"幽门？"

"是的。"

琼斯拿着一块海绵在吧台上一通乱擦。拉娜·李出去买东西了,这么久了她第一次外出,出门前她给收银机上了锁,还故意弄得很响,像是在发出警告。吧台上刚见点水迹,琼斯就把海绵往桶里一扔,坐在椅子上,拿出达琳给他的最新一期的《生活》杂志看了起来。他点燃一根烟,烟雾让杂志上的字更模糊了。"欢乐之夜"里光线最好、最适合读书的地方就是收银机旁边,那里有一盏小台灯。于是琼斯走到吧台前,打开台灯,准备好好研究一番施格兰威士忌广告上的鸡尾酒会布景图,这时拉娜·李推门回来了。

"我就觉得不应该把你一个人留在这里,"她说着,打开手提袋,从里面拿出一盒粉笔,放到吧台下的柜子里,"你到底想对我收银机打什么鬼主意?赶紧擦地板去。"

"我早就擦完地板了,我都快变成擦地板的专家了。依我看,黑人血液里流淌着擦擦洗洗的基因,这是天生的本事,对我们黑人来说,那就像吃饭、呼吸一样简单。我敢说你要是给一岁大的黑人小孩一把扫帚,他会立马撅起屁股去打扫。哇哦!"

琼斯转头又看起了广告。拉娜锁好柜子,看了一眼地板,发现上面的灰尘印子一道一道的。这个琼斯哪里是在擦地板,倒像耕地一样:一条条干净的地方就像一道道犁沟,灰尘拢起的地方像一道道土堆。拉娜还不知道,这只是琼斯故意搞出来的小破坏而已,他后面还有更大的破坏计划呢。

"嘿，就是你，看看这该死的地板。"

琼斯不情愿地透过墨镜扫了一眼地板，装作什么也没看到。

"哇哦！这地板多漂亮啊。哎呀，'欢乐之夜'里的东西样样一流。"

"你没看见地上的脏东西吗？"

"一周才付二十美元，你就将就一下吧。要是工资涨到五十或六十，垃圾准保消失不见。"

"我既然付了你薪水，就希望看到好的表现。"拉娜生气地说道。

"听着，你试过拿这点薪水过日子吗？你以为我们黑人买东西、买衣服有折扣吗？你有一半的时间坐在这里数钱，那时候你脑子都在想些什么？哇哦！你知道在我住的地方人们都是怎么买香烟的吗？他们买不起整包烟，只能花两美分一根一根地买。你以为黑人的日子过得很轻松吗？狗屁，我不是傻子。我已经厌倦流浪街头的日子，也不想靠这么点薪水勉强糊口。"

"警察要把你当流浪汉关起来的时候，是谁从街上把你带回来，给你一份工作？当你躲在那副见鬼的墨镜后面游手好闲的时候，怎么不好好想想这一点？"

"游手好闲？呸！游手好闲可他妈的打扫不了这个妓院。你那些可怜的白痴客人掉在地板上的垃圾，是谁扫干净、擦干净的？我真是可怜那些客人，他们以为到这来是找乐子，殊不知喝的酒里掺着迷药，杯里的冰块带着淋病病毒。哇哦！说到花钱，既然你的孤儿朋友不再上门，花在慈善事业上的钱减了不少，你为什么不大方点，把慈善救助金拨给我点呢？"

拉娜一言不发。她把买粉笔的收据夹在分类账簿上，这样就能把这笔开销记在所得税申报单的"减免"栏里。她已经买过一个二手地球仪，也放在了小柜子里，现在只缺一本书了，下次见到乔治时，要让他带一本书过来。他高中辍学前，肯定留了几本书。

为了凑齐这点小道具，拉娜可是花了些时间的。有一阵子，晚上总有便衣警察来店里，这让拉娜提心吊胆的，也没有心思跟乔治搞这些事。达琳是个大问题，更是防御便衣警察城墙上最薄弱的部分。不过，那些警察突然之间又不来了，就像当初突然出现一样。拉娜观察每一个进店的客人，她一眼就能看出谁是警察。如今，达琳正忙着和那只鸟排练，离吧台远远的，那些便衣警察也查不到什么。拉娜尽量让客人们不去关注这些条子，辨别条子需要经验，拥有这种能力可以让人免去很多麻烦。

这样一来，她只剩下两件事要办了。其一，弄本书——既然乔治希望她有本书，那他就应该自己给她一本。拉娜才不会花钱去买书，哪怕是一本二手书。其二，既然便衣都走了，达琳就该回来坐吧台了。按提成给达琳薪水要比定期给她发工资划算。而且就达琳和那只鸟在舞台上的表演来看，拉娜觉得目前"欢乐之夜"还是不要去追动物秀这股潮流为妙。

"达琳去哪儿了？"拉娜朝琼斯问道，"我有话要对她和那只鸟说。"

"她电话里说下午过来彩排,"琼斯正津津有味地研究那则广告文案,"她说要带鸟先去看看兽医,她觉得那家伙有点掉毛。"

"是吗?"

拉娜开始筹划起地球仪、粉笔和书的组合。如果这笔买卖有钱可赚,她一定要把它做得既精致又有品位。她设计了几个充满诱惑又不失优雅的场景,可不能搞得太低俗了,毕竟,她要打动的是那些毛头小子。

"我们来啦。"达琳欢快地走进门,步伐轻盈地来到吧台前。她穿着一条休闲裤,披着厚呢外套,手里拿着一个带罩的鸟笼子。

"正好,你们不用待太久,"拉娜回应道,"我有个消息要通知你和你的朋友。"

达琳把鸟笼放在吧台上,揭开笼罩,里面是一只巨大的粉红色凤头鹦鹉,这家伙有点病恹恹的,看上去就像一辆不知倒过多少次手的二手车。它耷拉着鸟冠,发出恐怖的叫声:"嘎——嘎——嘎——"

"行了,把它带走,达琳。从今晚开始,你回到吧台。"

"哎呀,拉娜,"达琳呻吟了一声,"这是怎么了?我们练得好好的,等动作练熟了,演出一定会轰动全场的。"

"实话告诉你吧,达琳,你和你的鸟太让我操心了。"

"看啊,拉娜,"达琳脱掉了厚呢外套,让经理看她裤子上和衬衫上用大头针别着的小圆环,"看到没?这就是演出成功的关键。我在公寓里一直练习来着,这是一个新的突破。我的鹦鹉会用嘴叼住这些小环,然后把我的衣服扯掉。这些小环只在排练的时候用,等演出服做好了,我会在衣领上缝一排扣眼儿,它只要一扯,演出服就砰的一声摊开。我跟你说,拉娜,那效果绝对轰动。"

"听着,达琳,安全起见,你还是让这该死的东西围着你的脑袋飞比较好。"

"不过,现在它是演出的关键部分。它会扯掉……"

"是啊,没准还会扯掉你的乳头。结果呢,这会酿成一场该死的事故,闻讯赶来的救护车会吓跑我的客人,毁掉我的生意。又或者那只鸟脑子进水,飞到客人中间,啄掉谁的眼珠。不行,坦白地说,我信不过你和你的鸟,达琳。还是安全第一吧。"

"啊,拉娜,"达琳心都碎了,"就给我们一次机会吧。我们配合得越来越好了呢。"

"不行,想都别想。把那玩意儿从吧台上拿开,免得它在上面拉屎。"拉娜把鸟罩扔到鸟笼上,"你知道的那伙人已经走了,你可以回到吧台板凳上了。"

"我没准会跟'你知道的那个人'聊聊这件事,让那家伙一害怕就不干了。"

琼斯从广告堆里抬起头,说道:"要是你俩一直这样打哑谜,我可没法看杂志了。哇哦。谁是'你知道的那伙人'?谁又是'你知道的那个人'?"

"给我从凳子上下来,你这个惹祸精,擦地板去。"

"那只鸟大老远到'欢乐之夜'来,努力排练,"透过烟雾,琼斯嘴一咧笑着说道,"妈的!你应该给它一个机会,不能把它当黑人一样对待。"

"就是嘛!"达琳由衷地赞同。

"既然我们减少了慈善事业的开支,又拒绝给清洁工涨工资。也许我们应该给这个可怜巴巴、为了挣佣金而努力拉客的姑娘一点帮助。嘿!"琼斯看过那只鸟在舞台上扑腾着翅膀乱飞、给达琳伴舞的情景,没有比这更糟糕的演出了。达琳和那只鸟带来的破坏堪称合情合理。"或许表演还需要一些润色,比如来点扭动、摇摆什么的,再加点滑步和跳步。不过,我觉得整体上非常棒了,欧耶!"

"你听到了吗?"达琳迫不及待地对拉娜说,"琼斯是内行。黑人的乐感都很强的。"

"哇哦!"

"我可不想拿'那伙人'的事吓唬'那个人'。"

"哦,闭嘴吧,达琳。"拉娜气得尖叫道。

琼斯又吐了口烟圈把那两个人罩住,慢悠悠地说道:"要我看,达琳和那只鸟的表演很不一般。哇哦!会给店里招徕大批新客人的。哪家俱乐部会在舞台上让一只老鹰表演节目啊?"

"你这个混球真觉得我们能做鸟生意?"拉娜问道。

"嘿!鸟生意当然可做。白人就喜欢抱着长尾鹦鹉啊、金丝雀什么的亲来亲去。要是他们发现'欢乐之夜'有只这么特别的鸟，说不定你的生意会火到需要在前门雇个保安，到时候这儿可就出名啦。哇哦！"这一次琼斯吐出一串歪歪扭扭的烟圈，似乎随时有迸散的可能，"达琳和那只鸟把几个动作改改就行了，妈的，这姑娘的演艺事业才起步，给她点时间吧。"

"就是，就是，"达琳说道，"我的演艺事业刚起步，需要时间。"

"闭嘴，笨蛋。你觉得你能让那只鸟剥光你的衣服？"

"是的，老板，"达琳起劲地说道，"我灵光一闪，才想出了这个点子。那天我在公寓里坐着，看它玩小圆环，我对自己说：'达琳，你为什么不在衣服上缝几个小圆环呢？'"

"闭上你的笨嘴，"拉娜不耐烦地说，"好吧，我们就看看这只鸟能有什么表现。"

"哇哦，这才像话嘛。那些不要脸的家伙都会跑来看演出的。"

"桑塔，我不得不跟你打电话说说了，亲爱的。"

"出什么事了，艾琳？"巴塔利亚太太操着沙哑的中音关切地问道。

"是伊格内修斯。"

"他又干什么了呀，甜心？说给我听听。"

"等一下，我看看他是不是还泡在浴缸里。"雷利太太惴惴不安地听着浴室里传来巨大的水流声，鲸鱼一般的鼾声透过油漆剥落的浴室门传到客厅。"没事，他还在里面呢。实话告诉你吧，桑塔，我的心都碎了。"

"啊？"

"一小时前，伊格内修斯回来了，穿得像个屠夫。"

"挺好啊，那个游手好闲的大胖子又找到工作啦。"

"不过，不是在肉店里，亲爱的，"雷利太太说道，声音里透着悲痛，"他成了卖热狗的小贩。"

"啊，不会吧？"桑塔嘶哑着嗓子说道，"热狗小贩？你是说在大街上叫卖的那种？"

"就是在大街上那种，亲爱的，就像流浪汉一样。"

"流浪汉还算好的，姑娘。还有更糟糕的，你读读报纸上警察贴出来的告示，他们都是一群要饭的。"

"简直糟透了！"

"真该有人对准那小子的鼻子打上一拳。"

"桑塔，他刚进门的时候，还让我猜他找到什么工作了。一开始，我猜'肉贩'，你懂的。"

"当然啦。"

"接着他粗鲁地说：'再猜，根本都不沾边。'我琢磨了足足五分钟，实在想不出还有什么工作要穿白色制服。最后他说：'每次都猜错。我找了一份卖热狗的工作。'桑塔，我听完差点直接晕倒在厨房地板上，真要能把脑袋在油毡垫上摔开瓢倒好了。"

"那小子才不在乎呢。"

"是啊。"

"再过一百万年也不会在乎。"

"他才不关心他可怜的妈妈呢，"雷利太太叹息道，"听着，他受了那么多年的教育，最后竟然在大街上卖热狗。"

"那你怎么跟他说的，姑娘？"

"我什么也没说。我刚要张嘴说话，他就躲进浴室里去了。直到现在他还把自己锁在里面，把水溅得满地板都是。"

"别挂电话，艾琳。今天我有一个小孙女过来了。"桑塔对着话筒说道。在电话另一端，她转头朝某个人大叫着："见鬼，离炉子远点！夏尔曼，到沙发上玩，小心我抽你嘴巴。"

接着是孩子的说话声。

"天哪，"桑塔转回头继续对雷利太太心平气和地说，"小孩子很可爱，不过，有时候，唉，我也说不上来。夏尔曼！滚出去，骑你的自行车玩去，不然我把你嘴巴扇歪。艾琳，你先别挂电话。"

雷利太太只听到桑塔放下话筒，随即传来孩子的大叫声、砰的关门声，然后桑塔重新拾起话筒。

"天哪，我跟你说，艾琳，那孩子太不听话了！我正准备给她做意大利面和炖肉，她一直围着炉灶玩我的平底锅。我真希望学校里那些修女好好揍她一顿。你知道安吉洛，你真该看看他小时候是怎么被修女们管教的。有一次，一个修女直接把他扔到黑板上，所以安吉洛现在才这么温顺、体贴。"

"修女们很喜爱小时候的伊格内修斯，那时候他是一个多么可爱的小孩啊。因为教义问题答得好，他总能赢回来一些小小的圣像画。"

"修女们应该让他脑袋'开开窍'。"

"那时候他能把圣像画赢回家，"雷利太太抽泣道，"哪承想如今他要在大白天到街上卖热狗啊。"雷利太太对着话筒猛烈地咳嗽了一阵，"跟我说说，亲爱的，安吉洛怎么样了？"

"他老婆丽塔刚才给打我电话了，说安吉洛被困在厕所里时间太久，染上肺炎了。我跟你说实话，艾琳，安吉洛脸色惨白，像鬼一样。那些警察对那孩子太不公平了。可是，他还那么热爱警队。当年他从警校毕业的时候，就像刚迈出象牙塔，他可自豪了。"

"是啊，可怜的安吉洛，他看起来很糟糕，"雷利太太附和道，"那孩子得了重感冒。对了，也许他读一读伊格内修斯让我转交给他的书会好受些。伊格内修斯说那是一部鼓舞人心的作品。"

"是吗？我难以相信从伊格内修斯那儿能读到什么'鼓舞人心的作品'，里面很可能都是下流故事。"

"如果我认识的人看到他推着小车卖热狗……"

"别难过，宝贝，有这样的孩子不是你的错，"桑塔有点不耐烦地嘟囔道，"你的家里需要有个男人，好好管管那小子。我还在寻找那个打听过你的老绅士。"

"我才不要什么老绅士，我只想要一个好孩子。"

"别发愁，交给桑塔，我来搞定。经营鱼市的老板说不知道那个男人的名字。不过我能查出来。事实上，前几天，我好像看见他走在圣斐迪南街上。"

"他问起我了吗？"

"哎呀，艾琳，我没机会跟他说话，我都不确定他们是不是同一个人。"

"你看出来没？那个老男人也不在乎我。"

"别那么说，姑娘。我下次去啤酒馆打听一下，星期天做弥撒的时候我再问问周围的人。这样准能打听出那个人的名字。"

"那个老男人根本不喜欢我。"

"艾琳，认识他又没什么损失。"

"伊格内修斯已经够让我烦的了。真是丢脸啊，桑塔。要是隔壁的安妮小姐看到他推着小贩车会说什么呀。她千方百计地让我们签了治安保证书，还总躲在百叶窗后面偷偷监视小巷子。"

"你就别为这种人烦恼啦，艾琳，"桑塔劝慰道，"我住的街区上也有不少毒舌妇。如果你能在克兰尼圣歌教区住得下来，那么你在任何地方生活都不成问题。人言可畏，相信我。我们小区就有一个这样的女人，要是她再敢说我坏话，我就把砖头拍在她脸上。有人告诉我，她背地里叫我'风流寡妇'，不过你不用替我担心，我会好好收拾她的。据我所知，她正跟一个码头工人打得火热。我打算给她老公写一封匿名信，让那个女人尝尝被修理的滋味。"

子,把水清空,再让它漂在水面上。他那双蓝黄色的眼睛盯着马桶盖上还未开启的马尼拉纸制信封。好一会儿,伊格内修斯盘算着究竟要不要打开它。找工作引发的创伤对他的幽门产生了负面影响,他期待着受伤的身体系统被热水浴安抚一番,他泡在温水里翻来覆去,像一头粉红色的河马在水里打滚。等到恢复平静后,再撕开信封也不迟。天堂小店的工作应该不难搞,他可以把小车停在河边,继续写他的《打工男孩日记》。雇主克莱德先生有一种慈父般的气质,这让伊格内修斯很喜欢。这位脸上带疤、骨瘦嶙峋的老男人——法兰克福香肠的缔造者,将会成为他日记中备受欢迎的新人物。

终于,伊格内修斯感到彻底放松了,他从水里抬起湿淋淋的大胳膊,拿起信。

"她为什么非得用这种信封呢?"他气恼地问道,同时研究起厚厚的牛皮纸上的邮戳——一个小小的圆形天文馆,印着纽约的字样。"里面的内容很可能用记号笔写的,没准更糟。"

他撕开信封,打湿了信纸,从里面抽出一张折叠海报,上面写着几个大字:

讲座!讲座!

莫娜·明可弗激越讲述:

"政治中的性——作为对抗保守派之武器的性解放"

二十八日,周四晚八点

青年友谊会——大广场礼堂

入场费：一美元，或者，在明可弗小姐的请愿书上签字即《强烈要求人人享受到更多更美好的性生活及少数族群速成计划》(该请愿书将会寄往华盛顿)。现在就签字吧，为了美国不再谈性色变，告别贞洁、偏执与性恐惧！你准备好支持这场激越而重要的运动了吗？

"啊，我的天哪！"透过湿淋淋的胡子，伊格内修斯气得喷出口水，"他们现在竟然允许她公开演讲了？这个可笑的标题到底是什么意思？"伊格内修斯又读了一遍海报，愤愤不平，"不管怎么说，我知道她会讲得很出格，而且演讲的方式也会很怪诞，我倒希望亲临现场听听这小妖精是怎么胡说八道的。这一次她简直离谱至极，严重地冒犯了品位与尊严。"顺着海报下方的手绘箭头和"见背后"的字样，伊格内修斯把海报翻到另一面，莫娜在上面密密麻麻地写道：

先生：

你还好吗，伊格内修斯？我好久没有收到你的来信。当然，我不怪你没有给我回信。上次信中，我感觉有些话我说得太重了，可那是因为受到你偏执幻想的困扰，根源可能在于你病态的性爱态度。你知道，自从我们俩相识，为了帮你廓清你的性取向，我一直向你发出有针对性的提问。而另一个初衷，就是希望通过满足这种自然的生理需要，帮你找到真正属于自己的宣泄途径，让你心满意足。

我尊重你的思想，也理解你的怪癖，这就是为什么我如此希望看到你抵达精神与性欲的完美平衡（一次完美的、爆发式的性高潮能净化你的心灵，带你走出心理的阴霾）。请不要因为那封信而对我怀恨在心。

我一会儿再解释这张海报。我料想你肯定很想知道这场大胆而无私的演讲缘何而起？首先，我必须通知你，那部电影不能拍了。如果你打算出演房东的角色，不用费心了。简而言之，我们遇到了资金问题。我没法再从我老爸手里敲出一个子儿了，而莱奥拉，那个从哈莱姆区找来的丫头，一直对报酬的问题耿耿于怀，最后竟然对我说了一些反犹太人的话。谁能指望一个缺乏奉献精神、不愿意无偿劳动的姑娘来造福自己的种族？塞穆尔已经决定去蒙大拿做护林员了，他正筹划着写一出讽刺剧，以一片黑暗的森林为背景（无知又老套），所以他想先体验一下对森林的感觉。以我对他的了解，塞穆尔肯定是一个失败透顶的护林员，至于讽刺剧嘛，我知道，那会充满挑战又极具争议，通篇都是令人不悦的真理。我只能祝他好运了，他其实很棒的。

回到讲座的话题上。看起来，我总算找到了宣扬自己哲学理念的平台。说来也巧，几周前，我参加了一个聚会，那是几个朋友为了欢迎一个从以色列凯旋的英雄举办的。他真的是无与伦比啊。

伊格内修斯放了个屁，一股天堂小店的热狗味儿。

一连好几个小时，他一首接一首地演唱从以色列学来的民歌；那些歌意味深长，证实了我的理论——音乐应该成为社会抗争与社会表达的重要手段。他把我们留在公寓里待了很久，起初我们听他讲，然后问他问题。最后大伙展开讨论——话题涉及各个层面——我大致跟他阐述了一下我的思想。

"哦，嗯。"伊格内修斯打了个大大的哈欠。

他说："你为什么把这些想法藏在心里呢，莫娜？为什么不让全世界都知道呢？"我告诉他我经常同讨论组和治疗组探讨这些话题。我还告诉他我给那些编辑写的信已经发表在《新民主》《人类与大众》《现在！》这些期刊上面。

"快从浴缸里出来，孩子！"伊格内修斯听到妈妈在浴室门外叫道。
"为什么？"他反问，"你要用吗？"
"不用。"
"那就请你走开。"
"你在里面待得太久了。"

"拜托！我正在读一封信。"

"信？谁给你写的信？"

"我的好朋友，明可弗小姐。"

"上次你说，就是她害得你被利维制裤厂解雇。"

"嗯，确实如此，不过塞翁失马，我的新工作说不定更称心呢。"

"这简直太糟糕啦！"雷利太太难过地说道，"你连工厂里一个微不足道的小职员都做不好，如今沦落到在大街上卖热狗。我告诉你，伊格内修斯，你最好别被那个热狗老板开除了。你知道桑塔怎么说吗？"

"我敢肯定，不管她说了什么，都是一些尖酸刻薄的话。要想听懂她那些充满攻击性的言论，我觉得一定很有难度啊。"

"她说，应该有人朝你的鼻子狠狠揍上一拳。"

"从她嘴里能说出这种话，这已经相当有文化啦。"

"那个莫娜现在干什么呢？"雷利太太疑神疑鬼地问道，"她怎么写这么多信给你？那姑娘才需要好好泡个热水澡。"

"以莫娜的精神状态，她只能喷喷口水。"

"你说什么？"

"拜托，你可不可以别像一个鱼贩子那样叫唤了？快走开，你不是还有一瓶麝香葡萄酒在烤箱里热着嘛。现在让我一个人静一静，我非常紧张。"

"紧张？你在热水里泡了一个多小时了。"

"现在水一点也不热了。"

"那就出来吧。"

"你为什么非得让我从浴缸里出来呢?老妈,我真的搞不懂你。作为一个家庭主妇,你难道无事可做吗?今天早上我看到客厅过道上有一团毛絮状的垃圾,卷得有棒球那么大了。你去打扫一下房间,或者在适当的时候打打电话,找点事情做,哪怕躺下来打个盹。这些天你看起来憔悴极了。"

"当然憔悴啦,孩子。你伤透了你那可怜的妈妈的心。要是我突然死了,你该怎么办啊?"

"哦,我可不想继续这个愚蠢的话题了。你要是愿意,出去自言自语吧,保持安静就行。我必须集中精力应对莫娜·明可弗在信中犯下的新罪行。"

"我再也受不了了,伊格内修斯。早晚有一天,你发现我中风倒在厨房的地板上。等着瞧吧,孩子,你会孤零零地留在这个世界上。到时候,你就要跪下来,为你对待你那可怜的、亲爱的妈妈的恶劣态度而向上帝忏悔。"

浴室里鸦雀无声。雷利太太在门口等待,哪怕是水花溅起的声音,或者拿卫生纸的声音也行,可是浴室门如同坟墓的大门一样安静。几分钟过去了,还是没有动静。她只好沿着客厅慢吞吞地朝烤箱走去。伊格内修斯听到烤箱门嘎吱一声打开后,便继续埋头读信。

他说:"凭你的声音和个性,你应该去监狱给那些囚犯做演讲。"这家伙真了不起,不仅意志坚定,而且风度翩翩、温柔体贴，简直让我难以置信（尤其在跟塞穆尔相处之后，塞穆尔倒也是个乐于奉献、无所畏惧的人，只是他粗声粗气、傻乎乎的）。这个民谣歌手是我遇到过最具有奉献精神的斗士，坚持不懈地同反动思想和偏见做斗争。他最要好的朋友是一名黑人抽象主义画家，他说，此人善于在画布上表现抗争精神，偶尔还会挥刀把画布切成碎布条。他还给了我一本了不起的小册子，上面详细地披露了教皇如何计划组建一座核武器工厂。这真让我大开眼界。随后，我把小册子寄给了《新民主》的编辑，以助其与教会做斗争。不过，这家伙对盎格鲁-撒克逊新教徒有很大的敌意，一副恨之入骨的架势。我的意思是，他很犀利。

　　聚会后的第二天，我接到了他打来的电话，他问我愿不愿意给他在布鲁克林高地的某个地方成立的社会行动组做演讲。我当时感激至极。要知道在这个狗咬狗的乱世，找到一个朋友，一个真正以诚相待的朋友太难得了，至少我是这么认为的。好了，长话短说，这件事让我认清一个残酷的事实，演讲领域同演艺圈一样：同样存在着性交易的潜规则。你懂我的意思吗？

"我能相信眼前这满纸的胡言秽语吗？这是对高雅品位的无情践踏！"伊格内修斯对着浮在水面上的肥皂盒发问，"这个女孩简直毫无羞耻心！"

我又一次幡然醒悟，原来我的身体对别人的吸引力，远大过我的思想。

"哼——"伊格内修斯重重地叹了口气。

就个人而言，我很想揭发这个冒牌"民谣歌手"的真面目，说不定这家伙此时又将魔爪伸向其他献身自由主义事业的年轻女孩。一个熟人告诉我，她听说这个"民谣歌手"的真实身份是一名来自亚拉巴马州的浸礼会教徒。天哪，他就是个大骗子。于是，我又查看了一下他给我的小册子，发现那居然是三K党印刷的。这可以让你认清当下我们所要应对的意识形态是多么微妙且错综复杂。尽管我觉得这是一本非常不错的自由主义宣传手册，但我不得不忍气吞声地给《新民主》编辑写信，告诉他这本小册子虽然不同凡响，但它的作者绝非善类。唉，盎格鲁-撒克逊新教徒终于抓到了我的把柄，向我反击。这起事件让我想起有一次在爱伦·坡公园喂松鼠的遭遇，我本来好心喂松鼠，后来却发现喂的是一只老鼠。乍一看它的确挺像松鼠的。所以啊，活到老学到老。这个骗子倒是启发了我，再小的事情你都可以从中学到东西。我决定咨询这里的青年友谊会，看看能不能借用一晚他们的大礼堂。后来，他们同意了。当然，布鲁克斯青年友谊会的听众可能思想还比较狭隘，不过只要我的演讲足够精彩，总有一天，我能把演说带到莱克星顿大街的青年友谊会。那些伟大的思想家，像诺曼·梅勒①、西姆·克里姆②经常在那里传播思想。试一试又何妨？

我希望你在致力于改善自己的性格问题，伊格内修斯。你的偏执狂倾向有没有进一步恶化？恕我直言，你成为偏执狂的根源就在于总是把自己封闭在那间小屋子里，怀疑外面的世界。我不知道你为什么固执地守在那里，周围并无知音。虽然你的精神系统急需一次彻底检修，但你的才智可以在纽约生根开花呀。事实上，你一直在阻挠你生命与心智的延展。上一次见你时，我正穿越密西西比河，你看起来简直不成样子。如今，你很可能已经完全退化了，就是因为你一直跟你妈妈住在那种简陋的老房子里。难道你的天性不渴望释放吗？一场美妙且意义非凡的性爱将会改变你，伊格内修斯。我知道一定可以的。俄狄浦斯情结正纠缠你的思绪，摧毁你的身心。

我认为你的社会学或者政治学理念也不会有任何进步。你是否放弃了那些想要成立一个政党，或者利用天授神权选出总统候选人之类的愚蠢的计划？我记得最后一次见到你时，你对政治毫无热情，在我的不断刺激下，你抛

---

① 诺曼·梅勒（Norman Mailer, 1923—2007），美国著名作家。作品主题多挖掘、剖析美国社会及政治病态问题。代表作有《裸者与死者》《夜晚军队》《刽子手之歌》等。
② 西姆·克里姆（Seymour Krim, 1922—1989）：美国演员，主要作品有《凯鲁亚克与电影》。

出了这个设想。虽然这些计划很保守,但至少表明你发展出一定的政治意识。请就此话题给我写信,我对此非常关心。我们的国家需要"三党制"的政治体系,而我认为法西斯主义者正积蓄力量,日渐强大。这个"天授神权党"可以作为一个边缘组织,瓦解法西斯主义的大部分支持。

好了,我就写到这吧。我希望这次讲座能够成功,也特别希望你能从中获益。顺便说一句,如果你要启动"天授神权"运动,我可以帮你,在这边建立一个分部。伊格内修斯,请你从屋子里走出来,融入你周围的世界。我非常担心你的未来,你一直是我最重要的项目之一,我很想了解你目前的思想状况。所以,请你一定摆脱那堆枕头,爬起来给我写信。

莫娜·明可弗

片刻之后,伊格内修斯穿上老旧的法兰绒睡袍,把他泡得皱巴巴的粉红色的身体裹起来,睡袍用大头针别在臀部。然后,他端坐在书桌前,给钢笔吸墨水。客厅里,他妈妈在跟另一个人打电话:"我把他可怜的老雷利奶奶的保险金都拿出来,才供他上的大学。这简直太糟糕啦!那些钱都白花了。"伊格内修斯打了个嗝,拉开抽屉找信纸,他觉得肯定还有剩余的信纸。他在抽屉里找到一个溜溜球,那是几个月前从一个在附近街区叫卖的菲律宾人手里买来的。球的一边刻有一棵棕榈树,是那个菲律宾人按照伊格内修斯的要求刻上去的。伊格内修斯把球向下一甩,结果球上系的绳子绷断了,溜溜球哗啦哗啦穿过地板,滚到床下,落在一堆笔记本和旧杂志上。伊格内修斯解开系在手指上的绳子,最后从抽屉深处翻出一张印有利维制裤厂抬头的信纸。

亲爱的莫娜:

你那封大放厥词的来信我已收悉。你真以为我对你和那个"二等公民"民谣歌手的低俗勾当会感兴趣?你的每一封来信似乎都在展现你在私生活上的斑斑劣迹。请你谨言慎行,这样,至少能避免淫荡与冒犯两项恶名。然而,你信中所提的老鼠和松鼠的意象倒是颇有象征深意,让人耳目一新。

至于你举办的那个不靠谱的演讲,在漆黑的夜晚,你唯一的听众只能是一个在图书馆值班的孤苦绝望的老头子。他碰巧看见礼堂里亮着灯,于是满怀希望地走进去,他想逃避地狱般的孤寂带给他的寒冷与恐惧。在礼堂里,他佝偻的身子形单影只地坐在台下,你浓重的鼻音回响在空荡荡的桌椅间,把无聊、困惑、性暗示通通敲进那个可怜的老家伙的秃头里,搞得他头昏脑胀直至癫狂。那老家伙也不甘示弱,绝望地晃动着他干瘪的性器官,与盘旋在头顶风扇的嗡嗡声遥相呼应。如果我是你,我会立刻取消演讲。我非常肯定,青年友谊联合会的管理层接到你的取消决定一定喜出望外,尤其是他们看过你那品位低劣的海报之后,现在那些海报一定已经贴满了布朗克斯所有的电线杆了。

　　而你对我个人生活的评论,既多余,又暴露出你在品位与尊严方面已匮乏至极。事实上,我的个人生活正经历一次蜕变:我正积极地投身到食品销售行业,因此我严重怀疑以后还有没有多余的时间与你通信。

忙碌的
伊格内修斯

第八章

"别烦她,"利维先生说道,"没看到她正想睡觉吗?"

"别烦她?"利维太太把特里克希小姐从黄色尼龙沙发上扶起来,"难道你没发现,戈斯,那正是这个可怜女人的悲剧所在吗?她总是一个人,她需要有人陪,她需要爱。"

"呃。"

利维太太是一个有追求、有理想的女性。多年来,她一直全身心地致力于桥牌、非洲紫罗兰、两个女儿、高尔夫球、迈阿密、范尼·赫斯特与海明威、函授课程、美发师、日光浴、美食、舞会,而近年来则重点关注特里克希小姐。她以前不得不隔着一段距离研究特里克希,这是心理学函授课程对研究项目的规定,这种安排让她颇为不满。结果,期末考试,她考砸了,函授学校连一个不及格的 F 都不愿意给她。然而,由于利维太太巧妙地处理了"解雇年轻理想主义者"这件事,现在她可以近距离地观察特里克希小姐那皱巴巴的皮肤、遮阳帽、运动鞋……一样也不少。而冈萨雷斯先生欣然应允这位助理会计的无限期休假。

"特里克希小姐,"利维太太宠溺地唤道,"醒醒哟。"

特里克希小姐睁开眼,气喘吁吁地问道:"我可以退休了?"

"不，亲爱的。"

"什么?"特里克希小姐吼道,"我以为我能退休了!"

"特里克希小姐,你总觉得自己又老又累,这种想法才糟糕。"

"谁糟糕?"

"你呀。"

"哦,我是,我的确很累呀。"

"难道你没看出来?"利维太太问道,"这都是你的想法,你对待年龄有思觉失调的问题。你还是一个很有魅力的女人,你一定要这么对自己说:'我仍然很有魅力,我是一个很有魅力的女人。'"

特里克希小姐对着利维太太定好型的头发发出咕咕的鼾声。

"你能不能别再烦她了,弗洛伊德医生?"利维先生从《体育画报》前抬起头,气愤地说道,"我倒希望苏珊和桑德拉在家,这样你还能跟她们玩玩,你的牌友们都干什么去了?"

"别跟我说话,你这个失败者。我怎么能打牌去呢?你叫我放着眼前这么一位受尽折磨的精神病人不管?"

"精神病人?这个女人只是年纪大了而已。我们一路停了快有三十个加油站,最后我实在懒得下车,就直接指给她哪个是男厕所、哪个是女厕所,然后让她自己选择进哪一个。后来,我还研究出一套平均法则——拿她选择厕所的正确率当赌注压钱,结果是五五开的平局。"

"别再跟我说这些话了,"利维太太警告道,"我一个字都不想听。这就是你典型的行事风格,眼睁睁地看着老人家因为生理需求而乱作一团。"

"电视上是劳伦斯·威尔克①吗?"特里克希小姐突然问道。

"不是,亲爱的,你放松点。"

"今天是周六啊。"

"他会出来的,别担心。现在告诉我,你梦到什么了?"

"我这会儿想不起来了。"

"试着想一想,"利维太太边说边拿着一支莱茵石自动铅笔在她的日记本上做记录,"你一定要努力想,特里克希小姐。亲爱的,你有心理障碍,就像是一种残疾。"

"我只是上了年纪,不是残疾!"特里克希小姐愤怒地说。

"看啊,你惹到她了,南丁格尔,"利维先生揶揄道,"你那点精神分析法的皮毛,会把她仅剩的一点信念摧毁掉。她需要的不过是退休和睡觉而已。"

"你毁了自己的生活,就别再害她啦。她绝对不能退休。她得感到自己有用、被需要、被爱……"

"去玩你那个该死的按摩板,让她睡一会儿!"

"我以为我们说好了,谁都不再提那块板。"

"让她清静一会儿,让我也清静一会儿。骑你的健身车去吧。"

---

① 劳伦斯·威尔克(Lawrence Welk),20 世纪 30 年代美国知名乐队。

"静一静,拜托!"特里克希小姐用嘶哑的声音说道,揉了揉眼睛。

"我们在她面前一定要好好讲话,"利维太太压低声音说道,"大吵大闹只能让她更没有安全感。"

"这我倒是同意,保持安静。然后让这个老家伙滚出我的客厅。"

"这就对了,这才是你的一贯作风。要是你父亲看到你现在的样子,"利维太太震惊地说道,抬起浅绿色的眼皮,"一个堕落的花花公子整天只知道找乐子。"

"找乐子?"

"现在你们都给我闭嘴,"特里克希小姐警告道,"我不得不说,这是我人生中最黑暗的一天,我竟然被带到这儿来。跟冈麦斯在一起还好一点呢,舒服又安静。如果这是什么愚人节的把戏,我认为一点也不搞笑。"她透过浑浊的双眼瞅了瞅利维先生,"你就是那个混球吧,把我的朋友歌莉娅开除了?可怜的歌莉娅,她是办公室里最善良的人。"

"哦,不!"利维太太转向她老公,叹息道,"你不是只开除了一个人吗?歌莉娅是怎么回事?她是唯一把特里克希小姐当人看、唯一跟她交朋友的人,你知道这些吗?你在乎吗?哦,不,利维制裤厂就算到了火星上,你都无动于衷。有一天,你在赛车场上不顺心,就跑到办公室把歌莉娅开除了。"

"歌莉娅?"利维先生一脸茫然地问,"我没有开除什么歌莉娅!"

"你有，就是你干的！"特里克希小姐尖声说道，"我亲眼看到的，可怜的歌莉娅是多么善良啊！我还记得歌莉娅送过我袜子和午餐肉。"

"袜子和午餐肉？"利维先生气得从牙缝里挤出几个字，"呵，天哪。"

"这就对了，"利维太太大叫起来，"嘲笑这个备受冷落的老人家吧。不要告诉我你在利维制裤厂都做了什么，我受不了。我不会把歌莉娅的事告诉给孩子们，她们理解不了你的铁石心肠，她们太天真了。"

"是的，你最好不要跟她们提什么歌莉娅，"利维先生愤愤地说道，"要是你再这么愚蠢下去，小心我把你扔到圣胡安海滩上，让你和你老妈整日泡在海里，又唱又跳。"

"你在威胁我？"

"现在安静！"特里克希小姐喊声更大了，"我要立刻、马上回利维制裤厂。"

"看见没？"利维太太质问丈夫，"你听到她有多么渴望工作啦，而你还想让她退休，毁灭她的生活。戈斯，求求你了，去看看心理医生吧，否则你的下场会很惨的。"

特里克希小姐伸手去拿她那个装满碎布条的行李袋。

"好啊，特里克希小姐，"利维先生温和地说道，就像在唤一只宠物猫，"让我们到车上去吧。"

"谢天谢地。"特里克希小姐叹了口气。

"别碰她！"利维太太尖叫道。

"我还没从椅子上站起来呢。"她丈夫惊讶地说。

利维太太再次把特里克希小姐推回到沙发里，说道："现在，乖乖待在这里，你需要帮助。"

"那也不需要你们这些人来帮，"特里克希小姐气呼呼地说，"让我起来。"

"让她起来。"

"拜托了，"利维太太扬起一只胖胖的戴着戒指的手，做了个警告的手势，"不用你操心这个被遗弃的老人家，我来保护她。你也不用跟我操心，女儿们也不用管。钻进你的跑车玩去吧。今天下午还有一场帆船比赛呢。瞧，你从这扇落地窗就能看到外面那些帆了。说到落地窗，这也是用你父亲的血汗钱安装的。"

"我早晚让你们这些人吃到苦头，"特里克希小姐坐在沙发上吼道，"别着急，你们会见识到的！"她试着站起来，不过被利维太太死死地按在黄色尼龙沙发里。

巡警曼库索的感冒越来越重了，每一次咳嗽都让他的喉咙和胸口灼痛难忍，肺部也随之隐隐作痛，久久不消。他擦去嘴角的口水，并试着清空喉咙里的痰。一天下午，因为幽闭恐惧症突发，他差点晕倒在厕所的隔间里。现在，感冒让他头晕目眩，他觉得自己就快昏死过去了。他闭上眼睛，把头靠在厕所隔间的墙壁上。过了一会儿，隔着眼皮，他仿佛看见面前飘着红色、蓝色的云朵。他必须尽快抓到一名嫌疑人，否则寒症在体内肆虐，说不定每天都要让警长送他去厕所隔间，再接他下班。他一直期盼着自己能给警队带来荣耀,可是如果因为染上肺病而死在汽车站的厕所里,那还有什么荣誉可言?就连亲戚朋友都会笑话他,他的孩子跟学校的同学谈论起他时,该怎么说呀?

巡警曼库索盯着地面上的瓷砖,它们渐渐模糊起来。他有点慌了,定睛再看,发现那不过是厕所地面上浮起的一层灰蒙蒙的水汽。他又看一看放在膝盖上的《哲学的慰藉》,然后翻起软绵绵、黏糊糊书页。这本书让他的心情更加郁闷了。作者在写这本书的时候即将遭到国王酷刑的折磨,这在序言里写得很清楚。作者一直在写这些东西,死亡的阴影贯穿全书。曼库索巡警为这位老兄感到遗憾,觉得自己有必要把他写的东西读完。到目前为止,他已经读了二十几页,开始怀疑这个作者波爱修斯实际上是个赌徒,因为他总是谈论命运啊、偶然性啊、命运车轮啊。不管怎么看,你绝不会在这本书中看到光明。

读过几行字后,巡警曼库索开始走神了。他透过厕所隔间的门缝朝外看,这一两寸的空隙是他关门时特意留出来的,好让自己能看到谁在用小便池、谁在用洗手池、谁在用纸巾盒。在洗手池旁有一个男孩子,这些天巡警曼库索几乎每天都能见到他,看着他那双精巧的靴子来来回回在洗手池和放纸巾盒的地方徘徊。这会儿他正依靠着洗手池,用圆珠笔在手背上画画。巡警曼库索猜测这里可能有些蹊跷。

他打开隔间的门,走到男孩面前,一边咳嗽,一边故作友好地问道:"你在手上画什么呢,伙计?"

乔治看了一眼曼库索手臂上挂着的单片眼镜和假胡子，说道："赶紧给我滚远点，小心挨揍。"

"那你叫警察呀。"巡警曼库索调侃道。

"我才不会，"乔治回应道，"快走开，我不想找麻烦。"

"你怕警察？"

乔治很纳闷，不知道这个白痴到底是谁，不过，倒是跟那个卖热狗的小贩一样招人烦。

"听着，怪胎，快走开，我不想招惹警察。"

"你不想？"巡警曼库索欢快地问道。

"不想，你这样的怪胎肯定也不想吧？"乔治说着，看了一眼对方的单片镜后泪水涟涟的眼睛，还有嘴边胡子上挂着的水汽。

"你被捕了。"曼库索巡警一边咳嗽一边说。

"什么？小子，你疯了吧！"

"我是巡警曼库索，卧底探员，"一枚警徽在乔治布满痘痘的脸前一闪过儿，"跟我走一趟。"

"你到底凭什么抓我？我只是站在这儿而已，"乔治紧张地抗议道，"我什么也没干，这算什么？"

"你有嫌疑。"

"有什么嫌疑？"乔治惶恐地问道。

"啊哈！"巡警曼库索一激动，口水都要留下来了，"你果然做贼心虚。"

他伸手去抓乔治的胳膊，想要给他戴上手铐。不料，乔治一把抢过巡警曼库索胳膊下夹着的《哲学的慰藉》，反手拍在他脑袋上。当初伊格内修斯花了十五美元买来这本精美的限量版英文译本，如今这部书就像一本大字典一样砸在巡警曼库索的脑袋上。他的镜片跟着掉在地上，曼库索警官弯腰去捡，等他直起身时，只见那男孩迅速地从厕所门口跑掉了，手里还拿着那本《哲学的慰藉》。他本想冲上去追，可他的脑袋嗡嗡作响，只好回到隔间坐下休息。这下他变得更加沮丧了。他该怎么跟雷利太太说这本书的事啊？

在汽车终点站的候车室，乔治飞快地打开一个储物柜，拿出存放在里面的一个牛皮纸包裹，他顾不上关柜门，一路狂奔到运河街，到了商区中心才渐渐放慢脚步，脚上的靴子叮叮当当地踏在地面上。他时不时地扭头看看那个戴着单片眼镜的长胡子巡警有没有追上来，幸好身后没什么大胡子。

简直倒霉透了。那个便衣警察肯定在汽车站搜寻了一下午，就是为了抓到他。明天该怎么办呢？汽车站再也不安全了，这里已经成了禁区。

"见鬼的李小姐。"乔治大声说道，仍然快步向前，不敢懈怠。如果她不那么小气，这种事就不会发生。她大可以开除那个黑人，这样自己就可以像以前一样两点钟取包裹。可现在呢？他差点被抓。这都是因为他要到汽车站存放东西，因为每天下午他要带着这玩意儿在外面待两个小时。这样的东西又能放到哪儿呢？这可真让人头疼，你总不能随身携带一下午吧。妈妈又整天待在家里，所以家附近也不能去。

"小气的娘儿们。"乔治嘟囔着。他把胳膊下的包裹往上夹了夹,这才意识到那个便衣警察的书还在自己手里。从警察那儿偷来的东西。这也好,李小姐一直跟他要本书。乔治看了看书名——《哲学的慰藉》。好吧,她现在有书了。

桑塔·巴塔利亚尝了一勺土豆沙拉,用舌头把勺子舔得干干净净,然后把勺子整齐地放在沙拉盘旁的纸巾上。她又舔了舔牙缝间的芹菜渣、洋葱屑,转头对放在壁炉台上母亲的照片说道:"他们一定会喜欢这道菜的。桑塔做的土豆沙拉天下第一。"

客厅布置妥当,只等派对开始。一款老式落地收音机上放着一瓶只剩五分之二的时代牌威士忌和一箱六瓶装的七喜。在客厅中央擦拭干净的油毡垫上放着一台从侄女家借来的留声机,留声机的电线朝上伸向吊灯插座。两袋超大包的薯片放在红色长毛绒沙发的两边。折叠移动床上铺好了床罩,上面放着一个锡纸盘,盘子上放着一瓶开了封的橄榄酒,瓶口插着一把叉子。

桑塔拿起壁炉上的相框,照片上是一位穿着黑色连衣裙和黑色长筒袜的老妇人。她凶巴巴地站在一条黑漆漆的巷子里,地面上铺满牡蛎壳。

"可怜的妈妈。"桑塔深情地说道,在照片上留下一个响亮而湿漉漉的吻。人们多少能从玻璃相框上的油脂,推测出这种亲密攻势的频率。"你的日子一定过得很辛苦,"照片上那

"我知道那种滋味,亲爱的。你还记得吧?我小时候住在王妃街,我爸爸就收到过匿名信……是告发我的,真是太恶毒了。我总觉得那封信是我表姐,那个老处女写的。"

"哪个表姐呀?"桑塔颇有兴趣地追问。艾琳·雷利家的亲戚总有一本血泪史值得一听。

"就是小时候把开水锅打翻、烫伤胳膊的那个。她的容貌因此受损,你懂我的意思吧?我经常看到她在她妈妈家的餐桌上写个不停,她可能就是在写我。她非常嫉妒我老公雷利先生跟我约会。"

"事情准是这样的。"桑塔附和道。艾琳的家族画廊里又多了一个戏剧性的新形象——一个被烫伤的女呆子。接着,桑塔扯着沙哑的声音欢快地说道:"我想开个小派对,邀请你和安吉洛两口子,如果他老婆愿意来的话。"

"哦,你真是太贴心了,桑塔。但是,这些天我没什么心情参加聚会啦。"

"放松一下对你有好处,姑娘。如果我能打听那个老男人是谁的话,我也会请他过来的,你们俩可以跳支舞。"

"嗯,如果你看见那位老先生,宝贝,你告诉他雷利小姐问他好。"

在浴室里,伊格内修斯慵懒地泡在温水中,水面上浮着一个塑料肥皂盒,他用一根手指推着肥皂盒荡来荡去,时不时竖起耳朵听听妈妈在对着话筒说些什么。偶尔,他向下按住肥皂盒,直到里面灌满水,沉到浴缸底部,然后他再摸出那只盒双饱含西西里特征、黑煤球似的小眼睛炯炯有神地瞪着桑塔，"妈妈，你仅有的一张照片还是站在巷子里拍的，这可真叫人遗憾！"

桑塔感叹着世间的不公，把相框用力地放到壁炉台上。除了这个相框，壁炉台上还放着一个盛满蜡果的碗、一束百日菊的纸花、一尊圣母马利亚雕像，以及一座布拉格圣婴的小塑像。接着桑塔转身回厨房，去取来冰块和一把餐椅。回来后，她摆好餐椅和装满冰块的小冰箱，又把自己最好的水晶玻璃杯放到母亲相框前。看着妈妈近在咫尺的照片，她忍不住拿起来又亲了一口，嘴里的冰块磕到玻璃相框上。

"亲爱的妈妈，我每天都为你祷告，"桑塔对着照片含混地说道，用舌头把冰块的位置调整好，"你一定要相信，在圣奥德公墓有一支蜡烛是为你点燃的。"

这时，有人在敲打前门的百叶窗。桑塔赶紧放下照片，结果相框没站稳，脸朝下倒了下去。

"艾琳！"桑塔尖叫着打开门，看到雷利太太犹豫不决地站在台阶上，她的外甥曼库索则站在人行道上，"快进来，亲爱的，你看起来真漂亮。"

"谢谢你，亲爱的，"雷利太太说道，"哇哦，我都忘了开车到这里要这么久，我和安吉洛在路上花了将近一个小时呢。"

"入①况不好。"巡警曼库索提出自己的观点。

---

① 安吉洛重感冒，发音不清。

"听听，感冒成这样，"桑塔说道，"哎呀，安吉洛，你最好让警局里的人把你从厕所里弄出来。丽塔呢？"

"她头疼，来不了了。"

"哦，也难怪，整天跟孩子们锁在家里，"桑塔说道，"哎呀，她应该多出来走动走动，安吉洛。你老婆有什么问题吗？"

"神经，"安吉洛难过地说，"她有点神经衰弱。"

"神经衰弱糟透啦，"雷利太太说道，"你知道出什么事了吗，桑塔？安吉洛把伊格内修斯给他的书弄丢了。这是不是太糟啦？我倒不在乎那本书，不过千万别把这件事告诉伊格内修斯，不然我们准得干一仗。"

雷利太太把一根手指贴在唇边，表示那本书的事必须永远保密。

"好吧，姑娘，把你的外套给我。"桑塔急切地说，几乎把雷利太太那件老旧的紫色羊毛外套从她身上扯下来。她打定主意，绝不让伊格内修斯·雷利的阴魂干扰他们的派对，那家伙已经阴魂不散地毁了好几个保龄球之夜了。

"这地方很漂亮，桑塔，"雷利太太羡慕地说，"多干净啊。"

"是啊，但是我想给客厅换一条新的油毡布。亲爱的，你用过纸窗帘吗？我觉得纸窗帘看起来挺不错，那天我在梅森·布朗奇的店里就看到过一些很漂亮的。"

"我给伊格内修斯的房间买过一些好看的纸窗帘，不过被他从窗户上扯下来，揉烂了。他说那是堕落的东西，你说是不是挺糟糕？"

"每个人的品位不同嘛。"桑塔飞快地打断她。

"伊格内修斯不知道我今晚到这儿来,我告诉他说我去做祷告了。"

"安吉洛,给艾琳倒些好喝的饮料,你自己喝一些威士忌,对感冒好。厨房里还有可乐。"

"伊格内修斯也不喜欢别人去做祷告。我都不知道这孩子喜欢什么。我真是受够他了,即使他是我的亲生儿子。"

"我给大家做了美味的土豆沙拉,姑娘。那位老先生告诉我,他爱吃土豆沙拉。"

"你真应该看看今天伊格内修斯让我洗的那件超大的工作服,还有他给出的全套的洗涤说明。他听起来就像是电视上卖肥皂粉的推销员一样。伊格内修斯表现得好像真的很卖力地在街上推小车卖热狗呢。"

"看看安吉洛,宝贝,他正给我们倒饮料呢。"

"亲爱的,你有阿司匹林吗?"

"哎哟,艾琳!能不能别扫兴啊?来喝一杯,然后等老先生过来。我们一定会玩得很开心的。你看,你和那位老先生还可以在留声机前跳舞。"

"跳舞?我不想跟什么老先生跳舞。而且,我的两只脚又肿又疼,一下午我都在熨那件工作服。"

"艾琳,你不能让他失望啊,姑娘。你真应该看看他受到邀请时的神情,当时我在教堂前请他来参加聚会。可怜的老头,我敢说没有人约他出来玩过。"

"那他想来吗?"

"还想来吗? 他问我要不要穿西装呢。"

"那你怎么说的,亲爱的?"

"嗯,我说:'先生,你想穿什么就穿什么。'"

"嗯,很好呀,"雷利太太低头看了一眼自己身上那条绿色的丝绸鸡尾酒礼服,"伊格内修斯问我为什么穿晚礼服去做祷告。他现在肯定坐在房间里写些乱七八糟的东西。我问他:'你在写什么呢,孩子?'他说:'我在记录做热狗小贩的经历。'你说糟不糟糕?谁会愿意看这样的故事?你知道今天他卖热狗赚了多少钱?四块钱。这让我怎么还债啊?"

"瞧,安吉洛给我们倒好饮料了。"

雷利太太从安吉洛手里接过水晶玻璃杯,两口喝掉了大半杯。

"亲爱的,你从哪里弄来的这种高级货?"

"你指什么?"桑塔问道。

"地板中央的留声机呀。"

"那是我小侄女的,她是个很可爱的女孩子,刚从圣奥德高中毕业,已经找到了一份不错的工作,当销售员。"

"看到没?"雷利夫人激动地说道,"我敢打赌她赚的钱都会比伊格内修斯多。"

"看在上帝的分上,安吉洛,"桑塔叫道,"别再那么咳嗽了,躺下来休息一会儿,等那位老先生来了你再出来。"

"可怜的安吉洛,"雷利太太说道,目送着巡警曼库索离开房间,"他真是个贴心的孩子。你们两个都是我的好朋友。想想还挺有趣的,我们能认识竟然是因为安吉洛要抓捕伊格内修斯。"

"我在想那位老先生怎么还不来?"

"也许他不来了吧,桑塔,"雷利太太喝完杯里的酒说道,"要是你不介意的话,我想再来一杯。甜心,我就这点爱好,喜欢喝两口。"

"去吧,亲爱的。我把你外套拿到厨房去,顺便看看安杰洛怎么样了。眼下,我的派对里已经有两个人快活起来了。我希望那位老先生别是在来的路上摔倒,摔断腿之类的。"

桑塔走后,雷利太太又倒了一杯威士忌,兑了一点七喜饮料。她拿起勺子,尝了一口土豆沙拉,再把勺子舔干净,放到纸巾上。桑塔的房子是两居室,另一间房里听起来闹哄哄的。雷利太太抿了一口酒,把耳朵贴在墙上想听听里面在吵些什么。

"安吉洛正在吃感冒药。"桑塔回到客厅后对雷利太太说。

"你家墙壁真隔音呀,宝贝,"雷利太太说道,另一间屋子吵什么,她一点也没听到,"我真希望我和伊格内修斯能住上这种房子,这样安妮小姐就没什么好抱怨的了。"

"那位老先生去哪儿了呀?"桑塔对着前门百叶窗问道。

"也许他不来了呢。"

"可能他忘记了吧。"

"老人家总是这样的,宝贝。"

"他没那么老啊,艾琳。"

"他有多大?"

"六十多岁吧,我猜。"

"嗯,那还真不算太老。我可怜的玛格丽特婶婶,以前我跟你起提起过。她自己的孩子从她零钱包里抢走了五十美分,还打了她一顿,她都快八十了。"说着,雷利太太又干了一杯,"也许他去看电影或者干别的什么事。桑塔,你介意我再喝一杯吗?"

"艾琳!你再喝就要醉倒在地板上了。我可不想把一个醉鬼介绍给那位和善的老先生。"

"我再喝一小杯,我今天晚上有点心烦。"

雷利太太往自己杯子里倒了一大杯威士忌,一屁股坐下去,正好压扁一袋薯片。

"哦,天哪,我做了什么?"

"你把一袋薯片坐扁了。"桑塔有些生气地说道。

"哎呀,它们成土豆渣啦。"雷利太太说着,从屁股底下拖出来一个大袋子。她研究起被压扁的玻璃纸,忽然问道:"桑塔,现在几点了?伊格内修斯说他觉得今晚会有强盗上门,让我早点回家。"

"艾琳,放松一些。你才到这里一会儿。"

"实话实说,桑塔,我根本不想见那位老先生。"

"唉,可是已经太迟啦。"

"是啊,但是我跟那位老先生能做什么呢?"雷利太太紧张地问道。

"哎呀，放轻松，艾琳。你把我也弄紧张了，我都有点后悔把你叫过来了。"桑塔从雷利太太的嘴边把酒杯拿开，"你听我说，你以前关节炎很严重，打保龄球让你好起来了，对吧？你以前每天晚上都被困在家里，为你那个疯癫的儿子烦恼，直到桑塔出现带你出来玩，对吧？现在，听桑塔的话，宝贝。你不想跟伊格内修斯过一辈子，一起孤苦终老吧？那个老先生穿戴整齐，看起来像是有点钱，而且见你一面就喜欢上你了。"桑塔望着雷利太太的眼睛，抛出大招："这位老先生能帮——你——还——债！"

"是吗？"雷利太太倒是从未想过这一点，那位老先生的魅力瞬间大增，"那他干净吗？"

"当然干净，"桑塔气呼呼地说道，"你觉得我会把自己的朋友跟流浪汉凑成一对吗？"

这时，有人轻轻地敲了敲前门的百叶窗。

"哦，我敢打赌就是他。"桑塔急切地说道。

"亲爱的，告诉他我得先走了。"

"走？你要去哪儿，艾琳？人家就站在门口。"

"他在门口？"

"我去看看。"

桑塔打开门锁，把百叶窗推开。

"嗨，罗比乔克斯先生，"桑塔对着夜色中的来访者招呼道，雷利太太看不见对方，"我们一直在等你呢。我的朋友雷利小姐还在想你到哪儿去了。快进屋，别在外面冻着了。"

"是啊，巴塔利亚小姐，很抱歉，我来晚了。但是我不得不先去附近把我几个小孙子接回来。他们正在帮助修女们兜售念珠呢，能抽奖的那种。"

"我知道，"桑塔说道，"前几天，我从一个小孩子那里买过有奖销售的念珠，念珠很漂亮。去年，我认识的一位女士从修女那儿买了念珠抽奖，结果赢回来一台舷外发动机呢。"

雷利太太僵硬地坐在沙发里，呆呆地盯着她的酒杯，就好像发现了一只蟑螂漂浮在里面一样。

"艾琳！"桑塔大声地叫她，"你在干什么呢，姑娘？快过来跟罗比乔克斯先生打招呼啊。"

雷利太太抬起头，一眼认出这位老先生正是那天曼库索警官在赫尔墨斯大厦前逮捕的那位老人。

"很高兴见到您。"雷利太太对着自己的酒杯说道。

"也许雷利小姐不记得了，"罗比乔克斯先生对笑容满面的桑塔说道，"我们以前见过面。"

"没想到你们竟然是老朋友啊，"桑塔愉快地说道，"这世界可真小。"

"呃……呃……"雷利太太声音哽咽，备受煎熬，"嗯……"

"你还记得吗？"老先生对她说道，"那次在市区赫尔墨斯商场附近，有一个警察本来要逮捕你的儿子，后来却把我抓走了。"

桑塔惊得瞪大双眼。

"哦，是的，"雷利太太说道，"我现在想起来一点了。"

"但那不是你的错,雷利小姐。这都怪那个警察。他们就是一群反动分子。"

"小声点,"雷利太太提醒道,"隔墙有耳。"她的手肘一动,撞翻了放在沙发扶手上的空玻璃杯。"啊,天哪。桑塔,你或许应该告诉安吉洛让他先走一步。我可以叫出租车回家。你告诉他从后门跑更方便。你懂吗?"

"我明白你的意思,亲爱的,"桑塔转头对罗比乔克斯先生说道,"先生,那天你在保龄球馆看到我和我的朋友,有没有看到一位男士跟我们在一起呢?"

"只有你们两位女士。"

"那不正是小安被抓的那晚吗?"雷利太太小声对桑塔说道。

"哦,是啊,艾琳。那天是你开车过来接我。你还记得吗?你把车开到保龄球馆前的时候,车子的挡泥板全掉下来了。"

"我知道。后来我把挡泥板放到车的后座上。这都怪伊格内修斯害得我把汽车撞坏了。只要他坐在车后座上,我就特别紧张。"

"哇哦,真糟糕,"罗比乔克斯先生说道,"我最不能容忍的就是可怜的失败者,或者运动感差的人。"

"如果有人伤害了我,"桑塔接口道,"我会试着把另一边脸也转过去。你明白我的意思吗?这是基督徒的处事之道,对不对啊,艾琳?"

"就是,亲爱的,"雷利太太心不在焉地附和道,"桑塔,甜心，你家有阿司匹林吗？"

"艾琳！"桑塔气愤地说道，"我说，罗比乔克斯先生，假如现在你见到抓你的那个警察，你会怎么样呢？"

"我希望这辈子都不要见到他，"罗比乔克斯先生激动地说，"他是个肮脏的反动分子，那些警察妄图一手遮天。"

"你说得都对。不过，只是假设，你会不会原谅他，然后不计前嫌呢？"

"桑塔，"雷利太太打断对方说道，"我想去趟厨房，找找阿司匹林。"

"那是我的奇耻大辱，"罗比乔克斯先生对桑塔愤愤地说，"我全家人都知道这件事了，警察还给女儿打了电话。"

"哎呀，其实，那没什么啦，"桑塔劝慰道，"谁这辈子没被抓进去过几次。你们看到她没？"桑塔拿起脸朝下放到壁炉架上的相框，给两位客人看，"我亲爱的妈妈是个可怜人儿，她在劳腾施莱格市场卖货的时候，被警察抓进去过四次呢，说她扰乱治安。"桑塔顿了顿，又给相框上留下湿漉漉的一吻，"你觉得她会在乎这种事吗？她才不会。"

"那是你的母亲？"雷利太太饶有兴致地问道，"她一定吃过不少苦吧？相信我，母亲们的日子都不好过啊。"

"所以，正如我说的，"桑塔继续道，"我就不会在乎被抓进去过。警察的工作多难干啊，他们有时候难免出错，毕竟，警察也是人嘛。"

"我一直是守法的好公民，"雷利太太说道，"我想去水槽那儿洗洗我的杯子。"

"哦,坐下来,艾琳,我跟罗毕乔克斯先生说会儿话。"

雷利太太走到老式落地收音机前,又给自己倒了一杯威士忌。

"我永远不会忘记那个叫曼库索的巡警。"罗比乔克斯先生不依不饶地说。

"曼库索?"桑塔故作惊讶地问道,"我有很多亲戚都叫这个名字。事实上,他们中有一个还在警队工作,而且他今天就在这里。"

"我想我听到伊格内修斯在叫我了,我最好现在回家。"

"叫你?"桑塔问道,"你说这话是什么意思啊,艾琳?此刻,伊格内修斯正在六英里外的上城区。瞧,我们还没给罗比乔克斯先生倒杯酒呢。你去倒杯酒,我把安吉洛叫过来。"雷利太太一动不动地盯着酒杯,似乎希望从里面找出点什么,哪怕一只苍蝇。"把外套递给我,罗比乔克斯先生。你的朋友们怎么称呼你?"

"克劳德。"

"克劳德,我叫桑塔,她叫艾琳。艾琳快打个招呼啊。"

"你好。"雷利太太机械地说道。

"你们俩先聊聊,我去去就回。"说完,桑塔去了另一间屋子。

"令郎最近怎么样啊?"罗比乔克斯先生先开口,打破沉默。

"谁?"

"你的儿子。"

"哦,他啊,挺好的。"雷利太太的思绪一下子飞回到君士坦丁堡街的家里。她离开家的时候,伊格内修斯正在自己的房间里写东西,嘴里嘟嘟囔囔地说着莫娜·明可弗什么的。透过房门,雷利太太听到伊格内修斯自言自语地说:"她必须挨鞭刑,打得她跪地求饶。"

接下来,一阵长久的沉默,只有雷利太太沿玻璃杯边啜酒的声音。

"你想尝尝好吃的薯片吗?"雷利太太终于开口问道,她发现默不作声使她更不自在。

"好啊,我想尝尝。"

"就在你旁边的袋子里。"雷利太太看着罗比乔克斯先生打开玻璃包装纸。他的相貌配上一身灰色华达呢套装,看上去既整洁又妥帖。"桑塔可能要人帮忙,她没准走得太急,摔倒了。"

"她才离开一分钟,一会儿就回来了。"

"这种地板很危险的,"雷利太太说道,认真地端详眼前一块亮闪闪的油毡,"人走在上面容易摔跤,说不定会把脑袋摔开花呢。"

"生活中得处处小心。"

"可不是嘛,像我,我就非常小心啊。"

"我也是,小心能驶万年船。"

"确实如此,伊格内修斯之前也这么说过,"雷利太太撒了个谎,"他对我说:'妈妈,小心能驶万年船,对吗?'我说:

'是的，孩子，万事要小心。'"

"这真是好建议。"

"我一直这样教导伊格内修斯。你知道吗？我总是努力帮他走出困境。"

"我敢说你是一位好母亲。我经常在市区见到你和那个男孩。我总是想多么好看的大个子男孩啊，他很出众，对吧？"

"我试着对他说：'当心点，孩子，当心别摔跤，把脑壳摔破了，把胳膊摔断了。'"雷利太太舔了一口冰块，"伊格内修斯从小就养成安全意识，这方面他非常感激我。"

"这种训练真好。"

"我告诉伊格内修斯：'过马路的时候要小心，儿子。'"

"交通安全一定要引起注意，艾琳。你不介意我这样叫你吧？"

"不会。"

"艾琳这名字真好听。"

"真的吗？伊格内修斯就不喜欢这个名字，"雷利太太在胸口画了一个十字，将杯里的酒一饮而尽，"不瞒您说，罗比乔克斯先生，我的日子过得很难啊。"

"叫我克劳德吧。"

"上帝作证，我背着一个多么沉重的十字架。你想来一杯吗？"

"好的，谢谢。不过不要太浓烈，我酒量不怎么好。"

"哦，主啊，"雷利太太吸吸鼻子，倒了满满两杯威士忌，

"当我想起自己的遭遇,有时候我真想大哭一场。"

话音刚落,雷利太太放声大哭起来。

"哎呀,别哭啦。"罗比乔克斯先生哀求道,他被这场突如其来的悲剧搞得不知所措。

"我得行动起来了,给有关部门打电话,让他们把那小子带走。"雷利太太抽泣道。然后,她停下来喝了一大口威士忌。"也许他们会把他关进少年教养所或者什么地方。"

"他不是三十多岁了吗?"

"我的心都碎了。"

"他不是在写东西吗?"

"他写的那些乱七八糟的东西没人愿意看。现在,他和那个莫娜写信互相谩骂,伊格内修斯告诉我,他要好好修理那个女孩。是不是很糟糕啊?可怜的莫娜。"

罗比乔克斯先生实在想不出还能说点什么,只好建议道:"你为什么不找一个神父跟你儿子谈谈?"

"神父?"雷利太太哭起来,"伊格内修斯根本不会听神父的话。他说我们教区的那个神父是异教徒。伊格内修斯的狗死掉的时候,他们曾经大吵一架。"罗比乔克斯先生对这种谜一般的讲述,无法做出任何评论。"那个时候真是太可怕了,我以为自己会被赶出教堂。我不知道那孩子脑子里的想法是从哪里来的。还好他可怜的爸爸死得早。他要是看到那辆破热狗车,肯定伤心死了。"

"什么热狗车?"

"现在他在大街上推车卖热狗了。"

"哦,他找到工作了。"

"工作?"雷利太太抽泣道,"整个小区都知道这件事了,隔壁的女邻居问了我无数个问题,整条君士坦丁堡街道都对他议论纷纷。我一想到花在这个孩子教育上的钱,我的心啊!你知道,人们都说孩子就是你老的时候给你安慰的人,可是伊格内修斯给我哪门子安慰了?"

"可能你的孩子在学校里待得太久了,"罗比乔克斯先生说道,"大学里有很多反动分子。"

"是吗?"雷利太太关切地问,她撩起绿色丝绸礼裙的裙角抹了抹眼睛,却没有注意到自己的长筒袜在膝盖处的破口,在罗比乔克斯先生面前展露无遗。"也许那就是伊格内修斯的问题所在,好像反动分子对妈妈都挺差劲的。"

"有时间问问那孩子对民主的看法。"

"我肯定会的,"雷利太太愉悦地说道,伊格内修斯属于那种反动类型,他看起来有点像反动分子,"或许我能吓唬住他。"

"那孩子真不该给你增添烦恼。你性格那么好,我最欣赏像你这样的女士。自从上次,我在保龄球馆见到你和巴塔利亚小姐,我就对自己说:'我希望以后能认识她。'"

"你是那么说的?"

"我佩服你的正直,为孩子挺身而出,跟坏警察对着干,那需要很大的勇气,尤其是这孩子在家里还总给你惹麻烦。"

"我倒希望那时候安吉洛把他抓起来,这样就不会发生后来的事了。伊格内修斯就应该被关在监狱里,那样才安全。"

"谁是安吉洛?"

"天哪!我真是个大嘴巴。我说些什么了吗,克劳德?"

"什么安吉洛。"

"天哪!我去看看桑塔怎么样了。可怜的家伙。她可能在炉边烫着自己了。桑塔总是不小心烫到自己,她在炉火旁粗心大意的,你懂的。"

"要是她被烫着了,肯定会尖叫起来的。"

"桑塔不会,她是个勇敢的姑娘。你从她嘴里听不到一句抱怨的话。这可能跟强悍的意大利血统有关。"

"万能的耶稣啊!"罗比乔克斯先生大喝一声,从沙发上跳起,"就是他!"

"什么?"雷利太太惊慌地问道,环顾四周,正好看到站在门口的桑塔和安吉洛。"你看,桑塔,我知道迟早会出现这一幕。天哪,我的神经快崩溃了,我要是待在家里就好了。"

"如果你不是什么警察的话,我要朝你的鼻子狠狠地揍上一拳。"罗比乔克斯先生冲着安吉洛叫嚷道。

"哎呀,消消火,克劳德,"桑塔镇静地说道,"安吉洛并无恶意。"

"他毁了我,这个坏家伙。"

巡警曼库索剧烈地咳嗽起来,看上去萎靡不振。他不知道接下来还会遇到什么样的倒霉事。

"哦，天哪，我最好马上离开。"雷利太太绝望地说道，"我最不愿意看到打架动粗，弄不好会上报纸的。到时候伊格内修斯该看我笑话了。"

"你为什么邀请我来？"罗比乔克斯先生怒气冲冲地质问桑塔，"这算什么？"

"桑塔，亲爱的，你帮我叫辆出租车行吗？"

"哦，闭嘴，艾琳，"桑塔不耐烦地说，"听着，克劳德，安吉洛说他很抱歉把你抓进警局。"

"这有什么用？现在道歉太迟了，我在孙儿们面前颜面尽失。"

"别朝安吉洛发火了，"雷利太太央求道，"这都是伊格内修斯的错。他虽然是我的骨肉，但是在外人看来的确像个可疑分子。安吉洛早该把他关起来。"

"就是，就是，"桑塔附和道，"听听艾琳怎么说，克劳德。当心点，别踩着我小侄女的留声机。"

"如果当时伊格内修斯对安吉洛友好一些，就不会发生后面的事情，"雷利太太对大家解释道，"看看可怜的安吉洛，他染上了重感冒，他的日子也不好过啊，克劳德。"

"你告诉他，姑娘，"桑塔说道，"安吉洛得了这么重的感冒，就是因为把他抓进警局。"桑塔伸出一根短粗的手指对着罗比乔克斯先生晃了晃，带着些许控诉之意，"现在他不得不守在厕所的隔间里，接下来怕是要被他们踢出警局了。"

曼库索巡警难过地咳嗽起来。

"也许我过于激动了。"罗比乔克斯先生承认。

"我不应该抓你进警察局,"安吉洛气喘吁吁地说,"我当时太紧张了。"

"这都是我的错,"雷利太太抢着说道,"我不该袒护伊格内修斯。安吉洛,我应该让你把他抓走的。"雷利太太把她那张抹了厚厚粉底的大白脸转向罗比乔克斯先生,"罗比乔克斯先生,你不了解伊格内修斯,他是一个惹祸精,走到哪里都不太平。"

"真该有人对准他的鼻子,狠狠地揍上一拳。"桑塔迫不及待地说道。

"真该有人对准他的嘴巴,狠狠地揍上一拳。"雷利太太补了一刀。

"真该有人把伊格内修斯痛扁一顿,"桑塔说道,"现在,好了,大家都是朋友啦。"

"好吧。"罗比乔克斯先生终于开口道。他握起安吉洛苍白发青的手,轻轻地摇了一下。

"这多好,"雷利太太说道,"来,坐到沙发这儿,克劳德。桑塔会把她宝贝小侄女的留声机打开的。"

桑塔把费兹·多明诺[①]的唱片放到留声机上。安吉洛抽了抽鼻子,一脸困惑地坐在雷利太太和罗比乔克斯先生对面的餐椅上。

---

① 费兹·多明诺(Fats Dominos, 1928—2017),新奥尔良本土的钢琴家兼摇滚乐歌手。

"现在不是很好吗?"雷利太太在震耳欲聋的钢琴与贝斯声中兴奋地叫起来,"亲爱的桑塔,你要不要把声音调小一些呢?"

砰砰的节奏声只弱了一点点。

"好啦,"桑塔朝她的客人们叫道,"你们聊着,我去把好吃的土豆沙拉拿来。艾琳、克劳德,你们俩跳一支舞。"

壁炉架上那对黑煤球似的小眼睛怒气冲冲地目送着桑塔欢快地跺着脚走出房间。三位客人面面相觑,沉浸在留声机震天响的乐声中,他们默不作声地打量着玫瑰色的墙壁和油毡垫上的花卉图案。突然,雷利太太对着两位客人大叫起来:"你们知道吗?我离开家的时候,伊格内修斯正开着浴室的水龙头,我敢说他肯定忘记关了。"见没人应声,她又补了一句:"为母不易啊。"

第九章

"雷利,我们接到了卫生局对你的投诉。"

"哦,就这点事?看你的脸色,我还以为你癫痫发作了呢。"伊格内修斯满嘴嚼着热狗和面包,一边跟克莱德说话,一边把车跌跌撞撞地推进修理店。"我想不出有什么可投诉的,也想不出投诉是从何而来。我可以向你保证,我一向洁身自好,个人生活习惯无可挑剔,细菌病毒从不沾身。我不明白我能把什么病菌传染给这些热狗,除非它们本身有问题。你看看我的指甲。"

"别跟我胡扯,你这胖子,"克莱德先生根本不理会伸到他眼皮底下等待检查那双爪子,"你才工作几天,有些伙计为我干了好几年,也没有惹上卫生局。"

"毫无疑问,他们比我更狡猾。"

"他们已经派人监督你了。"

"哦,"伊格内修斯平静地说道,停止咀嚼,嘴边挂着的一小段热狗就像雪茄烟蒂,"这么说那家伙是政府派来的啰,那种官场的小喽啰一眼就能看出来,他们脸上总是挂着一副茫然无知的神情。"

"闭嘴,你这大笨蛋。你嘴里吃的热狗付钱了吗?"

"呃,间接支付吧。你可以从我微薄的工资里扣掉热狗钱。"伊格内修斯看到克莱德先生在便笺本上飞快地记上几笔,"跟我说说,我究竟触犯了哪条陈腐的卫生禁忌?我怀疑是检查员弄虚作假。"

"卫生局说他们看到七号车的热狗小贩……那不就是你……"

"原来如此,多么'幸运'的七啊!我就知道那个数字有问题!他们一定给我下了咒。我认为七号推车很讽刺地被赋予了霉运,请给我尽快换车。显然,我推着一辆扫把星在大街上四处走。我敢肯定如果给我换辆车,我一定会做得更好。新推车,开新运嘛!"

"你能好好听我说话吗?"

"好吧,如果非听不可的话,但我事先提醒您,我随时可能因为焦虑和抑郁昏过去。我昨晚看了一部让人特别难受的少年音乐剧。其中,在冲浪板上演唱的情节差点把我搞崩溃了。不仅如此,我在夜里接连遭受两个噩梦的折磨,一个有关灰狗巴士,另一个是跟我认识的一位女性有关,残暴至极、低俗至极。如果我给你讲述这两个梦,你肯定会非常害怕的。"

"他们看到你在圣约瑟夫大街的阴沟里拎起一只猫。"

"他们就这点能耐?无稽之谈。"伊格内修斯说着,大舌头一扬把嘴边最后一点热狗卷了进去。

"你去圣约瑟夫大街干什么?那里不是仓库就是码头,一个人都没有。而且圣约瑟夫大街根本不在我们的贩卖路线上。"

"呃,我不知道呀。我跟跟跄跄走到那儿,然后休息片刻。偶尔遇到几个行人，不过很遗憾，他们似乎都没有心情买热狗。"

"这么说，你真去那儿了？难怪热狗没卖出去！我看你只顾着玩那只该死的猫了。"

"经你这么一说，我倒是想起来，那附近的确有一两只家养动物。"

"所以你承认跟猫玩了。"

"没有，我不是跟它'玩'。我只是把它抱起来抚摸了一会儿。那是一只可爱的斑点猫。我喂它热狗吃，不过它理都不理。那小家伙儿很有品位和尊严。"

"你意识到自己严重违规了吗？你这个大白痴！"

"不，我没有，"伊格内修斯生气地辩驳道，"很明显，你们想当然地认为那只猫不干净。不过，你们怎么知道的？事实上，猫是出了名的有洁癖的动物，它们只要怀疑自己有一点点的不干净，就开始不停地舔自己的毛。那个检查员肯定对猫有偏见，他应该给这只猫一次证明自己的机会。"

"我们说的不是猫！"克莱德先生激动地喊道，他鼻子上的疤痕发白，周围青筋暴起，"我们说的是你！"

"好吧，我当然很干净啦，这一点我们讨论过了。我只是觉得那只猫咪应该有一次公平的发言机会。先生，我会被没完没了地骚扰下去吗？我的神经已经在崩溃的边缘了。你刚才检查我指甲的时候，我希望你已经看到我双手抖得很厉害。我可不想起诉天堂小店有限公司，让你们支付心理诊疗的费用。你可能不知道，我没有医疗保险。当然啦，天堂小店公司这么落伍，不会考虑给员工提供这种福利。事实上，先生，我对这家名誉扫地的公司越来越不满意了。"

"为什么，有什么问题吗？"克莱德先生追问道。

"太多了。首先，我觉得自己不被尊重。"

"好吧，至少你每天都来上班，这一点我承认。"

"那只不过是因为如果我待在家里，我就会被烤箱里的酒瓶子砸得不省人事。打开我家房门就像闯入了母狮子的窝。我母亲变得越来越暴躁和恶毒了。"

"雷利，你要知道，我并不想开除你。"克莱德先生用父亲般的口吻说道。他早就听过小贩雷利凄惨的经历：有一个酒鬼母亲，要赔偿一大笔钱，母子俩陷入困境，母亲结交了几个狐朋狗友，等等。"我会帮你重新规划一条路线，再给你一次机会。我还有一些推销用的小道具，也许对你有帮助。"

"你可以把新路线的地图送给慈善医院的精神科一份。我在接受电击治疗的间隙，那里热心的修女和精神科医生可能会帮我辨认地图上的位置。"

"给我闭嘴。"

"看见了吧？你正在摧毁我的积极性，"伊格内修斯打了个嗝，"嗯，我希望你会选一条风景优美的路线，最好能在公园地带，那里有充足的长椅可以让疲惫的人歇歇脚。我今早起床时，感觉自己的脚踝撑不住了，幸好我及时抓紧床柱，否则我肯定会重重地摔在地板上。很明显，我的踝关节完全垮掉了。"

为了证明自己的话，伊格内修斯一瘸一拐地绕着克莱德先生走了一圈。脚上的沙漠靴在油腻腻的水泥地上蹭来蹭去。

"停下来，你这懒鬼，你根本没有瘸。"

"目前还没有完全瘸。但是，我很多小骨头和韧带开始举起白旗，我的运动机能似乎也要缴械投降了，我的消化系统马上就要完全罢工了。而且，我感到一些细胞组织就要漫过我的幽门，把它完全封闭了。"

"我打算让你去法国居民区。"

"什么？"伊格内修斯咆哮道，"你居然想让我在那种邪恶的阴沟里走来走去？免谈，去法国居民区是绝对不行的。在那种环境下，我精神会崩溃的。而且，那里的街道既狭窄又危险，我很可能被车流撞倒或者被挤进墙缝里。"

"要么接受，要么滚蛋，容不得你讨价还价，你这死胖子！这是你最后的机会。"克莱德先生的疤痕又开始发白了。

"没得选了？好吧，拜托别再癫痫发作了，你别一不小心跌进那个装满香肠的油桶里把自己烫伤了。如果你执意如此，我只能推着我的法兰克福香肠小车走一趟所多玛和蛾摩拉①了。"

"好，就这么定了。明天早上你来这儿，我给你带一些小道具。"

"我可不能保证在那个区能卖出去多少热狗，我没准得时时刻刻地忙着保护自己的荣誉不被住在那里的暴民侵犯。"

---

① 两者都是《圣经》中提到的罪恶之都，因其居民作恶多端被神毁灭的古城。

"你在那个区可以多做做游客的生意。"

"那就更糟糕了。只有堕落的人才出门旅游。就我个人而言,我只离开过这个城市一次。对了,我有没有跟你讲过那次去巴吞鲁日的旅行经历?出了这座城市的边界,那可真是险象环生。"

"没有,我不想听。"

"好吧,那你损失大了。你本可以从我悲惨的旅行经历中获得一些很有价值的启示,可是你却不想听,那我也不生气。毕竟,这段旅途中微妙的心理变化和象征意义恐怕并非是天堂小店的员工能理解的。幸好,我已经把它们一一记录下来了,这样,在不久的未来,我描述的那次陷入恐惧旋涡的沼泽历险经历将会启发那些更加机敏好学的读者,让他们受益匪浅。"

"雷利,你给我听好了。"

"在我的作品中有一个绝佳的比喻,我把灰狗巴士比作超现实游乐场中的过山车。"

"现在,住嘴!"克莱德先生吼道,恶狠狠地挥舞着叉子,"我们核对一下今天的账。你卖了多少钱?"

"哦,上帝啊!"伊格内修斯叹了口气,"我知道这一刻迟早要来。"

这两个人就赚了多少钱争论了一会儿。事实上,整个上午伊格内修斯都坐在伊兹广场上,一边眺望港口往来的船只,一边在便笺本上写下几条对航运史与马可波罗的评论。在书写间隙,他满脑子想的都是如何毁掉莫娜·明可弗,但是始终没有找到令人满意的方式。他能想到的最好的方法就是去图书馆借一本有关军火的书籍，自制一枚炸弹，用纸包起来寄给莫娜。后来，他想起来自己的借书证老早前就被注销了。至于整个下午，他都花在了那只猫身上，伊格内修斯本想把它关进面包隔间，带回家当宠物养，但是被它逃掉了。

"要我说，你应该大方点，给自己的员工一点折扣。"伊格内修斯郑重其事地说道。他们计算完今天的账目，扣除吃热狗的钱，伊格内修斯今天带回家的收入是一美元零二十五美分。"毕竟，我成了你最大的客户。"

克莱德先生用叉子抵住小贩雷利的围巾，命令他离开修理店。他还威胁雷利明天早上如果不出现在法国居民区卖热狗，他就被开除了。

伊格内修斯啪嗒啪嗒地走去搭乘电车，一副闷闷不乐的样子。他坐在开往市郊的电车上，一路上嗝声连连，喷出天堂小店热狗的气味。尽管车厢内拥挤不堪，伊格内修斯周围却没有人。

当他走进厨房时，发现妈妈双膝跪地，口中正念念有词："上帝啊，请您告诉我为何让我背负这么沉重的十字架？我做了什么？主啊，告诉我吧，给我一点启示，我向来好好做人。"

"马上停止这种亵渎上帝的行为。"伊格内修斯大嚷道。雷利太太用双眼诘问天花板，竭力从屋顶的油污与缝隙间寻找答案。"我白天上班已经很沮丧了。在这座野蛮的城市，为了生存，我在大街上苦苦挣扎了一天。你就这样欢迎我吗？"

"你手上一道一道的是什么?"

伊格内修斯看了看手上的抓痕,那是他试着把猫塞进面包桶里时,被猫抓伤的。

"我跟一个饥肠辘辘的妓女来了一场世纪大战,"伊格内修斯边打嗝边说,"要不是我力气大,她很可能把我的推车洗劫一空。我把她教训了一顿,她一瘸一拐、衣衫不整地逃走了。"

"伊格内修斯!"雷利太太悲从中来,"你越来越糟糕了。你到底是怎么啦?"

"把你的酒瓶从烤箱里拿出来吧,现在时间正好。"

雷利太太狐疑地看了一眼儿子,问道:"伊格内修斯,你肯定自己不是什么反动分子?"

"哦,上帝啊!"伊格内修斯咆哮道,"难道每天我都要在这栋破房子里忍受麦卡锡主义者①的迫害?不是!我早就说过,我跟他们不是一伙的!你怎么会有这种想法的?"

"我从报纸上看到的,报上说大学里有很多反动分子。"

"呃,幸好,我没有碰上什么反动分子,要是他们从我眼前走过,我保证把他们打得屁滚尿流。你以为我喜欢同巴塔利亚那样的家伙打交道,希望生活在一个反动思想盛行的社会里?整天干些粗活,扫扫大街,劈劈石头?我想要的是一个运行良好而强大的君主制国家,由一位体面且有品位的国王来统治,他拥有绝佳的神学与几何学知识,倡导民众培养丰富的内

---

① 麦卡锡主义者(McCarthyite),1950—1954年间,肇因于美国参议员麦卡锡在美国国内反共、极右的典型代表,恶意诽谤、肆意迫害疑似共产党和民主进步人士,乃至一切有不同政见的人。

心生活。"

"国王？你想要一个国王？"

"哦，别再跟我唠唠叨叨的。"

"我从没听说还有人想要国王。"

"拜托！"伊格内修斯扬起一只大手，重重地拍在餐桌的油布上，"打扫打扫门廊、去安妮小姐家串串门，或者给那个老鸨巴塔利亚打电话，去保龄球馆打球。总之，请你不要来烦我！我正处在一个非常糟糕的循环里。"

"你说'循环'是什么意思？"

"如果你继续骚扰我，我就把烤箱里的酒瓶子扔出去，给你那辆破破烂烂的普利茅斯车来场洗礼。"

"在大街上跟可怜的姑娘在热狗车前撕扯，"雷利夫人悲伤地说，"这还不糟糕吗？伊格内修斯，我认为你需要帮助。"

"好了，我要去看电视了，"伊格内修斯气呼呼地说，"瑜伽熊的节目就要开始了。"

"等一等，孩子，"雷利太太从地板上站起来，从毛衣兜里掏出一个马尼拉纸的小信封，"这是你的信，今天到的。"

"哦？"伊格内修斯兴致勃勃地问，一把夺过那个小小的牛皮纸信封，"我想信里的内容你都能背下来了吧？"

"你最好把手泡在水槽里，好好冲洗抓痕。"

"不着急，"伊格内修斯说着，撕开了信封，"显然莫娜·明可弗迫不及待地给我回信了。我在上一封信中狠狠地训斥了她一番。"

雷利太太坐下来，双腿交叠，难过地晃动起一双穿着白袜子和黑色漆皮舞鞋的脚。此刻她儿子那双蓝黄相间的眼睛正在扫视信的内容。这一次，信写在梅西百货的一个购物袋上。

先生：

好吧，我终于收到你的回信了，伊格内修斯。不过是一封让人非常非常恶心的信。我不喜欢带着"利维制裤厂"抬头的信纸。这种反犹太人的恶作剧准是你想出来。幸好，这种程度的打击已经伤不到我了。我没有想到你竟然堕落到这种地步了。我真是领教到了。

你对我举办讲座的那些评论只能说明你妒火中烧，我万万没想到像你这样以"胸怀坦荡""无拘无束"自诩的人也会嫉妒别人。我的讲座已经吸引了一些有识之士的关注，其中一位许诺一定会到场（还会带几位聪明的朋友一起来）。此人是我在交通高峰期的杰罗姆大道上结识的。他叫欧甘，是一名来自肯尼亚的交换生。目前在纽约大学撰写学位论文，他的研究方向是十九世纪法国象征主义。当然，你不会理解，也无法欣赏像欧甘这样既聪明又乐于奉献的青年才俊。我听他讲话，能听上几个小时。他为人严肃，从不像你那样装腔作势。欧甘说的话总是那么意味深长；他真诚活泼、积极进取，而且男子气十足，敢于撕开遮掩现实的面纱。

"哦，上帝啊！"伊格内修斯含着口水嘟囔着，"这小娘们被茅茅党①的人占便宜了。"

"什么意思？"雷利太太狐疑地问道。

"去把电视打开，让它热热身。"伊格内修斯心不在焉地说，继续愤怒地闷头读那封信。

你可以想象一下，他跟你完全是两个世界的人。他精通音乐、雕塑，每一分钟都过得实实在在、充满意义，他在创造着、感受着。他做出来的雕塑栩栩如生，仿佛会跳起来抓住观者。

至少，你的回信让我知道你还活着，如果你的所作所为称得上"生活"的话。你那些进入"食品销售业"之类的鬼话，究竟是什么意思？难道是在攻击我父亲经营的餐饮服务业务吗？如果是这样，那也不会伤到我，因为我们父女俩在意识形态上已经分歧多年。面对现实吧，伊格内修斯。上次见你的时候，我就发现你整日躺在发霉的房间里，无所事事。你对我的讲座表现出的敌对情绪只能显示出你的挫败感，你的一事无成，以及精神上（？）的阳痿。

"这个自由主义小荡妇肯定被一匹巨型种马给上了。"伊格

---

① 茅茅党（Mau-Mau），一个秘密政党组织，成立于1952年，主要由吉库尤部落成员组成，旨在用恐怖活动驱逐在肯尼亚的欧洲殖民者。

内修斯气急败坏地嘟囔道。

"什么?你说什么,孩子?"

伊格内修斯,一场严重的精神崩溃兵临城下。你必须行动起来,即使去医院做名志愿者也能帮助你摆脱冷漠,而且不会对你的幽门和其他器官造成任何压力。从那间子宫一样的房子里走出来吧!哪怕每天一小时,出去散散步,伊格内修斯,看看外面的树啊、鸟啊。你会发现周围生机盎然。你的幽门闭合,我猜是因为它觉得自己在一具死尸里。敞开心扉,伊格内修斯,你的幽门也会随之开启。

如果你做了任何有关性的梦,请在下一封信中详细地描述给我,或许我能为你解读其中的意义,帮你渡过当前的性心理危机。大学的时候,我就跟你说过很多遍,你早晚会经历精神困扰的阶段。

我最近在读《社会剧变》这本书,书中提到路易斯安那州的文盲率居美国之首,我想这一点会引发你的兴趣。趁现在还来得及,赶紧摆脱混乱的状态吧。你大肆批评我的讲座,我一点也不介意。我理解你的处境,伊格内修斯。我的治疗小组的组员们都在持续关注你的病情(从你的偏执妄想开始,我把你的情况一五一十地介绍给了他们,还加了一些背景评论),他们都很支持你,为你加油。我要不是忙着讲座的事,早就开启一次久违的考察旅行,亲自去看看你。你要坚持住,我们就快重逢了。

莫娜·明可弗

伊格内修斯粗暴地折起信纸,又把折好的信纸揉成一团,使劲扔进垃圾桶。雷利太太看到儿子的脸涨得通红,问道:"那个女孩儿又想怎么样啊?她现在干什么呢?"

"莫娜正准备朝一群不幸的黑人发牢骚,而且是在公开场合。"

"这是不是很糟糕啊?你以后一定要谨慎交友啊,伊格内修斯。那些黑人已经够困难了,孩子,他们的路不好走。生活很艰难的,伊格内修斯。你以后就明白了。"

"非常感谢。"伊格内修斯用一种公事公办的语气说道。

"你知道公墓前卖果仁巧克力的那个可怜的黑人老太太吗?哎呀,伊格内修斯,我真为她感到难过。那天,我看见她穿了一单薄的小布衣,衣服上有很多破洞,外面可冷了。于是,我对她说:'嘿,亲爱的,你小心得重感冒,就穿这么一件满是洞的小布衣。'她说……"

"够了!"伊格内修斯大肆咆哮道,"我没有心情听你讲民间故事。"

"伊格内修斯,听我说。那位女士真可怜。她说:'我不在乎感冒,亲爱的,我都习惯了。'是不是很勇敢?"雷利太太感伤地看着伊格内修斯,想得到儿子的赞同,对方却只是轻蔑地撇撇胡子,"难道你不同情她吗?所以,你知道我干什么了吗?伊格内修斯,我给了她二十五美分,我说:'亲爱的,拿去,给你的孙子孙女买点小东西。'"

"什么?"伊格内修斯暴跳如雷,"所以,我赚来的血汗钱都流到哪儿去了?我在大街上差点就要沿街乞讨了,你却把我们家的钱大把大把拿给骗子花。那女人身上的衣服不过是障眼法,她在墓地边占了一个赚钱的绝佳位置,不用说她赚的钱肯定是我的十倍都不止。"

"伊格内修斯!她已经那么惨了,"雷利太太难过地说,"我希望你能像她那么勇敢。"

"我明白了。现在,你拿我跟那个落魄又年老的女骗子相比,更糟糕的是,我还不如她。连我自己的母亲都会如此贬低我。"伊格内修斯又一掌拍在餐桌的油毡布上,"好啊,我受够了。我要去客厅看瑜伽熊的节目了。你喝酒的间隙,给我拿些零食过来。我的幽门急需安抚。"

"对面的人闭嘴!"安妮小姐的尖叫声穿透她家的百叶窗传了过来。这时,伊格内修斯收拾好自己的工作服,大步流星地朝客厅走去,脑子里盘旋着一个至关重要的问题:组织新一轮的攻势,迎战莫娜那个小荡妇。民权运动因为工人的叛变而失败了。在政治和性的广泛场域中,肯定还有其他方式可以发动进攻。伊格内修斯还是认为政治优先,这一次,他要深思熟虑才行。

拉娜·李坐在吧台的高脚凳上,双腿交叉。她穿着一条棕色羊皮裤,她那强壮的臀部将凳子牢牢地固定在地板上,并号令它支撑着自己完美笔直的身体。当她稍稍移动的时候,屁股蛋下方的肌肉就荡开微波,活动起来,把高脚凳扣得纹丝不动。坐垫上臀大肌继续推波助澜,抓住屁垫,支起后背。长此以往,这般操练与运用造就了她的屁股功能超凡,灵活异常。

她感叹自己曼妙的身材。这是上天的馈赠,绝不是钱能买来的,而且任何买来的东西都不如自己的身体有用。偶尔,拉娜·李也会多愁善感,甚至虔诚起来,她感谢上帝的仁慈,赐予她这么美妙的身体——她终身相伴的朋友。为了回报这份厚爱,她对自己的身体百般照料,万分呵护,就像保养一台机器那样精准,分毫不差。

今天是达琳第一次带妆彩排。几分钟前,她抱着一个巨大的衣箱走进来,然后就消失在后台。拉娜看着达琳放在舞台上的道具:一个像衣帽架一样的东西,只不过架子顶端没有做挂钩,代之以巨型指环,三个指环连成一串,从架子顶部错落有致地垂下来。目前为止,拉娜对演出效果并不乐观。但是,达琳说换上演出服会让表演不同凡响。总体来说,拉娜觉得没什么可抱怨的,她甚至为达琳和琼斯说服自己同意表演而暗自窃喜。演出成本很低,她不得不承认那只鸟非常出色,简直算得上技艺纯熟的专业表演者,几乎可以弥补人类搭档的缺陷。这条街上其他酒吧可能要靠老虎、猩猩、蛇之类的动物招揽顾客,"欢乐之夜"酒吧凭借鹦鹉表演稳操胜券。拉娜对人性敏锐的察觉告诉她这次"鸟生意"能成。

"好啦，拉娜，我们准备好了。"从后台传出达琳的喊声。

拉娜瞄了一眼琼斯，他正在打扫隔间，周遭烟雾缭绕、尘土飞扬。她吩咐道："去把唱片放上。"

"周薪三十还让人放唱片，想得美！"

"放下扫帚，去打开留声机，别等我把警察叫来。"拉娜吼道。

"你从凳子上下来，自己去开留声机，别等我把警察叫来。让他们好好调查一下你那个失踪的孤儿朋友。呼哈！"

拉娜观察琼斯的神情，但他那双眼睛隐匿在烟雾和墨镜后面让人没法看清。

"你什么意思？"她终于问道。

"你唯一能给孤儿们带去的就是梅毒。哇哦！别跟我提什么该死的留声机。只要我查清楚孤儿院的事，我会亲自报警。我真是厌倦了这份妓院里的差事，拿着比最低薪水还低的工资，整天还要受人威胁。"

"嘿，伙计们，音乐在哪里？"达琳急切地问道。

"你有什么证据吗？"拉娜问琼斯。

"嘿！你和那些孤儿之间准有猫腻。呼哈！我一直这么认为。如果你报警抓我，我就跟警察举报你。到时候警察局的电话可要响个不停了，哎呀呀。现在让我安安静静地扫地拖地。留声机这玩意儿对我们黑人来说太高级了，我很可能把你的机器弄坏。"

"我倒想知道，像你这样惹是生非的无业游民怎么让警察相信你说的话,尤其是当我告诉他们,你对我的收银机动过手脚之后。"

"发生什么事了呀?"达琳在一小块幕布后面责问道。

"这里我唯一动过手脚的就是那个装满脏水的拖布桶。"

"我不这么认为,警察已经盯上你了。他们只需要从我这样的老朋友这儿听到一两句话,就能把你抓起来。你和我,你觉得他们会更相信谁的话?"拉娜看了看琼斯,知道对方的沉默就是回答,"现在,去把留声机给我打开。"

琼斯把扫帚扔到一边,打开留声机,放起《天堂里的陌生人》。

"好了,各位,我们来啦。"达琳大叫一声,跳上舞台,手臂上托着一只凤头鹦鹉。她穿着一条橙色低胸缎面晚礼服,头发向上挽起,一朵硕大的人造兰花别在头顶。这时她笨拙地对着支架做了几个卖弄风情的动作,那只鹦鹉摇摇晃晃地站在她的胳膊上。接着,她一只手抓住支架顶部,做了一个怪诞的动作——她用屁股来回蹭支架杆,并呻吟着:"啊……"

再看,鹦鹉站在最下面的吊环上,开始用喙和爪子往高处爬。而达琳则绕着架子又蹦又跳,进而疯狂地转起圈来,等鸟儿攀到她的腰际时,她把缝在长裙一侧的指环掏出来,这只鸟叼住指环,往外一扯,达琳的长裙刺啦一声裂开了。

"哦,"达琳踉踉跄跄地跑到小舞台边缘,把衣裙裂开处露出的内衣展示给观众看,连连地叹息道,"哦,哦。"

"哇哦!"

"停下，停下！"拉娜尖叫着从凳子上跳下来，啪的一声关了留声机。

"嘿，有什么问题吗？"达琳生气地嚷道。

"问题就是演出太糟了。你这身打扮跟街头妓女有什么两样。我的酒吧需要的是优美、高雅的表演。我是做正经生意的，懂吗？蠢货！"

"哇哦！"

"你穿着那条橙色裙子活脱一个妓女，还有你发出的那个声音，简直太淫荡了，就像一个醉倒在小巷里的女花痴。"

"可是，拉娜……"

"那只鸟还不赖，你太逊了，"拉娜点燃一根烟，放在两片珊瑚色的唇瓣间，"我们得重新设计一下整个演出。你怎么看起来就像一台破破烂烂的二手车。我对这行很了解，脱衣舞是对女人的侮辱。那些伪君子跑到这儿来，可不是来看妓女怎么受侮辱的。"

"嘿！"琼斯对着拉娜·李吐了一口烟，"我以为你会说晚上到这儿来的都是什么正派、高雅的人士呢。"

"闭嘴，"拉娜呵斥道，"达琳，你给我听好了，任何人都可以侮辱妓女。那些混蛋想要看到的是一位甜美、纯情的处女被侮辱、被脱光衣服的样子。看在上帝的分上，达琳，你得动动脑子，你得够纯。当那只鸟剥你衣服的时候，你要惊讶，你要表现得像一个优雅、高贵的姑娘。"

"谁说我不优雅？"达琳愤愤地说道。

"好，你优雅，那就在舞台上展现出来呀！这样的剧才有看点，他妈的。"

"哦耶，'欢乐之夜'要凭这段表演拿奥斯卡奖了，那只鸟也能拿奖。"

"你给我拖地去。"

"遵命，斯嘉丽小姐。"

"等一等。"拉娜尖叫道，颇有音乐剧导演的风范。她对自己职业中戏剧性的一面向来很热衷：什么表演、摆造型、场景布置、演出指导，她样样拿手。"有了。"

"有啥了？"达琳赶忙问道。

"有主意了，笨蛋，"拉娜怼过去，她嘴里叼着香烟，好像导演喊话的麦克风一样，"你听听这个剧情：你扮成漂亮的南方姑娘，那种在传统南方长大的甜美、纯情的少女，在庄园里养了一只鹦鹉当宠物。"

"嗯，嗯，我喜欢这剧情。"达琳热烈地说道。

"你当然喜欢了，现在听我说，"拉娜的脑筋飞转，这出剧也许会成为她的舞台杰作，那只鸟颇具明星潜质，"我们会给你穿上庄园小姐穿的裙子，什么衬裙啦、蕾丝啦，还有一顶大遮阳帽和一把遮阳伞，整套服饰非常高贵。你的头发做成垂到肩上的小卷发。你刚刚参加完一场盛大的舞会，舞会上很多南方绅士向你献殷勤，请你吃炸鸡、猪头肉，不过都被你拒绝了。为什么呢？因为你是淑女，妈的。舞会刚刚结束了，你走上舞台，不过你很矜持。你带着你的小宠物鸟，准备跟它道晚安。你对它说：'舞会上有很多美男子呢，宝贝，但我一直保持矜持。'然后，这只见鬼的鸟开始剥你的衣服。你非常震惊，十分惊讶，但是你那么纯洁、优雅，以至于没有办法阻止这一切，懂了吗？"

"这叫一个棒！"达琳赞叹道。

"这叫戏剧！"拉娜更正道，"好了，我们试试戏。上音乐，小子。"

"哇哦！我们真的穿越回种植园时代了，"琼斯拨动留声机，唱针滑过几道凹槽，"在这个守财奴开的妓院里，我都要傻掉了，不敢开口说话了。"

达琳迈着小碎步走上台，故作优雅，款款而行，两瓣俏唇噘成玫瑰花蕾的形状，说道："舞会上有那么多的甩锅①，宝贝，呃……"

"停下！"拉娜吼道。

"再给我一次机会，"达琳央求道，"人家第一次嘛。我一直在练习做个脱衣舞娘，又不是女演员。"

"你连这么简单的台词都记不住？"

"达琳得了'欢乐之夜'神经紧张症，"琼斯朝舞台前吞云吐雾，"薪水不多，恐吓不少。那只鸟迟早也要得病，乱抓乱叫，从架子上掉下来死翘翘。哇哦！"

"达琳是你的死党，对吧？我看她总拿杂志给你看。"拉娜

---

① 应为"帅哥"，原文将 boy 念成 ball。

愤懑地说道。这个琼斯还真处处跟她作对。"琼斯,这场演出也是你的主意,你确定想给她一次登台表演的机会?"

"当然,哇哦!有人得在这方面开个头、有突破。不管怎么说,这个表演看起来挺高级的,肯定能卖座。我就等着涨工资啦!"琼斯嘴一咧,下半张脸笑成了黄灿灿的月牙,"我可是把所有希望都寄托在那只鸟身上了。"

拉娜立马生出一计,既能招揽生意,又能收拾琼斯。她已经让那家伙逍遥得太久了。

"很好,"拉娜对他说道,"琼斯,现在你听我说。你想帮达琳,你觉得演出不错,对吧?我记得你说过达琳和那只鸟的表演肯定能大赚,到时候我会急需一名门童。好吧,我找到门童了——就是你。"

"嘿!我才不会拿着那么点薪水,晚上还过来守门。"

"首场演出那晚,你过来总行吧,"拉娜心平气和地说,"你就出去站在外面的人行道上。我们给你租一套服装,把你打扮成名副其实的老南方看门人,这样准能招来客人。你懂吗?我想要看到满屋子的客人来看你的朋友和那只鸟的表演。"

"呸,老子不干了。你能把斯嘉丽和大老鹰搬到舞台上,但休想让老子给你当门童。"

"那样警察局会收到一份报告哦。"

"那样他们还会收到一份孤儿院事件的报告。"

"我看未必。"

琼斯心里清楚这话的分量,最后只好妥协道:"好吧,演出首夜我会来的。我还会带几个人过来,让你的店早日关门大吉。对了,我要把那个戴绿帽子的肥仔带过来。"

"我真想知道他去哪儿了。"达琳插嘴道。

"闭嘴,让我听听你的台词,"拉娜朝她吼道,"为了你表演上的'突破',你的朋友没少出力呀,达琳,让他见识一下你的本事。"

达琳清清喉咙,小心翼翼地念道:"舞会上有辣么多美男纸呢,宝贝,我一直保持着矜持。"

拉娜一把将达琳和那只鸟拽下台,推到过道里。琼斯听到里面传来激烈的争吵声和哀求声,接着啪的一声———一记耳光甩在某人的脸上。

他走到吧台后面,给自己倒了一杯水,琢磨着怎样才能把拉娜·李彻底搞垮。酒吧外面,凤头鹦鹉嘎嘎地叫,而达琳则嘤嘤地哭诉着:"我不是演员,拉娜,我早就告诉过你了呀。"

琼斯低头看了一会儿,发现拉娜·李不小心忘了给吧台下的小储物柜上锁。整个下午,她都忙着检查达琳带妆彩排的事。琼斯蹲了下来,第一次在"欢乐之夜"摘下墨镜。起初,他的双眼还适应不了亮一点的光线,虽然酒吧里已经够昏暗了。透过微弱的光线,他看清吧台后面的地板上积了厚厚的尘垢。他又看了看那个小储物柜,里面整齐地堆放着十几个牛皮纸包裹、一个地球仪、一盒粉笔,以及一本看起来价值不菲的大书。

他可不想从柜子里拿走什么东西,破坏这次宝贵的发现。要知道,任何一点差错都逃不过拉娜·李那双锐利的鹰眼和猎犬一样的鼻子。他琢磨了一会儿,从收银机里拿出一支铅笔,然后在每个包裹的边角处用极小的字写上"欢乐之夜"的地址。这些地址可能就像瓶中信一样会带来什么音讯,没准还会引发合情合理的破坏。琼斯想,这些包裹纸上的地址也许就像枪支上的指纹一样破坏力十足。包裹里面一定隐藏着不可告人的秘密。他仔细地把包裹堆放回去,按原样摆好,然后把铅笔放回收银机,喝光杯里的水。他又研究了一会儿柜门,决定让其保持原来的角度,就那么敞开着。

他从吧台后面走出来,又开始漫不经心地扫地。这时拉娜、达琳和那只大鸟,像一小撮暴徒一样从过道里冲了出来。达琳头上的兰花耷拉下来了,那只鸟身上为数不多的几根羽毛也都竖了起来。唯独拉娜·李毫发无损,神采奕奕,就好像一场飓风扫过却奇迹般地漏掉了她。

"好了,达琳,"拉娜说道,两手抓起达琳的肩膀,"你到底应该说些什么啊?"

"哇哦!你还真是个有同情心的导演啊。要是让你拍一部电影,剧组里半数演员都要死翘翘了。"

"闭嘴,扫你的地去,"拉娜回了琼斯一句,又摇了摇达琳的肩膀,"现在,快点说词儿,笨蛋。"

达琳绝望地叹口气,说道:"舞会上的昳①男子可真多呀,宝贝,但我仍然保持矜持。"

---

① 达琳把"beaux"说成"bones"。

巡警曼库索依靠在队长的办公桌前，奄奄一息地说道："请您……让……我……从厕所里……出来吧。我……快不能呼吸了。"

"你说什么？"队长看了看眼前这个小个子：面色苍白，双目浑浊，戴着一副双焦眼镜，两片干裂的嘴唇躲在白色山羊胡后面，"曼库索，你这是怎么了？你为什么不能像个男人一样挺直腰杆？你感冒了？作为警员怎么会感冒，警队里的人都很健壮的。"

巡警曼库索咳嗽起来，吐沫星子溅湿了白色山羊胡子。

"你在汽车站连一个可疑分子都没有抓到。还记得我怎么跟你说的？抓不回来人，你就待在那儿。"

"我会得……肺……炎的。"

"吃几片感冒药。赶紧出去抓可疑分子。"

"我姨妈说……如果我继续待在厕所里，我会……死掉的。"

"你姨妈？你个大男人还听姨妈的话？天哪！曼库索，你都认识些什么人啊？那些干巴巴地坐在酒吧里的老女人才叫姨妈。你是不是加入什么姐妹联谊会了？你给我站直了！"队长仔细地打量着眼前这个可怜巴巴的家伙，他一阵猛烈的咳嗽后，身子不停地颤抖。队长也不想闹出人命，还是给曼库索一段考察期，之后再把这家伙踢出警队比较好。"好吧。你不用回汽车站了，你去街上巡逻，晒晒太阳。但是，你听好了，我给你两周的时间，如果还是抓不到人，你就滚出警队。听懂了吗，曼库索？"

曼库索点点头，吸了吸鼻子。

"我一定……努力，我保证……给……您抓回来人。"

"别靠我这么近，"队长尖叫道，"我可不想被你传染上感冒。你站直身子，出去吃点药，喝点橙汁。天哪！"

"我……保证……给您抓回来人。"巡警曼库索上气不接下气地说，听起来比上一次更加没有说服力了。然后，他穿上那身新奇的道具服，飘飘忽忽地走出去了。这是警察队长最后一次拿他取乐。这次曼库索的装扮是：头戴棒球帽的圣诞老人。

伊格内修斯顾不上妈妈砰砰地砸门，也不去管她在客厅里哭哭啼啼——因为他今天只往家里带回来五十美分。他把书桌上的大便笺本、溜溜球和塑胶手套往地上一扫，打开日记本，下笔写道：

亲爱的读者朋友，

　　一本好书是伟大思想的生命之源，应善加保存，福泽后世。

——弥尔顿

克莱德那个变态的（我认为也是极具危险的）头脑中又生出一条诡计，贬低我无与伦比的存在。起初，我以为自己找到了人间的第二个父亲——这个香肠界的沙皇，肉饼圈的大亨。但此人对我的憎恨与嫉妒与日俱增，这些负面情绪无疑最终会摧毁他的心智。我那伟岸的身躯、精妙的世界观、举手投足间流露出的尊贵与品位，以及出淤泥而不染的优雅气度，这一切都令克莱德既困惑又震惊。现在他将我贬去法国区工作，那个地方藏污纳垢，滋生堕落行径，如今恐怕还要增添几样由于科技进步带来的"罪恶变体"。依我所见，法国区无异于伦敦的苏活区①和北非某些区域，只不过法国区的居民兼具美国式的"唯利是图"与"万事通"的特性。他们竭尽全力地在娱乐消遣的多样性与想象力上赶超世界其他地区的败类。

　　显然，对于像我这样洁身自好、守身如玉、谨慎敏感的打工男孩来说，法国居民区可不是什么适宜的工作环境。难道艾迪生、福特、洛克菲勒也经历过此种厄运吗？

　　即便如此，克莱德恶魔般的头脑不会因为这种简简单单的羞辱而善罢甘休。我还要披挂上各种各样的道具服饰，去招待克莱德口中所谓的"游客"。

　　（在新路线上的第一天，我仔细观察途中的过客，在我看来这些"游客"同我在商业区打交道的那些年迈的流浪汉似乎是同一批人。这些人肯定是斯托诺②喝多了，迷

---

① 苏活区（Soho）位于英国伦敦西部的次级行政区西敏市（Westminster）境内，本来是当地的红灯区，如今变成一个世界各地游客云集的地方，许多时尚酒吧和小店、高档酒店林立于此。
② 斯托诺（Stemo），固体酒精。

迷糊糊走到法国居民区。而在克莱德这个老糊涂看来,这帮家伙就是所谓的"游客"。我怀疑克莱德是否有机会看看天堂小店热狗的真实买主——那些颓丧者、残疾人、流浪汉——拿热狗当作家常便饭的人。我整天徘徊在各类小贩——大多是萎靡不振、病病恹恹的流动打工者,彼此间以伙计、兄弟、哥们儿招呼——和热狗顾客之间,显然我被一群失落的灵魂包围着,困在地狱边缘。然而,一个简单的事实却是,这些彻头彻尾的失败者在当下被赋予了某种精神品质。正如我们所知,或许这些陷入绝境的可怜人才是我们这个时代的圣贤:那些生着褐色眼眸的年老体衰的黑人,那些饱受压迫的来自得克萨斯州与俄克拉荷马州的流浪汉,那些在老鼠乱串的城市廉租房里寻求庇护的穷佃户。)

(即便如此,我还是希望自己年老的时候,不要沦落到以卖热狗为生,或许我能靠写稿养活自己。如果有必要,我也可以投身巡回演讲的事业,跟着那个可怖的莫娜·明可弗,此人亵渎品位与尊严的事迹我已向各位亲爱的读者做过详述了。我立志清除这娘们在我们国家各个演讲礼堂里播下的无知与淫邪的种子。听她讲座的第一批听众中,可能就会有几个有识之士把她扯下讲坛,朝她的私处鞭打一通。不过,尽管法国贫民窟里蕴藏着高贵的精神品质,就身体舒适度而言,那里绝对不符合标准。我严重怀疑,我这魁伟健美的身形能否轻易地塞进小巷里打个盹,我肯定更适合睡在公园的长凳上。这样看来,我的体型本身就是一种保障,防止我在文明框架中堕落得太深。[毕竟,我认为一个人并非只有跌入底层才能深切体察这个社会。人不应该追求垂直地向下走,而应该水平地往外走,直到寻找到一个立足点,这个点足够客观与超然,同时也不排斥必要的物质享受。我就处在时代的边缘——如你们所知,我母亲无节制的酗酒与放纵,将我猛然推入当代生活的狂热中。坦白地讲,我必须承认,从那时起事情就变得越来越糟,我的境遇每况愈下。明可弗,原本冷却的火焰,向我重新燃起熊熊烈火;就连我的妈妈,我毁灭的施动者,也开始朝供养他的儿子张开血盆大口。我命运的车轮越陷越深。哦,命运女神,你这个反复无常的小妖精!]就我个人来说,我认为缺少食物和舒适非但不能升华灵魂,反而会在人的内心中制造一种焦虑,这种焦虑诱发的冲动直指一个目标——填饱肚子。即使我拥有丰沛的内心生活,我同样离不开食物与舒适。)

还是让我们回到正题吧——克莱德的报复。上一个在法国区卖热狗的小贩,穿的是一套怪模怪样的海盗服,这是天堂小店对新奥尔良的民间传说与历史的致敬,也可以看作是一次克莱德式的尝试——把热狗与克里奥尔①传奇串联起来。克莱德逼着我在修车厂穿上海盗服。要知道这套服装的尺码是按照上一个小贩的身形裁制的,那家伙

---

① 美国路易斯安那州法国人后裔。

得了肺结核且发育不良,所以无论我怎么拉、怎么拽,憋气也好、硬塞也罢,反正都没办法把我这魁梧的身材装进去。所以,只能退而求其次。我把那条红色的海盗围巾系在帽子上,在左耳耳垂上拧了一只硕大的金色耳环;我又用大头针把黑色的塑料弯刀别在白色工作罩衫的一侧。你可能会说:这身海盗造型可不怎么样。不过,当我仔细端详镜子中的自己时,我不得不承认我的扮相挺引人注目的。我一时兴起,舞动起塑料弯刀,冲着克莱德大喝一声:"海军司令,请到甲板上来!"不过我早该猜到,以克莱德那种呆板的榆木脑袋是理解不了这种行为的。他变得惊恐万分,拿起长矛一般的叉子攻击我。我们俩就像劣质历史片中的一对剑客,在修配厂里上演起你追我赶的戏码。叉子与弯刀相击,发出咔嗒咔嗒的声响。我意识到自己的塑料弯刀终究不敌疯狂的玛士撒拉①手中的长矛,此时克莱德状态极差,近乎癫狂。于是我想尽快结束这场小小的决斗。我抛出抚慰的话语,进而求饶,最后投降。而克莱德还是不依不饶,看来是我这套海盗装扮达到以假乱真的效果了,让他误以为我们穿越回旧时的新奥尔良。在那个浪漫的黄金时代,绅士们在二十步以内解决热狗的荣誉问题。紧要关头,一道灵光闪过我精明的头脑——我意识到克莱德真会杀了我,而且他有一个完美的理由:自

---

① 玛士撒拉(Methuselah),《圣经》中的老寿星。

卫。我简直在自寻死路。幸好，我闪到推车后，一个失衡栽倒在地。尽管我的头重重地磕到手推车上，我还是故作愉快地宣布道："你赢了，先生！"然后，我默默地感谢命运女神，感谢她把我从死神的利爪中救出，让我不至于死在一个生锈的叉子下。

我赶紧推着车子逃出修理厂，奔向法国区。沿途很多行人向我身上的"半套海盗服"投来欣赏的目光。弯刀拍在我身子的一侧啪啪作响，耳环挂在耳朵上晃晃荡荡，红色头巾在日光下熠熠生辉，鲜艳得可以吸引一头公牛。我昂首阔步地穿过街区，对自己仍然活着深感庆幸，全副武装的我朝着那些在法国居民区蛰伏的恐怖事物前进。祈祷词从我贞洁的红唇中喷涌而出，有感谢，也有祈求。我向圣马图林祈祷，恳请神灵帮助克莱德先生克服疯癫之疾（顺便说一句，马图林也是小丑的守护圣人）。我给隐士圣马德里克斯奉上谦卑的问候，祈求他治愈我的肠道紊乱。

一想到跟死神擦肩而过，我不禁想起了自己的母亲。我一直很好奇，如果我因为弥补她的过错而丢掉了性命，她会作何反应呢？我能想象她在葬礼上的画面：在某个可疑的殡仪馆地下室，举行一场简陋的遗体告别仪式，她悲痛欲绝，泪如泉涌，一对眼睛哭得通红。她可能会把我的尸体从棺材里拽出来，醉醺醺地哭喊着："别把他带走！为什么最娇美的花朵总是这么早从枝头上枯萎凋谢？"而整场葬礼可能会沦为一出热闹的马戏，我母亲一边不停地用手指堵住我脖子上的两个窟窿眼，那正是拜克莱德先生生锈的叉子所赐；一边哭天抢地念叨着古希腊的咒语，发誓要报仇。我想，我的葬礼仪式上也会有庄严肃穆的场景。只不过在我母亲的主导下，这场悲剧很快会演变成一出闹剧。她会从我僵死的手中一把夺去白色的百合花，折成两截，然后对着参加葬礼的哀悼者、祈福者、司仪神父以及围观的人群哭喊着："伊格内修斯和这朵百合花一样，他们都夭折了。"接着，她又把百合花扔回棺材里，因为瞄得不准，直接飞在我苍白的脸上。

为了我的妈妈，我要向卢卡的圣思蒂祈福，这位圣女一生为仆，苦行修炼。我祈求她帮助我的母亲战胜酒瘾，不在夜里发狂胡闹。

这断断续续的祷告让我力量倍增，胯上的弯刀啪啪地拍打在身侧，就好像一把道德的武器，激励着我挺进法国居民区，它每拍打一下仿佛就在说："要有信心，伊格内修斯。你拥有一把无坚不摧的利剑。"我开始觉得自己就像当年的十字军战士。

最后，我穿过运河街，所到之处身旁的路人纷纷侧目，我假装不去理会他们。不远处就是法国居民区狭窄的街道。途中，一个流浪汉请求给他做一根热狗，我大手一挥让他走开，继续大步向前。不幸的是，我的双脚追不上我驰骋的灵魂。我脚踝以下的皮肉组织哭喊着要休息休息，舒服舒服。无奈，我把手推车停在马路边，坐下来，身后是一栋古旧的楼房,我头顶上探出来的阳台如同寓言里鬼魅的黑色树干。具有象征意义的是,一辆满载欲望的巴士从我身边呼啸驶过,排出的尾气险些把我熏死。我闭目养神,恢复体力,久而久之竟然睡过去了。后来,我被粗鲁地弄醒了,醒来时发现一个警察站在我身边正用鞋尖戳我的肋骨。我怀疑自己体内散发出的麝香味对政府部门办公人员有特殊的吸引力。要不然,谁会在商场前乖乖地等候母亲的时候被警察纠缠问话?要不然,谁会从阴沟里抱起一只可怜无助的流浪小猫,就被卫生局盯上并上报?我就像一个发情的婊子,似乎对警察局和卫生署的人独具魅力。总有一天,这个世界会以某个荒唐的借口把我弄死。我就能等着那一天了,等他们把我拖进带空调的地牢里,屋顶是隔音的天花板,荧光灯挂在上面。我一个人面壁思过,为自己的傲慢与不屑付出代价——因为我对他们麻木的心灵中视若珍宝的东西嗤之以鼻。

我站起身——那高度叹为观止——居高临下地看着这位冒犯我的警察,劈头盖脸地损了他一顿。算他走运,他没有听懂。我推着车子继续向法国区挺进,这会儿刚刚过了午饭时间,街上只有三三两两的行人。我猜,法国区的居民们这会儿还躺在卧室的床上,他们还没有从昨天夜里难以启齿的勾当中恢复体力。毫无疑问,许多人还需要医疗护理,比如在撕裂的伤口或者破裂的生殖器上缝一两针。我只能想象有多少双憔悴的、堕落的双眼正躲在百叶窗后面饥渴地窥视着我。我尽量不去为此分神。可是，我已经感觉到自己像肉市场里一块鲜香可口的牛排。不过，还没有人从百叶窗后面向我发出诱人的呼唤，显然那些在黑暗公寓里的淫贼绞尽脑汁地琢磨着更加微妙的诱骗术。但我觉得或许至少应该有一张纸条之类的东西从窗口飞出来，结果飞出来的是一罐冰冻橘子汁罐头，差一点就砸到我。我弯腰把这个空空如也的锡纸罐子捡起来，想看看里面是否藏着什么讯息，不过只有一丁点残留的浓缩果汁淌到我手上。这是在传递什么下流的信息吗？就在我盯着那扇飞出罐头的窗户冥思苦想的时候，一个年迈的流浪汉走到我的推车前，想要一根法兰克福香肠。我不情不愿地卖给他一根，并忧伤地得出结论：关键时刻，工作总出来烦人。

当然，那扇飞出罐头的窗户早已关得严严实实。我推着车沿街走了两步，又回头盯着那扇紧闭的窗口看了一会儿，想寻出些蛛丝马迹来。放浪的笑声从我经过的一间间房子里传出来，很明显，这些受到蛊惑的居民们沉溺在某些下流的消遣之中，并以此为乐。我试着捂住自己处女般贞洁的双耳，不让这些淫邪的笑声玷污它们。

一群游客端着相机在街上闲逛，他们亮闪闪的墨镜泛着光。一看见我，他们便停下来，操着浓重的中西部口音问我愿不愿意照张相，那可怕的口音像打谷机一样折磨着我柔嫩的耳膜（要知道打谷机的声音恐怖得令人难以想象），但他们殷勤的态度打动了我，我默许了。接下来的几分钟里，他们猛烈地按着快门，而我按照他们的要求摆出各种各样曼妙的造型。其中一个令人难忘的姿势是这样：我站在热狗车前，把它当成我的海盗船，一只手气势汹汹地挥舞着弯刀，另一只手握住热狗车的车把。一时兴起，我一跃跳到推车上，但是我的身体太过沉重，显然让这辆单薄的小车不堪重负，它开始在我脚下滑动起来，幸好人群中有几个好心男士抓住热狗车，把我扶下来。最后，这些友善的游人向我告别。他们继续在街上闲逛，不管看到什么都疯狂地拍照。我听到一位善良的女士说："他多可怜啊，我们应该给他点钱。"不幸的是，那些游客们（看得出他们都是右翼保守派）竟无一人积极响应她做慈善的呼吁。他们肯定认为施舍几枚硬币就等于对这个国家的福利状况投了信任票。"他一拿到钱，转身就会去买酒喝。"一个干瘪的丑老太婆拖着鼻音和刺耳的卷舌音对她的朋友说道，这老太婆一看就知道是基督教妇女禁酒联合会的一员。很明显，这个禁酒会婊子的话俘获了大多数人的心，他们沿着街道继续前行。

我必须承认如果他们给我钱，我会照单全收的。只要打工男孩努力了，付出辛苦了，他那双勤劳的双手就不会放过每一分钱。再说了，刚刚拍的那些照片放到摄影展上能给那些来自中西部玉米带的乡巴佬赢得一大笔奖金呢。有那么一会儿，我都想拔腿去追上那些游客。然而讽刺的是，就在这时，我的眼前冒出一个人来——他身材矮小，脸色苍白，身穿百慕大短裤，腰间别着一个带有镜头的大家伙，看起来可能是"宽荧幕电影"摄影机——此人向我问好。我走近一看才发现，他不是别人，正是巡警曼库索。当然，我装出拧紧耳环的样子，故意不去理会那个呆瓜脸上挤出来的虚弱的笑容。看来，这家伙从厕所里刑满释放了。"你最近好吗？"他纠缠不休地问道。"我的书哪儿去了？"我凶巴巴地说。"我还在读呢。那真是本好书。"他哆哆嗦嗦地回答。"你得有收获，"我警告道，"等你读完的时候，我会让你写一篇书评给我，分析此书对人性的启示！"那洪亮的命令声还在空气中回响，我便精神抖擞地沿街而去。没走几步，我意识到自己的手推车还在原地，于是我又昂首阔步地转身回去推车（这辆热狗车真是个累赘。我觉得自己就像被一个智障幼童给缠住了，时时要关照对方；又或者像只老母鸡，整日孵着一只特别大的锡蛋）。

已经差不多快下午两点了，我才卖出一根热狗。你们的打工男孩若想完成工作目标，可得撸起袖子干了。显然，这些法国区的居民根本没有把法兰克福香肠放在小吃列表的顶端；而那些游客来到这个五光十色、风景如画的新奥尔良老城区，也明显不会买天堂小店的热狗来大快朵颐。所以，用我们熟知的商业术语来说，我碰到"销售瓶颈"了。这个邪恶的克莱德为了报复我，把我安排到一条

"白象"①式的路线上来。这个术语,他曾经在一次商业会议上拿来用在我身上。愤恨与妒忌又一次将我击倒。

另外,我必须想办法应对莫娜·明可弗发起的新一轮的挑衅。也许,法国区能给我提供一些素材:为了品位与尊严,也为了神学与几何学,一场圣战在所难免。

社会摘记:我最喜爱的女演员主演的一部新片马上要在市区的电影院上映了。最近,她的马戏音乐剧太出格了,把我惊得瞠目结舌。据称,她的新电影是一部"不落俗套"的喜剧,我猜她在影片中一定会达到变态与亵渎的新高度。所以,我一定要想办法去看一看,可是观影的唯一障碍就是这辆热狗车。

健康摘记:体重持续飙升。毫无疑问,这要归咎于我亲爱的母亲,她与日俱增怨愤让我焦虑重重。人的本性就是如此——总会憎恨帮助自己的人。所以,我的母亲已经把矛头对准我了。

未完待续
长矛骑士,你们受困的打工男孩

一个可爱的姑娘满怀期待地看着塔尔科博士,她朱唇微启,吹气胜兰:"我非常喜欢上您的课,我的意思是您讲得

---

① 原文为"White Elephant",有毫无价值的意思。

真棒！"

"哦，是吗？"塔尔科愉快地回应道，"谢谢你的赞美，我还担心这门课的内容太宽泛……"

"您的历史研究方法充满活力，非常现代、新颖，不落俗套。"

"我的确认为我们必须摒弃一些老旧的研究方式和方法。"塔尔科的声音里透着自命不凡，那口吻就像一个老学究。他是不是应该邀请这个小可爱喝一杯呢？"历史嘛，毕竟是不断发展的。"

"我知道。"女孩说着，故意睁大眼睛好让塔尔科在她那对蓝色的眼眸里沉醉一会儿。

"我只是希望我的学生能对历史产生兴趣。但事实上，大多数学生对凯尔特时代的不列颠历史都没什么兴趣，其实我也不喜欢。但我得承认，这大概是我们能在课堂上相处融洽的原因。"

"我知道。"女孩伸手去拿她的钱包，优雅地在塔尔科昂贵的粗花呢大衣袖口拂过。这样的触碰让塔尔科浑身麻酥酥的。这才是大学里应该出现的女孩嘛，不像那个面目可憎的莫娜·明可弗。那个姑娘粗鲁又邋遢，还差点在他的办公室外面被一个门卫占了便宜。一想起明可弗小姐，塔尔科博士就浑身直哆嗦。课堂上那个女孩不放过任何一个可以让他颜面扫地的机会，极尽侮辱、挑衅、诋毁之能事，甚至煽动怪物雷利一起对付他。他一辈子也忘不了这两个奇葩，事实上，没有一个老师会忘记他们。他俩就像两个横扫罗马帝国的匈奴人。塔尔科博士不禁遐想起来，那两个家伙不知道结婚了没有？他们俩真是名副其实的绝配，说不定他们两个已经叛逃到古巴。"有些历史人物实在无聊得很。"

"你说得很对。"塔尔科深表赞同，迫切地想要加入对这些英国历史人物的声讨中，这些年他被这些史料折磨得太苦，光是追踪人物生平就让他头疼不已。他斟酌片刻，点燃一支金边臣，清了清淤堵在喉咙中的英国历史的痰。"他们都犯过很多愚蠢的错误。"

"我知道，"女孩照了照她化妆盒上的小镜子，她的目光冷酷起来，声音变得有些生硬，"好吧，我不想浪费您的时间来讨论历史问题，我只想问问您两个月前我上交的论文怎么样了。我的意思是，我想知道这门课我能拿到什么样的成绩？"

"哦，这样啊。"塔尔科博士含糊地说。他的美梦破灭了，这些学生都是一个德行。小可爱俨然变成了火眼金睛的生意人，她只想探查、提升成绩上的利润。"你交论文了吗？"

"我当然交了，我把论文放在一个黄色的活页夹里。"

"我看看是不是能找到。"塔尔科博士起身，开始翻找书架最上面那堆陈旧的学期论文、报告、考试卷子。就在他翻箱倒柜的时候，一个宽线纸折成的纸飞机从文件夹里滑出来，落在地板上。塔尔科没有注意到这个小东西，多年前的一个学期，从大大小小的窗口飞进来很多这样的纸飞机。女孩从地上拾起它，发现泛黄的纸上还有字迹，便将其展开。

"塔尔科：你犯有误导与诱骗青年学子罪。现对你判决如下：请你用那发育不良的睾丸上吊自尽。佐罗。"女孩又看了一遍用红色蜡笔写下的字，而此时塔尔科还忙着在书架顶端找论文。趁他不注意，女孩悄悄打开钱包，把纸飞机丢进去，啪地扣上了搭扣。

第十章

戈斯·利维是个好好先生，中规中矩。他人脉广泛，什么推销商、训练员、教练、经理，全国到处都有他的朋友。无论体育场、运动场，还是赛马场，戈斯·利维也都能联络到至少一个熟人，他认识俱乐部的老板，跟售票员和运动员也相熟。他甚至每年都能收到一个卖花生的小贩寄来的圣诞节卡片，这个小贩在巴蒂摩尔体育纪念馆对面的停车场摆摊。总之，戈斯·利维非常受欢迎。

"利维雅宅"是他在赛季之间居住的地方，那里他一个朋友也没有。圣诞节的时候，家宅里唯一的节日标志，能体现圣诞气氛晴雨表的就是他的两个女儿。她们从大学回来，突然出现在他眼前，不是张嘴要钱，就是威胁他要是再欺负妈妈，就跟他彻底断绝父女关系。利维太太呢，在圣诞节的时候不是忙着写礼物清单，而是埋头写一份自八月份以来受到的冷遇和虐待的控诉书。两个女儿在圣诞袜里找到的就是这份礼物，而利维太太对女儿们索要的唯一报偿就是：攻击她们的父亲。利维太太简直爱死了这样的圣诞节。

现在利维先生正留在家里等待春季比赛的开始。冈萨雷斯已经按顺序为他预订了去佛罗里达州和亚利桑那州的机票。不过，眼下利维雅宅正在重蹈圣诞节的覆辙。利维先生想，要是等自己去训练营观看春季比赛的时候再发生这一切该有多好啊。

利维太太让特里克希小姐躺在他最心爱的黄色尼龙沙发里,往她褶皱的面皮上擦护肤霜。特里克希小姐时不时把舌头伸出来,舔掉嘴唇上沾着的面霜。

"这简直太让人恶心了,"利维先生说道,"你就不能把她带出去吗?外面天气多好啊。"

"她喜欢这张沙发,"利维太太反驳道,"就让她享受一会儿。你怎么不出去给你的跑车打打蜡呢?"

"安静!"特里克希小姐咆哮道,一开口露出一排巨大的假牙。那是利维太太刚刚买给她的。

"听听,"利维先生说道,"她倒真把自己当成这儿的主人了!"

"她只是在维护自己的权益。那妨碍你了吗?这副假牙让她找回一点点自信。当然,即便这样你也要责备她。我开始明白她为什么这么缺乏安全感了。我发现冈萨雷斯整天对她不理不睬,变着法地让她觉得自己一无是处。所以,在她的潜意识里,她恨利维制裤厂。"

"谁不恨啊?"特里克希小姐说道。

"可怜啊可怜。"利维先生连连感叹道。

特里克希小姐嘟嘟囔囔,唇齿漏风。

"好了,废话少说!"利维先生恼了,"这个荒唐的游戏,我已经让你玩得太久了,简直不可理喻!如果你想开一家殡仪馆，我可以帮你安排。可是不要在我的客厅里乱搞。你现在把她脸上黏糊糊的东西擦干净，我开车送她回镇上。你就不能让我在家里清静一会儿吗?!"

"你怎么突然发起脾气来。不过，至少你有点正常人的反应了，这还真是不同寻常。"

"你做这些就是为了让我生气吗？你什么都不做就能让我发飙！现在，你就放过她吧。她最需要的就是退休。你的所作所为简直就像在虐待一只不会说话的动物。"

"我是一个很有魅力的女人。"特里克希小姐在睡梦中喃喃自语。

"快听听！"利维太太兴奋地叫道，"难道你想把她扔到外面的雪地里？她刚对我敞开心扉。特里克希小姐就是一种象征，代表着你不曾接触过的一切事物。"

突然，特里克希小姐从沙发上跳起来，大叫道："我的眼罩哪儿去了？"

"好戏还在后头，"利维先生挖苦道，"等着瞧，她早晚用你那五百美元的假牙咬你一口。"

"谁把我的眼罩拿走了？"特里克希小姐恶狠狠地追问，"我在哪里？把你的手从我身上拿开。"

"亲爱的。"利维太太正想开口说些什么，特里克希小姐一翻身又睡过去了，脸上的护肤霜蹭到沙发上。

"瞧瞧，你这个神仙教母，你在这个小把戏上面花多少钱了？换沙发罩的钱我可不付。"

"行啊！把你的钱全花在赛马上面，让眼前这个人自生自灭吧。"

"你最好把她嘴里的那副假牙弄出来，别等她咬断舌头出大事。那时候她就真的完蛋了。"

"说到舌头，你真应该听听她今天早上跟我说起的有关歌莉娅的事，"利维太太做了一个手势，表示接受所有的不公平和悲惨境遇，"歌莉娅是多么的善良啊！这么多年来她是公司里第一个真正关心特里克希小姐的人。可是，突然有一天，你去了趟办公室，就把歌莉娅一脚踢出了她的生活。我觉得这让她受到了很大的创伤。女儿们肯定很想知道有关歌莉娅的事，她们会向你发问的，相信我。"

"我想她们会的。你知道吗？我认为你的精神出毛病了。公司里根本没有歌莉娅这个人。如果你这个监护人一直跟她聊这些事，你早晚被她带进沟里。等到苏珊和桑德拉回家过复活节的时候，她们会发现一个胳膊上挎着塞满碎布条的纸袋、躺在按摩板上不停震动的老妈。"

"哦，哦，我明白了，这是你对歌莉娅的负罪感在作祟。争辩与怨恨只会把事情变得更糟糕。戈斯，拜托了，少看一场锦标赛，你去看看莱尼的医生吧。那是一位能创造奇迹的医生，相信我。"

"那就问问他怎么才能把利维制裤厂脱手。这周我已经找三个房产经纪人谈过，每一个都说从来没有见过这么难卖的资产。"

"戈斯，我没听错吧？我刚才怎么听到你说要卖掉你的遗产？"利维太太尖叫起来。

"安静！"特里克希小姐吼道，"我一定让你们尝尝我的厉害，等着瞧。你们会尝到苦头的。我会报复的。"

"哦，你闭嘴！"利维太太朝她喝道，把特里克希小姐按回沙发里，对方一沾到沙发立马又打起瞌睡。

"嗯，有一个家伙，"利维先生继续平静地说道，"一个看起来很有进取心的中介给了我一线希望。起初，他跟其他人一样，说：'如今没有人愿意收购一家制衣厂，这个行业完蛋了，你的产业过时了。你需要花一大笔钱用在内部维修和现代化上面。工厂附近倒是有铁路线，不过现在像衣物这种轻便的货物一般都走公路，可是呢，这里不方便卡车进出，要穿过整个市区才能上高速路。南方制衣业在萎缩，就连这块土地也不值几个钱，整个区都要变成贫民窟了。'这个中介嚼里啪啦把坏处说尽，话锋一转，又说或许能说服哪家连锁超市买下这间工厂，用来开分店。嗯，这听起来挺好吧，接着，问题又来了：利维制裤厂附近没有停车场，周边居民生活水平一般，称得上贫穷，根本去不起大超市，他又叽里呱啦说了一通。最后，他说，唯一的希望就是把工厂租出去当仓库，但问题是仓库利润不高，而且作为仓库这个地方的地理位置太差，然后又绕到高速公路之类的问题上。所以，你根本不用担心，利维制裤厂还是我们的，我们就像继承了一个尿壶，甩也甩不掉。'"

"尿壶？你父亲的心血竟然变成一只尿壶了？我知道你想

干什么,你就是想毁掉最后一座象征你父亲成就的纪念碑。"

"利维制裤厂是一座纪念碑?"

"我为什么要去那个鬼地方上班?我真是想不明白。"特里克希小姐在一堆枕头里气呼呼地说,随即又被利维太太按回去,"谢天谢地,可怜的歌莉娅及时离开了。"

"对不起,两位女士,"利维先生从牙缝里挤出几个字,"请你们俩单独讨论歌莉娅的事,我失陪了。"

他起身走进浴室,泡在旋转浴缸里。当水流在他周身旋转喷射的时候,利维先生琢磨着怎么样才能把利维制裤厂甩到某个冤大头手里。它总归会派上用场吧,比如可以改建成溜冰场、健身房,或者是黑人天主教堂什么的。随后,他又想到,要是把利维太太的按摩板带到海堤上,扔进海湾里会怎么样。他仔仔细细地把身体擦干,穿上毛巾布睡袍,返回客厅拿赛马报。

此时,特里克希小姐端坐在沙发上,洗干净了脸,嘴上涂着橙色唇膏,浓重的眼影让双眼显得更加浮肿。利维太太正在调整特里克希黑色假发的位置,竭力遮住她脑袋上稀疏的头发。

"你到底在对我做什么呀?"特里克希小姐喘着粗气,恶狠狠地对她的女监护人说道,"你会为此付出代价的。"

"你能相信吗?"利维太太骄傲地朝丈夫问道,声音中已然听不出敌意,"看看她!"

利维先生简直难以置信,眼前的特里克希小姐竟然看起来跟自己的丈母娘一模一样。

在马蒂的漫游者客栈，琼斯给自己倒了满满一杯啤酒，长长的牙齿浸在啤酒沫里。

"那个姓李的老板娘对你的确不公平，琼斯，"华生先生打抱不平地说道，"有一种事情我最看不惯，就是黑人自己看不起自己。她对你的所作所为简直就像对待种植园里的黑奴一样。"

"哇哦！就算抛开肤色问题，黑人的日子也不好过。妈的，我当初犯了一个低级错误，告诉李婆娘是警察让我来找工作的，我就应该说是某个有背景的人把我派过去的，唬住那娘们。"

"你最好去趟警察局，告诉他们你不想在那里上班了，会另找一份工作。"

"嘿！我才不要进警察局，跟警察动嘴皮子呢。那帮条子只要一看到我，准把我扔进监狱。哇哦！黑人找工作挺难，蹲监狱倒挺方便。关在监狱里最大的好处就是不愁一日三餐，不过我宁愿在外面挨饿，宁愿给那个老娼妇擦地板，也不愿意被关在里面做什么车牌呀、地毯呀、皮带之类的狗屁东西。我就是太傻，掉进'欢乐之夜'的圈套。我要靠自己把这事解决了。"

"要我说你还是应该找警察，跟他们说说，容你找份新工作。"

"是呀,说不定我这一待业就是五十年。我还没见过有谁肯雇一个没有技术的黑人小伙子,哎呀。像李老板那种恶妇认识不少条子,要不然那家既骗钱又卖迷幻药的妓院早关门了。我才不会冒险跑去跟李婆娘的警察朋友说:'嘿,老兄,我得当一阵子无业游民。'对方准会说:'好啊,小子,你先去牢房蹲一阵子吧,哇哦。'"

"那么,搅局计划进展得怎么样了?"

"没啥进展。有一天李婆娘让我加班给她擦地板,她说地上积了太多的脏东西,用不了多久地上的灰尘就会盖过那些可怜的蠢客人的脚踝。狗屎!我跟你说啊,我在她孤儿院的包裹上写下了'欢乐之夜'的地址,所以如果她继续为美国基金会① 分送包裹,我们也许会收到什么回音。我特别想知道写上去的地址会引发什么后果,没准能把警察给招来,哇哦!"

"很明显,你已经走投无路了。还是去找警察谈谈吧,老兄,他们会理解你的。"

"我害怕警察呀,华生,哎哟。如果你只是站在伍尔沃斯店铺门前,就被几个警察粗鲁地拖走,你也会害怕吧。尤其是,李老板很可能跟警局里大多数人有交情哦!"琼斯吐出一口蘑菇云似的烟雾,放射性的烟云释放出的微尘渐渐落在吧台上,也落在存放腌肉的冰柜里。"对了,前几天在这里碰到的那个呆瓜怎么样了?就是那个在利维制裤厂打工的家伙,后来

---

① 美国基金会(the United Fun),成立于1901年,为实现各种慈善目的而运作,掌握了巨大的社会财富和经济力量。

你见过他吗?"

"那个声称要去游行的家伙?"

"是啊,那个傻瓜竟然找一个白人大胖子怪胎当首领,还被怪胎首领煽动着往工厂房顶扔原子弹。那些黑人啊,要么丢了性命,要么被扔进监狱。"

"从那以后我就没再见过他。"

"妈的,我想找到那个肥仔怪胎藏身的地方。我也许应该给利维制裤厂打一个电话,找找这家伙。我觉得把他带到'欢乐之夜',那效果就像往酒吧里扔一枚原子弹。一看他就是那种能让李婆娘出洋相的人。哇哦!如果我去当门童,我一定要做那种'种植园'里最能搅局的门童。呼哈!不把棉花地烧成灰烬誓不罢休!"

"万事小心,琼斯,别给自己找麻烦啊。"

"哇哦!"

伊格内修斯开始觉得越来越难受。他的幽门好像完全黏合了,无论怎么蹦跳都打不开它。巨大的嗳气冲出胃囊,在他的消化道里翻江倒海。有些钻出来成了响隔,那些半路夭折卡在胸腔里的搅得他烧心难耐。

他知道,自己的健康之所以恶化,从物理方面看是因为吃了太多天堂小店家的热狗,不过还有一些更微妙的因素。他的妈妈越来越粗鲁,越来越不受他的掌控,明目张胆地跟他作对。她可能加入了某个右翼极端组织之类的边缘群体,变得既好斗又凶恶。不管怎么样，这一段时间，她的的确确在自家昏暗的厨房里对他展开"追查迫害"，盘问他有关政治倾向的各种问题。这太让人奇怪了，他的妈妈从来就不是一个关心政治的人。大选的时候她只把选票投给那些看上去孝顺妈妈的候选人。雷利太太坚定地支持了富兰克林·罗斯福四个任期，不是因为新政，而是因为他的母亲——莎拉·罗斯福夫人，她的总统儿子似乎非常尊重和爱戴这位母亲。雷利太太也给杜鲁门夫人投过选票，这不是因为对方的丈夫是杜鲁门总统，而是因为她演讲的时候站在家乡密苏里州独立市，一栋维多利亚风格的房子前。在雷利太太看来，尼克松和肯尼迪约等于"汉娜"和"露丝"①。要是碰到哪个候选人没有妈妈，雷利太太就会很为难，在这种情况她索性就待在家里不去投票了。伊格内修斯搞不明白，他的母亲怎么突然之间发难他这个做儿子的，笨拙地捍卫起"美国政治"来了。

还有那个女人莫娜，她最近频频出现在自己的梦里，梦境如同他小时候在普利塔尼亚影院看过的蝙蝠侠系列电影，影片一部接一部。其中有一集特别恐怖，梦里他一个人站在地铁站台上，化身被犹太人杀害的圣詹姆斯。而莫娜穿过旋转栅门朝他走来，手里拿着一个标语牌，上面写着"性需要人群的非暴力集会"，并开始连连向他发起责难。化身成圣詹姆斯的伊格内修斯英勇地喊道："耶稣一定会复活，无论是否幻化成人

---

① 汉娜与露丝分别是美国前总统尼克松与肯尼迪的母亲。

身。"莫娜对此不屑一顾,她用标语牌一个劲地戳他,一直把他逼到铁轨上。这时列车从对面呼啸驶来,就在千钧一发之际,伊格内修斯从梦惊醒。这个有关莫娜·明可弗的噩梦惊悚程度简直胜过他从前的灰狗巴士的噩梦。在灰狗巴士的梦境中,伊格内修斯英勇地站在大巴车顶层。这辆遭受诅咒的巴士在大桥上飞驰,一排排栏杆在眼前掠过,最后大巴车冲进飞机场,撞向跑道上滑行的喷气式飞机。

伊格内修斯夜里受梦魇摧残,白天又受克莱德先生分给他的新路线折磨。在法国居民区,似乎没有一个人对他的热狗感兴趣,所以他带回家里的薪水越来越少,而他妈妈的脾气则越来越大。这种恶性循环何时是个头,如何才能结束啊?

早上,伊格内修斯在报纸上看到女子艺术协会要在海盗巷举办挂画展的消息。他觉得那些低俗的画作值得一看,于是便把小车推到通往海盗巷的石板路上,朝大教堂后身走去,只见路边的铁栏杆上挂满了各种各样的艺术作品。为了招揽生意,伊格内修斯在推车的车头贴了一张便笺纸,上面用蜡笔写着"十二寸天堂"。不过,到目前为止还没有人对这种宣传做出回应。

巷子里挤满了穿着华丽、头戴大遮阳帽的女士。伊格内修斯把车头对准人群,挤了进去。一位女士看到便笺纸上的宣传语,尖叫着招来她的同伴,让她们赶紧躲开这位突然现身画展的可怕的幽灵。

"要热狗吗,女士们?"伊格内修斯和气地问道。

女士们目不转睛地研究着他写的标语、他戴的耳环、围的头巾，还有弯刀，然后请求他走远一点。雨天举办画展已经够让人糟心的了，如果再加上这个——

"热狗，卖热狗嘞，"伊格内修斯有点生气了，"来自干净、卫生的天堂小店厨房的美味！"

随后，他在一阵沉寂中打了几个响嗝，那帮女士立刻假装仰望天空，或眺望教堂后身的小花园。

伊格内修斯对这份了无希望的热狗事业彻底放弃了，将小车一丢，慢吞吞地朝尖桩栅栏走去，观看挂在上面的油画、蜡笔画和水彩画。那些画作尽管风格上粗制滥造的程度各有不同，但主题却颇为相近：漂浮在水碗里的山茶花，被精心布局的杜鹃花，像白色风车似的木兰花。伊格内修斯独自审视着这些作品，心里愤愤不平。再看那些女士，她们通通后退到远离栅栏的地方，形成了一个好像自卫小队的群体；同样远离这位艺术协会新成员的还有那辆热狗车，它正孤零零地站在几英尺以外的石板路上。

"哦，上帝啊！"伊格内修斯沿着栅栏来来回回巡视几趟后，大声吼道，"你们怎么敢在大庭广众之下展出这么恶劣的半成品？"

"请你走开，这位先生。"一位女士勇敢地说道。

"木兰花才不是这个样子，"伊格内修斯边叫嚷着边用弯刀刺向这幅让他生厌的蜡笔画，"你们这些女士应该去上上植物学的课，还要学学几何知识。"

"没有人非要让你看我们的作品。"人群中传来一声大吼,说话的女士正是那幅引起争议的木兰花画的作者。

"我就要看!"伊格内修斯尖叫道,"你们这些女士需要一位既有品位又体面的评论家。天哪!这幅山茶花是谁画的?如实招来,盛在碗里的水画得跟机油一样。"

"请别再骚扰我们了。"有人厉声叫道。

"你们这些女人最好不要再搞什么下午茶、早午餐之类的休闲了,静下心来好好学一学画画,"伊格内修斯愤怒地叫道,"你们首先得学会运笔。我建议你们所有人聚在一起,先从给某间房子粉刷涂料开始。"

"走开!"

"要是让你们这帮'艺术家'去画一部分西斯廷教堂的壁画,那教堂最后肯定沦落成低俗的火车站。"伊格内修斯轻蔑地说道。

"你这个粗俗的小贩休想羞辱我们。"一位女士傲慢地说道,她是这帮遮阳帽女士的发言人。

"我看出来了!"伊格内修斯尖叫道,"就是你们这帮人把我们热狗小贩的名声搞臭了!"

"他是个疯子。"

"他这种情况很常见。"

"太粗鲁了。"

"别刺激他了。"

"我们这儿不欢迎你!"发言人女士直截了当地说道。

"我不这么认为!"伊格内修斯喘着粗气,"显然,你们害怕敢于直面现实的人,因为这个人会把你们在画布上犯下的错误如实地指出来。"

"请离开。"发言人女士命令道。

"我会走的,"伊格内修斯抓起热狗车的手柄,推着车大步离开,"你们这帮女人应该跪下来乞求我原谅我在这排栅栏上看到的一切。"

"这座城市真是越来越糟糕了,这种人竟然能在大街上乱逛。"看到伊格内修斯大摇大摆地沿着小巷走远了,一位女士说道。

伊格内修斯突然感到一颗小石子砸到自己的后脑勺上,他又惊又恼地推着车子沿着石板路一直走到巷子尽头。他把推车停在一条狭窄的过道里,这样它就从人们的视野中消失了。他的双脚疼得厉害,他不希望自己休息的时候,有人来买热狗打扰他。就算生意差到了极点,人也要忠于自己,把自己的身体放在第一位。要是再这么叫卖下去,他的双脚就要变成一对血淋淋的残肢了。

在教堂侧面的台阶上,伊格内修斯吃力地蹲下去。最近,由于体内幽门罢工,他体重暴增,全身浮肿,这一切使他除了站着和平躺之外,其他的举动都很不方便。伊格内修斯脱下靴子,开始检查自己肥厚的脚底板。

"哦,天哪,"一个声音从他的头顶传来,"我都看到了什么呀?我出来看一场糟糕透顶、俗不可耐的画展,谁知道我发现的第一号展品是什么？你是海盗拉菲特的鬼魂？不对，你是大胖子阿巴克尔①，或者玛丽·杜丝勒②？快点告诉我，我要急死了。"

伊格内修斯抬头一看，认出这正是那天在"欢乐之夜"酒吧买走妈妈帽子的年轻人。

"离我远点，你这个花花公子。我妈妈的帽子哪儿去了？"

"哦，那个啊，"年轻人叹口气，"恐怕在一场真正的狂野派对上被大家弄坏了，那真是一顶人见人爱的帽子啊。"

"我知道任谁都会喜欢它，但我不想知道它是怎么被亵渎的。"

"反正，我也不记得了。那天晚上瘦瘦小小的我喝了太多的马丁尼酒。"

"哦，上帝啊。"

"看在上帝的分上，你穿着这身奇装异服在干什么呀？你看起来就像异装成吉普赛女王的查尔斯·劳顿③。你到底在扮演谁啊？我真想知道。"

"走远一点，你这个花花公子。"伊格内修斯打了个嗝。喷出的嗝气和响亮的嗝声在小巷两侧的围墙之间回荡，惹得女子艺术协会的那些大帽子齐刷刷地转向"火山"喷发地。伊格内

---

① 罗斯科·阿巴克尔（Roscoe Arbuckle，1887—1933），外号大胖（Fatty），20世纪初仅次于卓别林的电影喜剧明星。
② 玛丽·杜丝勒（Marie Dressler，1868—1934），英国最有名的喜剧女演员之一，第四届奥斯卡影后。
③ 查尔斯·劳顿（Charles Laughton，1899—1962），英国男演员，第六届奥斯卡影帝。

修斯恶狠狠地瞪着这个年轻人,他穿了一件黄褐色的天鹅绒外套和淡紫色的羊绒衫,一张光彩照人的小尖脸被额头上垂下来的金色波浪发半遮半掩着。"快从我身边滚开,不然我揍得你满地找牙。"

"哦,天哪,"年轻人像孩子一样发出一串欢快短促的笑声,乐得他毛茸茸的外套都颤抖起来,"你真是个疯子,不是吗?"

"你竟敢如此无礼!"伊格内修斯尖叫道,解下弯刀,开始用这把塑料武器刺向年轻人的小腿。年轻人发出咯咯的笑声,在伊格内修斯面前左蹦右跳地躲避他的攻势,动作敏捷得让对方根本没法瞄准。最后他跳到了巷子对面,朝伊格内修斯挥挥手。伊格内修斯抓起他那只笨重的沙漠靴,朝那个旋转的人影砸过去。

"哎呀。"年轻人尖叫道,他接住了靴子,又反手扔了回去,正好砸到伊格内修斯脸上。

"哦,上帝啊!我毁容了。"

"住口!"

"我要告你人身伤害,这易如反掌。"

"如果我是你,我会尽量离警察远远的。如果那些条子看到你这身装扮,你觉得他们会做何感想,把你当作神奇玛丽吗?你还想告我伤人?你现实点吧。我很奇怪,你是怎么穿着这身占卜服招摇过市的。"咔嗒一声,年轻人打开打火机,点燃一支沙龙香烟,然后又咔嗒一声关上打火机。"看看你,光着脚丫子，举着玩具剑？有多可笑！"

"警察会相信我说的每一个字。"

"那你就试试啊。"

"你会被关上好几年的。"

"哼，你还真是异想天开。"

"好了，我才不要坐在这儿听你胡扯。"伊格内修斯边说边穿上他的羊皮靴子。

"哇！"年轻人兴奋地尖叫道，"看你脸上的表情，简直就像消化不良的贝蒂·戴维斯①。"

"不要跟我说话，你这个人渣。找你那些狐朋狗友玩去，我敢肯定法国区到处都是那种人。"

"你亲爱的妈妈怎么样了呀？"

"我不想从你肮脏的嘴里听到她圣洁的名字。"

"哎呀，既然听都听到了，她到底怎么样啊？她那么善良可爱，那个女人一点也没有被宠坏，你非常幸运。"

"我不想跟你讨论她。"

"如果你非要这个样子，那好吧。我只是希望她不知道你穿成匈牙利版圣女贞德的样子在街上横冲直撞。瞧瞧你那副耳环，太匈牙利了。"

"如果你想要这套装束，自己去买一套啊，"伊格内修斯说道，"别来烦我。"

---

① 贝蒂·戴维斯（Bette Davis，1908—1989）美国知名女演员，号称"电影第一夫人"，第八届奥斯卡影后。

"我知道像这样的东西,去哪里都买不到的。不过,如果穿成这样参加派对,准能博得全场喝彩。"

"我猜你参加的那些派对就是世界末日的真实写照。我知道我们的社会正走向这一步。几年之后,你和你的那帮朋友说不定会掌管整个国家。"

"哦,我们正打算这么做呢,"年轻人说道,露出灿烂的笑容,"我们在最高层都有关系,说出来让你大吃一惊。"

"我才不会吃惊。赫罗斯维塔很早以前就预见到了。"

"那人是谁?"

"一个中世纪的女预言家、修女,我生活的引导者。"

"哦,你还真个怪胎啊,"年轻人欢快地说,"虽然我觉得不太可能,但你的确又胖了。你到底还能胖多少呢?你的肥胖里透着一种难以置信的低俗。"

伊格内修斯站起来,用塑料弯刀猛刺年轻人的胸口。

"看刀,你这垃圾!"伊格内修斯边叫边把弯刀刺进羊毛衫里。弯刀的尖头折断了,掉在人行道的石板路上。

"哦,天哪,"年轻人惊叫起来,"你会戳破我的羊绒衫的,你这个疯狂的大胖子。"

巷子深处,女子艺术协会的成员们就像一群阿拉伯人,正急急忙忙地解下栅栏上的画作,收起草坪折叠凳,准备伺机逃走。她们一年一度的户外展览算是被毁了。

"我是象征着品位与尊严的复仇之剑。"伊格内修斯叫嚣道。正当他挥舞着断了尖头的弯刀朝年轻人的羊绒衫乱砍之时，那群女士开始朝皇家大街出口的方向冲去。几个掉队的成员慌慌张张地抓起她们的"木兰花"和"山茶花"。

"为什么我要停下来跟你说话呢，你这个疯子？"年轻人恶狠狠地喘着气低声说道，"这是我最好的羊绒衫。"

"婊子！"伊格内修斯大叫道，弯刀在年轻人的胸口划来划去。

"啊，这太可怕了！"

他试着逃跑，不过伊格内修斯空着的那只手死死地拽住他的胳膊。年轻人把一根手指伸进伊格内修斯的大耳环圈里，往下一拉，说道："放下武器！"

"天哪！"伊格内修斯把剑扔到石板路上，"我觉得耳朵被扯断了。"

年轻人松开手。

"瞧瞧你干的好事！"伊格内修斯含混不清地说，"你就等着下半辈子烂在联邦监狱里吧。"

"瞧瞧你把我的羊绒衫弄成什么样子了，你这个让人恶心的怪物。"

"只有最低俗的人渣才穿得这么伤风败俗。你起码有点羞耻心，或者至少有点穿衣品位。"

"你这个讨厌鬼，大胖子。"

"我可能要花好几年的时间待在医院的耳鼻喉科医治我的耳朵，"伊格内修斯摸着耳朵说道，"你呢，每个月都会收到一份惊人的医疗账单。不管你在什么地方寻欢作乐，我的律师团队明天一早准会找到你。我会事先提醒他们,在你那里无论看到或听到什么都不必惊讶。他们都是杰出的律师、社会的栋梁、克里奥式的贵族学者,对你们那种龌龊的生活方式知之甚少;他们为了避免与你这样的人见面,没准派过去跟你联络的是一个档次低很多的家伙,一个被他们出于同情心收留的初级合伙人。"

"你这个让人厌恶的、可恶的畜生!"

"不过,为了免去你备受焦虑的折磨,你不必等待这群律政精英找到你布满蜘蛛网的公寓。现在,我同意接受你的和解。你给我五六美元应该就够了。"

"我的羊绒衫要四十美元,"年轻人边说边摸着羊绒衫上被弯刀划破的口子,"你做好赔钱的准备了吗?"

"当然没有。千万不要跟一个穷鬼讨价还价。"

"我要告你很容易。"

"或许我们俩都应该放下诉诸法律的思维。这类事件一旦闹上法庭,很容易失控,你可能会忘乎所以,然后头戴王冠、身穿晚礼服走上法庭,弄得人家老法官一头雾水。毫无疑问,到时候我们两个人都会背上一些莫须有的罪名。"

"你这让人作呕的怪物。"

"为什么你还不赶紧走开,投身到那些让你欲罢不能而低俗的消遣中呢?"伊格内修斯打了个嗝,"看啊,那边有个海军士兵在沙特尔街溜达,他看起来很孤单。"

年轻人朝巷尾的沙特尔街瞥了一眼。

"哦，他呀，"他说道，"那是提米。"

"提米？"伊格内修斯愤怒地问，"你认识他？"

"当然啦，"年轻人百无聊赖地说，"他是我最好的一位朋友，一个老相识了。他可不是什么海军士兵。"

"什么？"伊格内修斯咆哮道，"你是说他冒充我们国家武装部队的军人吗？"

"那算不上什么冒充啦。"

"这是非常严肃的，"伊格内修斯眉头紧锁，红色的丝绸头巾滑到狩猎帽上，"每一个我们看到的陆军士兵和海军士兵，都有可能是某个疯狂的腐败分子伪装成的。我的上帝啊！我们可能陷入一个惊天大阴谋中。我知道这种事情迟早要发生的，美国很可能变得毫无防御能力。"

年轻人和那个海军士兵互相熟络地挥挥手，而海军士兵绕过教堂正门便悄然地在视线中消失了。与此同时，尾随在海军士兵身后的巡警曼库索出现在海盗巷的巷尾，他头戴贝雷帽，下巴上挂着山羊胡子。

"哇！"看到曼库索警官在跟踪他的海军朋友，年轻人兴奋地尖叫起来，"是那个了不起的警官。难道他不知道整个法国区的人都认识他？"

"你也认识他？"伊格内修斯警惕地问道，"他是一个非常危险的人物！"

"这里每一个人都认识他，谢天谢地他又回来了。我们正纳闷他到底出什么事了呢，大家都很爱他。呃，我迫不及待地想知道他又给他换了什么新装扮。你真应该看看几星期前他扮成牛仔的样子,那时候他经常出现在这一带。"年轻人爆发出一阵大笑,"他穿着牛仔靴几乎都不会走路了,脚踝发软到站也站不稳。有一次,他在沙特尔大街把我拦下来,当时我正在痴迷地赏玩你妈妈的那顶帽子。"

还有一次,他在杜梅因大街拦下我,试图跟我搭讪。那天他戴了一副牛角边框眼镜,穿着圆领套头毛衫。他告诉我说他是普林斯顿的学生,到这儿来度假,他简直棒极了。我太高兴了,警察局又让他回到真正喜欢他的人们中间。不管他最近去哪儿了,那都是在浪费他的才能。哦,还有他的口音,有人喜欢他扮演英国游客的腔调,个人喜好吧,我偏爱他南方上校的口音。我觉得,这就是个人品位问题。我们投诉他行为不端,害得他两次被抓,搞得这个家伙晕头转向。我真希望我们没给他找太多麻烦,其实大家打心眼里喜欢他。"

"他是个不折不扣的魔鬼!"伊格内修斯评论道,接着又说,"我想知道我们'军队'里有多少像你朋友那样的冒牌货笨蛋?"

"谁知道呢?我希望他们都是。"

"当然,"伊格内修斯深思熟虑后,语气凝重地说道,"这说不定是一场世界范围的骗局。"他的红色头巾一会儿上一会儿下地飘动着,"下一场战争可能会变成一场盛大的狂欢会。天哪,全世界有多少军事领导人可能是精神错乱的老淫棍假扮的?他们不过在扮演幻想中的虚假角色。事实上,这也许对这个世界有好处。因为，这可能意味着战争将一去不复返，这将成为实现长久和平的关键。"

"的确如此，"年轻人愉快地附和着，"为了实现和平，付出任何代价都在所不惜。"

两根神经末梢在伊格内修斯的头脑里一搭，立刻火花四射。或许他找到了克敌妙计，来反击那个厚颜无耻的莫娜·明可弗。

"那些迷恋权力的国家元首肯定会惊讶地发现，他们军队中的高层领导人和士兵都是一群寻欢作乐的好色之徒。这些浪荡子一心只想结识其他国家军队中的登徒子，只是为了办办舞会、学学外国的新舞步。"

"这难道不好吗？政府花钱送我们出去旅游。多么神圣啊！世界争端就此平息，人们重新燃起希望与信仰。"

"或许你们就是未来的希望，"伊格内修斯说道，夸张地击了一下掌，"当然，未来似乎没有什么其他的希望了。"

"我们还有可能结束人口激增的局面。"

"哦，天哪！"伊格内修斯蓝黄相间的眼睛闪烁着光芒，"与我倡导的严苛的节育方式相比，你的办法更有效、更令人满意。对此，我一定要在我的文章里大写特写一番。这个主题值得深入思考，这种思考应该来自一个对世界文化发展有洞见的思想家。我非常高兴你为我提供这么一个宝贵的新视角。"

"哇，多么好玩的一天啊。你扮成吉普赛人，提米冒充海军士兵，那个了不起的警官假扮成艺术家，"年轻人叹息道，

"这简直就是狂欢节嘛。不过,只有我自己太不起眼了,我得赶紧回家打扮一下。"

"等一会儿。"伊格内修斯赶忙说道。他才不会让这个大好机会从自己肿胀的指尖溜走呢。

"我要穿上木屐,扮成鲁比·基勒①,"年轻人欢快地对伊格内修斯说,然后唱了起来,"你回到家,穿上你的小短裤;我回到家,穿上我的小短裤。我们一起出走,哦——吼——吼——我们一起走,走到水牛城……"

"停止你那种粗俗的表演。"伊格内修斯气呼呼地命令道,这些人就是欠揍。

年轻人围着伊格内修斯又跳了一小段踢踏舞,说道:"鲁比真是个可爱的人儿,我总在电视上看她的老歌舞剧,我是她的忠实粉丝。'只需要一个银币,我们打点好看门人,灯光调得暗些,哦——吼——吼——我们一起走,走到……'"

"请你严肃一会儿,别围着我跳来跳去的。"

"我?跳来跳去?那你想要什么,吉普赛女郎?"

"你们这些人有没有想过组建一个政党,选出一位党首啊?"

"政治?哦,奥尔良的圣女啊。那有多么无聊!"

"这非常重要!"伊格内修斯忧心忡忡地喊道。他要向莫娜展示,怎么样把性与政治融合在一起:"虽然以前我从未有过

---

① 鲁比·基勒(Ruby Keeler, 1909—1993),美国著名的歌舞剧女演员。

这种想法，不过你可能握着开启未来的钥匙。"

"好吧，你打算怎么做呢？埃莉诺·罗斯福[1]？"

"你必须建立一个政党组织，首先得制定计划。"

"哦，饶了我吧，"年轻人叹息道，"这种政治谈话搞得我头都晕了。"

"我们有可能拯救世界啊！"伊格内修斯像个演说家一样高声说道，"天哪，为什么我以前没有想到呢？"

"你可能很难想象得出，这种对话让我再郁闷不过了，"年轻人向伊格内修斯抱怨道，"你开始让我想起我的父亲，世界上还有比这更让人沮丧的事吗？"年轻人叹了口气，"恐怕我不得不走了，换装派对的时间到了。"

"不行！"伊格内修斯一把抓住年轻人外套的衣领。

"哦，我的老天，"年轻人透不过气来，用手护住喉咙，"现在我整晚都要吃药了。"

"我们必须马上行动起来。"

"你让我郁闷得不知道怎么说你才好。"

"我们必须先办一个盛大的组织会议来启动竞选。"

"那种活动是不是像举办派对一样？"

"从某种程度来说，是的。不过，你得在会上向大家阐明你的意图。"

"那可能还有点意思。你不知道我最近参加的派对有多么

---

[1] 埃莉诺·罗斯福（Eleanor Roosevelt，1884—1962），美国前总统罗斯福的妻子。

无聊，多么无趣。"

"这不是在开派对，笨蛋。"

"哦，我们会非常严肃的。"

"这还差不多。现在你听我说，我必须给你们这些人做一次演讲，好把你们带上正确的道路。我对政治组织方面有着相当广泛的了解。"

"太棒了。那你一定要穿上这身独一无二的服装。我保证每个人都会全神贯注地听你演讲。"年轻人尖叫着，用一只手捂住嘴巴，"哦，天哪，这会是一次多么狂野的聚会啊！"

"别再浪费时间了，"伊格内修斯严厉地说道，"世界末日近在咫尺了。"

"我们下周开讲，地点就在我家。"

"你务必弄一些红色、白色、蓝色的小旗子，"伊格内修斯建议道，"那是政治集会的必需品。"

"你放心，我会弄很多很多的。等待我的将是多么浩大的装饰工程啊！我一定要请些要好的朋友来帮忙。"

"好的，就这么办，"伊格内修斯兴奋地说，"启动全方位的组织工作。"

"哇，我从没想到你是一个这么有趣的人。在那个无聊低俗的酒吧里，你还对我充满敌意呢。"

"我是一个具有多面性的存在。"

"你让我太吃惊了，"年轻人注视着伊格内修斯的服饰，"想想看，他们竟然允许你这个样子在街上闲逛。单从这一点来看，我钦佩你。"

"深表感谢，"伊格内修斯平静地说，心里非常高兴，"大多数平庸之辈根本无法理解我的世界观。"

"我也不理解。"

"我觉得你那惹人生厌而又低俗的娘娘腔只是表象，在这之下隐藏着一颗高贵的灵魂。你是不是广泛地阅读过波爱修斯的作品？"

"谁？呃，完全没有。我连报纸都不看。"

"那你必须立刻开始一个阅读计划，这样你就能更加了解我们这个时代的危机，"伊格内修斯严肃地说，"从罗马晚期的作品开始，当然，波爱修斯的书一定要读，然后你可以深入研究一下中世纪早期的作品，至于文艺复兴和启蒙运动完全可以略过，那些作品大部分都是危险的宣传品。现在想想，你最好连浪漫主义和维多利亚时代的作品也跳过去。至于当代作品嘛，你可以有选择地看些漫画书。"

"你可真了不起！"

"我特别推荐你看蝙蝠侠。他具有坚不可摧的道德信念，虽然知道自己身处暗无天日的社会，还是勇于超越它。我非常崇拜蝙蝠侠。"

"哦，看啊，提米又回来了，"年轻人说道，那个海军士兵正从反方向穿过沙特尔街，"他每天走同一条路，难道不腻吗？就这么来来回回、走来走去。瞧瞧他，现在这种冬天时候，还穿着夏天的白衬衫。当然啦，他还不知道自己已经成了海滩巡逻队的跟踪目标。你都不知道那小子有多么呆傻蠢笨!"

"他的脸色确实很难看。"伊格内修斯说道。紧随提米其后的还有那个头戴贝雷帽、下巴上贴着山羊胡的"艺术家",两人隔着三四英尺的距离。"哈,上帝呀!那个可笑的执法者会把一切搞砸的,他简直就是所有人的眼中钉、肉中刺。也许你应该跑过去,把你那个精神错乱的海军朋友带走。如果他被海军当局拘捕,他们就会发现他是个冒牌货,那我们的政治计划也会跟着泡汤的。所以,赶紧弄走那个小丑,否则他会搞砸西方文明史上最重大的政治变革。"

"哦!"年轻人快活地叫道,"我要过去,把这一切都告诉他。要是他知道自己险些坏了大事,他一定会尖叫着晕过去的。"

"另外,要你做的准备可别偷懒。"伊格内修斯警告道。

"我会使出浑身力气的,"年轻人兴奋地说,"选区集会、选民登记、宣传册,还有委员会之类的。我们的启动大会在八点左右开始。我住在圣彼得街,皇家大道附近的黄色泥墙小楼。你肯定能找到,这是我的名片。"

"哦,上帝啊!"伊格内修斯看着这张毫无装饰的小名片喃喃自语道,"你不会真的叫多利安·格林[①]吧?"

"是啊,那是不是很疯狂?"多利安懒洋洋地问,"如果我告诉你我真实的名字,你肯定就不再理我了。那个名字太一般

[①] 奥斯卡·王尔德小说中一位主人公也叫这个名字。

了,一想到它我恨不得死掉算了。我出生在内布拉斯加州的一个小麦农场,那种地方起名字的水准就这样啦。"

"好吧,不管怎么说,我叫伊格内修斯·雷利。"

"你的名字不算太糟糕啊。我还以为你会叫贺拉斯或汉弗莱之类的。好吧,你别让我们失望哦,好好练习你的演讲。我保证会有很多人来的,最近大家都无聊得很,闷得要命,所以他们肯定会争着来参加集会的。给我打电话,到时候我们敲定会议的具体日期。"

"一定要强调这是一次极其重要的历史性的秘密会议,"伊格内修斯说道,"我们可不希望有什么不可靠的家伙混进核心队伍里。"

"可能会有几个人穿道具服。这正是新奥尔良美妙的地方啊。只要你愿意,你可以日日狂欢,天天都像参加化装舞会一样。真的,有时候法国区就像一场盛大的化装舞会;有时候我都分不清谁是朋友、谁是敌人。不过,要是你不喜欢道具服的话,我就告诉大伙儿,虽然他们的小心脏会失望到崩溃。我们已经有几个月没有开过一场像样的派对了。"

"我倒是不反对弄来几套有品位又体面的道具服,"伊格内修斯终于开口道,"它们可能给会议增添适当的国际范儿。政客们似乎总是乐于跟那些穿着特色民族服饰的白痴握手。这么看来,你倒可以鼓励几个人穿着道具服参加集会。不过,那些男扮女装之类的怪胎就别来啦。我认为他们不会特别引起政客们的关注,而且我怀疑他们会在乡村选民中引发不满情绪。"

"我这就跑过去找那个傻瓜提米,然后把他吓个半死。"

"小心那个不择手段的警察。如果他听到了什么风声,我们就完蛋了。"

"哦,要不是我看见他回来巡逻很开心,我就打电话报警了,让他们以拉皮条的罪名逮捕他。你不知道,上次他被押进巡逻车带走的时候,他脸上的表情多么搞笑,还有那些拘捕他的警察。那场面真是千金难买啊!不过,我们由衷地高兴他现在又回来了,没有人敢再欺负他了。再见啦,吉普赛女郎。"

多利安蹦蹦跳跳地出了巷子,去找那个颓唐的海军士兵。伊格内修斯朝皇家大街望了望,心里想着不知道那个女子艺术协会后来怎么样了。他慢吞吞地走到藏匿在过道里的小推车跟前,给自己做了一根热狗,然后祈求在一天结束前会出现几个客人。伊格内修斯悲哀地意识到命运女神把他的轮子越转越低了。他从未想过自己有一天要做这样的祈祷——希望有人来买他的热狗面包。不过至少,他想出了一条绝妙计策来对付莫娜·明可弗。他一想到集会启动仪式就兴奋不已。这一次,定要让那个小荡妇彻底傻眼。

这完全就是一个存放的事儿。几乎每天下午一点到三点之间,乔治都得随身带着包裹,苦不堪言。一天下午,他跑去电影院买了一张联票,坐在黑漆漆的影院里,连看了两部殖民地色情片也没觉得舒爽。他不敢把包裹放到邻座上,尤其像这样的电影院。整整三个小时,他牢牢地抓着放在膝盖上的包裹,根本无暇欣赏满屏热辣辣、赤裸裸的画面。还有几天,他抱着包裹在商业区和法国区附近转悠。等到下午三点的时候,这种马拉松式的散步把他累得连讨价还价的力气都没有了。而且包裹带在身上两个多小时,被汗水浸湿的包装皮开始破裂。要是哪个包裹破了,东西当街掉下来,他接下来的几年就只能在少管所里度过了。为什么那个便衣警察要在厕所里抓自己呢?他那天什么事也没干啊。那个警察肯定有侦探的直觉。

最后,乔治想到一个地方,至少能让他安心坐下来休息一会儿——圣路易斯大教堂。他坐在祭神灯旁边的一张长椅上,开始在手上画图案,而包裹就放在他身边。画完手上的图案之后,他从面前的架子上拿起一本弥撒书,一页一页地翻看起来。他想通过研究书上神父祈祷的绘画图样,学习弥撒仪式,澄清一些模糊的认识,乔治想,弥撒仪式其实挺简单的呀。快到离开的时候,他噼里啪啦地翻完手上的书,然后拿起包裹离开教堂,走到沙特尔街上。

一个海军士兵倚着灯柱,朝他一个劲儿地使眼色。乔治伸出画满图腾的手,回敬对方一个极其不雅的手势,然后懒洋洋地走出街道。经过海盗巷的时候,他听到里面传出尖叫声。原来在巷子里,那个疯疯癫癫的热狗小贩正拿着一把塑料弯刀去刺一个娘娘腔。那个小贩真是太离谱了。乔治停下脚步看了一会儿,那个伪娘尖叫着上蹿下跳,小贩身上的耳环左右摇晃,头巾上下摆动。那家伙忘记今天是什么日子了,难道连哪一年、哪一月也搞不清?他肯定以为今天是四月斋狂欢节。

就在这时，乔治看到那个在厕所里想抓自己的便衣警察正跟在海军士兵的身后。他看起来就像一个披头族①。乔治拔腿就跑，从古老的西班牙市政厅后的拱门跑出去，穿过拱廊，一路狂奔至圣彼得大街，接着他又马不停蹄地跑到皇后街，径直冲向市郊的公交线。那个便衣警察现在开始在教堂附近转悠了，乔治又失掉了一个避风港。那些条子还真是厉害，天哪，简直不给人喘息的机会。

于是，乔治又琢磨起包裹存放的问题。他开始感觉到自己就像是警察眼皮底下东躲西藏的逃犯。现在去哪儿呢？他跳上一辆开往城郊的大巴车，汽车摇摇晃晃地朝波旁街驶去。就在乔治左思右想的时候，汽车经过"欢乐之夜"酒吧，他看见拉娜·李站在人行道上，指挥那个黑人小子往酒吧门口的玻璃橱上贴海报。那个黑人小子弹起一个烟头，要不是他的瞄准技术堪比神枪手，这会儿李小姐的头发可能被点着了。事实上呢，烟头从李小姐头发上方一英寸左右的地方飞过。这些黑鬼果然手法精到。乔治想着哪天晚上再把车子开到附近街区，朝黑人身上扔鸡蛋。他和那帮朋友好久没干这种事了——把车子发动到马力十足，一见到哪个愚蠢的黑人站在人行道上，就让他身上鸡蛋开花。

不过，还是先回到存放的事情上吧。大巴车驶过"欢乐之夜"酒吧的时候，乔治还一筹莫展。突然之间，他灵光乍现，

---

① 披头族（beatnik），用来描述"垮掉的一代"中的参与者。

一个绝佳的点子蹦了出来，自己怎么没有早点想到呢。乔治恨不得用弗拉明戈靴子的尖头狠狠踢上自己一脚。他的眼前浮现出一个漂亮、宽敞且密不透风的金属舱，一个可移动的保险箱——即使世界上最狡猾的警察也不会想到检查它，尤其是这个保险箱由世界上块头最大的糊涂蛋看管着——它就是那个怪咖小贩热狗车上的面包舱。

第十一章

"哇哦,瞧,"桑塔把报纸凑到眼前,"这里要上映一部很棒的电影啦,小黛比·雷诺斯①主演。"

"哦,她是个可爱的姑娘,"雷利太太说道,"克劳德,你喜欢她吗?"

"谁呀?"罗比乔克斯先生愉快地问道。

"黛比·雷诺斯。"雷利太太回应道。

"我不太认识她,其实我电影看得不多。"

"她非常可爱,"桑塔说道,"身材娇小。艾琳,你看过她演的那部电影没有?她在里面扮演塔米。"

"她是不是扮演一个盲女?"

"不是,姑娘!你肯定想成另一部片子了。"

"哦,亲爱的,我知道我想的是谁了。我把她想成简·惠曼②了,她也很可爱呀。"

"是啊,她很棒的,"桑塔说道,"我还记得那部电影,她在片子里演一个哑巴,结果被人强奸了。"

"天哪,幸好那部电影我没有看。"

---

① 黛比·雷诺斯(Debbie Reynolds,1932—2016),美国20世纪著名女演员。
② 简·惠曼(Jane Wyman,1917—2007),美国女演员。凭借《心声泪影》(*Johnny Belinda*)获得第21届奥斯卡最佳女主角奖。下文对话中提到的就是这部电影。

"宝贝,那部电影可好看了,剧情非常精彩。你知道吗?我永远都忘不了,那个可怜的小哑巴被强奸时的表情。"

"还有人想来点咖啡吗?"罗比乔克斯先生问道。

"我要,给我来点,克劳德,"桑塔说道,顺手把报纸折起来,扔到冰箱上,"我真难过,安吉洛来不了了。那可怜的孩子跟我说,他只能靠自己没日没夜地工作才能找出可疑分子。我猜今晚他又去什么地方了。你们真该听听他的老婆丽塔跟我说了什么。为了吸引可疑分子,安吉洛好像花了很多钱买名牌衣服。这是不是很糟糕啊。不过,你们也就能看出来那孩子有多么热爱警队。如果他被踢出警队,他肯定会伤透心的。我真希望他能抓到几个流浪汉交差。"

"安吉洛的日子真不好过啊。"雷利太太心不在焉地附和道。她正在想那个写着"还善良者和平"的牌子。伊格内修斯下班回家后,把那个牌子钉在房子的前门上。牌子刚挂上去,安妮小姐就立刻追问过来,隔着百叶窗抛出连珠炮似的问题。"克劳德,你觉得如果一个人想要和平,是什么情况啊?"

"依我看,有反动分子倾向。"

雷利太太最害怕的事情发生了。

"谁想要和平啊?"桑塔问道。

"伊格内修斯弄了一块写着'和平'的牌子立在门口。"

"我就知道,"桑塔愤愤地说,"之前那小子想要个国王,现在又想要和平。我跟你说,艾琳,我是为你好,那小子就应该被关起来。"

"他没有戴耳环,我问他了,他说:'我没有戴耳环,妈妈。'"

"安吉洛不会撒谎的。"

"也许他只戴了一个小小的。"

"耳环就是耳环,是不是,克劳德?"

"就是。"克劳德附和道。

"桑塔,亲爱的,你放在电视机上的小圣母像可真漂亮。"雷利太太说道,转移关于耳环的话题。

大家齐刷刷地朝冰箱旁边的电视机看过去,桑塔说道:"挺漂亮的,是不是?那是我家可爱的电视机女神,我还给它配了一个吸盘托,这样我在厨房乒乒乓乓做饭的时候,就不用担心它会掉到地上了。那是我在莱尼杂货店买来的。"

"莱尼的店里什么都有,"雷利太太说,"看起来是用漂亮的塑料做成的,不会碎。"

"嘿,你们两个觉得晚餐怎么样啊?"

"非常可口。"罗比乔克斯先生赞美道。

"棒极了,"雷利太太同意地说道,"我好久没有吃过这么好吃的大餐了。"

"呃,"桑塔打了一个嗝,"我觉得茄子里大蒜放多了,不过我放起大蒜来总是下手很重。就连我的孙儿们都跟我说:'奶奶呀,你大蒜放得太多啦。'"

"多可爱的小家伙们。"雷利太太对能够品鉴美食的孩子们夸赞道。

"我觉得那道茄子很好吃。"罗比乔克斯先生说。

"我只有在擦地板和做饭的时候才觉得开心,"桑塔对两位客人说道,"我喜欢把虾仁、肉丸或者什锦菜放到锅里一起煮。"

"我也喜欢做饭,"罗比乔克斯先生说,"有时候这能帮到我女儿。"

"我觉得确实是这样,"桑塔说道,"家里有个会做饭的男人能帮上大忙,相信我。"她在桌子底下踢了雷利太太一脚。"要是一个女人能找到一个会做饭的男人,那可真是好运气。"

"你喜欢做饭吗,艾琳?"罗比乔克斯先生问道。

"你问我吗,克劳德?"雷利太太正在想伊格内修斯戴的耳环会是什么样的。

"别一脸愁云惨雾的,姑娘,"桑塔下命令似的,"克劳德在问你喜不喜欢做饭呢。"

"哦,是的,"雷利太太撒了个谎,"我觉得做饭挺好的。不过,有时候在厨房里做饭太热了。尤其到了夏天,巷子里一点风也没有。还好伊格内修斯喜欢吃垃圾食品,只要给他几瓶坚果饮料或者几块蛋糕,他就心满意足了。"

"你可以买个电炉灶,"罗比乔克斯先生建议道,"我给我女儿买了一台,它不像煤气炉灶那么热。"

"你哪来的这么多钱啊,克劳德?"桑塔兴趣十足地问。

"我从铁路部门拿到一笔丰厚的退休金。你知道,我在那儿干了四十五年。我退休的时候,他们还给我送了一枚漂亮的金制徽章。"

"那太好了,"雷利太太说道,"你一定干得很好吧,克劳德?"

"另外,"罗比乔克斯先生继续说道,"在我的住所附近,我还出租了几套面积不大的房产。我总会把工资的一部分拿出来投资房地产,收益还不错。"

"当然啦,"桑塔边说边朝雷利太太狂使眼色,"你现在过得相当滋润了吧?"

"我确实过得很舒服。不过你知道,我厌倦了跟女儿和女婿住在一起。我的意思是,他们很年轻,他们应该有自己的生活。当然,孩子们都很孝顺我,但我还是很希望有自己的家。你明白我的意思吗?"

"如果我是你,"雷利太太说道,"我就好好跟他们住在一起。要是你的小女儿不介意你住在她家里,你就算有个好归宿了。我多么希望有一个这么好的孩子,克劳德,你得懂得感恩。"

桑塔用鞋后跟踢了一下雷利太太的脚踝。

"哎哟!"雷利太太叫道。

"天哪,对不起,宝贝,都怪我这双大脚。大脚是我的毛病,每次去鞋店,他们都很难给我找到合脚的鞋。店员一看到我来了,就会说:'主啊,巴塔利亚小姐又来了,我该怎么办?'"

"你的脚不大呀。"雷利太太朝桌子底下看了一会儿说道。

"那是因为穿着这双鞋子显得脚小。你应该看看我光着脚的样子,姑娘。"

"我的脚也有毛病。"雷利太太对两个朋友坦白道。桑塔打了一个暗示给雷利太太,让她别再说自己的缺点,可是雷利太太却收不住嘴。"有那么几天,我连走路都费劲。我觉得我的脚落下病根可能是因为伊格内修斯小时候,我抱他抱多了。他小时候很重,走路慢,又经常摔跤。可能我的关节炎就是这么得上的。"

"嘿,你们俩,"桑塔飞快地说,生怕雷利太太说漏嘴,暴露出什么可怕的新缺点来,"想不想去看黛比·雷诺斯的电影?"

"那太好了,"罗比乔克斯先生说道,"我还没看过电影呢。"

"你们想去看电影?"雷利太太问,"我不太确定,我的脚疼。"

"来吧,姑娘。出去走走嘛,屋子里一股大蒜味儿。"

"我记得伊格内修斯好像跟我说过这部电影不怎么样。那孩子每一部上映的电影都看过。"

"艾琳!"桑塔生气地说,"你总是想着那个臭小子,他给你惹了多少麻烦?你最好醒一醒,宝贝。如果你还有点理智,你就应该把他送进慈善医院关起来。他们会给他接上管子、通上电,给他点颜色瞧瞧,这样他就乖乖听话了。"

"会吗?"雷利太太关切地问道,"那得花多少钱?"

"免费的,艾琳。"

"公费医疗，"罗比乔克斯先生解释道，"在那儿工作的要么是反动分子，要么是他们的同伙。"

"那地方是修女们管理的，克劳德。天哪，你那些反动分子的想法都是从哪里来的？"

"或许修女们还蒙在鼓里。"罗比乔克斯先生说道。

"那是不是太糟糕了？"雷利太太难过地说，"可怜的修女们竟然为一群反动分子工作。"

"我才不在乎谁管理那个地方呢，"桑塔说道，"如果那里不花钱就能把人关起来，伊格内修斯就应该待在那种地方！"

"只要伊格内修斯开口跟那些人说话，他们肯定受不了，可能会关他一辈子的。"雷利太太说道，不过她觉得这个办法听上去挺吸引人的，"他可能不会听医生的话。"

"他们会让他听话的。他们打他的头，把他捆起来套上紧身衣，往他身上浇水。"桑塔越说越来劲。

"你得为自己想一想，艾琳，"罗比乔克斯先生从旁劝慰道，"你那个儿子早晚会把你气死的。"

"就是嘛，你跟她好好说说，克劳德。"

"好吧，"雷利太太说道，"我们再给伊格内修斯一个机会，或许他会变好呢。"

"靠卖热狗？"桑塔问道，"天哪，"她摇了摇头，"好啦，我去把盘子放到水槽里，咱们一起去看甜心黛比·雷诺斯的电影。"

几分钟后，桑塔回到客厅，吻别了她母亲的照片，三个人便出发去电影院。这是个和煦的日子,南风徐徐地从海湾吹来,即使入了夜还暖洋洋的。在拥挤的街区,浓郁的地中海烹饪的味道从每一栋公寓楼和连体住宅敞开的厨房窗户里飘散出来。乒乓作响的锅碗瓢盆声、叽里呱啦的电视机声、刺耳的争吵声、小孩儿的尖叫声和砰砰的关门声,谱成了一曲杂乱无章的交响乐,而每家每户无论多么微小,似乎都在为这份喧嚣贡献自己的微薄之力。

"圣奥德教区今晚可真热闹啊。"桑塔意味深长地说。此时,三个人缓缓地走在路肩与台阶之间的小道上,一排排笔直而结实的连体住宅把台阶伸到人行道处。路灯照亮光秃秃的柏油路和水泥路,也洒在连片的石板屋顶上。"夏天是最吵的时候,大家都跑到街上,直到深夜才肯回去。"

"这还用你告诉我呀,宝贝,"雷利太太说道,她夹在两个朋友之间一瘸一拐地往前走,动作十分夸张,"别忘了,我是从王妃街出来的,那时候我们经常把厨房里的椅子搬到人行道上,待到半夜,直到屋子里凉快了才回去。你真该听听人们聚在一起都说些什么,天哪!"

"肯定都是些恶毒的闲话,"桑塔附和道,"这些大嘴巴。"

"我可怜的爸爸,"雷利太太继续道,"他太穷了。以前他的手被风扇带夹伤了,邻居们却说是他喝醉了造成的。有人还写了一封匿名信给我们,专门来说这件事。还有我那老迈可怜的波波阿姨,她都八十岁了。她给死去的丈夫点一支蜡烛祈祷,结果蜡烛从床头柜上掉下来把床垫子烧着了。后来呢,大家说她躺在床上抽烟。"

"一个人在被定罪之前，我相信他都是无辜的。"

"我跟你的想法一样，克劳德，"雷利太太说道，"前几天我对伊格内修斯说：'伊格内修斯，我相信人人都是清白的，除非他们被证明有罪。'"

"艾琳！"

三个人趁着车流的间隙，穿过车水马龙的圣克劳德大街，然后在霓虹灯下沿着另一条大街继续前行。经过一家殡仪馆的时候，桑塔停下来跟一位站在路边的吊唁者攀谈起来。

"我说先生，里面躺的是谁啊？"她问那位男士。

"洛佩兹老太太。"男人答道。

"你说的不会是那个管理法国街小市场的洛佩兹先生的老婆吧？"

"就是她。"

"啊，太遗憾了，"桑塔说道。"她是怎么死的？"

"心脏病。"

"太糟糕了，"雷利太太伤心地说，"可怜的老太太。"

"如果我穿戴得体的话，"桑塔对男子说，"我一定会进去祭拜她。不过，我正要跟两个朋友去看电影。谢谢你了。"

他们继续往前走，桑塔向雷利太太描述了洛佩兹老太太一生中的种种坎坷与不幸。最后桑塔说："我想我应该请人为她的家人做一场弥撒。"

"主啊，"雷利太太也被这位洛佩兹老太太凄惨的人生感动了，说道，"我也想请人给她做一场弥撒，让这位可怜的老太太安息。"

"艾琳！"桑塔尖叫道，"你又不认识他们。"

"哦，那倒也是啊。"雷利太太有气无力地说。

到了电影院以后，桑塔和罗比乔克斯先生争着买电影票，雷利太太说要不是这个星期用分期付款给伊格内修斯买了小号，她也想抢着买票。不过，罗比乔克斯先生态度很坚决，最后桑塔只好同意了。

"毕竟，"他把电影票递给两位女士的时候，桑塔说道，"你才是有钱人嘛。"

她朝雷利太太使了一个眼色。然而，雷利太太的思绪又飘到伊格内修斯那块讳莫如深的和平标牌上。观影的大部分时间里，雷利太太满脑子都是伊格内修斯急速缩水的工资、买小号的账单、房屋损坏的赔偿金，以及买耳环和做标识牌的钱。只有当桑塔兴奋地大叫"她太可爱了啊！"或"看看她穿的裙子多漂亮，艾琳！"之时，雷利太太才稍稍把思绪转回大银幕上。随之而来的一件事情，让她无暇顾及自己儿子和那些难题，其实二者都是一回事：罗比乔克斯先生的手轻轻地盖在她手上，进而把她的手握在手心里。雷利太太吓得一动不动。为什么电影总能让她认识的男人——雷利先生也好，罗比乔克斯先生也罢——变得含情脉脉呢？她茫然地盯着大银幕，眼前不再是黛比·雷诺斯寻欢作乐的彩色画面，而是幻化出珍·哈露洗澡场景的黑白片。

雷利太太正在想她能不能把手从罗比乔克斯先生的手心里挣脱出来,然后冲出电影院。就在这时,桑塔大喊一声:"快看,艾琳,我打赌小黛比要生孩子了!"

"生什么?"雷利太太狂乱地尖叫起来,接着失声痛哭,挥泪如雨。惊恐万分的罗比乔克斯先生赶紧搂住她那栗色的小脑袋,小心翼翼地将它枕到自己的肩膀上,这场突如其来的情感大爆发才渐渐平息。

亲爱的读者:

蠢材本天成;积习生浪子。
——爱迪生

我走在法国居民区的旧石板路上,脚上的沙漠靴靴底磨得只剩一层薄薄的胶皮。在这个冷酷无情的社会里,为了生存我苦苦挣扎着,幸好得到一位旧相识(一个离经叛道之徒)的赞美。几番交谈,我轻而易举地占领道德优势,让这位浪荡子相形见绌。然后,又一次,我开始思索我们这个时代的危机。我的思想,素来天马行空,这一次它在我耳边低声说出一个大胆而宏伟的计划。我听到的每一个字都让我不寒而栗。"别说了!"我向自己神灵般的思想祈求道,"这太疯狂了!"然而,我还是听从了大脑给予我的建议——借堕落拯救世界。就在法国区破旧的石板路上，我寻得这位人间"枯萎之花"的一臂之力，希望他能将众纨绔子弟以兄弟之名聚到一处。

　　而我们的第一步就是从他们之中选出一位成员担任最高领导者——总统。如果我们有幸得到命运女神的垂怜，我们的人会渗透至军方。作为我们的兵卒，他们的职责就是不断地拉拢身边的人，与其称兄道弟，一起剪裁合体的军服，发明各式各样新款的战斗服饰，筹办鸡尾酒会，等等。这样一来谁还有时间去打仗？我们希望选举出来的参谋长，作为军事最高领袖，那家伙唯一的爱好就是打理自己时髦的衣柜——里面的衣服随他喜好，既能让他扮成司令员，又能让他变身俏名媛。其他国家的浪荡子们看到美国军事领域这么成功，便会联手争夺他们军队的领导权。如果离经叛道之徒在一些相对保守的国家里难以得势的话，我们会向他们施以援手，协助他们推翻本国政府。一旦我们推翻了所有的现行政府，世界将永远告别战争，尽享全球狂欢的盛宴——这场盛宴会以最隆重的外交礼节和最诚挚的国际精神来举办。因为人类着实超越了国界，心向一处，不分彼此，合而为一。

　　当然，这些掌权的浪荡子没人知道什么是炸弹，而那些核武器则躺在地窖里发霉长毛。时不时地，这些参谋长、国家元首什么的还会穿戴起挂着亮片、贴着羽毛的衣服，在舞会和派对上招待其他国家的领导人，同是一帮变态。任何争吵在联合国的新式男厕所都能轻松摆平。遍地开花的芭蕾舞、百老汇音乐剧、各式娱乐很可能给普通民众带来更多快乐,胜过前任领导人发表的那种严酷又敌对的法西斯宣言。

既然几乎人人都有机会统治世界,我不明白为什么单单这类人不能。他们已经被压抑得太久了。从某种程度上来说,这些人能染指权力,标志着世界正向机会均等、公平正义这一态势前进(举例来说,你见过议会中有哪个议员是正派的异装癖者吗?没有!很长时间里没有人代表这类人的利益。他们的困境让国家蒙羞,也是世界的耻辱)。

堕落,曾经标志着社会的衰败,如今却给这个困顿的世界带来和平的信号。我们必须用新的方式来解决新问题。

我将担任起这项运动的导师与向导。我的知识宝库里蕴藏着世界史、经济学、宗教学,以及政治谋略的丰富资源,它们可以为这些人提供行动准则、操作规范。在衰败的罗马帝国,波爱修斯就充当过类似的角色。正如切斯特顿① 对波爱修斯评价的那样:"波爱修斯是众多基督教信徒实实在在的向导、哲学家、挚友,其原因就在于尽管他所处的时代腐朽不堪,他却创造了属于自己的完整的文化体系。"

这一次,我真的要让那个小荡妇莫娜目瞪口呆了。这个计划,对于她那种深陷在陈词滥调的泥潭中,无知浅薄又无法无天的人来说,一定会吓得她说不出话来。上一次,

---

① 吉尔伯特·基思·切斯特顿(Gilbert Keith Chesterton,1874—1936),英国作家、文学评论家,被誉为"悖论王子"。

我发起的"为了摩尔族尊严的圣战"是对我们这个时代顽疾的第一次猛攻,要不是先锋队里那些头脑简单的队员骨子里带有中产阶级的世界观,它原本会成为一次伟大的、决定性的政变。然而,这一次,与我并肩战斗的是那些厌弃了乏味的中产阶级理念的家伙。他们乐于肩负起有争议的使命,勇于追求目标,且不管这个目标有多么不受欢迎,也不管它会对自命不凡的中产阶级产生多大的威胁。

莫娜·明可弗不是想把性爱加入政治中吗?我就把性和政治弄到一起——足足的!毋庸置疑,这一独具特色的计划保证让她佩服得五体投地,至少让她妒火中烧(那个女人就是欠管教,绝不能放任她厚颜无耻的行径)。

我的脑海中正在上演一场实用主义与道德观念的大辩论。为了达到和平这一光荣的目标,值得通过堕落的途径来实现吗?实用主义和道德观念就像中世纪道德剧中的两个角色,在我脑海中展开殊死搏斗。我已经迫不及待地想知道这场激烈较量的最终结果,令我魂牵梦绕的和平啊!(要是有独具慧眼的电影制片人想买下这本日记版权,将其改编成电影的话,我对表现这场思想辩论的拍摄有个小小的建议:用锯琴给影片做音乐伴奏,再以象征手法把主人公的眼珠叠加到辩论场上。当然,如果想找到合适的人选来扮演"打工男孩"这一角色,不妨去药店、汽车旅馆,或者某些隐秘的窝点转转,那里可能会有振奋人心的发现。如果主创人员愿意的话,电影可以选在西班牙、意大利或者其他有趣的地方拍摄，比如说北美。）

那些想知道法兰克福热狗最近经历了哪些惨淡事件的读者们，很抱歉，你们将一无所获。因为我的心思完全被这个宏伟的计划占据了。现在，我必须给莫娜·明可弗写一封回信，再为启动仪式的演讲写点东西。

社会摘记：我妈妈又出去浪了，这未尝不是一件好事。她来势汹汹的言语抨击和猛烈的身体攻击对我的幽门产生了严重的负面影响。她说她去参加某个教堂的五月皇后加冕①活动了，不过我怀疑她在撒谎，因为现在并不是五月里。

我最喜欢的女演员主演的影片马上就要在市内电影院上映了，这部电影号称"喜剧之王"。无论如何，首映那天我一定要去看。不难想象，这部电影会引发我最新的恐惧——在神学与几何学、品位与尊严面前炫耀庸俗（我对自己这种强烈的观影冲动也很费解，仿佛电影已经融入"我的血液"）。

健康摘记：肚子大到没边，热狗小贩工作服的针脚缝合处正发出不祥的吱吱声。

未完待续
你们热爱和平的打工男孩

---

① 英国五一节传统活动，节日那天某位美丽的姑娘会被选为五月皇后。

"焕然一新"的特里克希小姐由利维太太搀扶着走上楼梯，打开了办公室的门。

"这里是利维制裤厂！"特里克希小姐怒吼道。

"你又回到这个想念你、需要你的地方了，亲爱的。"利维太太哄小孩似的说道，"而且大家盼望你回来。冈萨雷斯先生每天打电话，恳求让你回去。你知道自己在公司这么重要，是不是很开心呀？"

"我以为我退休了呢！"特里克希小姐巨大的假牙一开一合，像捕兽夹一样，"你们骗我！"

"现在你高兴了？"利维先生嘲讽地对妻子问道。他跟在她们俩后面，拎着特里克希小姐装满破布的袋子。"要是她手里有把刀，我这会儿就得送你去医院了。"

"听听这激昂热情的声音，"利维太太自顾自地说，"多么有活力，多么不可思议！"

就在他们走进办公室的时候，特里克希小姐试图挣脱开利维太太，但脚上的软底舞鞋不如她以前的运动鞋那么抓地强劲，所以她只是晃了晃。

"她竟然回来了？"冈萨雷斯先生伤心地叫道。

"你能相信自己的眼睛吗？"利维太太问道。

冈萨雷斯先生勉为其难地看了一眼特里克希小姐，只见她一双黯淡的眼睛，眼皮上涂满了蓝色眼影，嘴唇边画着橙色的唇线，一直伸到鼻孔。她头上戴着假发，不过有点歪，几缕灰白的头发漏了出来，在耳环边晃荡。一条短裙下面露出一对干瘪弯曲的大腿，一双小脚衬得软底舞鞋像雪地靴一样。因为整天在太阳灯下打瞌睡，如今特里克希小姐的皮肤晒成了金黄色。

"她看起来真不赖，"冈萨雷斯先生假惺惺地说道，勉强挤出一点笑容，"您把她照顾得太好啦，利维太太。"

"我是个很有魅力的女人。"特里克希小姐喃喃自语。

冈萨雷斯先生紧张地笑出声来。

"听着，"利维太太对他命令道，"这个女人大部分的困扰是态度造成的。千万不可以嘲笑她！"

冈萨雷斯先生想亲一下利维太太的手，不过没成功。

"冈萨雷斯，你要让她感受到被需要，她的头脑还很灵敏。给她一些能发挥她天赋的工作，让她拥有更多的权力，她非常需要在公司里担任要职。"

"当然，"冈萨雷斯先生附和道，"我一直这样做的，对不对呀，特里克希小姐？"

"谁啊？"特里克希小姐吼道。

"我一直希望你承担更多的责任和权力，"办公室经理提高嗓门，"是不是这样啊？"

"哦，闭嘴，冈麦斯，"特里克希小姐响板似的牙齿发出咔咔声，"你有没有给我买复活节的火腿呀？快说啊！"

"好了，你玩够了吧，我们走吧，"利维先生对妻子说道，"快点，我觉得越来越压抑了。"

"等一下,"冈萨雷斯先生说,"这里有您的邮件。"

就在办公室经理去办公桌取信的时候,从办公室后身发出一声巨响。除了在桌子上打瞌睡的特里克希小姐,每个人都转身望向文档区——只见一位个子极高的男子留着黑色长发,正在收拾掉在地上的抽屉。他把文件粗鲁地塞回抽屉,然后砰地把抽屉塞进到文件柜的窄槽里。

"那是扎拉蒂莫先生,"冈萨雷斯先生小声地说,"他刚来公司没几天。我觉得他没什么前途,不用把他纳入利维制裤厂的人才计划。"

扎拉蒂莫先生一边困惑地看着文件柜,一边给自己抓痒。他又拉开另一只抽屉,一只手翻弄里面的文件,另一只手从破破烂烂的针织衫里伸出来挠胳肢窝。

"您想要认识他一下吗?"办公室经理询问道。

"不必了,谢谢,"利维先生飞快地说,"你是从哪里找到这些人来公司上班的,冈萨雷斯?我在别的地方怎么从没见过这样的家伙。"

"我看他简直像个强盗,"利维太太说,"你没有把现金放在这儿吧?"

"我觉得扎拉蒂莫先生是个老实人,"办公室经理低声地说,"他只是不太会用字母排序。"他把一捆邮件递给利维先生,说道:"这些信件大部分都是确认春季赛事的酒店预定,但是有一封信是阿贝尔曼公司寄过来的,因为收信人写的不是公司而是您的名字,而且还特别注明是私人信件。我觉得您最好还是看一眼。这封信已经寄到这儿好几天了。"

"那个瘾君子又想怎么样?"利维先生气愤地说道。

"也许他很好奇从前蒸蒸日上、前景光明的公司现在怎么样了,"利维太太接过话茬,"也许他想知道里昂·利维死后发生了什么事,也许这个阿贝尔曼有几句忠告想送给某个花花公子。看看吧,戈斯。整整一个星期,你就为利维制裤厂做点事吧。"

利维先生看了看信封,上面"私人信件"几个字用红色圆珠笔写了三遍。他打开信封,发现里面装着一封信,信的后面还钉了什么附件。

亲爱的戈斯·利维:

我们收到这封附件深感震惊,并受到了严重的伤害。三十年来,我们一直是贵公司产品忠实的经销商,也因此对贵公司怀有深厚的感情。或许您还记得令尊过世时,我们不惜重金寄去的花圈吧?

闲言少叙。经过数夜辗转难眠,我已经把信函的原件交由律师处理,律师说将发起索赔五十万美元的诽谤诉讼,以弥补我们精神上的损失。你找个律师吧,让我们像绅士一样在法庭上见。请不要再搞恐吓这一套了。

祝好!

阿贝尔曼纺织品公司经理艾·阿贝尔曼

利维先生把信翻过去。他读完寄给阿贝尔曼信件的影印件,整个人僵在原地。难以置信!谁会大费周章写这么个东西?"艾·阿贝尔曼先生,你这个大白痴""你们与现实情况严重脱节""你那苍白的世界观""你可怜的肩膀该受到鞭笞之苦"……最糟糕的是,签名处的"戈斯·利维"足能以假乱真。阿贝尔曼此刻一定捧着这封信的原件亲个不停,然后再咂咂嘴。对阿贝尔曼这样的人来说,这封信就像一张储蓄债券,一张等着填写数字的空白支票。

"谁写的信?"利维先生质问道,把信递给冈萨雷斯先生。

"怎么了,戈斯?出什么问题了吗?你是不是遇到什么麻烦了?这就是你的一个毛病,遇到事从不跟我说。"

"哦,天哪!"冈萨雷斯先生尖叫道,"太可怕了!"

"安静!"特里克希小姐吼道。

"出什么事了,戈斯?你有什么事情没处理好吗?还是你把权力委派给什么人了?"

"是的,出大事了。这个大麻烦可能会让我们倾家荡产。"

"什么?"利维太太一把夺过冈萨雷斯先生手中的信。她看完之后,立刻变身成女巫一般,一缕缕沾满定型液的卷发成了张牙舞爪的毒蛇。"现在你终于达到目的了。为了报复你的父亲,你竟然什么事都做得出来,你不惜毁了这份家业。我知道这是迟早的事。"

"哦,你闭嘴。这封信根本不是我写的。"

"苏珊和桑德拉被迫要从大学辍学了。她们要靠出卖色相为生了,招待那些水手、强盗,就像那边那个人。"

"啥?"扎拉蒂莫先生感觉到有人在谈论自己,便问了一嘴。

"你这个变态。"利维太太朝丈夫吼道。

"安静!"

"我又能好到哪儿去?"利维太太宝蓝色的眼皮颤抖着,"以后的日子我要怎么过呢?我的人生已经被毁了。我能干什么?排队捡垃圾罐头,从垃圾桶里找吃的?我妈妈说得太对了。"

"安静!"特里克希小姐命令道,这次的声音更凶了,"我就没见过比你们更吵的人了!"

利维太太瘫倒在椅子上,抽泣着说只能出去推销化妆品之类的话。

"你对这件事做何解释,冈萨雷斯?"利维先生质问办公室经理,后者的嘴唇都白了。

"我什么也不知道,"冈萨雷斯先生尖叫道,"我也是第一次看到这封信。"

"这里的信都是你写的吧。"

"那封信绝不是我写的,"他双唇颤抖着,"我不会对利维制裤厂做那样的事!"

"我知道不是你干的,"利维先生试着理清头绪,"肯定有人对我们怀恨在心,要陷害我们。"

利维先生走到文件柜前,推开正在抓痒痒的扎拉蒂莫先生,拉来 A 字母开头的抽屉,却没有找到阿贝尔曼的文件,抽屉里空无一物。他又拉开其他几个抽屉,一半都是空的。这种情况可怎么应对诽谤诉讼啊?

"你们这些人是怎么整理文件的?"

"我自己也正纳闷呢。"扎拉蒂莫先生含混地说道。

"冈萨雷斯,之前在这里工作的大个子怪胎叫什么来着,就是那个头戴绿色帽子的大胖子?"

"伊格内修斯·雷利。他负责收发信件。"到底是谁写了那封可怕的邮件?

这时电话铃响了。"嘿,"电话那头传来琼斯的声音,"你们利维制裤厂是不是有一个头戴绿帽子的大胖子员工呀?是一个大个子白人,还留着胡子?"

"不!没有这个人!"冈萨雷斯先生尖叫着,狠狠地摔下话筒。

"谁打的电话?"利维先生问道。

"哦,我不知道,那个人找雷利先生,"办公室经理用手帕擦了擦额头上的汗珠,"那个家伙竟然鼓动厂里的工人干掉我。"

"雷利?"特里克希小姐说,"那不是雷利,那是……"

"那个理想主义青年,"利维太太抽泣道,"谁要找他?"

"我也不知道,"办公室经理回答,"听声音像是一个黑人。"

"好吧,我猜对了,"利维太太说,"他准是到外面去帮助其他遭遇不幸的可怜人了。知道他还完好地怀有理想,真是鼓舞人心。"

利维先生却另有所思,问办公室经理道:"那个怪胎叫什么来着?"

"雷利——伊格内修斯·雷利。"

"是吗?"特里克希小姐关切地问,"那就怪了,我一直以为……"

"特里克希小姐,请你闭嘴!"利维先生烦躁地说,那封给阿贝尔曼的信是胖子雷利还在公司的时候发出去的,"你觉得那封信有没有可能是雷利写的?"

"有可能,"冈萨雷斯先生说,"我也不知道。我原本对他期望挺高的,直到他号令那些工人打我的头。"

"又来这一套,"利维太太抱怨道,"想把责任推到那个理想主义青年身上。你就放过他吧,反正他的理想主义已经不会打扰到你了。他那样的年轻人肯定不会干这么卑鄙的事。苏珊和桑德拉要是知道了,你就等着瞧吧!"利维太太比画了一个手势,表示女儿们震惊不已的样子,"黑人打电话来寻求他的指导,你们却要诬陷他。我真是受够了,戈斯,我受不了,受不了啦!"

"难道你非要我说那封信是我写的吗?"

"当然不是!"利维太太冲着丈夫尖叫道,"我都要在救济院里度过余生了!不过,如果那个理想主义青年写了那封信,那他就要因为伪造罪而锒铛入狱了。"

"我说，出什么事了吗？"扎拉蒂莫先生问道，"这个鬼地方要倒闭了，还是怎么的？我的意思是，不管怎么样，可得有人告诉我一声。"

"闭嘴，强盗，"利维太太发疯似的答道，"否则就说信是你写的。"

"啥？"

"你能不能安静一会儿？你只会让事情变得更糟糕，"利维先生训斥妻子道，然后转向办公室经理问道，"给我找找雷利的电话号码。"

冈萨雷斯先生弄醒特里克希小姐，问她要电话簿。

"电话簿归我管，"特里克希小姐厉声说道，"没人可以把它拿走。"

"那就请您找一下雷利的电话号码，他住在君士坦丁堡大街。"

"好吧，冈麦斯，"特里克希小姐凶巴巴地说，"等着。"她从办公桌抽屉最里面掏出三本办公室电话簿，拿起放大镜逐页查找，然后丢给他们一个号码。

利维先生拨通电话，电话那边给出的应答是："早上好，这里是君威清洁公司。"

"把电话簿拿给我。"利维先生吼道。

"休想！"特里克希小姐尖利地吼道，一掌拍下去按住电话簿，伸出刚刚涂过指甲油的手指护住它们，"你们找不到的，只有我能找到正确的号码。我不得不说你们这些人既没耐心，又爱发脾气。住在你们家那几天,我简直减寿十年。你们为什么就不能放过可怜的雷利呢?他已经被莫名其妙地开除了。"

利维先生拨通了第二个号码。一个微醺的女人接了电话,说雷利先生要傍晚才能回家。说完之后,女人大哭起来。利维先生郁闷至极,潦草地说了几句感谢的话,便挂断了电话。

"唉,他不在家。"利维先生对众人说道。

"雷利先生看起来对利维制裤厂挺上心的,"办公室经理悲伤地说,"他怎么会带头闹事呢?我真想不通。"

"别忘了他是有前科的。"

"他来应聘的时候,我真没想到他会是个通缉犯,"办公室经理直摇头,"他看起来挺有修养的。"

冈萨雷斯先生看着扎拉蒂莫先生正把长长的食指伸进鼻孔。这个恶心的家伙又会惹出什么事来呢?这么一想,他顿时感到脚底发麻。

这时,工厂大门砰地被推开,一个工人大叫道,"喂,冈萨雷斯先生,帕勒莫先生的手刚刚被火炉门烫伤了。"

工厂那边听起来乱成一锅粥,有人在骂骂咧咧的。

"哦,天哪,"冈萨雷斯先生叫道,"快去稳住工人,我马上就到。"

"快,"利维先生对妻子说,"赶紧离开这儿,我太闹心了。"

"等等,"利维太太对冈萨雷斯先生打了个手势,"关于特里克希小姐,我希望你能做到:每天早上热情地欢迎她,再派给她一些有意义的工作。过去因为缺乏安全感,她不敢承担重要的工作。我认为她现在已经克服这一点了。据我分析,她对利维制裤厂根深蒂固的仇恨来自恐惧,而恐惧与缺乏安全感是导致仇恨的根本原因。"

"当然。"办公室经理敷衍道,一只耳朵顾着外面。工厂那边听起来沸沸扬扬的。

"去看看工厂,冈萨雷斯,"利维先生说,"我会和雷利联系的。"

"是的,先生。"冈萨雷斯先生深深鞠了一躬,便冲出了办公室。

"好啦,"利维先生打开门,心想只要靠近利维制裤厂,各种各样的烦恼和郁闷就会找上门,这地方非要你寸步不离才行。任何人要想日子过得轻松、没有烦恼,最好关停这种公司。冈萨雷斯甚至不知道从办公室发出去过什么样的邮件。"快点,弗洛伊德博士,我们走吧。"

"瞧瞧你,多淡定啊。阿贝尔曼就要把我们告上法庭,毁掉我们的生活了,你却一点也不在乎。"她宝蓝色的眼皮不停地颤抖着,"你不去找那个理想主义青年吗?"

"改天再说,今天我已经够烦的了。"

"与此同时,阿贝尔曼已经在苏格兰场①调兵遣将了。"

"雷利根本不在家,"利维先生懒得跟这个哭哭啼啼的女人争辩,"我今晚回海边别墅给他打个电话,没什么好担心的。

---

① 苏格兰场(Scotland Yard):伦敦警察厅,尤指其刑侦处。

他们不能因为一封不是我写的信,就让我赔五十万。"

"哦,不能吗?我敢肯定像阿贝尔曼那样的人什么事都做得出来。我都能想象得出他雇了一个什么样的律师:瘸着腿也要追上救护车,为了骗取保险金不惜被烧成重伤。"

"好吧,如果你不着急的话,那你就去搭公交车回家吧。这个办公室让我倒胃口。"

"好吧,好吧。你就不能从你虚度的生命中挤出一分钟,关心一下这个女人吗?"利维夫人指了指在一旁鼾声大作的特里克希小姐。她摇了摇特里克希小姐的肩膀:"亲爱的,我要走了。一切都会好起来的。我已经和冈萨雷斯先生谈过了,他很高兴能再次见到你。"

"安静!"特里克希小姐咬牙切齿地命令道。

"快走,否则我得带你去打狂犬疫苗了。"利维先生愤愤地说,一把揪住他妻子的貂皮大衣。

"瞧瞧这地方,"一只戴着手套的玉手,指着办公室里脏兮兮的家具、变形扭曲的地板、棚顶挂着的皱纹纸彩带——那还是伊格内修斯·雷利当文件管理员时挂上去的,还有被字母排序折磨得拿垃圾桶出气的扎拉蒂莫先生,"可悲啊,可悲。好好的公司败落成这样。不幸的理想主义青年为了报复,不惜伪造文件。"

"滚出去,你们这些人。"特里克希小姐吼道,一掌拍在桌子上。

"听听她声音里流露出的自信,"利维太太骄傲地说,随即她圆滚滚、毛茸茸的身子被拽出门外,"我创造了一个奇迹。"

办公室门关上了。扎拉蒂莫先生茫然地挠着痒痒,走到特里克希小姐面前,拍拍对方的肩膀问道:"嗨,女士也许你能帮帮我。你说'威利斯'和'威廉姆斯'哪个词儿应该排在前面啊?"

特里克希小姐瞪了他一会儿,接着猛地一口咬住他的手。正在工厂里忙活的冈萨雷斯先生听到办公室扎拉蒂莫先生一声惨叫。他拿不定主意是应该扔下烧伤的帕勒莫先生赶回办公室,还是应该留在工厂里。工人们伴着喇叭里的音乐一对对地跳起舞来。利维制裤厂还真是磨炼人的地方。

这边,利维先生开着跑车正穿过盐碱地驶向海边。利维太太紧了紧皮大衣的衣领,说道:"我要成立一个基金会。"

"我明白,假设阿贝尔曼的律师从我们这里拿走钱的话……"

"他不会得逞的。那个理想主义青年脱不了干系,"她平静地说,"有前科、又煽动暴动,这种人肯定有问题。"

"哦,你突然认为那个年轻人是个罪犯了?"

"显然,他势单力薄。"

"但你还要插手特里克希小姐的事?"

"没错。"

"那基金会的事免谈。"

"要是苏珊和桑德拉知道你颓废的世界观差点毁了她们,她们准会恨你的。就是因为你不花时间管理公司,才让别人得逞，起诉我们赔偿五十万。女儿们知道了一定会气炸的。从前你至少还能给她们物质享受，她们俩一定不愿意知道自己有可能会沦为妓女，甚至更糟。"

"至少她们能以此赚钱，做妓女还不花本钱。"

"求你了，戈斯，别说了。即使我饱受摧残的灵魂也没有麻木到能忍受你这样诋毁女儿们，"利维夫人得意地感慨道，"这次阿贝尔曼事件是你多年来犯下的最严重的错误和疏忽。要是女儿们在信中读到此事，一定吓得头发都竖起来。当然，我不愿意吓到她们，如果你不想让我这么做的话。"

"你想要多少钱办基金会？"

"预算嘛，还有待商定。目前我在制定条例、规章什么的。"

"古根海姆女士，我能问问该怎么称呼这个基金会吗？苏珊与桑德拉贿赂基金会？"

"为了纪念你的父亲，我将把它命名为里昂·利维基金会。我一定要做些事情来纪念他老人家，以弥补你的过失。这些基金就是为了缅怀这个伟大的男人。"

"我看出来了。换句话说，你要把桂冠戴在一帮无比吝啬的老鬼的头上。"

"拜托，戈斯，"利维太太举起一只戴着手套的手，"仅仅特里克希小姐的项目就让女儿们兴奋不已，这个基金会将令她们为自己的姓氏而自豪。我必须竭尽所能来弥补你作为父亲的失败。"

"从里昂·利维基金会拿奖就是对公众的侮辱。到时候你手头会堆满诽谤诉状,而告你的人正是那些获奖者。别再提这件事了。你怎么不玩桥牌了?别人都玩得好好的。你为什么不去莱克伍德打高尔夫?或者上上舞蹈课,带上特里克希小姐也行啊。"

"实话跟你说,我最近开始讨厌特里克希小姐了。"

"这么说'重返青春'项目戛然而止了。"

"我对那个女人已经仁至义尽啦。苏珊和桑德拉对我能坚持这么久已经感到非常骄傲了。"

"好吧,不过,里昂·利维基金会的事还是免谈。"

"你生气了?你的声音里充满了怨恨。我能听出来那种敌对情绪。戈斯,为你自己着想,去医学艺术大厦,见见那个医生吧——莱尼的救星,趁一切还来得及。现在,我得盯着你尽快联络上那个理想主义罪犯。我太了解你了,你总把事情往后拖。别到时候,阿贝尔曼派来的货车停在咱们的公馆前,拉走家里所有的东西。"

"包括你的健身板。"

"我已经跟你说过了!"利维太太尖叫起来,"别把那块板子扯进来!"她正了正毛领子,"现在,趁阿贝尔曼还没有把你的跑车毂盖卸掉,赶紧找到那个疯子雷利。有他在,阿贝尔曼就不会得逞。让莱尼的医生给雷利做个精神鉴定,政府就会把他关起来,让他不能出来捣乱。谢天谢地,苏珊和桑德拉还不知道,她们差点要靠挨家挨户卖樟脑丸谋生了。要是她们知道自己的父亲一点都不在乎她们的利益,姑娘们的心一定会碎得稀里哗啦。"

乔治来到天堂小店修理厂对面的普瓦德拉街上蹲点，是热狗车上的公司名字让他顺藤摸瓜找到这里的。整个上午，他都没看到大个子小贩的人影，难道这家伙因为在海盗巷对那个娘娘腔行凶被炒鱿鱼了？中午时分，乔治离开岗哨，去了趟法国区，找"欢乐之夜"的李小姐拿包裹，然后又返回普瓦德拉街。乔治还在琢磨着那个小贩会不会现身，他决定要对他态度好一点，给他几个钱。热狗小贩不是都很穷嘛，看到钱他一定会感激涕零，然后顺理成章地当起掩护人。一切神不知鬼不觉，不过那人的学历好像还挺高的。

终于，一点多钟的时候，一团白鼓鼓的庞然大物从电车上挤下来，火急火燎地跑进修理厂。几分钟后，那个怪胎小贩推着车子来到了人行道上。乔治注意到他还是那身行头——耳环、头巾、佩刀，一样不落。既然他是在修理厂换上这身行头的，那它们肯定就是他的促销小道具啦。从他讲话的方式可以断定，这个人在学校里待了很长时间，这可能就是他出问题的原因。乔治是个聪明人，早早地离开了学校，他可不想变得像那个小贩一样。

乔治看着他推车沿街走了几步便停下来，在推车前方贴上一张便笺纸。乔治打算采用心理战术，他要配合对方的教育背景来讨好他，奉承加贿赂准能帮自己拿下热狗推车上的面包罐。

这时，一个老头从修理厂探出头，追上小贩，用一把长长的叉子击打他的后背。

"快点走，你这懒鬼，"老人家吼道，"你来得这么晚，都已经下午了。今天赚不到钱，你休想回来。"

小贩态度冷静，心平气和地说了些什么。乔治没听懂，但是对方说了很久。

"我不管你妈妈是不是嗑药了，"老头回应道，"我也不想听你胡扯什么车祸、噩梦，还有你那见鬼的女朋友。马上给我滚出去，你这死胖子。今天你最少要拿回来五美元。"

被老人家这么一推，小贩跟车子跟跟跄跄地转到拐角，消失在圣查尔斯街。乔治等老头返回修理厂后，吊儿郎当地跟在那辆小推车身后。

伊格内修斯并没有察觉到自己被跟踪了。他推着小车逆向而行，沿圣查尔斯街往法国居民区走。昨晚，为了写启动集会的演讲稿，他熬到很晚才睡，直到中午时分才勉强从泛黄的床单上爬起来。那是因为他妈妈砰砰地砸门，一通尖叫才把他弄醒的。此刻，走在大街上的他正被一个问题烦恼着：今天那部号称"喜剧之王"的电影会在雷电华奥芬电影院上映，他好不容易才以车费为名向妈妈要到十美分，可是就这么点小钱，她还不依不饶地吵了半天。无论如何，他必须尽快先卖掉五六个热狗，再把车停到某个地方，然后赶去电影院。这样他就可以大饱眼福，尽情地享受这部充满亵渎意味的彩色电影了。

伊格内修斯一心盘算着赚钱的事，没有注意到自己的热狗车已经在某条笔直的线路上走了很久了。当他想把车子靠近路边的时候，才发现车子根本没办法右转。于是他停下来，看到一只车轮卡在电车轨道的凹槽里了。他试着把车子从凹槽里颠出来，无奈车身太重，弹不起来；他又弯下腰，先抬起车子一侧。正当他把手伸向巨大的锡制热狗车下方时，薄雾中传来嘎吱嘎吱的摩擦声———一辆电车正在驶来。鸡皮疙瘩瞬间爬满他手臂，而他的幽门犹豫片刻，毅然决然地紧紧关上了。惊慌失措的伊格内修斯奋力地往上拖拽小车，只见一只轮胎飞出凹槽，高高跃起，在空中稍作停留，便横躺在地上。接着热狗车也轰的一声倒在地上。热狗车上一个小盖子被摔开，几个热气腾腾的热狗飞到了街上。

"哦，上帝啊！"伊格内修斯喃喃自语，看到电车的轮廓已然出现在半条街外，"命运女神在我身上开了一个多么恶毒的玩笑啊！"

伊格内修斯顾不上收拾烂摊子，他沿着轨道摇摇晃晃地朝电车冲过去，白色工作服裹着脚踝嗖嗖作响。这列黄绿相间的电车朝他缓缓驶来，悠闲地一颠三摇。驾驶员看到一个圆滚滚的白色大块头气喘吁吁地拦在路中央，赶忙拉下刹车，打开前面的车窗。

"不好意思，先生，"戴着耳环的大块头朝他喊道，"如果您能稍等片刻，我一定想办法把倒下的车子弄好。"

乔治一看机会来了。他跑到伊格内修斯面前，笑嘻嘻地说："来，教授，我们一起把这东西弄到路边。"

"哦,上帝啊!"伊格内修斯叫道,"复仇女神这个小娘们!这可真是充满希望的一天啊!我先是差点被电车碾过,现在又遇到劫匪,简直刷新了'天堂小店'家的倒霉纪录。赶紧滚开,你这个捣蛋鬼。"

"你抓那一头,我抓住这一头。"

电车叮叮当当地朝他们发出警示。

"好吧,好吧,"伊格内修斯最后妥协道,"事实上,我宁愿扔下这堆破烂玩意儿,让它们躺在这儿。"

乔治抬起面包车的一头,说道:"你最好关上这扇小门,不然会有更多热狗滚出来。"

伊格内修斯一脚把门踢关上,就像专业足球手一样,把一根探出头的热狗利落地铲成平均六英寸的两截。

"轻一点,教授,你会踢坏车子的。"

"闭嘴,你这个逃课大王,我可不想跟你说话。"

"好吧,"乔治耸耸肩,"我是说,我只想帮你而已。"

"你怎么帮我?"伊格内修斯吼道,露出两颗大黄牙,"你那令人窒息的发油味儿很可能引起某些部门的关注。你从哪里来的?为什么要跟踪我?"

"瞧,你到底想不想让我帮你把这堆垃圾弄起来?"

"一堆垃圾?你指的是'天堂小店'的专用车吗?"

电车又朝他们发出警示。

"来啊,"乔治说道,"先把它弄起来。"

"我希望你要知道,"伊格内修斯上气不接下气地抬起车子,不忘告诫,"我们的关系仅仅出于紧急情况的需要。"

推车终于恢复到两个轮子着地的状态,锡罐里的东西发出乒乒乓乓的碰撞声。

"行了,教授,弄好啦,很高兴为你服务。"

"流浪儿,恐怕你还没注意到,自己要被电车的排障器勾住了。"

电车晃晃荡荡、慢慢悠悠地从这两个人身旁驶过,这样售票员和司机就能凑近一点好好看看伊格内修斯的道具服了。

乔治一把抓起伊格内修斯的双手,往手里塞了两美元。

"钱?"伊格内修斯喜出望外,赶紧揣好这两张钞票,"谢天谢地。至于你这么做有何龌龊的居心,我还是不问为妙。我权当你在用这种粗浅的方式弥补对我的中伤。因为我第一天推着这辆可笑的车子出来工作时,你无情地伤害了我。"

"就是,就是,教授,你说得对,我就说不出这番话来。你真不愧是一个读书人。"

"哦?"伊格内修斯甚是得意,"孺子可教嘛。来根热狗?"

"不用了,谢啦。"

"那你不介意我吃一根吧,我的身体急需抚慰,"伊格内修斯低头看了一眼车上的罐子,"我的上帝,里面的热狗乱七八糟的。"

伊格内修斯砰的一声打开盖子,把一只大手伸了进去。这时,乔治借机说:"教授,既然我帮了你一次,你能不能也帮我一次呢?"

"也许吧。"伊格内修斯敷衍道,专心地啃他的热狗。

"你看到这些东西了吗?"乔治指了指他胳膊底下夹着的牛皮纸包,"这些是学校用的文具,正是我要解决的问题。每天午饭的时候,我从供应商那里把它们取出来,不过要等到放学的时候我才能给学校送过去。这样的话,我必须把它们带在身边两个多小时。你明白了吗?我正在找一个能在下午存放这些东西的地方。我们可以约个地点,一点左右碰面。我把包裹放在你的面包罐里,三点之前我再过来取走。"

"胡说八道,"伊格内修斯打了一个嗝,"你真以为我会相信你说的话?给学校送文具,要等到放学以后?"

"我每天都会付你几块钱的佣金。"

"当真?"伊格内修斯顿时来了兴致,"那好,你先付我一个星期的租金,我可不做小生意。"

乔治打开钱包,取出八美元递给伊格内修斯。

"给你。加上刚才的两美元,这个星期你就赚了十美元。"

伊格内修斯高高兴兴地把钱塞进口袋,然后从乔治胳膊底下夺过一个包裹,说道:"我得先看看你存的是什么东西,说不定你把违禁品卖给小孩子呢。"

"嘿!"乔治喊道,"要是这东西扯破了我就没法送出去了。"

"那可太不幸了,"伊格内修斯避开男孩,一把撕开牛皮纸袋,接着看到一沓沓像明信片一样的东西。"这是什么?用在公民学课堂上或者其他什么无聊的高中课上的图辅教具?"

"还给我,你个白痴。"

"哦，上帝啊！"伊格内修斯双眼发直。上高中的时候，曾经有人拿色情图片给他看，结果他一屁股坐到饮水机上，把耳朵弄伤了。而眼前这张照片要高级多了：一个裸体女人坐在书桌边，身旁放着一个地球仪，手里的那根粉笔，仿佛带着某种性暗示。这大大地激起了伊格内修斯的兴趣。女人的脸半遮半掩在一本大书的后面。伊格内修斯把空闲的大掌一挥，吓得乔治连连躲避，而手的主人正在仔细研究那本大书的封面：安尼修斯·曼留斯·希弗利纳斯·波爱修斯，《哲学的慰藉》。"我能相信眼前的一切吗？多么有才华，多么有品位，天哪！"

"还给我吧。"乔治央求道。

"这张归我了。"伊格内修斯得意地说，将最上面那张卡片装进口袋里，然后把破了皮的包裹还给乔治。他注意到夹在两根手指间的纸片上写着一个地址，便将纸片也揣进口袋。"你到底是从哪儿弄来这些东西的？那个曼妙的女人是谁？"

"不关你的事。"

"我看出来了。这是一桩不可告人的买卖。"伊格内修斯想到碎纸片上的地址，决定一探究竟。有些穷困潦倒的女学者为了区区一美元什么事都做得出来。不过，既然手里拿着这么一本具有指导意义的书籍，她一定拥有敏锐而深刻的世界观，可能跟"打工男孩"同病相怜。一位预言家、哲学家被她无法控制的力量无情地卷入这个充满敌意的时代。伊格内修斯打定主意，一定要见见这位女学者。她也许还能给自己提供不少新颖的、有价值的见解呢。"好吧。尽管我很不放心，还是决定把车子借你一用。不过，今天下午你得帮我看好它。我有一个约会，十万火急。"

"嘿，这算什么？你要去多久？"

"大约两个小时。"

"我三点前要赶回城里。"

"好吧，今天下午你就迟到一会儿吧，"伊格内修斯不耐烦地说，"我已经降低身份，跟你这样的人扯上关系，还把推车的面包罐借给你乱搞。你应该庆幸我没去告发你。我在警队里有朋友，他是一位很了不起的便衣警察，人称巡警曼库索。他正在搜捕可疑分子，你这样的案子正好是个突破口。你应该跪下来感激我的仁慈。"

曼库索？不正是那个在厕所里想抓自己的便衣警察吗？乔治立马不安起来。

"你那位警察朋友长什么样？"乔治故作镇定地冷笑道。

"他是一个令人难以捉摸的小个子。"伊格内修斯狡黠地说，"他会乔装打扮成很多样子，神出鬼没，一会在这儿，一会儿又跑到那儿，一刻不停地追捕不法分子。有一阵子他潜伏在厕所里，不过现在他在街上巡逻。只要我招招手，他随叫随到。"

乔治的喉咙里顿时被什么东西呛得说不出话来。

"这是诬陷。"他咽了咽口水。

"对付你足够了，你这个流浪儿。你竟然怂恿高贵的女学者干这么下流的勾当，"伊格内修斯吼道，"你应该亲吻我的衣角，感激我没有向夏洛克·曼库索告发你的恶行。两个小时后，你到雷电华奥芬电影院门前等我！"

伊格内修斯大步流星地朝康门街走去。乔治把两个包裹放进面包罐里，在马路边坐下来。这是什么狗屎运，竟然碰上曼库索的朋友。这个大块头小贩当真切中自己的要害了。他愤愤地瞪着推车。现在不但包裹没脱手，他还被这辆大热狗车困住了。

伊格内修斯把钱扔给收银员，径直冲进剧院，摇摇晃晃地沿着过道脚灯摸索着前行。他的时间刚刚好，第二场电影正要上演。碰到这么个窝藏艳照的小子算是捡到宝了，伊格内修斯在想能不能威胁他每天下午替自己看车。那小鬼听到他在警队里有朋友一定吓蒙了。

伊格内修斯对影片的演职员表嗤之以鼻。电影里出现的每一个人物都糟糕透顶，尤其是场景设计师，伊格内修斯曾多次对这家伙的审美之差感到震惊。而女主角的表演比她出演过的任何一部马戏团音乐剧都更加令人生厌。在这部影片里，她扮演一个年轻聪明的女秘书，一个上流社会的老男人试图勾引她。他用私人飞机把她带到百慕大，并给她订了一间套房。就在他们共处的第一晚，当那个好色之徒打开她的房门时——这个女人身上起了一片皮疹。

"垃圾！"伊格内修斯叫嚷道，沾着口水的爆米花喷到几排开外，"她怎么能装出一副纯情少女的模样。瞧瞧她那张淫荡的脸，强暴她吧！"

"日场放映厅总会混进一些怪人，"一位拿着购物袋的女士对同伴说道，"看看那家伙，还戴着耳环呢。"

接着，银幕上出现柔光处理过的亲热镜头。伊格内修斯开始失控了，他觉得自己就要歇斯底里了，他不想出声，但做不到。

"他们这是隔了多少层厚纱布拍这两个人啊，"他气急败坏地说，"哦，上帝！谁能想象这两个家伙实际上已经满面皱纹，又老又丑！我觉得自己快要吐了。拜托，放映间里的人能不能拉掉电闸啊！"

他把弯刀拍在椅子一侧，啪啪地响。一个年迈的女引座员走了过来想拿走他的弯刀，但是伊格内修斯不放手，两人相持不下，争抢中她滑倒在地毯上。后来老女人站起来，一瘸一拐地走开了。

影片中的女主角认为自己清誉受损，生出一连串的幻想：她想象自己同那个登徒子躺在床上，被拖着穿过一条条大街，漂过度假酒店的泳池。

"天哪！这种下流玩意儿就是所谓的喜剧吗？"伊格内修斯在黑漆漆的影院里大声质问道，"我连一次都没有笑过，我简直无法正视这些高度失真的视觉垃圾。那个女人应该受到鞭挞，抽到她下跪求饶。她正在摧毁我们的文明。她肯定是外国派来的女特务，是来搞垮我们的。拜托！哪位正人君子去拉断电闸吧！在这个剧院里有成百上千人感觉受到羞辱。如果我们运气够好，赶上奥芬影院忘记付电费，自动断电就好啦！"

影片结束后,伊格内修斯大叫道:"这女人简直就是生着美国面孔的东京玫瑰①!"

伊格内修斯还想再看一场电影,不过他想起了那个流浪儿。他可不想把一桩好事搞砸,那小子大有用处。他吃力地跨过四个空爆米花桶,那是他在影片放映期间的战果。他感觉自己彻底被掏空了,所有的情绪都释放完了。他喘着粗气,踉踉跄跄地沿过道走出去,外面依旧阳光普照。罗斯福酒店出租车的车位上,乔治正一脸阴沉地看着热狗车。

"天哪,"他讥讽道,"我还以为你不出来了呢。这算哪门子约会?不就是去看场电影吗!"

"拜托,"伊格内修斯叹了口气,"我刚刚经历了一场精神创伤。你走吧。明天一点整,我在运河街与皇家大街交叉的路口等你。"

"没问题,教授,"乔治拿出包裹,慢吞吞地离开了,"管好你的嘴巴,嗯?"

"我们走着瞧吧。"伊格内修斯严厉地说道。

他双手颤抖着拿出一根热狗塞进嘴巴里,又偷偷地瞄一眼口袋里的照片。从俯视的角度看,照片上的女人更加端庄可人。她是一个心灰意冷的罗马史教授?还是一位饱受摧残的中古史专家?要是能看到她的脸就好了。这种孤独中带着超

---

① 东京玫瑰(Tokyo Rose)是第二次世界大战时美军对东京广播电台的女播音员的昵称。这些女播音员声音甜美,受日本政府指使,对太平洋上的美军发送广播,企图勾起美军的乡愁,引起他们对上司的怨恨。

然，超然里透着性感，性感中又不失知性的气质让伊格内修斯深深着迷。他看着那张破纸片，上面用极小的字潦草地写了一个地址：波旁街。难道说，这个不幸的女子已落入奸商之手。在"打工男孩"的日记中，这将是一个多么富有挑战性的角色啊！伊格内修斯觉得自己的作品缺少的正是这类感性元素。那种令人咋舌的暗讽如同给作品注射一剂强心针，或许这个女人的自白会有此功效。

伊格内修斯推着车子走进法国居民区，瞬间思绪翻涌。他想到要是向莫娜描述起自己同这位女学者在一起的美妙时光，她会何等嫉妒地啃咬浓缩咖啡杯的杯沿啊！从她的背景以及阅读波爱修斯的世界观可以推测，这位女学者会以一种克制的、宿命的眼光看待他在性爱方面犯下的所有愚笨与失误。她一定善解人意。"发发慈悲吧。"伊格内修斯会叹息着对她说。莫娜很可能拿出游行示威时的招数对这种性爱大放厥词、大肆攻击。当伊格内修斯把温柔乡里的愉悦感描述给莫娜时，她会多么痛苦啊！

"我敢吗？"伊格内修斯自言自语道。一不留神，他的推车撞到了停在路边的一辆小汽车。车把手撞到他肚皮上，顶出一个嗝来。他不会告诉那个女人自己是怎么知道她的。他先要跟她讨论波爱修斯，让她佩服得五体投地。

伊格内修斯按地址找到了地方，惊讶道："哦，上帝啊！这个可怜的女人落入了魔掌。"他仔细看了看"欢乐之夜"的正门，缓步走向贴在玻璃窗上的海报。他念道：

罗伯塔·李

为您献上

哈莱特·奥哈拉

纯情玉女

（还有宠物哦！）

谁是哈莱特·奥哈拉？更重要的是，什么宠物？伊格内修斯对此非常好奇。不过，为了避免与那个纳粹老板娘正面交锋，他勉勉强强地俯下身子坐在路边，决定先等一等。

拉娜·李正盯着达琳和那只鸟。这出戏马上就要上演了，要是达琳能把台词背熟就好了。她离开舞台去找琼斯，再三吩咐他把高脚凳底下擦干净。她透过软垫门玻璃窗朝外望了望。看了一下午的彩排，她早就看腻了。这个节目本身相当有看头，乔治拓展的新生意也当真赚了不少钱。前景一片大好。另外，琼斯似乎也变得听话了。

突然，拉娜推开门，朝街上大吼："嘿！就是你，从我的门口滚开，贼头贼脑的混蛋。"

"拜托，"路边传来一个浑厚的声音，那声音顿了顿，像是在寻找什么借口，"我只是在这儿歇歇一双受伤的双脚。"

"到别的地方歇去，把那辆破车从我的店门口推走。"

"我向你保证，瘫倒在你这毒气四溢的贼窝前绝非是我的选择，来到这里更不是出于我的本意。只是，我的脚不听使唤了,现在动弹不得。"

"去别的地方瘫去。你别在这儿瞎转悠,破坏我的生意。你戴着那种耳环,一看就是个变态。客人们还以为这是一家同性恋酒吧呢。快走开!"

"客人绝不会犯那样的错误。毫无疑问,你开的这家酒吧是全市最惨淡的,门可罗雀。我能问问你想买根热狗吗?"

这时,达琳走到门口,大叫道:"啊,看看谁来了。你可怜的妈妈怎么样啦?"

"哦,上帝啊,"伊格内修斯吼道,"命运女神为什么指引我来到这个地方啊?"

"嘿,琼斯,"拉娜·李叫道,"别摆弄扫把了,过来把这家伙轰走。"

"抱歉了,保安起薪五十美元一周。"

"你对你那可怜的妈妈简直太残忍了。"达琳站在门外指责道。

"我可不奢望你们二位女士读过波爱修斯的书。"伊格内修斯叹息道。

"别跟他废话,"拉娜对达琳说,"妈的,他就是个自作聪明的家伙。琼斯,限你两秒钟过来,否则我把你和这家伙一起当流浪汉送进警局。我真是受够了你们这群自以为是的家伙。"

"天知道,什么样的纳粹党会找到我头上,把我打得不省人事,"伊格内修斯冷冷地说,"你休想吓唬我!我今天已经受够折磨了。"

"哎呀!"琼斯朝门外一看,大叫起来,"绿帽子怪胎本尊来啦,活生生的。"

"我看出来了。你特意雇来一个穷凶极恶的黑人打手,专门对付那些上当受骗后心怀不满的客人。"绿帽子怪胎对拉娜·李不依不饶地说道。

"把他赶走。"拉娜命令琼斯。

"哇哦!你叫我怎么赶走一头大象啊?"

"看看这副墨镜,我敢说他的五脏六腑都泡在兴奋剂里了。"

"见鬼,你给我滚回去。"拉娜朝达琳喝道,后者正对伊格内修斯怒目而视。她把达琳推进酒吧,同时对琼斯说道:"好了,把他解决掉!"

"拿出你的剃须刀砍我呀!"伊格内修斯见拉娜与达琳转身回酒吧,便大声说,"朝我脸上泼硫酸呀!来刺我呀!你们当然意识不到,我之所以变成一个瘸腿的热狗小贩,是出于对人权的热爱;而我在种族问题上的立场让我丧失了一份很有前景的工作;我受伤的双脚就是我尚未泯灭的社会良知的间接证据。"

"哇哦!利维制裤厂因为你煽动黑人员工闹事才把你踢出公司的,对不对?"

"你怎么知道的?"伊格内修斯警惕地问道,"难道你参与了那次夭折的政变?"

"没有,我听说的。"

"当真?"伊格内修斯关切地问,"毋庸置疑,我的举止和风度会成为一段佳话。看来，我还是有点名气的，我从不怀疑自己会成为一个传奇人物。对于那次运动，我可能放弃得有点草率了。"伊格内修斯飘飘然起来。在经历了一连串阴郁的日子之后，自己终于迎来了晴天。"在某种意义上，我很有可能会成为烈士，"他打了个嗝，"你想来个热狗吗？无论肤色与信仰，我都会一视同仁地奉上周到的服务。'天堂小店'向来是公共餐饮业的典范。"

"像你这样能说会道的白人，怎么落到卖热狗的地步？"

"拜托，你别在我周围吞云吐雾。我的呼吸系统很不幸地比一般人要弱。我怀疑，那是因为我的父亲在生我之前缺乏备孕常识，他很有可能随随便便地就把精子释放出来了。"

琼斯暗自窃喜。这个从天而降的肥佬来得正是时候。

"你准是疯了，兄弟，你应该有一份像样的工作，开着大别克什么的。哇哦！还有空调啦，彩电啦……"

"我很满意目前这份工作，"伊格内修斯冷冷地说，"在户外干活，无拘无束，只是苦了我的双脚。"

"如果我念过大学，我才不会拖着热狗车到处走，卖这些垃圾食品。"

"拜托！'天堂小店'出售的食物质量顶呱呱，"伊格内修斯气得拿他的弯刀直敲马路牙子，"任何在这种可疑的酒吧里工作的人都无权质疑别人的工作。"

"狗屁，你以为我喜欢在'欢乐之夜'干啊？哎呀呀，我早就想换个地方，找份好工作，多赚点钱，不愁吃喝。"

"不出我所料,"伊格内修斯愤慨地说,"换句话说,你就是想成为彻头彻尾的资产阶级,你们这些人都被洗脑了。我猜你是不是还想获得成功,或者其他诸如此类的恶念?"

"嘿,这下你可难倒我了,啊哈!"

"我真没有闲工夫探讨你那些误入歧途的价值观。不过,我想跟你打听一些事情,你们这里有没有一个很爱读书的女人?"

"有啊,她总是塞东西给我看,告诉我要不断提升自己。她很有教养的。"

"哦,上帝啊!"那对蓝黄色的眼睛闪闪发光,"有什么办法能让我跟这位完美的女士见个面?"

琼斯此刻一头雾水,于是说道:"你想跟她见面,就哪天晚上过来呗,看她跟宠物一起合作的舞蹈表演。"

"啊!别告诉我她就是那个哈莱特·奥哈拉。"

"是啊,就是那个哈莱特·奥哈拉。"

"波爱修斯加上宠物,"伊格内修斯喃喃自语,"多么惊人的发现啊!"

"三天以后是她的舞台首秀日,伙计,到时候你来捧场啊。这是我见过的最精彩的表演啦。哇哦!"

"我能想象得出。"伊格内修斯充满敬意地说道。要在"欢乐之夜"酒吧给一群麻木不仁的蠢猪表演一出讽刺腐朽南方的绝妙舞台剧,可怜的哈莱特。"告诉我,跟她搭档的是什么宠物啊?"

"嘿！这个我无可奉告，伙计，你得亲自来看才行。这场演出大有惊喜，哈莱特还有台词要说呢。这可不是普通的脱衣舞表演，是带台词的。"

天哪！这些犀利的言辞只怕观众席里无人能懂啊。他必须要见见这个哈莱特，务必要和她好好交流一番才行。

"先生，我还有一件事想问，"伊格内修斯说道，"这个污秽之所的纳粹女老板每天晚上都来吗？"

"谁？李小姐吗？不会。"琼斯暗自欢喜，破坏计划进展得太顺利啦。看来，这个死胖子当真想来"欢乐之夜"酒吧看演出呢。"她说哈莱特这么完美，这么出色。晚上她就不过来亲自监督了。她还说等到哈莱特演出正式开始，她就去加利福尼亚度假。哇哦！"

"真走运，"伊格内修斯满嘴口水含混地说道，"那好，到时候我会来看奥哈拉小姐演出的，你悄悄给我留一个靠近舞台的座位，好让我能看清她的一举一动，听清她的每一句台词。"

"好呀！热烈欢迎啊，伙计，过几天你一定要来啊。我们会为您奉上优质服务。"

"琼斯，你是不是在跟那个怪胎说话？"拉娜从门口探出头来问道。

"别担心，"伊格内修斯告诉她，"我马上离开。你的亲信把我彻底吓坏了，我再也不会犯同样的错误，甚至不会再从这个肮脏的猪圈门口路过。"

"很好。"拉娜说完，砰地关上了门。

伊格内修斯得意地看了看琼斯，一副心照不宣的模样。

"嘿，听我说，"琼斯连忙说道，"走之前你能不能跟我说说，你觉得一个黑人怎样才能不变成流浪汉，或者摆脱连最低工资都拿不到的工作呢？"

"拜托，"伊格内修斯把手伸出工作服摸索到马路牙子，撑着站起身来，"你可能还没意识到自己有多么糊涂，错就错在你的价值观。如果你走到巅峰，或者达成所愿，等待你的只有精神崩溃甚至更糟。你什么时候听过生溃疡的黑人？当然没有。所以，就安心住在茅草屋里，感谢命运女神没让你有一个整天纠缠你的白人老妈。读读波爱修斯的书。"

"谁？读啥？"

"波爱修斯会让你知道一切努力最终都是无意义的，我们唯有学会接受。关于此人，你可以请教一下奥哈拉小姐。"

"听着，要是你大半辈子都过得像个流浪汉，你感觉如何？"

"好极了。我当流浪汉的时候可比现在快活多了。换作我是你，我一个月只从房间里出来一次，到邮筒里领一下救济金。人要知足才能常乐。"

这个肥佬真是个怪胎。利维制裤厂那些可怜的家伙幸好没听他的，否则都被遣送回非洲的安哥拉了。

"好吧，过几天一定要来玩啊，"琼斯朝对方的耳环吐了口烟，"哈莱特会有精彩表演。"

"届时我一定来捧场。"伊格内修斯愉快地应道。到时候莫娜一定气得咬牙切齿！

"哇哦！"琼斯绕到推车跟前，研究起贴在车前面的便笺纸，"看起来有人在捉弄你嘛。"

"这只是推销噱头而已。"

"哎呀呀，你最好再检查一下。"

伊格内修斯慢吞吞地走到车头，才发现那个流浪儿竟然在"十二英寸的天堂"周围画满了形状各异的生殖器。

"啊，天哪！"伊格内修斯一把扯掉布满圆珠笔涂鸦的广告纸，"我一直推着这玩意儿到处走？"

"到时候我在门口等你，"琼斯说道，"嘿！"

伊格内修斯欢快地挥舞着一只大手，一摇一晃地走开了。他终于有了一个赚钱的动力——哈莱特·奥哈拉！他把撕去广告纸的车头对准阿尔及尔码头，那里通常是码头工午后的聚集地。他推着车子游走在人群中，大声地吆喝，殷勤地叫卖，竟然成功地卖掉了所有的热狗，彬彬有礼且不乏热情地往卖出去的热狗上洒番茄酱和芥末酱，像个活力十足的消防员。

多么美好的一天啊！命运女神给的预兆真是充满了希望啊。克莱德先生惊喜地收到了小贩雷利愉快的问候与十美元的营业额，而伊格内修斯，他的工作服口袋里塞满了流浪儿和这位热狗大亨给自己的钞票，乐呵呵地冲进了电车。

他回到家里，发现母亲正在悄悄地跟谁打电话。

"我一直考虑你说的那些话，"雷利太太对着话筒小声地说，"也许这是一个不错的主意，亲爱的。你明白我的意思吧？"

"当然错不了，"桑塔答道，"慈善医院里的医护人员会照顾好伊格内修斯的。克劳德不会希望伊格内修斯待在身边的，甜心。"

"他喜欢我吗？"

"喜欢？他今天早上给我打电话，问你有没有再婚的念头。天哪！我说：'克劳德，这个问题你得自己问她。'哎哟，你们俩是我见过的最般配的一对。那个可怜的男人迫不及待地想要脱单呢。"

"他确实体贴入微，"雷利太太对着话筒叹了一口气，说道，"不过，有时候，他说的那些政治话题让我很紧张。"

"你到底在嘀咕什么呢？"伊格内修斯在客厅里大吼道。

"啊！"桑塔说道，"听起来像伊格内修斯回来了。"

"嘘——"雷利太太对着话筒说道。

"好吧，听着，亲爱的。只要克劳德结了婚，他就不会关心那些事啦。他的毛病在于他太空虚啦，你多给他一些爱就好了。"

"桑塔！"

"好啊！"伊格内修斯气急败坏地说，"你又在跟那个叫巴塔利亚的荡妇聊天？"

"闭嘴，混球。"

"你最好狠狠地敲敲伊格内修斯的脑袋。"桑塔说道。

"我倒希望自己能有那个力气，亲爱的。"雷利太太答道。

"哦，艾琳，我差点忘记告诉你。今天早上安吉洛来我家了,喝了杯咖啡。我差点没认出他。你真应该看看他穿着羊毛西装的样子,看起来就像阿斯特夫人①骑的那匹马。可怜的安吉洛,他真是太拼了。他说自己现在每天都出入高级酒吧。他最好能抓到什么可疑分子。"

"那可真是太糟糕了,"雷利太太悲伤地说,"如果安吉洛被踢出了警队,他可怎么办啊?家里还有三个孩子要养活呢。"

"天堂小店倒是有些富有挑战性的职位还空着,留给那些既上进又有品位的应聘者。"伊格内修斯在一旁说起风凉话。

"听听他在胡说八道些什么,"桑塔说道,"唉,艾琳呀,你最好尽快给慈善医院打电话,亲爱的。"

"我们再给他一次机会吧,说不定他这次能成功呢。"

"真不知道我为什么要跟你浪费口舌,"桑塔粗声粗气地叹息道,"我们今晚七点左右见面,克劳德说他也过来。你开车带我们去湖边兜兜风,听说那边的螃蟹很好吃。哦!你们两个小鬼幸亏有我这个女伴,尤其是克劳德在的时候。"

桑塔大笑起来,声音比平时更加粗犷,然后挂断了电话。

"你到底在跟那个老荡妇嘀咕些什么?"伊格内修斯问道。

"闭嘴!"

"谢谢。看到这里一切如故,我真是高兴啊。"

"今天你赚了多少钱啊?两毛五?"雷利太太叫道。她往上一跳,将手伸进伊格内修斯工作服的一个口袋。一张艳照被顺

---

① 阿斯特夫人(Mrs. Astor, 1879—1964),英国首位国会女议员。

手带了出来。"伊格内修斯!"

"还给我,"伊格内修斯吼道,"你怎么敢用你那沾满葡萄酒的双手玷污这么美好的形象。"

雷利太太又瞥了一眼照片,闭上双眼。一滴眼泪从紧闭的眼皮下滚了出来。"从你开始卖热狗的那天起我就猜到了,你早晚要跟这种人混在一起。"

"什么叫'这种人'?"伊格内修斯生气地质问,把照片放回口袋里,"这是一位才华横溢、遭遇不幸的女士,说到她的时候请用敬语。"

"我什么也不想说,"雷利太太抽抽搭搭,仍然紧闭着双眼,"回你的房间去吧,继续写你那些疯言疯语。"这时电话铃响了,"准是那位利维先生。今天他已经打过来两通电话了。"

"利维先生?那个恶魔还想怎么样?"

"他没跟我说什么。快去接电话呀,拿起听筒!"

"好吧,不过我不想跟他说话。"伊格内修斯气呼呼地叫道。他拿起电话听筒,装模作样地模仿伦敦上流社会的口音说道:"哪位?"

"雷利先生吗?"一个男人问道。

"雷利先生不在。"

"我是戈斯·利维。"话筒远处传来一个女人的声音,她正在说:"看看你接下来说些什么,又浪费了一次机会,让那个精神病跑了。"

"我深感抱歉,"伊格内修斯一字一顿地说道,"雷利先生因为有要事在身,今天下午出城了。其实,他正在曼德维尔州立精神病院接受治疗。自从被贵公司恶意解雇之后,他的自尊严重受创,所以不得不定期往返于曼德维尔。不久,你就会收到他的心理医生开具的医疗费账单,费用相当惊人啊。"

"他的精神出问题了?"

"相当严重,无药可救。他跟我们在这里住过一段时间。第一次去曼德维尔医院的时候,他是被绑在装甲车上送过去的。你也知道,他身形魁梧。不过今天下午,他是坐着巡逻救护车离开的。"

"那我们能去曼德维尔医院探望他吗?"

"当然,你们开车过去看他吧,给他带些饼干。"

说完,伊格内修斯砰的一声放下话筒,把一枚二十五美分的硬币塞在他哭哭啼啼、双目紧闭的母亲手里,然后摇摇摆摆地朝自己房间走去。开门之前,他在斑驳的木门前停下脚步,正了正门上的牌子——"还善良者和平"。

所有迹象都是祥兆,他的命运之轮蓄势待发,只待直冲云霄。

第十二章

　　一阵喧嚣嘈杂——远处,邮递员打着尖利的口哨,驾驶着邮递卡车嘎吱嘎吱地驶入君士坦丁堡大街;家里的母亲激动地尖叫,隔壁安妮小姐嚷嚷着控诉被邮递员的口哨声吓到了——这一切都打断了伊格内修斯构思开场演讲稿。他签了收信字据,急匆匆赶回房间,锁上门。

　　"那是什么,孩子?"雷利太太在客厅问道。

　　伊格内修斯看了看牛皮纸信封上"航空特快专递"的邮戳,上面还有几个手写小字"紧急""加急"。

　　"哦,天哪,"他高兴地说道,"明可弗这个小妖精一定是急疯了。"

　　他撕开信封,抽出信纸。

先生:

　　这封电报真的是你发给我的吗?伊格内修斯?

　　　莫娜即刻组建东北区和平党中央委员会。发动各个层面。只招募性变态者。把性议题加入政治。细节随后详谈。国家主席伊格内修斯。

你这是什么意思啊，伊格内修斯？你真的想让我招募同性恋入会吗？谁会愿意以同性恋的身份登记在册呢？伊格内修斯，我非常担心你。你最近跟人鬼混了吗？这种事情迟早会发生，我早就料到了。之前，你提到警察抓捕和撞车事故都是你的妄想，它们就是一个征兆。现在整个情况都越发明朗。你宣泄性欲的渠道被堵塞得太久了，以至于这些欲望正从错误地方渗透出来。自从你患有妄想症之后，你便陷入一系列的精神危机，这次公然标榜自己是同性恋算是登峰造极了。我说过你迟早会发疯的，现在应验了吧？我团队的治疗小组要是听说你的病情恶化了，大家一定会很伤心的。请你离开那座腐朽的城市，到北方来吧。如果你有这种打算，给我打电话，我来付费。我们可以好好聊聊你的性取向问题。你必须要尽早接受治疗，千万别等到变成"尖叫女王"①。

"她竟敢如此无礼！"伊格内修斯吼道。

你的"天授神权党"发展得怎么样？我这边有几个人很想加入。但是现在我不知道他们是否拥护这个"变态狂事业"。依我看，我们可以利用这个"同性恋党"彻底清除掉党内法西斯边缘分子。或许我们可以把这个右翼党派

---

① 指行为极端的男同性恋者。

一分为二。但我不认为这是一个好主意。假设我们拒绝了非同性恋者的入会请求,我们会被指控有偏见,整个事情就不好办了。至于我的演讲,算不上有多成功,还算顺利吧,只是超乎常人的理解了。观众席里有几个中年人对我恶语相向,我团队里治疗小组中的几个朋友则反唇相讥,最后把这些保守分子轰出了礼堂。不出我所料,对于这个小区的听众来说,我的观点太超前了。欧甘那个骗子根本没有来,要我说,应该把他遣返回非洲。之前在聚会上,我真以为这家伙有些本领,但显然他对政治漠不关心。那个蠢货曾经信誓旦旦地说会亲临会场。伊格内修斯,这个发展"同性恋计划"根本不靠谱,而且我觉得这只是你精神状态恶化的一种表现而已。我不知道如何把这种怪异的变化告诉团队的治疗小组——虽然这一切都在我的预料之中。我的团队一直对你关心有加,有几个成员甚至非常认同你,也愿意追随你。不过,我需要尽快跟你交流一下,请在下午六点以后给我打个付费电话吧,我非常、非常担心你。

莫娜·明可弗

"她彻底被搞糊涂了,"伊格内修斯得意地说,"她就等着看我跟奥哈拉小姐宿命的约会吧。"

"伊格内修斯,你收到了什么东西?"

"莫娜·明可弗的信。"

"那个姑娘又想干吗呀?"

"她威胁我,让我发誓心里只有她一个人,否则她就自杀。"

"那可太糟糕了呀。我猜你一定跟那个可怜的姑娘说了很多瞎话,我太了解你了,伊格内修斯。"

门后传来换衣服的声音,还有金属制品掉到地上的声响。

"你要去哪里?"雷利太太隔着斑驳的房门问道。

"拜托,母亲大人,"一个深沉的男低音回答道,"我赶时间,请不要打扰我啦。"

"才赚那么点钱,你不如待在家里算了,"雷利太太冲着房门叫道,"我要怎么还清欠那个男人的债啊?"

"我希望你让我清静一下。今晚我要给一个政治集会做演讲,我必须理清思路。"

"政治集会?伊格内修斯,这是不是太棒了!孩子,没准你能在政坛上搞出些名堂。你有一副好嗓音。宝贝,那是什么俱乐部啊?新月城民主党会,还是保守党协会?"

"党内秘密,目前不便透露。"

"什么政党这么神神秘秘的?"雷利太太狐疑地问,"你不会给什么反动分子做演讲吧?"

"哦,嗯。"

"孩子,我最近接到过反动宣传小册子,里面的东西我都看过。你别想糊弄我,伊格内修斯。"

"是啊,今天下午在客厅里我看到一本宣传册。要么是你故意放在那里让我看的；要么是你午后烂醉，把它当作大号彩纸随手乱扔的。据我所知，你的眼睛在下午两点连聚焦都成问题。那本册子我已经通读过了，简直狗屁不通。天知道你从哪里弄来这种垃圾。说不定是墓地旁卖胡桃糖的老太太拿给你的。我不是什么反动分子，所以让我清静一会儿。"

"伊格内修斯，你不觉得如果去慈善医院住一阵子，你会开心一些吗？"

"你指的是精神病院吗？"伊格内修斯火冒三丈地质问道，"你认为我疯了？你觉得我能允许某个愚蠢的心理医生来刺探我的精神世界吗？"

"你只是去休养一下，宝贝。你还可以在你的小本子上随便写些东西啊。"

"他们会把我变成只喜欢电视、新车和速冻食品的傻瓜。难道你不明白吗？心理医生比反动分子更坏。我才不要被洗脑，不要变成机器人！"

"但是，伊格内修斯，他们治好很多有毛病的人。"

"你觉得我有毛病吗？"伊格内修斯吼道，"那些'有毛病'人士的唯一问题就是他们不喜欢新车和发胶。就因为这样，他们被关起来了！他们让这个社会上的其他人感到恐慌。这个国家的每个精神病院里都挤满了可怜的灵魂，这些人只是受不了护肤霜、玻璃纸、塑料、电视机以及商品房。"

"伊格内修斯，你这么说可不对。还记得过去住在这里的贝克纳尔老先生吗？他是因为在大街上裸奔才被人关起来的啊。"

"他当然要在街上裸奔啦。因为他的皮肤再也受不了堵塞毛孔的涤纶或尼龙制品。我一向把贝克纳尔先生看成是我们这个时代的烈士,这个可怜的老头受到严重的伤害。你现在去前门看看我叫的出租车来了没有。"

"你哪儿来的钱叫出租车?"

"我在床垫下面攒了几个零钱。"伊格内修斯回答道。他又从流浪儿那敲来了十美元,并强迫那孩子给他看了一下午的热狗车,自己却跑到电影院去看了一场飙车少年的电影。那个小混混真是个宝贝,是命运女神送给自己的礼物,补偿之前所有的不幸。"去百叶窗那儿看看。"

门嘎吱一声打开,伊格内修斯穿着一身海盗打扮走了出来。

"伊格内修斯!"

"我就知道你会是这种反应。所以,我一直把全套装备藏在天堂小店公司里。"

"安吉洛说得没错,"雷利太太叫道,"一直以来,你都穿得跟过四月斋狂欢节一样招摇过市。"

"看看,这儿的头巾,那儿的弯刀,这两样装饰巧妙又有品位。不错嘛,整体效果非常棒!"

"你绝不能穿成这样出去!"雷利太太吼道。

"够了,不要再上演歇斯底里的闹剧了。你会打乱我脑子里跟演讲有关的所有思路的。"

"回你的屋里去，孩子，"雷利太太开始敲打伊格内修斯的胳膊，"回去，伊格内修斯，我这次是认真的，孩子，你不能再这样丢我的脸。"

"天哪！老妈，别闹了，我没法进入演讲的状态了！"

"你要讲什么？你去哪儿讲，伊格内修斯？告诉我，孩子，"雷利太太一巴掌打在她儿子的脸上，"不准出门，你这个疯子！"

"哦，天哪！你发什么疯？赶紧给我滚开。我希望你注意到我的工作服上可是挎着弯刀呢。"

又一巴掌拍在伊格内修斯的鼻梁上，再一掌打在他右眼上。他跌跌撞撞地走到客厅，推开长长的百叶门，冲进院子。

"你给我回来，"雷利太太追到前门大声叫道，"你哪儿也不准去，伊格内修斯！"

"我打赌你也不敢穿这身破睡衣出来抓我！"伊格内修斯挑衅地说道，伸出粉红色的大舌头做鬼脸气人。

"你给我回来，伊格内修斯！"

"嘿，别吵了，你们两个，"安妮小姐透过前门的百叶窗叫道，"我的神经都快崩溃了！"

"看看伊格内修斯，"雷利太太朝她喊道，"那是不是很糟糕？"

伊格内修斯在砖路上冲他的妈妈挥挥手，耳环折射出路灯的光芒。

"伊格内修斯，好孩子，快回来。"雷利太太恳求道。

"那个邮递员该死的哨声已经够让我头疼了,"安妮小姐大声地威胁道,"我这就打电话报警。"

"伊格内修斯。"雷利太太喊道,但为时已晚。伊格内修斯挥手拦下一辆正沿着街区慢慢行驶的出租车。就在他妈妈穿着破破烂烂的睡袍、不顾体面地冲到路边时,他当着母亲的面砰地关上后车门,朝司机吼出一个地址。他一边挥着弯刀刺他妈妈的手,一边命令司机马上开车。出租车铆足了劲发动,溅起排水沟里的几颗碎石子,打在雷利太太裸露在破旧睡袍外的小腿上。雷利太太看着红色车尾灯渐行渐远,扭头冲回屋子,给桑塔打电话。

"你这是去参加化装舞会吗,老兄?"车子转个弯奔跑在圣查尔斯大街时,司机好奇地问道。

"看好你的路,管住你的嘴!"伊格内修斯吼道。

一路上,那出租车司机没再开口。而伊格内修斯则在后座上高声地练习他的演讲,每说到要点处,还挥舞着弯刀拍打前座的椅背。

伊格内修斯在圣彼得大街下了车。刚下车便听到一阵吵闹声,那种疯狂的歌声和大笑声隐隐约约出自一幢三层的黄色泥墙小楼。那是十八世纪晚期,一些有钱的法国人盖的房子,用来安置老婆、孩子和未出阁的姑娘。那些"老姑娘"就待在阁楼里,同样被堆在里面的还有一些闲置的旧家具,在她们眼中,外面的世界便是屋顶上两扇小小天窗里的景象,而日日与她们为伴的,除了流言蜚语、针线活,就是没完没了的诵经祷告。不过,在装修师的巧手下,这厚厚的围墙里残存的法国资产阶级幽灵已经被彻底驱散。房子外墙漆上了明亮的淡黄色,过道两侧挂着仿制的铜灯,灯罩里的煤气喷嘴温柔地闪着火光,琥珀色的焰影在黑色珐琅大门与百叶窗上泛起涟漪。两盏铜灯下的厚石板上放着若干老式花盆,里面种的凤尾兰伸出锋利的尖头。

伊格内修斯站在楼房前,厌恶至极。他蓝黄相间的双眼谴责地看着这扇华丽的前门,新刷的珐琅漆的味道激起他那对鼻孔的抗议;紧闭的黑色皮革百叶窗里传出来的欢歌笑语让他双耳避之不及。

他清清喉咙,看到面前的三个黄铜门铃,以及三张白色小卡片,上面分别写着:

比利·楚哈德
拉乌尔·弗莱亚　三楼

弗里达·克拉布
贝蒂·布姆派尔
莉兹·斯蒂尔　二楼

多利安·格林　一楼

他伸出一根手指按向最下面的门铃,静静地等着。百叶窗后的喧闹略有收敛，楼道里的一扇门开了，多利安·格林从里面走了出来。

"哦，天哪，"他看清来者何人后，立马叫道，"你到底去哪儿啦？我以为今晚的启动大会开不成了呢。我费了好大的劲儿维持秩序，可惜没用。大家的情绪太高了。"

"我希望你没有做什么打击他们斗志的蠢事。"伊格内修斯沉重地说，不耐烦地用弯刀敲打着铁门。他看到多利安走过来的时候步子踉踉跄跄的，伊格内修斯有些气恼，这可不是他想要的状态。

"哦，这集会太棒了，"多利安边开门边说，"大家都披头散发地疯玩呢。"多利安飞快地打了一个不协调的手势来效仿。

"哦，上帝啊！"伊格内修斯叫道，"停止那种下流动作，简直令人作呕。"

"有几个人今晚过后就彻底完蛋了，还有一批人明早会集体出走到墨西哥城，不过那里可真是绝妙的狂野之地。"

"我非常不希望有人在集会上向大家灌输好战的思想。"

"哦，天哪，没有啦。"

"听你这么说我就放心了。天知道，一开始我们会遇上什么样的阻力，我们内部也许潜伏着敌人。他们已经把消息泄露给国家联合军队，甚至全世界。"

"好啦，这边走，吉普赛女王，我们快进去吧。"

他们沿着过道往里走的时候，伊格内修斯挑剔地说："这种浮华之地让人厌恶，"他看了一眼隐匿在棕榈树后面泛着柔光的小灯，"这种堕落的玩意儿是谁弄来的？"

"当然是我啦，匈牙利少女，整栋房子都是我的。"

"我早该猜到。我能不能问一下，你是从哪里弄来的经费，满足你这种颓废的想法？"

"我亲爱的家人给我的呀，我家有农场，"多利安叹了口气说道，"他们每个月都会给我寄来一大笔钱。作为报答，我只要保证不出现在内布拉斯加州就行。你知道，我离开那儿另有隐情。唉，家乡无尽的麦田和望不到头的原野，别提多无聊了！格兰特·伍德①把它浪漫化了。我去东部上大学，后来到了这儿。哦，新奥尔良可真是自由啊。"

"好吧，至少我们能有一个策划政变的聚集地。不过，看过这个地方之后，我倒希望你能租一个与我们的活动性质相称的地方，像美国退伍军人协会大厅之类的。这里看起来更适合搞些堕落的活动，比如开个茶舞会、游园会什么的。"

"你知道吗？有本国家级的家庭装潢杂志要用四个彩色版面介绍这栋房子呢。"多利安问道。

"要是你还有自知之明的话，就应该意识到这是一种奇耻大辱。"伊格内修斯讥讽道。

"哦，戴金耳环的女郎，你要把我气疯了。瞧，门在这儿呢。"

"等一下，"伊格内修斯警惕地说，"什么声音那么可怕？

---

① 格兰特·伍德（Grant Wood, 1891—1942），美国 20 世纪 30 年代风景画画家，推动了美国乡村主题的具象绘画。

听起来好像有人在受刑。"

他们站在楼道里幽暗的灯光下，屏气静听，一阵痛苦的哭喊从露台某处传来。

"哦，天哪，他们又在搞什么？"多利安不耐烦地说，"那些小混蛋就不能守点规矩。"

"我建议即刻展开调查，"伊格内修斯密谋般地小声说道，"也许是某个变态军官乔装打扮，潜入启动大会，然后不择手段地想从我们忠诚的党员口中榨取机密，那些战争狂人什么都敢做。说不定外国间谍也混进来了呢。"

"哦，太有趣了！"多利安尖叫着。

他和伊格内修斯踮着脚尖，两个人一步一摇地走到露台。求救声来自奴隶居所①，那儿的门开了一条缝，伊格内修斯奋不顾身地扑了上去，撞碎了几块门玻璃。

"哦，上帝啊！"他看到眼前的情景大叫道，"他们攻进来了！"

他看到一个小个子海军士兵被镣铐锁在墙上，那人正是提米。

"你看看我的门被你撞成什么样了！"多利安跟在伊格内修斯身后大叫道。

"敌人混进来了，"伊格内修斯仓皇地喊道，"谁泄的密？快说，谁是间谍？"

---

① 奴隶居所（slave quarters），美国府邸里供奴隶居住的地方。

"哦,快放我出去,"小个子士兵央求道,"这里黑漆漆的,太可怕了。"

"你这个小傻子,"多利安气急败坏地说,"谁把你绑在这里的?"

"是比利和拉乌尔那两个混蛋,他们坏透了。他们把我带到这儿来,让我看你装修好的奴隶所,接下来他们就用脏兮兮的锁链把我锁在这儿,自己跑回派对里了。"

小个子士兵在锁链里挣扎。

"我刚把这地方重新装修好,"多利安对伊格内修斯抱怨道,"唉,我的门啊。"

"间谍在哪儿?"伊格内修斯质问道,同时解下弯刀乱挥乱砍,"我们必须抓住他们,不能让他们逃出去。"

"求求你们放我出去,我受不了这么黑的地方!"

"要不是你,我的门不会坏,"多利安朝情绪激动的海军士兵斥责道,"谁让你在楼上跟那两个混蛋玩。"

"门是他弄坏的。"

"你能拿他怎么办?看看他那样子。"

"你们两个变态在说我吗?"伊格内修斯气呼呼地问道,"要是坏了一扇门就让你们俩这么激动,我严重怀疑你们在险象环生的政治舞台上能坚持多久。"

"啊,快放我出去!再用这黏糊糊的链子绑着我,我就要大叫了。"

"啊,闭嘴,娘娘腔!"多利安骂道,一巴掌扇在提米涨红的脸颊上,"滚出我的房子,滚到大街上去。"

"啊!"海军士兵大哭起来,"这话多伤人啊!"

"拜托,"伊格内修斯提醒道,"千万别因为内讧坏了大事。"

"我原以为自己至少还有一个朋友,"海军士兵悲伤地对多利安说,"看来我想错了。来啊,再打我啊,如果这么做让你觉得过瘾的话。"

"我懒得碰你,小乞丐。"

"我怀疑即便重压之下,也没有哪个二流作家能写出这么拙劣的闹剧,"伊格内修斯评论道,"你们两个败类赶快打住,拿出一点品位和尊严来!"

"打我呀!"海军士兵尖叫起来,"我知道你想动手,你打我有快感,是不是?"

"很明显,你不让他尝尝皮肉之苦,他是不会善罢甘休的。"伊格内修斯对多利安说道。

"我的手指再也不会碰那个愚蠢的母狗一下子。"

"嗯,我们必须让他安静下来。他再疯下去,我的幽门可受不了。我们先友好地把他弄出去。他不适合参加集会,他身上浓烈的受虐狂的气味把这里熏得臭烘烘的。再说,他看起来醉得不像样子了。"

"你也恨我,你这个大怪物!"海军士兵冲伊格内修斯骂道。

伊格内修斯拿起弯刀朝对方的头狠狠地敲了几下,海军士兵发出一阵呻吟。

"天知道他在想什么龌龊的事。"伊格内修斯评价道。

"哦，再打再打，"多利安欢快地叫道，"真好玩！"

"拜托，帮我解开这些可恶的链子吧，"海军士兵苦苦哀求，"我的水手服上沾满了铁锈。"

多利安从门上取下钥匙开锁，伊格内修斯则在一旁自顾自地说："你知道吗？这些镣铐和锁链对现代生活大有益处，这是那些狂热的发明者在远古时代想不到的。如果我是郊区的房地产开发商，我就在每栋牧场风格的黄砖墙上和科德角①错层住宅里装上一副这样的镣铐。住在郊区的人们看够了电视，玩腻了乒乓球，在家里待得不耐烦的时候，他们就可以轮流把对方铐起来一段时间。每个人都会爱上这种新游戏的。做妻子的会说：'昨晚，我老公把我锁在墙上，太好玩了。最近你老公有没有这么做啊？'还有，孩子们一放学就急着回家让妈妈把他们铐起来，这既会培养小孩子们被电视削弱的想象力，还能降低青少年犯罪率。父亲下班回家，一家人把他抓起来铐住，惩罚他整天傻乎乎地工作，只知道养家糊口。对付那些招人烦的旧亲戚可以把他们铐在车棚里，一个月放出来一次签领失业救济金。镣铐和锁链能为所有人创造更美好的生活，我必须在笔记本和随笔里把这些想法好好阐述一番。"

"哦，天哪，"多利安叹息道，"你就不能住嘴吗？"

---

① 科德角（Cape Cod）式的房屋起源于美洲的殖民地，其灵感来自英国的半木结构房屋。房屋外观对称，房顶斜度大，有双悬窗、百叶窗、硬木地板和极简的外部装饰。

"我的胳膊也蹭上铁锈了,"提米叫道,"等着瞧,我要让比利和拉乌尔尝尝我的拳头。"

"我们的小集会似乎越来越不受控了,"伊格内修斯听到多利安公寓里传出疯狂的喧嚣与骚动,说道,"显然,这种躁动冲击着不止一个神经中枢。"

"哦,天哪,我真不想看到这一幕。"多利安边说边推开一扇小巧的法国乡村风格的玻璃门。

伊格内修斯看到里面挤满了沸腾的人群。挥舞在空中的香烟与鸡尾酒杯如同指挥棒,指挥着一场胡言乱语、尖叫、唱歌、大笑交织而成的交响乐。从一台硕大的立体声唱机里传出朱迪·嘉兰[①]的歌曲,那歌声披荆斩棘,穿透喧嚣。在房间里,几个年轻男子是难得的一小撮安静的人,他们围在留声机前,仿佛围着"圣坛"一般,品评着"电子圣龛"里播出的歌声:"天籁!""棒极了!""耐人寻味!"

伊格内修斯蓝黄相间的双眼从"圣坛"转向房间的其他地方。客人们聊得热火朝天,说话时手臂比比画画,人字纹、格子棉、羊羔绒、山羊绒在空中挥出各种优雅的姿势;指甲、袖扣、小指环、牙齿、眼眸——皆闪动着光彩。在一群衣着优雅的客人中间站着一个牛仔打扮的人,此人挥舞着马鞭朝其中一个粉丝抽去,激起一阵夸张的尖叫和兴奋的大笑。在另一群宾客中央,站着一个穿着黑色皮夹克的傻大个,他正对着一群兴

---

① 朱迪·嘉兰(Judy Garland,1922—1969),美国知名影星兼歌手。

致勃勃、雌雄难辨的客人演示柔道擒拿。"啊，快教教我这招！"摔跤手旁有人大喊道。此时，一位衣着讲究的客人被扭成某种恶心的姿势，再摔到地板上，他的袖扣和其他珠宝哗啦啦地碰撞在一起。

"我邀请的都是一些比较有层次的人。"多利安对伊格内修斯说道。

"我的天哪！"伊格内修斯气急败坏地说，"我看我们很难争取到那些思想保守、信奉加尔文教的乡巴佬的投票了。我们得重塑形象，眼前这样子可不行。"

看到黑夹克莽汉把一个个跃跃欲试的对手扭作一团摔倒在地，提米惊叹道："太好玩啦！"

房间内的装潢堪称朴素至极。白色的墙面和高高的天花板，几件古董家具零星地陈设其间。在偌大的屋子里，唯一带有富丽之感的便是那对香槟色的天鹅绒窗帘，它们被白色丝带束起来。还有几把形状怪异的古董椅子，尽管椅面上放着坐垫，但摆在那里显然不是让人坐的。它们勉强有个家具的样子，可是这般纤细，恐怕都无法承受一个孩子的重量。一个人待在这样的房间里，别说坐下来休息，就算放松一会儿都很难，唯有摆出一些造型，把自己变成家具的一部分，与周遭的装饰最大限度地融为一体。

伊格内修斯对室内装潢研究了一番后，对多利安说道："这里唯一有用的就是那台留声机，但显然它没有用对地方。这是一件没有灵魂的屋子。"他轻蔑地哼了一声，一方面是因为不满意室内装饰，另一方面是因为根本没有人注意到他，尽管他本人的造型跟这间屋子的风格相得益彰。今晚的这些与会者似乎更关心他们的个人命运，而不是今后的世界发展。"在这个白色坟墓一样的屋子里，竟然没有人看我们一眼。他们甚至不知道向房子的主人点头示意。是谁给他们酒水喝，是谁打开空调驱散他们身上刺鼻的香水味？我觉得自己倒像是一个局外人，正在看一出闹剧。"

"不用理他们。他们已经好几个月都没参加有趣的派对了，现在玩得正欢。你过来看看，我弄来的这件装饰品。"多利安把伊格内修斯带到壁炉边，让他看一个里面插着红、白、蓝三朵玫瑰的小花瓶。"是不是很新奇？这要比俗气的绉纹纸做出来的假花强多了。我买过绉纹纸，但是做出来的东西很差劲。"

"这是畸形的花朵，"伊格内修斯气愤地评价道，用弯刀敲打花瓶，"我觉得染色花是违背自然的，是反常的，我甚至觉得是下流的。你们这些人可得让我忙活一阵了。"

"哦，说，说，随便说，"多利安发起牢骚来，"咱俩去厨房看看，我向你介绍一下附属的妇女组织。"

"真的吗？还有附属组织？"伊格内修斯贪婪地问道，"嗯，我必须夸奖一下你的远见卓识。"

他们走进厨房。角落里两位年轻男子正激动地争论着什么，此外无人讲话。餐桌旁有三个女孩正喝着罐装啤酒，她们直勾勾地盯着伊格内修斯看。其中一个正在捏啤酒罐的姑娘，见状停了下来，一抬手把罐子扔进水槽旁的花盆里。

"姑娘们，"多利安招呼道，三个啤酒女孩齐声发出一阵沙哑的哄笑，"这位是伊格内修斯·雷利，新来的。"

"幸会，胖子。"那个捏啤酒罐的女孩不由分说地抓起伊格内修斯的大手左摇右晃，仿佛不把对方的手掌握碎誓不罢休。

"哦，上帝啊！"伊格内修斯痛得叫起来。

"这位是弗里达，"多利安忙解释道，"她们俩是贝蒂和莉兹。"

"你们好，"伊格内修斯问候道，赶紧把手放进工作服的口袋里，避免再跟人握手，"我相信，你们将会对这项伟业起到不可估量的作用。"

"你从哪里找来他这号人？"弗里达向多利安问道，她的两个同伴打量着伊格内修斯，互相用肘部推搡着对方，挤眉弄眼。

"格林先生与我结识，多亏我的母亲。"伊格内修斯郑重地替多利安回答道。

"没开玩笑吧？"弗里达说道，"你妈妈一定是个有趣的人。"

"非也。"伊格内修斯答道。

"好吧，拿罐啤酒喝，胖子，"弗里达说道，"我希望我们能喝瓶装啤酒。这位贝蒂长了一口铁齿铜牙，她可以用牙齿帮你开酒瓶盖哩。"贝蒂朝弗里达比画了一个下流的动作，"不过总一天，她那口铁牙会被通通敲碎，灌进她的喉咙里。"

贝蒂扔去一只空酒罐，砸在弗里达头上。

"你这是找打！"弗里达说着，举起一张餐椅。

"住手，"多利安叫道，"如果你们三个不能老老实实地待着，你们现在就给我走人。"

"我个人认为，"莉兹说道，"在厨房里干坐着非常无聊。"

"就是！"贝蒂大叫道，一把抓住弗里达举过头顶的凳子横档，开始和对方角力，"你说我们为啥要干坐在这儿？"

"快把椅子放下！"多利安喝道。

"是啊，拜托，"伊格内修斯也附和道，他已经退到墙角，"会有人受伤的。"

"就像你一样！"莉兹边说边把一罐未开封的啤酒朝伊格内修斯扔去，幸亏后者避开了。

"天哪！"伊格内修斯嚷嚷道，"我想我还是去别的房间吧。"

"滚吧，肥仔！"莉兹朝他吼道，"这里的氧气都被你消耗光了。"

"姑娘们！"多利安向较量中的弗里达和贝蒂喊道。两位姑娘的T恤衫被汗水浸透了。她俩怒气冲冲地举着椅子满屋子跑，挤到墙角和水槽边扭打在一起。

"好了，别闹了，"莉兹朝那两个人喊道，"这会让人觉得你们俩很粗鲁。"

她举起另一把椅子横在两个人中间，然后狠狠地砸向弗里达和贝蒂拽着的那把椅子。两个人被撞开，两把椅子咣当一声摔到地板上。

"谁要你插手的？"弗里达一把揪住莉兹的短发质问道。

多利安想把姑娘们推回餐桌旁,自己却被椅子绊了个趔趄,气得吼道:"都给我坐下,老实点。"

"这个派对无聊透顶,"贝蒂说道,"哪有什么行动啊?"

"如果你邀请我们过来只是为了坐在这该死的厨房里,那有什么意思呢?"弗里达质问道。

"你们就只会大吵大闹。你们要知道,我是看在邻居的分上,出于礼貌才请你们过来玩的。别给我找麻烦!再说,这是几个月来最有意思的派对了。"

"好吧,"弗里达压低声音恶狠狠地说道,"我们就像淑女一样坐在这里。"三个姑娘互相推搡着对方的胳膊表示同意,"毕竟,我们只是房客而已。你去招呼那边的冒牌牛仔吧,他的声音就像珍妮特·麦克唐纳①,那家伙就是前几天在查特街骚扰我们的流氓。"

"他是个和气又友善的人,"多利安说道,"我敢肯定,他没看见过你们几个女孩子。"

"他把我们几个看得一清二楚,"贝蒂说道,"我们打了他的头。"

"我还想踢断他的命根子。"莉兹凶巴巴地说。

"拜托,"伊格内修斯煞有介事地命令道,"我看到的都是内斗。你们必须弥合分歧,团结起来。"

"他有什么毛病吗?"莉兹问道,随手打开之前用来砸伊格

---

① 珍妮特·麦克唐纳(Jeanette MacDonald,1903—1965),美国女演员、歌手。

内修斯的啤酒罐，啤酒沫一下子喷出来，溅湿了伊格内修斯因为吃了太多天堂小店热狗而撑得鼓鼓的肚子。

"哼，我受够了。"伊格内修斯气呼呼地说。

"好啊，"弗里达接口道，"那就滚吧。"

"厨房今晚是我们的地盘，"贝蒂说道，"我们决定谁待在这里。"

"我真是很高兴看到附属组织的第一场雪莉酒会。"伊格内修斯讥讽道，然后慢吞吞地朝厨房门口走去。就在他要跨出房门的一刹那，一只空酒罐擦着他的耳环飞过去，砸在门框上。接着，多利安跟在他后面也出来了，并关上了厨房门。"我没有想到你竟然邀请这么多无赖参加集会，你这是要破坏我们的行动吗？"

"我也没办法啊，"多利安解释道，"就算我不请她们，她们也会想办法进来的，到时候更糟。这些姑娘心情好的时候还挺有趣的，不过她们最近跟警察有过节，正四处找人撒气呢。"

"立即把她们从行动中除名！"

"遵命，女王陛下，"多利安叹息道，"我就是为这些姑娘感到惋惜。她们以前住在加利福尼亚，日子过得很不错。后来，她们在'肌肉沙滩'①把一个健身教练给揍了。据她们说，她们只是和那个男孩子掰手腕而已，结果场面失控。她们只好逃到南加利福尼亚，然后又开着那辆豪华的德国汽车穿越沙漠

---

① 肌肉沙滩（Muscle Beach），美国著名的健身场所。

来到这里。我就给她们提供了一个安身之地。其实总的来说,她们都是很好的租客,她们比看门狗还尽职地看护我的楼房,还从一个过气的影后手里弄到一大笔钱。"

"当真?"伊格内修斯立马来了兴致,"或许我不该这么草率地把她们除名。政治运动得有大笔资金来支持,管它从哪里弄来的。毫无疑问,这些姑娘的魅力被她们身上的牛仔裤和长靴遮掩了。"他又看了一眼闹哄哄的人群,说道:"你必须让这些人安静下来,让他们恢复秩序,眼下有要事要做。"

那边的娘娘腔牛仔先生正在用马鞭戏弄一个衣着高雅的客人,这边的黑夹克莽汉把一个欣喜若狂的宾客按在地板上。房间处处充斥着大吵大嚷、唉声叹气和惊声尖叫。此刻,留声机里飘出莲娜·荷恩[①]的歌曲。"绝了!""真好听!""太感人了!"那几个围在留声机旁的年轻人崇拜地赞叹道。这时,牛仔先生从他那群热烈的粉丝中冲出来,他的嘴唇一张一合跟着留声机吟唱,脚上跳起滑步,就像一个穿着长靴、戴着毡帽的女歌手。随着一连串激动的尖叫声,客人在他周围聚拢起来,把那个黑夹克莽汉留在一边摩拳擦掌。

"你必须停止这一切,"伊格内修斯朝多利安大喊道,后者正朝牛仔先生眉目传情,"首先,我正在目睹一场对品位与尊严的奇耻大辱;其次,这里刺鼻的汗味儿和古龙香水味要把我熏死啦。"

[①] 莲娜·荷恩(Lena Horne, 1917—2010),第一个与好莱坞签订长期合同的黑人女演员。

"喂，别那么古板嘛。大家不过找找乐子罢了。"

"我很抱歉，"伊格内修斯一副公事公办的腔调说道，"今晚我到这儿来是要执行一项非常重要的任务，一个胆大妄为的小荡妇等着我去修理、管教。现在，马上关掉这些靡靡之音，让那些变态安静下来，我们得进入重要议题了。"

"我以为你会很有趣。要是你再这么搅局又无聊，你还是趁早离开吧。"

"我不会离开！没人能阻止我。安静！安静！安静！"

"哦，天哪，你动真格的，是不是？"

伊格内修斯不顾多利安的阻拦，冲进人群，推开那些衣冠楚楚的宾客，一把拔掉留声机的插头。等他转过身来，迎接他的是客人们阿帕奇战争①似的叫喊，只不过这些人的声讨比较虚软无力。

"野兽！""疯子！""这就是多利安所说的好戏吗？""我想要无与伦比的莲娜。""瞧他那身打扮——奇葩！还有那只耳环！哦，天哪！""那是我最喜欢的一首歌！""太可怕了！""粗俗得难以置信！""大怪物！""一场噩梦！"

"安静！"伊格内修斯大吼一声，声音盖过乱哄哄的声讨，"我的朋友们，今晚我来到这里是要告诉大家，你们该如何拯救世界，创造和平。"

"他真是疯了！""多利安，这是个糟糕的冷笑话。""他到底

---

① 阿帕奇战争（Apache Wars）是1849年到1886年间，发生在美国西南部的阿帕奇原住民与美军之间的一系列冲突。

从哪里冒出来的?""简直乏味透顶。""恶心。""沉闷。""谁能把那个美妙的留声机再打开?"

"挑战——"伊格内修斯继续声嘶力竭地说道,"就摆在你们面前。你们是要发挥自己独特的才能拯救世界,还是背弃同胞见死不救呢?"

"啊,太烦人了!""一点也不好玩。""要是继续这种恶俗的把戏,我马上走人。""品位太差。""谁去把留声机打开!亲爱的,亲爱的莲娜。""我的外套呢?""我们找个有意思的酒吧继续玩。""看,我把酒洒在我最贵的夹克衫上啦。""我们找个有趣的酒吧接着玩!"

"当前世界局势正处在动荡不安之中!"伊格内修斯不顾众人怨声载道,继续高声地说。他停顿了一下,摸索着口袋,想看看自己写在纸上的演讲稿,结果却把那张卷边折角的奥哈拉小姐的艳照给掏了出来。几位客人看到后,不禁尖叫起来。"我们必须阻止末日浩劫,以毒攻毒。因此,我要寻求你们的帮助。"

"哦,他到底在说什么呀?""让人太郁闷了。""看他那双眼睛,怪吓人的。""咱们找个有意思酒吧接着玩去。""我们去旧金山吧。"

"安静,你们这群变态!"伊格内修斯大喊道,"听我说。"

"多利安,"牛仔先生用抒情的女高音恳求道,"让他安静点。我们玩得正开心呢,难得欢乐今宵。哦,他太扫兴了。"

"是啊,"一位衣着考究、涂着褐色晒伤妆的客人,神色不悦地附和道,"他真让人生厌,太郁闷了。"

"我们一定要听这些废话吗?"另一个客人问道,一边晃动着手中的香烟,仿佛那是一根能让伊格内修斯瞬间消失的魔法棒,"多利安,这是什么小把戏吗?你知道我们非常喜欢主题派对。不过这种嘛,我的意思是,我连电视新闻都懒得看。我在店里忙了一天,不想在派对里听这种训话。如果他非要讲,让他晚点再说。他的讲话真是太没意思了。"

"太不合时宜了。"黑色夹克莽汉叹息道,忽然变得神经兮兮的。

"好吧,"多利安无奈地说道,"把留声机打开,我还以为这会很好玩呢。"他看了一眼伊格内修斯,后者还在哼哼唧唧地大声宣讲:"我担心,亲爱的朋友们,它会变成一枚无比可怕的炸弹。"

"太棒了!""多利安万岁!""插头在这儿。""我爱莲娜。""我真觉得这是她最棒的唱片。""真好听。歌词一流!""我在纽约见过她,太迷人了!""下一张放《吉普赛人》吧,那是我的偶像艾瑟尔的歌。""哦,太棒了,能听歌了。"

伊格内修斯形单影只地站在那儿,如同一个孩子站在炙热的甲板。"电子圣龛"里又飘出袅袅乐声。多利安飞快地跑去搭讪其他客人,像屋子里的其他人一样,故意冷落伊格内修斯。伊格内修斯觉得孤单极了,这让他想起高中那个黑暗的日子:那天他在化学实验课上,把实验搞爆炸了,火苗烧焦了他的眉毛。他吓坏了,惊恐之下尿了裤子,可是实验室里没有一个人注意到他，就连老师也没有，其实老师烦透了他，因为伊格内修斯以前也搞出过相似的事故。那一天余下的时间，他湿漉漉地走在校园里，而每个人都假装看不见他。此刻，在多利安的客厅里，伊格内修斯又觉得自己像一个隐形人。为了疏解这种局促不安，他只好幻想出几个假想敌，挥舞着弯刀乱砍。

此时，众人跟着唱片唱起歌来，甚至还有两个人围着留声机跳舞，这舞蹈如同燎原之火迅速蔓延，一会儿的工夫，屋子里满是一对一对的舞者，他们围着房间里唯一的壁花小姐——伊格内修斯，摇摆着、旋转着。多利安依偎在牛仔先生的臂弯里，当他从伊格内修斯身边闪过时，伊格内修斯徒劳地想要引起对方的注意。他甚至挥舞着弯刀去刺牛仔先生，但是这两个人的舞步神出鬼没、变幻莫测。正当他觉得自己要彻底消失的时候，弗里达、莉兹、贝蒂从厨房里冲了出来。

"我们受不了在厨房里干坐着了，"弗里达对伊格内修斯说道，"我们毕竟也是人嘛。"她在伊格内修斯的肚子上轻轻捶了一下，继续说："你看起来挺孤单啊，肥仔。"

"你这话是什么意思？"伊格内修斯傲慢地问道。

"看起来你的服装不太受欢迎啊。"莉兹说道。

"不好意思，女士们，我必须要走了。"

"嘿，别走啊，胖子，"贝蒂说道，"有人会请你跳舞的。他们不过骂了你几句，你别灰心，这些人连自己的老妈都骂。"

这时，提米又出现在多利安的客厅里，他刚才又溜进奴隶居所找他弄丢的手链，还憧憬着再玩一次枷锁游戏。提米走到伊格内修斯面前,充满渴望地问道:"你想跳支舞吗?"

"看到没有?"弗里达调侃伊格内修斯道。

"我想看你俩跳舞,"莉兹喊道,"让我们看看你俩跳林波舞①。来啊,我去拿一把扫帚给你们当杆子。"

"哦,上帝啊!"伊格内修斯惨叫道,"拜托,我不跳舞。"

"哦,快来啊,"提米鼓励道,"我可以教你。我最喜欢跳舞了,我领着你跳。"

"快去跳,死胖子。"贝蒂威胁道。

"不行,我跳不了。你看这弯刀,还有这身工作服,肯定会伤到人的。我到这儿来是为了演讲,不是跳舞。我不跳舞,我从不跳,我长这么大就没跳过舞。"

"好啊,那现在你更要跳一曲了,"弗里达说道,"你不想伤害这位海军士兵的感情吧?"

"我——不——跳——"伊格内修斯吼道,"我从不跳舞,更不会跟这个醉醺醺的变态跳。"

"哎呀,别那么固执嘛。"提米叹息道。

"我的平衡感一向不好,"伊格内修斯解释说,"我们会栽在地板上,摔成一团的,这个疯疯癫癫的水手可能会摔成残废,甚至更惨。"

"看样子,这个肥仔在找麻烦啊,"弗里达对她的朋友们说道,"是不是啊?"

---

① 一种西印度群岛地区的杂技性舞蹈。舞者要仰身向后穿过距地面极低的横直障碍物,对身体条件要求很高。

只见弗里达一个眼色,三个姑娘立马朝伊格内修斯扑上去。一个勾腿,另一个对准他的膝盖后侧猛踢,还有一个则把他往后一推,推向正在旁边转圈的牛仔先生。伊格内修斯为了稳住自己一把抓住牛仔先生,后者没能被惊慌失措的多利安拽住而栽倒在地板上。随着牛仔先生摔倒在地,唱片上的指针弹了出来,音乐戛然而止。与此同时,屋子里的客人们齐刷刷地又是尖叫,又是惊呼,乱作一团。

"哦,多利安,把他赶出去!"一位优雅的客人恐慌地叫道。

角落里,几个客人推搡着,他们的戒指、手链、袖扣碰撞在一起,激起一片金属撞击的声音。

"嘿,那个狗娘养的牛仔像保龄球一样被你撞翻了!"弗里达崇拜地朝伊格内修斯喊道,只见对方挥舞着胳膊,还在极力找回平衡。

"干得漂亮,胖子!"莉兹赞道。

"我们把他瞄准别人吧。"贝蒂朝同伴们提议道。

"看看你都干了什么,你这大怪物!"多利安朝伊格内修斯叫骂起来。

"令人发指!"伊格内修斯吼道,"在这个集会上,我不但被忽视、受诋毁,还遭到恶意攻击,就在你这间盘丝洞一样的屋子里。我希望你最好买了责任险,否则,我的法律顾问一旦找上门,你这间浮华的居所将不再属于你。"

多利安正跪在地上给牛仔先生扇风,牛仔先生的眼皮微微颤抖。

"把他弄走,多利安,"牛仔先生哭哭啼啼地说道,"他差点要了我的命。"

"我本以为你可能与众不同,也许还很有趣,"多利安气呼呼地朝伊格内修斯说,"可事实证明,你是我这间屋子里出现过的最令人讨厌的家伙。从你弄坏那扇门开始,我就应该料到会以这样的烂摊子收场。你对这个可怜的男孩做了什么呀?"

"我的裤子脏了!"牛仔先生尖叫道。

"我遭到了野蛮的攻击,有人推我,我才撞到那个冒牌牛仔的身上。"伊格内修斯申辩道。

"别抵赖了,胖子,"弗里达说道,"我们看得一清二楚。多利安,他就是嫉妒,他想和你跳舞。"

"真讨厌。""快让他走。""好好的派对被他毁了。""可恶至极。""危险分子。""完全搞砸了。"

"滚出去!"多利安吼道。

"我们搞定他。"弗里达说道。

"好吧,"伊格内修斯义正词严地说,此时三个姑娘粗短的双手已经伸进他的工作服,推着他朝门口走去,"你们已经做出了选择,选择继续生存在战火纷飞、血雨腥风的世界里。等大祸临头的时候,你们可别来求我,我会待在我的庇护所里,安之若素。"

"住口!"贝蒂吼道。

三个姑娘推搡着伊格内修斯出了门,沿着楼道往外走。

"感谢命运女神,让我从这场可怕的运动中脱身。"伊格内修斯大吼一声。三个女孩撞掉了他的头巾,伊格内修斯的一只眼睛被蒙住了,他看不清自己往哪儿走。"你们这群疯子根本不配有选举权。"

伊格内修斯一直被推出大门,推到人行道上,凤尾兰的叶尖刺在他的小腿肚上,他跌跌撞撞地往外走。

"好了,小子,"弗里达一边关大门,一边冲伊格内修斯喊道,"给你十分钟,滚得越远越好。十分钟后我们开始搜查这个区。"

"到时候最好别让我们找到你,胖子。"莉兹喝道。

"快滚吧,肥仔,"贝蒂添油加醋地说,"我们很久没痛痛快快地打一场架了,手都痒了。"

"你们的行动注定失败,"伊格内修斯在姑娘们身后嚷嚷着,她们正拉拉扯扯地往楼道里走,"听见了吗?注——定——失——败!你们对政治和拉选票一窍不通。你们一个区也争取不来,就连这个区也赢不了!"

门砰的一声关上了,姑娘们回到派对中。房间里似乎又恢复了活力,音乐再次响起,伊格内修斯听到里面传出来的叫喊声更响了。他用弯刀狠狠地敲打黑色的百叶窗,尖叫道:"你们输定了!"可是回应他的只有舞池里踢踢踏踏的舞步声。

一个身穿丝制西装、头戴小礼帽的男人从隔壁楼道的阴影里走出来,探察那三个女孩子的动向,然后又溜回暗处,继续看着怒不可遏的伊格内修斯在房子前面摇摇晃晃地踱来踱去。

因为太激动,伊格内修斯体内的幽门噗地关上了。与此同时,他手上还泛起一层白色小疙瘩,让他刺痒难耐。这下,他要怎么跟莫娜描述这次为了和平而开展的运动呢?眼下的情景跟上次半路夭折的捍卫摩尔人的圣战一样,他发痒手心里又多了一个失败的烂摊子。命运女神,你这个恶毒的小娼妇!夜色还没有降临,他不能回君士坦丁堡街,不想回到家承受他妈妈各种各样的侮辱。他高涨的情绪瞬间归零,整整一个星期,他潜心筹备集会演讲,如今却被三个疯疯癫癫的丫头逐出了政治舞台。伊格内修斯既沮丧又愤怒地站在圣彼得街潮湿的石板路上。

他看了一眼手腕上的米老鼠手表,它的指针一如既往地停滞不前。他想知道现在几点了,这会儿就去"欢乐之夜"酒吧看奥哈拉小姐的开场秀是否为时过早。也有可能奥哈拉小姐已经开始表演了。如果他和莫娜注定不能在政治领域一决高下,那么只能在情场分出胜负了。奥哈拉小姐将是多么锋利的一根刺啊,刺进莫娜咄咄逼人的双眼。伊格内修斯又看了一眼照片,咽了咽口水。究竟是什么样的宠物呢?或许今晚还能从失败的绝境中扳回一局。

伊格内修斯的双手挠着痒,为了安全起见,他决定先离开这里。那三个野蛮的女孩放下狠话,有可能说到做到。他大步流星地沿着圣彼得街朝波旁街走去。而那个身穿丝制西装、头戴礼帽的男子从阴影里走了出来,尾随其后。到了波旁街,伊格内修斯转了个弯,往运河街方向走,迎面遇到一队在法国区夜游的观光客，在这群人的衬托下，他倒显得不那么奇装异服了。在狭窄的人行道上，伊格内修斯跟这些游客推推挤挤，他把屁股摆得肆无忌惮，游人被撞向两边。他想，要是莫娜读到奥哈拉小姐这一段，准会大惊失色，把浓缩咖啡喷得满信纸都是。

当他穿过"欢乐之夜"所在的街区时，只听那个呆瓜黑人小伙子正在吆喝："哇哦！来呀，来看奥哈拉小姐跟她宠物跳舞呀，原汁原味的南方种植园舞蹈，百分之百在酒水里放了迷幻药。哇哦！保证你从酒杯里染上淋病哦。嘿！奥哈拉小姐跟宠物合演的老式南方舞蹈，前所未有，今晚首演，你大饱眼福的机会也许仅此一次哦！呼哈。"

伊格内修斯见众人行色匆匆地经过"欢乐之夜"酒吧，没有人理会这个推销员的妙语连珠。招揽客人的黑人小子吆喝了一会儿，停下来抽口烟。他穿着燕尾服，戴着烟囱礼帽，礼帽斜压在他的墨镜上方。他隔着烟雾冲着充耳不闻的人群咧嘴一笑。

"嘿！走过路过，不要错过。停下脚步，来'欢乐之夜'坐一坐吧，"他又吆喝起来，"'欢乐之夜'雇用纯正的黑人，给的工资低于最低标准。哇哦！正宗的南方种植园氛围；棉花就种在舞台上，您的眼皮底下，还有一个民权工作者，在演出间隙被打得屁滚尿流。嘿！"

"奥哈拉小姐的表演开始了吗？"伊格内修斯走到招揽客人的黑人小伙跟前说道。

"哎哟!"这个大胖子果然来啦,"嘿,老兄,你怎么还戴着耳环和头巾,这是要扮成谁啊?"

"拜托,"伊格内修斯把弯刀弄得啪啪作响,"我没空跟你闲聊,今晚也没有什么成功的秘诀传授给你。奥哈拉小姐的演出开始了吗?"

"几分钟后就开始,你最好赶快进去,找个靠近舞台的位置。我跟领班打过招呼,他说会给你留张桌子的。"

"真的吗?"伊格内修斯急切地问,"我希望那个纳粹老板娘不在。"

"她下午就飞去加利福尼亚了,她说奥哈拉小姐的演出这么棒,她要去海边度假,不管酒吧的事了。"

"太棒了,太棒了。"

"快去,老兄,趁演出还没有开始。哇哦!一分钟都别错过哦。见鬼,奥哈拉马上就要登台了,找个离舞台近的位置坐,妈的,连奥哈拉小姐屁股上的鸡皮疙瘩都看得清。"

琼斯飞快地把伊格内修斯推进软垫门。

伊格内修斯跌跌撞撞地进了"欢乐之夜"酒吧,工作服裹在脚踝处直打转。即使光线暗淡,他还是察觉到这里比上次来的时候更脏了,地板上积了厚厚一层灰土,倒是能种棉花,可是一朵棉花也没看见啊,那准是"欢乐之夜"酒吧编造出来的广告词。他环顾四周,没找到领班的服务生,只见桌子旁零零星星地坐着几个老男人。他摸索着前行,找到一张正对舞台的小桌子坐下,头顶的绿色帽子仿佛一盏孤零零的脚灯。离舞台这么近，他说不定可以向奥哈拉小姐做些小动作，或者悄悄背诵波爱修斯的文章来引起她的注意。要是奥哈拉小姐发现自己能在这群麻木的观众中觅得一颗志同道合的灵魂，她一定会激动不已。伊格内修斯扫了一眼那几个目光呆滞的男人，心里为明珠暗投的奥哈拉小姐鸣不平，那几个萎靡的老家伙说不定是那种白天在电影院里骚扰幼童的变态老头。

在小舞台的侧翼，一个三人组乐队正卖力演奏着《你是我的幸运星》。此刻，这个脏兮兮、空荡荡的舞台看起来就像一个神秘的祭坛。伊格内修斯向吧台望去，想招个服务生过来，结果一眼看到了那个曾经为他和他妈妈服务过的酒保。虽然那酒保看到了他，却装作视而不见。于是，伊格内修斯只能拼命地朝靠在吧台旁的一个女子使眼色。那个拉丁女子四十岁左右，咧嘴一笑，露出一两颗金牙，抛给伊格内修斯一个可怕的媚眼。她不等酒保吩咐，飞快从吧台起身走向伊格内修斯。伊格内修斯仿佛靠着暖炉般，蜷缩在舞台一角。

"想喝点什么吗，小伙子？"

一股浓烈的口臭扑面而来，伊格内修斯赶紧扯下帽子上的头巾，掩住鼻孔。

"谢谢，是的，"伊格内修斯压低声音说道，"请给我一杯坚果饮料，要冰镇的。"

"我去看看有没有。"女人神秘兮兮地说，踩着草编鞋托踢踢踏踏地又走回吧台。

伊格内修斯看着她跟酒保说话，两个人如同表演哑剧，做了很多手势，大部分都是对着自己指指点点。伊格内修斯心想，要是那三个母老虎搜寻街区的话，至少自己待在这个小巢穴里是安全的。酒保又对那个女人比画了几下，接着女人踢踢踏踏地走了回来，手里拿着两瓶香槟、两个玻璃杯。

"我们没有坚果饮料，"她说着，啪的一声把托盘摔在桌子上，"帅哥，两瓶香槟，请付二十四美元。"

"太气人了！"他冲女人挥了几下弯刀，"那给我来杯可乐。"

"没有可乐，只有香槟，"女人在桌子旁坐了下来，"快点，亲爱的，开香槟吧，我都渴死了。"

那股口臭再次袭来，伊格内修斯用头巾紧紧地捂住鼻子，感觉都要窒息了。他怕这个女人身上有什么病菌会传染给自己，等病菌迅速蔓延大脑以后，自己就会变成大白痴。可怜的奥哈拉小姐，竟然要跟这种恶俗的女人一起工作。可能也是这个原因，奥哈拉小姐身上那种超然的精神才更加可贵。拉丁女人把账单扔到伊格内修斯的大腿上。

"别碰我！"他隔着围巾吼道。

"圣母马利亚！你这个大变态！"女人自言自语，接着又对伊格内修斯说，"现在就付钱，你这个娘娘腔，否则把你四脚朝天地扔出去。"

"太无礼了，"伊格内修斯嘟嘟囔囔，"哼，我不是来跟你喝酒的。现在，请你离我的桌子远一点。"他张大嘴巴深吸一口气："把你的香槟也带走。"

"哦，神经病，真是……"

女人的咒骂声淹没在乐队演奏的音乐声中,他们无精打采地吹起开场小号。拉娜·李站在舞台中央,穿着金光闪闪的工装裤。

"哦,上帝啊,"伊格内修斯气急败坏地说,那个嗑药的黑人小子竟然编瞎话。他想立即冲出去,可转念一想,这会儿还是待在原地比较明智,等那个女人讲完话、离开舞台再行动。于是,他蹲下来紧贴在舞台一侧。他头顶上方,纳粹老板娘开口说道:"女士们,大老爷们,欢迎来捧场。"这种恶俗的开场白差点让伊格内修斯直接掀翻桌子。

"你现在就得付钱。"拉丁女人命令道,她把脑袋伸到桌子底下找客人的脸。

"闭嘴,臭婆娘。"伊格内修斯低声喝道。

乐队荒腔走板地演奏起四拍版的《完美女人》,纳粹老板娘扯着嗓子吼道:"现在,有请我们的纯情玉女——哈莱特·奥哈拉小姐。"台下一个老男人有气无力地鼓了几下掌,伊格内修斯朝舞台边缘偷偷瞄了一眼,只见老板娘已经走了。她原先站的地方摆放着一根支架,上面挂了很多小圆环。奥哈拉小姐到底想干什么呀?

这时,达琳身着礼服走上舞台,尼龙网纱的裙摆足足几码[①]长。她头上戴着一顶夸张的阔边花式帽,胳膊上站着一只骇人的大鸟。又有人鼓了几下掌。

[①] 1 码约为 0.91 米。

"小子，快付我钱，否则对你不客气，混蛋！"

"舞会上的确有好多美男子，但我一直保持着矜持。"达琳对着大鸟认真地说道。

"哦，上帝啊！"伊格内修斯咆哮道，他再也忍不住了，"这个白痴就是哈莱特·奥哈拉小姐吗？"

那只凤头鹦鹉比达琳更早发现了伊格内修斯，它一上台眼珠子就盯上挂在他耳朵上的大耳环。伊格内修斯这么惊声一叫，它便迫不及待地从达琳胳膊上飞下来，嘎嘎地叫着，扑腾着翅膀朝他的脑袋冲去。

"嘿，"达琳立马大叫道，"这不是那个疯子嘛！"

就在伊格内修斯要冲出酒吧的时候，那只鸟一个俯冲从舞台飞到他的肩膀上，它用爪子勾住伊格内修斯的工作服，它的喙衔住了伊格内修斯的耳环，又拽又拉。

"我的天哪！"伊格内修斯吓得跳起来，挥起发痒的手掌驱赶那只鸟。是什么样的鸟催逼着命运女神这般逆转他的运势？香槟酒瓶、玻璃杯被稀里哗啦地撞翻在地，伊格内修斯慌不择路，跌跌撞撞朝门口跑去。

"回来，把鹦鹉还给我！"达琳哭天抢地。

此时，拉娜·李回到舞台上，尖叫起来。乐队放下演奏，那几个零零落落的老男人纷纷给伊格内修斯让出一条出路，后者在几张小桌子间挣扎着往外跑，一边鬼喊鬼叫，一边挥着大手敲打红色的大鸟，而那只鸟叼着他的耳环，踩在他肩头上，岿然不动。

"那个笨蛋到底是怎么进来的?"拉娜·李冲着一群晕头转向的老头儿质问道,"琼斯在哪里?谁把琼斯给我叫过来。"

"给我回来,你这个疯子!"达琳大吼道,"我的开场秀啊!为什么你要在我的开场秀上出现?"

"天哪!"伊格内修斯气喘吁吁,一心只想冲出门口,一排桌子在他身后横七竖八,"你们这群恶魔竟敢让一只疯鸟袭击你们毫无戒备之心的客人?你们就等着明天一早接收起诉书吧。"

"给我回来!你还欠我二十四美元,马上给我付钱!"

伊格内修斯又撞翻了一张桌子,他和凤头鹦鹉跟跟跄跄地往前奔。忽然,他觉得耳朵一松,耳环掉了下来,紧叼着耳环的鹦鹉也从他的肩头摔了下去。惊恐之下,伊格内修斯夺门而出,抢在那个拉丁女人之前冲出酒吧,后者挥舞着账单锲而不舍地追了出来。

"哇哦!嘿!"

伊格内修斯跌跌撞撞地从琼斯身边走过。琼斯没想到破坏计划会有如此戏剧性的一幕。伊格内修斯气喘吁吁,双手捂住紧闭的幽门,跑向大街一直冲到公共汽车道上。这时,一辆巴士迎面驶来,他先听到人行道上有人尖叫,接着轮胎摩擦地面传来尖锐的刹车声。等他回过神来,抬头一看,几英尺外车灯的强光几乎晃瞎他的眼睛。紧接着,灯光散去,他两眼一黑,昏过去了。

紧要关头,琼斯一个箭步跳到街上,两只大手拽住伊格内修斯的白色工作服。伊格内修斯仰倒下来，逃过一劫。大巴车喷出柴油废气，在距他沙滩靴一两英寸的地方隆隆驶过。

"他死了吗？"拉娜·李看着街上那堆白色的庞然大物，期盼地问道。

"我可不希望他就这么死了。他还欠我二十四美元呢，这个变态。"

"嘿，醒醒，兄弟。"琼斯叫道，对着眼前这个一动不动的大个子吐了口烟。

这时，那位身穿丝质西装、头戴礼帽的男子从巷子里走出来。之前，他一直在暗中观察，看着伊格内修斯走进"欢乐之夜"酒吧后来又急匆匆地从里面跑出来，迅猛之势让他瞠目结舌，所以直到这时，男子才敢现身。

"让我看看他。"戴着礼帽的男子说着俯下身去听伊格内修斯的心跳。怦怦的心跳声让他确信白色工作服下面的东西还有生命。他抓起伊格内修斯的手腕，发现米老鼠手表已经摔得粉碎。"他没事，只是昏过去了，"男子清了清喉咙，用微弱的声音命令道，"大家退后，给他点新鲜空气。"

大街上挤满了围观的人群，大巴车在几码外停了下来，堵住了来往的车辆。忽然之间，波旁街的氛围就像四旬斋前的狂欢节。

琼斯透过墨镜打量着眼前这位陌生男子。此人看起来面熟得很，像是换上了高级服装的某个旧相识。尤其是那双黯淡无神的小眼睛，似曾相识。琼斯记得在一撮红胡子上面曾见过这双眼睛；他又想起因为腰果事件被抓进警察局里，在一顶蓝色警帽下面也见过同样的一双眼睛。琼斯不露声色，心想警察毕竟是警察，没事最好不要招惹。

"他从哪儿冒出来的呀？"达琳站在人群中问道。这会儿红色凤头鹦鹉落回她的手臂上，鸟儿嘴里的耳环晃来晃去，像只金色的虫子。"这是什么开场秀啊！我们该怎么办啊，拉娜？"

"凉拌，"拉娜愤愤地说道，"让这个家伙躺在这，等扫大街的收拾他。我来修理琼斯。"

"哇哦！嘿！这家伙硬闯进来的。我们还厮打了一会儿，但是他非要进'欢乐之夜'。我又担心把这身租来的衣服扯坏了，害你赔钱，害'欢乐之夜'破产。哇哦！"

"闭上你的臭嘴。我在想要不要给警队里的朋友都打一通电话。琼斯，你被炒鱿鱼了，达琳，你也一样。我就知道不该让你上台表演，把这只该死的鸟拿开。"拉娜转向围观的群众，和颜悦色地说，"好啦，既然大伙都到这儿了，不如进'欢乐之夜'喝一杯吧，我们有精彩的表演哟。"

"李小姐，"拉丁女人喷着口气，对拉娜·李问道，"谁来付香槟的二十四美元啊？"

"你也被炒了，笨蛋，"拉娜转头微笑道，"来吧，朋友们，进来尝尝我们专业调酒师为各位特别调制的美酒。"

然而，人们还是伸长脖子看着那堆呼哧呼哧喘粗气的白色物体，无暇顾及这么优雅的邀请。

拉娜·李正要上前踢醒那个大家伙，把他彻底赶走。这时,礼帽男彬彬有礼地向她问道:"我想借用一下您的电话,叫一辆救护车过来。"

拉娜打量着对方的丝制西装、小礼帽,以及那双不安的眼睛,她发现了一个安全的对象,一个有利可图之人——这是一个富有的医生,还是一位有钱的律师?她也许能借机扭转败局,把它变成有利可图的商机。

"当然可以,"她在他耳边悄悄地说道,"瞧,您也不会想把整晚的时间都浪费在这个躺在街上的家伙身上吧。他就是个流浪汉。你看起来需要找点乐子。"她绕着白色小山包走了一圈,那家伙像火山一样呼哧呼哧地喷气。此时的伊格内修斯正在梦境中徜徉:惊恐万分的莫娜·明可弗在"品位与尊严"的法庭上接受审判,一项可怕的惩罚即将宣布。她将为自己犯下的种种罪行,承受肉体的刑罚。拉娜·李凑近男子,把手伸进金色工装裤的口袋,贴着男子蹲下来,偷偷摸摸地晃了晃卷在手心里的波爱修斯版的艳照。"看看这个,宝贝,想不想跟这位美女春宵一夜呀?"

礼帽男子把视线从伊格内修斯惨白的脸上转向照片上的女人,上面还有一本书、一个地球仪和粉笔。他再次清了清喉咙,说道:"我是巡警曼库索,卧底探员。我现在以拉皮条和窝藏淫秽照片罪逮捕你。"

与此同时,已经解散的女子附属组织三成员——弗里达、贝蒂和莉兹——闯进了围观伊格内修斯的人群中。

第十三章

伊格内修斯睁开双眼,眼前白花花一片。他头痛欲裂,耳鸣不休。蓝黄色的眼睛逐渐聚焦,他意识到自己正在仰望天花板。

"你终于醒了,孩子,"妈妈的声音在他身边响起,"看看这个。现在我们真的完蛋了。"

"我在哪里?"

"别跟我耍花样,小子,少来这一套,伊格内修斯。我警告你,我受够了。我是认真的。出了这样的事,你要我以后怎么出去见人?"

伊格内修斯转过头,朝四下看。他躺在一个小隔间里,两边被屏风挡着。这时,一个护士从床脚经过。

"天哪!我在医院,谁是我的主治医生?我希望你们发发善心,请专家给我看病,还有,叫个神父过来。我得看看他够不够资格。"伊格内修斯的唾沫飞溅到盖在肚子上的白色床单上。他摸了摸脑袋,头上扎着绷带的部位隐隐作痛。"啊,上帝啊!别怕告诉我实情,妈妈,从疼痛的程度上看,我肯定伤得不轻。"

"闭嘴,你看看这个。"雷利太太几乎咆哮起来,把一张报纸扔到伊格内修斯的绷带上。

"护士！"

雷利太太从他脸上扯下报纸，一巴掌拍在他嘴上。

"闭嘴，疯子，看看这报纸，"她声音沙哑，"我们完蛋了。"

在《波旁街上演疯狂事件》的新闻标题下面并排放着三张照片。右边那张达琳穿着演出服，抱着凤头鹦鹉，展露明星般的笑容；左边那张是拉娜·李双手遮面，爬上警车的后座，上面已经坐着参加和平集会的女子附属组织三成员，她们个个顶着短发；巡警曼库索站在警车前摆出开车门的造型，他身上的西装被扯得稀烂，帽檐也卷了边。中间那张照片上，嗑了药的黑人小子正冲着地上那堆状如死牛一样的庞然大物咧嘴而笑。伊格内修斯眯起眼睛仔细地端详起中间那张照片。

"瞧瞧啊，"他咆哮道，"这家报社都雇了什么样的笨蛋当摄影师？完全没有拍出我的五官特征！"

"念一念照片下面的内容，孩子，"雷利太太用手指戳着报纸，仿佛要把照片刺穿一样，"快念啊，伊格内修斯。你觉得君士坦丁堡街的邻居们会怎么说？念啊，大声念出来。街头打斗、色情照片、午夜女郎，都齐了，念啊，小子！"

"我最好还是不要念了，上面很可能写满了不实之言和恶意诽谤。那些黄色小报的记者就喜欢无中生有地嚼舌根。"虽然嘴上这么说，伊格内修斯还是草草地看了一遍报道。

"他们竟然声称那辆横冲直撞的大巴车没有撞到我？"他愤怒地质问道，"这第一句评论就是谎言，赶紧联系公共服务部，我们必须起诉他们。"

"闭嘴,把整篇报道读完!"

一位脱衣舞娘的鹦鹉袭击了身穿道具服的热狗小贩。便衣警察安吉洛·曼库索以拉客、拍摄且持有色情照片的罪名逮捕了拉娜·李。在酒吧服务生波玛·琼斯的协助下,曼库索警官找到在吧台下藏匿色情物品的柜子。曼库索警官告诉记者,他对这起案件的调查由来已久,曾与李姓女子的一位代理商有过接触。据警方推测,李姓女子的落网标志着向全市高中生分销色情图片的犯罪组织已被捣毁。警方在酒吧内缴获一份学校清单,曼库索警官表示将全力追捕该代理商。正当曼库索警官实施逮捕行动时,克拉布、斯蒂尔、布姆派尔三名女子冲进酒吧人群,袭击了曼库索警官,她们也因此遭到拘捕。伊格内修斯·雅克·雷利,三十岁,因休克被移送至医院救治。

"我们真是倒霉,当时正好有个摄影师无事可做,在酒吧附近闲逛,就把你像醉汉一样躺在大街上的丑态拍下来了,"雷利夫人抽泣道,"我早该料到,你带着色情照片,还穿得疯疯癫癫的,肯定会惹祸。"

"我遭遇了人生中最悲惨的夜晚,"伊格内修斯感叹道,"昨晚命运女神真是头脑发昏,让我的运势急转直下,照这样下去我不知道自己还能坚持多久。"他打了个嗝,继续说道:"我能不能问一下,我的死对头、那个白痴警察怎么会在现场?"

"昨晚你走后我给桑塔打电话,告诉她让警局里的安吉洛去圣彼得大街,看看你到底干什么去了。我听见你跟出租车司机说的地址了。"

"多聪明啊！"

"我以为你去参加什么反动分子集会，我错了吗？安吉洛说你跟一帮可疑的人混在一起。"

"换句话说，我被人跟踪都是拜你所赐，"伊格内修斯尖叫道，"我的亲妈妈！"

"竟然被一只鸟袭击，"雷利太太哭泣道，"在你身上会发生这种事情，伊格内修斯。从来没有人会被一只鸟欺负的。"

"那个大巴司机在哪儿？我要立刻起诉他。"

"你只是昏过去而已，蠢货。"

"那这绷带是怎么回事？我感觉很难受。我一定是晕倒的时候，摔伤了什么重要的部位。"

"你脑袋只是擦伤了一点，根本就不严重。他们给你做了X光检查。"

"那些人有没有趁我昏过去的时候对我的身体摸来摸去？你应该有这个明辨力去制止他们。天知道这些下流的医护人员对我哪些部位做了检查。"伊格内修斯此时意识到自从苏醒以后，除了头痛耳鸣外，还有一个地方——他的下面——起了反应，这得好好处理一下。"能不能请你离开一会儿，我得先查一下是不是有被侵犯的部位，五分钟就行。"

"听好了，伊格内修斯，"雷利太太站起身来，抓住伊格内修斯小丑款式的斑点睡衣衣领，"别跟我耍花样，否则我把你的脸扇歪。安吉洛都告诉我了，像你这样受过教育的男孩竟然跟一帮可疑分子在法国区鬼混，还跑到酒吧找妓女，"雷利太太又哭起来，"还好这些事情没有全部登在报纸上，否则我们只有搬家了。"

"是你把纯洁的我带进那个龌龊酒吧的！事实上，这都怪那个可恶的莫娜·明可弗。她一定要为她的罪行付出代价。"

"莫娜？"雷利太太抽泣道，"人家根本不在这儿。我听够了你的疯话，说什么她害得你丢了利维制裤厂的工作。别再跟我来这一套。你疯了，伊格内修斯。即使作为你的亲妈，我也会这么说，我的孩子精神不正常了。"

"你看起来非常憔悴。为什么不把床上那个人推到一边，你爬上去睡一会儿呢。一个小时以后再过来跟我说话。"

"我一夜没合眼。安吉洛打电话过来说你进医院时，我差点就中风了。我几乎一头栽倒在厨房地板上，差点脑袋开花。然后，我跑进屋子换衣服，又扭伤了脚踝。开车到这儿来的路上，还险些出了车祸。"

"可别再撞车了，"伊格内修斯倒吸一口气，"不然的话，我要下盐矿干活了。"

"拿着它，笨蛋，安吉洛说把这个还给你。"

雷利太太俯身拾起地板上靠近椅子旁边的那本厚厚的《哲学的慰藉》，朝伊格内修斯的肚子扔过去。

"哎哟。"伊格内修斯叫起来。

"安吉洛昨晚在酒吧里找到的，"雷利太太凶巴巴地说，"有人在车站厕所，从他手里抢走了这本书。"

"哦，上帝啊！这一切早有预谋，"伊格内修斯尖叫着，啪啪地拍打着那本大书，"原来是这么一回事。我早就告诉过你那个白痴曼库索是我们的克星。现在他终于放出大招了。我居然还把这本书借给他看，我真是太天真！我被骗得好惨啊！"伊格内修斯闭上布满血丝的双眼，语无伦次地叨叨了一阵。"闹了半天，那个纳粹妓女把她那张淫荡的脸藏在我自己的书——我的世界观基石——之后，我上当啦！哦，妈妈，你不知道我被这些下等人种骗得多惨！讽刺的是，这本命运之书本身就沾满了厄运。啊，命运女神，你这个小荡妇！"

"闭上你的嘴，"雷利太太吼道，她扑满香粉的脸上布满愤怒的皱纹，"你想让整间病房的人都来这里看热闹吗？你觉得安妮小姐这次会说些什么？你这个傻乎乎、疯疯癫癫的家伙，我以后还怎么见人啊？伊格内修斯，现在，这家医院要我们付二十美元才能让你出院。救护车司机不肯发善心把你送去慈善医院，他把你丢到这家收费医院就不管了。你说我从哪里弄出来二十美元？明天我要给你的小号分期还款，还要付赔偿金给那个被我们撞坏房屋的男人。"

"太离谱了！你当然不需要支付这笔二十美元的医疗费。这简直是拦路打劫。你赶紧回家，把我一个人留在这儿。这里挺安静的，我养养就好了。这会儿，我的心灵需要静养。等你方便的时候，把铅笔和活页夹给我带过来，它们都放在我书桌上了。我得趁着记得清清楚楚的时候，把这次受到的创伤一一记录下来。我批准你进入我的房间。现在，要是你不介意的话，我要休息了。"

"休息？再付二十美元多住上一天？你赶紧给我下床。我给克劳德打电话了。他正往这边赶，来给你付医药费。"

"克劳德？到底谁是克劳德？"

"一个我认识的男人。"

"你这是怎么了？"伊格内修斯倒吸一口冷气，"现在，你要明白一件事，那就是——我绝不准什么陌生男人付我的医药费。除非你用光明正大的钱赎回我的自由，否则我就待在这里不走了。"

"从床上给我起来！"雷利太太咆哮道。她抓起伊格内修斯的睡衣往下拽，不过他的身躯重如陨石，陷入床单里。"快起来，要不然我就扇烂你的胖脸。"

他见母亲拿着钱包的手举过头顶，立马坐了起来。

"哦，天哪！你竟然穿着保龄球鞋。"伊格内修斯布满血丝的蓝黄眼睛扫过床沿，瞥见他妈妈垂下来的衬裙和松松垮垮的棉袜，"只有你这种妈妈才会穿着保龄球鞋站在儿子的病床边。"

他的妈妈压根没搭理他。这次，她心意已决，冲天的怒火让她傲然而立；她目光坚毅，两片薄薄的嘴唇抿得紧紧的。

一切都乱套了。

早上克莱德先生看了报纸后，便把雷利给开除了。这只大猩猩的小贩生涯就此终结。那只大狒狒为什么下班以后还穿着那身道具服呢？自己苦心经营十年为公司树立起的好名声，而那只大猿猴雷利瞬间就把它给毁了。热狗小贩的名声本来就不好，再跟妓女扯上关系，真是雪上加霜。

克莱德先生气得跟油锅里的热油一样沸腾冒泡。如果雷利胆敢再次现身天堂小店，他就等着被一叉封喉吧。至于那套工作服和海盗装备，肯定是前天下午那小子从店铺偷偷拿出去的。不管怎么样，他还是要给那只大猩猩打个电话，通知他不用来上班了，而那套工作服就别指望从那个蠢蛋手里要回来了。

克莱德先生给雷利家打了好几通电话都没有人接，也许他们把他送到什么地方去了？那只大猩猩的妈妈肯定醉倒在地板上，不省人事，只有耶稣基督才知道她成什么样了。这一家人真够奇葩的。

这一周，塔尔科博士可谓度日若年。不知怎么搞的，学生们发现了几年前那个怪胎研究生写给他的恐吓信。他不知道信是怎么落到学生手里的，反正后果很严重。那封信上的流言蜚语在校园里悄悄蔓延，现在他成了学校里的头号笑柄。在一次鸡尾酒会上，他的一个同事跟他讲述了事情原委。他才恍然大悟，为什么从前备受尊敬的课堂如今却充斥着偷偷讥笑与窃窃私语。

信上"误导与诱骗青年学子"的言辞被严重地曲解和误读了。他吃不准自己是不是应该跟教务处解释一下。还有那句

"发育不良的睾丸"，塔尔科博士光想想就不寒而栗。把整件事开诚布公地交代清楚或许是上策，可那样的话就意味着要找到当年写信的学生，而这个人很可能会把责任撇得一干二净。或许他只要把这位雷利先生是个什么样的人描述一番就够了。塔尔科博士仿佛又看到裹着那条大围巾的雷利，与他并肩的还有那个可怕的无政府主义女生，她总是拖着个大箱子在校园里到处散发传单。幸好那个女孩在学校里待的时间不长，可是雷利似乎打算像棕榈树和长椅一般成为校园里的固定设施。

有那么一个灰暗的学期，塔尔科博士要同时给这两个学生授课。课上他们要么发出怪异的声音打断他的讲授，要么提出一些只有上帝才能回答的问题难为他。他又打了个寒战。不管怎么样，他必须找到雷利，澄清信上的内容，让他当众给自己道歉。只要一看到这位雷利先生，学生们就会明白信上的话不过是一个疯子的一派胡言，他甚至可以让学校管理层也见见这位雷利先生。这么看，解决问题的关键就是：把这个叫雷利的家伙活生生地呈现在大家面前。

塔尔科博士喝了一口兑了果汁的伏特加，每次晚上酒局喝多了，他都会来上一杯。他翻开报纸，法国区的人总是闹哄哄的。他又抿了一口饮料，想起雷利倾倒考试试卷事件，那一次雷利顺着教学楼窗户把试卷倒在示威游行的新生头上，学校管理层肯定也记得此事。他得意地笑了，继续看报纸。有三张照片特别滑稽，这些庸俗、低贱的老百姓，虽然只可远观，但每次都逗得他捧腹大笑。他继续往下看，一口饮料呛进喉管，喷在他的吸烟夹克①上。

那个雷利怎么沦落到这种地步了?他以前最多是个怪胎,可现在……要是大家发现这封信出自一个热狗小贩之手,那些谣言肯定会传得更凶啊。雷利绝对是那种能把热狗车推进校园、跑到研究院门前卖热狗的人。整件事会被演变成一出闹剧,到头来丢人现眼的还是自己。

塔尔科博士放下报纸和酒杯,双手掩面。看来他只能忍气吞声,来个死不认账了。

安妮小姐看过晨报,气得满脸通红。她正在纳闷呢,雷利家今天早上怎么这么安静。行吧,这是最后一根稻草了。现在这个小区的名声算是彻底臭了。她忍无可忍,那家人必须搬走,她要找邻居们写请愿书。

巡警曼库索拿起报纸看了又看。他把报纸举在胸前,相机的闪光灯砰地一闪。今天,他把布朗尼相机带到警局,要求警长给他拍照。整个警局都成了他的背景,他一会儿依着警长的办公桌,一会儿站在警局门口的台阶上,一会儿又靠着巡逻车,后来还拉上负责监管学校附近超速驾驶的女交警。

只剩最后一张底片的时候,巡警曼库索决定把两样道具合二为一,来个戏剧性的收尾。他让女交警扮成拉娜·李爬上警

---

① 吸烟夹克(smoking jacket):上流社会绅士在隆重的晚宴之后,脱掉燕尾服坐在吸烟室里抽烟时穿的一种便装。

车后座，摆出龇牙咧嘴、挥拳咒骂的样子，而他自己则眉头紧锁，手里紧握报纸面向镜头。

"行了吧，安吉洛，好了吗？"女交警问道。她不想错过早上的限速时段，急着赶去学校。

"非常感谢，格拉迪斯，"曼库索巡警说道，"我家那几个小鬼想多带几张照片给小朋友们看。"

"好啊，当然，"格拉迪斯喊道，匆匆忙忙地往警局外面跑，肩上的挎包鼓鼓的，里面塞满黑色的超速罚单，"我觉得他们的确有理由为你这样的爸爸感到自豪。很高兴能帮到你，亲爱的。要是你什么时候还想多拍些照片，跟我说一声就行了。"

警长把最后一个闪光灯泡扔进垃圾桶，一掌拍在巡警曼库索瘦削的肩膀上。

"你单枪匹马侦破了活跃在本市高中校园的色情诈骗团伙，"他又一掌拍在巡警曼库索的肩胛一侧，"在这么多人之中，只有曼库索，能把那个连我们最优秀的便衣都搞不定的女老板抓回来。据我所知，曼库索一直在法国居民区跟进此案，只有他能认出那个女人的代理商。要说谁能凭借一己之力制服三个疯婆娘，并把她们缉拿归案？还是曼库索啊！"

曼库索巡警橄榄色的双颊泛起浅浅的红晕，只有被附属组织三姐妹抓伤的部位一片嫣红。

"只是运气好罢了，"巡警曼库索谦虚地说道，清了清空空如也的嗓子，"有人给我线索去那里。还有那个波玛·琼斯，他告诉我去搜搜吧台下面的柜子。"

"你策划了一场单人抓捕行动啊,安吉洛?"

警长叫他安吉洛?他的脸上忽而闪现出蜡黄色与酱紫色之间的色调。

"要是你升职,我一点也不奇怪,"警长继续说道,"你做巡警已经很久了,就在几天前我还觉得你是一个笨蛋。你有什么想说的吗,曼库索?"

"我能把相机拿回来吗?"他又清了清嗓子,几乎是结结巴巴地说道。

桑塔·巴塔利亚把报纸举到母亲的照片前说道:"你觉得怎么样?你孙子安吉洛很厉害吧?你喜欢吗,亲爱的?"她又指着报纸上的另一张照片说道,"你再看看这张,可怜的艾琳,她那个疯儿子像搁浅的鲸鱼一样躺在大街上,你觉得怎么样,是不是太惨了?那姑娘这次可得把她儿子送到医院里关起来了。你觉得拖着这么个傻儿子,还会有男人愿意跟艾琳结婚吗?当然没有啦。"

桑塔一把抓起母亲的相框,在上面留下湿漉漉的唇印:"别紧张,亲爱的,我会为你祈祷的。"

克劳德·罗比乔克斯看了一眼报纸,心情沉重地坐在开往医院的电车上。那个大男孩怎么能让艾琳这样文雅、善良的女士蒙羞呢?她为这个儿子累得脸色苍白又憔悴,简直操碎了心。桑塔说得对，趁着那个孩子没有给艾琳这位了不起的母亲惹出更多祸事，要早点想办法让他接受治疗。

这回是二十美元，下次可能要花更多钱。就算他有一笔丰厚的养老金和几处房产，也养不起这样的继子啊。

最糟糕的是，太丢人了。

乔治把那篇报道贴到少年成就剪贴簿上，那是他在学校最后一个学期的纪念品。他把剪报贴在一张空白页上，前一页是在生物课上画的鸭子的主动脉，后一页是公民课上他做的宪法历史研究。他真是佩服那个曼库索警官，那家伙果然是个人物。乔治不知道自己的名字会不会出现在吧台柜子里警方缴获的名单上。如果真在上面，或许他去海边的叔叔家里住几天，避避风头比较好。不过，他身上的钱不够，出不了远门，所以最好还是待在家里观望一阵再说。可不能再去市区了，那个曼库索准会认出他来。

乔治的母亲正在客厅的另一头拿着吸尘器清扫，她抬头满怀期望地看着儿子研究学校的剪贴簿。也许他对上学又有兴趣了吧？他们夫妻俩真是拿他一点办法也没有。如今这世道，如果连高中文凭都没有，能有什么出路呢？他能干点什么呢？

这时门铃响了，她关上吸尘器去开门。乔治还在研究报纸上的照片，心想那个热狗小贩在"欢乐之夜"到底做了什么呢？他不会也是什么便衣警察吧？再说了，自己也没有向他透露这些照片是从哪儿来的呀。整件事情太蹊跷了。

"警察？"乔治听见他妈妈在门口问道，"你们是不是找错地方了？"

乔治立马往厨房跑，接着他意识到自己无路可逃，因为这种廉价公寓只有一个出口。

拉娜·李把手中的报纸撕成一条一条的，又把报纸条撕成更小的碎片。女狱警看到了，命令她把碎纸片清理干净。女子附属组织的三名成员也住在这间牢房，她们中的一位对狱警说道："走开。这里就我们几个人，我们喜欢地上有纸片。"

"滚开。"莉兹附和道。

"赶紧消失。"贝蒂也说。

"这间牢房归我管，"狱警说道，"你们四个从昨晚开始就吵个不停。"

"让我从这个该死的洞穴里出去，"拉娜·李冲女狱警尖叫道，"跟这三个疯婆子待在一起，我一分钟也受不了啦。"

"嘿，"弗里达冲另外两位狱友说道，"洋娃娃不喜欢我们啊。"

"就是你们这种人把社区搞得乌七八糟。"拉娜对弗里达控诉道。

"闭嘴！"莉兹大喝道。

"省省吧，甜心。"贝蒂说道。

"放我出去，"拉娜透过铁栏杆拼命地喊道，"我和这三个变态关在这鬼地方，都他妈整整一个晚上了！我是有人权的，你们不能一直把我关在这儿!"

狱警朝她笑了笑,便走开了。

"嘿!"拉娜朝着走廊尖叫道,"给我回来。"

"别生气啊,小可爱,"弗里达说,"别自寻烦恼啦。现在让我们看看你藏在内衣里的艳照吧。"

"就是嘛。"莉兹拥护道。

"把照片拿出来,洋娃娃,"贝蒂命令道,"这光秃秃的墙壁我们早就看腻了。"

三个女汉子一起向拉娜扑过去。

多利安·格林把自己那张朴素至极的名片翻了过去,在背面写道:"出租顶级公寓,有意者请联系1A。"然后,他走到石板路上,把名片钉在黑漆皮百叶窗底下。那几个姑娘一时半会儿是出不来了。警察对一些小打小闹的罪名总是死磕不放。不幸的是,这几个姑娘跟法国区的人混得不熟,要是有人给她们指出那个不同寻常的警察,她们就不会笨到去袭警了。

不过,没有这几个冲动又好斗的姑娘,多利安觉得整栋楼都失去了保护。他把铁栅栏大门锁得严严实实的,又仔细检查一番,才转身回公寓继续清理"启动集会"留下的垃圾。这是他生平最精彩的一次派对。高潮时分,提米从吊灯上摔下来,扭伤了脚踝。

多利安捡起一只掉了后跟的牛仔靴,扔进垃圾桶里,满脑子都在想那个不可理喻的伊格内修斯·雷利现在怎么样了。有些家伙真是让人忍无可忍，要是他那位善良的母亲看到报纸上骇人听闻的报道，准会伤心欲绝的。

达琳从报纸上剪下自己的照片，放到餐桌上。这是多么不寻常的开场秀啊！至少，自己已经小有名气了。

她拾起沙发上那套哈莱特·奥哈拉的角色演出服，把它挂在柜子里。凤头鹦鹉站在木条上盯着她看，嘎嘎地叫了几声。不用说，琼斯一看到那家伙是警察时肯定昏头了，把他带到吧台下的柜子那儿。现在可好，她和琼斯双双失业，"欢乐之夜"关门大吉，拉娜·李下落不明。再说，那个拉娜竟然拍艳照，真是为了赚钱什么都干得出来。

达琳看了一眼凤头鹦鹉叼回家的那只金色耳环，心想拉娜说得很对，那个疯疯癫癫的大胖子简直就是死亡之吻。他肯定还虐待自己的妈妈，那个可怜的老太太。

达琳坐下来寻思找工作的事。那只鹦鹉扑腾着翅膀嘎嘎乱叫，直到她把这枚稀奇的耳环——它最心爱的玩具——塞进它嘴里。这时电话铃响了，达琳拿起话筒，里面传来一个男人的声音："听着，你现在的知名度挺高的，我在波旁街五百号开了一家酒吧……"

马蒂漫步者旅店里，琼斯把报纸摊开铺在吧台上，朝它吐了几口烟圈。

"哇哦！"他对华生先生说道，"你教我的这招暗中搅局还真是绝啊！如今我这个搅局者又沦落成流浪汉啦。嘿！"

"看来这场破坏引发核爆啦。"

"那个大胖子怪胎是货真价实的核弹。妈的，扔到哪里，哪里的人跟着倒大霉，遭大殃。哎呀，昨晚'欢乐之夜'变成动物园了。先是一只鸟，又闯进来一头肥猪，后来还跑来三只像是刚从健身房逃出来的野猫。妈的，大家打啊、抓啊、大叫啊，那个怪胎躺在大街上像死了一样。人们围着在这头昏死过去的肥猪又是一通连打再骂。那场面就像西部片里酒吧斗殴、帮派交火。我们从波旁街吸引来一大群人，多得就像这边有足球比赛一样。后来警察开车把李老鸨带走了。呸！结果她在警局根本没有熟人，说不定跟她有瓜葛的那个孤儿也要被抓进去了呢。哇哦！那份报纸大卖，现在总有人过来找我照相，打听事情经过。谁说黑人照片不能上头版头条？嘿呀！哇哦！我就要变成这座城市里最有名的流浪汉了。我这么跟那个曼库索警官交代的，我说：'嘿，如今这个妓院关门了，你能不能跟你警队里的同事说一声，既然我协助破案了，就别把我当作流浪汉抓起来了？'谁愿意跟拉娜·李关在一起呀，一看就知道她不是好东西。"

"你有没有打算再找一份工作啊，琼斯？"

琼斯吐出一口乌漆墨黑的烟圈，如同暴风雨前的预警，说道："我刚结束一份拿的薪水连最低工资都不到的工作，我真该享受一下带薪休假。哇哦！我去哪儿能找到一份像样的工作呢？大街上无所事事的黑人多了去了。哇哦！找一份薪水不错的工作太不容易了。现在，不光我一个人失业，达琳的日子也不好过，还有那只大鸟。要是人们看到她第一次登台的场景，她出去找工作的时候，不被人泼水才怪。你明白我的意思吗？你鼓动我搭上那个肥仔暗中搅局，很多无辜的人也跟着倒大霉，像达琳就失业啦。拉娜·李说得没错，那个肥仔怪胎就是个搅屎棍子，会把所有人的生活都毁掉。这会儿，达琳和那只大鸟没准正大眼瞪小眼地感叹：'哇哦！我们的开场首秀真是轰动一时啊！嘿，玩大了！'我有点内疚，这次暗中破坏害得达琳丢了饭碗。不过，我一看到那个肥仔就控制不住，我知道他一定能闹翻'欢乐之夜'。哇哦，他真的引爆全场啦。嘿！"

"你已经算走运啦。警察没有因为你在那种酒吧工作把你抓进去。"

"是我带曼库索警官找到柜子的，他感谢我还来不及呢。他是这么说的：'我们警队需要像你这样的市民来协助。'他还说：'像你这样的热心市民能够帮我们开展工作。'我说：'哇哦！你一定要帮你警队的同事说一声，让他们别再把我当流浪汉抓起来了。'他回答说：'当然，警察局里的所有同事都会感谢你所做的一切，伙计。'现在这些警察感谢我还来不及呢。嘿！没准我还能得到什么奖励呢。哇哦！"琼斯朝华生先生黑黝黝的脑门吐了口烟圈，接着说道："那个下流的拉娜·李竟然在柜子里藏了那么多裸照，把曼库索警官的眼睛都看直了，眼珠子差点掉下来。他激动地说：'嚯！嘿！哇！'然后又说：'小子，我要升职啦。'我心想：'可能有些人要升职了，有些人却又要变回流浪汉了,有些人今晚以后连低于最低薪水的工资都拿不到了。我只能眼巴巴地看着别人扭着屁股把空调、彩电买回家了。见鬼!前一刻我还是一个扫地专家,下一秒就成流浪汉啦。'"

"事情总是变得越来越糟。"

"你怎么说都行啦,伙计。你有这么一份产业,还有一个在学校里教书的儿子。人家可能早就买了烤肉架、别克车、空调、彩电。哇哦!我呢,连个收音机都买不起。在'欢乐之夜'拿的那点薪水让人根本买不起空调。"琼斯吐出一口带有哲思意味的烟圈,接着说道,"不过你说得对,华生,事情可能越变越糟,或许我会成为下一个搅局大王。哇哦!什么事情会降临到这种人的头上呢?嘿!"

利维先生倚靠在黄色尼龙沙发里看报,《晨报》每天都会第一时间送达他的海边公寓。独享沙发的感觉美妙极了,不过光是看不到特里克希小姐还不足以让他高兴起来。他昨晚失眠了。一大早,利维太太就在按摩板上震来震去减身上的赘肉。她默不作声,全神贯注地筹划着基金会的事,起伏不定的按摩板前放着一页纸,她时而记上几笔。这会儿,利维太太放下铅笔,从地板上的盒子里拿出一块饼干,而这些饼干正是利维先生昨晚失眠的罪魁祸首。他和利维太太开车穿过了一大片松林,去曼德维尔医院看望雷利先生,结果不但没有找到人,还被医院领导误以为是捣乱分子而狠狠教训了一顿。利维太太看起来的确像是来找茬的,她顶着一头金白相间的假发,戴着蓝色太阳镜,探出镜框的睫毛被涂成碧绿色的,像一圈绿色光环。利维先生想,她这样的打扮坐在跑车里,再抱着一大桶曲奇饼干,院方当然有理由心生疑虑。不过,利维太太非常平静地接受了这一切,似乎找不到雷利先生也没什么大不了的。他隐隐地感到妻子并不是特别希望找到雷利,说不定在她心灵深处,希望阿贝尔曼能打赢这场官司。这样她就能在两个女儿面前展示家里随之而来的穷日子是他这个失败透顶的父亲造成的。这个女人准是察觉到有击败自己丈夫的机会,就动起歪脑筋来了。现在利维先生都不知道,妻子是站在自己这边,还是阿贝尔曼那边。

他已经吩咐冈萨雷斯取消观看春季比赛预定的酒店,必须先了结阿贝尔曼的案子。利维先生抖了抖报纸,又想到要是自己的消化系统受得了,他多花些时间管理利维制裤厂就好了,这种事情就不会发生,生活也会风平浪静。然而,光是听到"利维制裤厂"这五个字就让他胸口疼,或许他应该给公司改个名字,或许他应该换掉冈萨雷斯。不过,这个办公室经理还真是忠心耿耿。他竟然热爱这份吃力不讨好、薪水又低的工作。你不能随便赶走他,你让他去哪里再找一份工作呢?更重要的是,谁愿意接替他呢?利维制裤厂之所以迟迟没有倒闭,很大程度上是为了不让冈萨雷斯失业。利维先生想了半天,也想不出让公司生存下去的其他理由。要是工厂倒闭,冈萨雷斯没准会自寻短见,人命关天啊!更何况,没人愿意买下那个地方。

他的父亲——里昂·利维本可以将公司命名为"利维裤业",这个名字多好听。不过,终其一生戈斯·利维就只能说"利维制裤厂",儿时的他常常说起这个名字,而且得到的回应千篇一律——"他这么说的?"二十岁左右的时候,他跟父亲提起,给公司改名字也许有助于公司业务,父亲呻吟着说:"突然之间'利维制裤厂'让你听着不顺耳了?你吃的饭、开的车,都是'利维制裤厂'给的,'利维制裤厂'就是你的衣食父母。这就是你感恩的方式?这就是你作为子女的贡献?接下来我这个父亲是不是也应该改改名字?闭嘴,混球!玩你的跑车、泡你的妞去吧。'大萧条'已经让人够心烦的了,我不需要你的英明建议。你最好把这些建议留给胡佛总统,你去告诉他,他应该把名字改成'蠢货'。滚出我的办公室!闭上嘴巴!"

戈斯·利维看着报纸上的头版头条和照片,从牙缝里挤出几个字:"哦,天哪!"

"怎么啦,戈斯?出问题了吗?是不是又有什么事啊?你整晚都没睡觉。按摩浴缸里的水响了一夜。这样下去,你会精神崩溃的,在你还没有暴力倾向之前,你去找莱尼医生看看吧。"

"我找到那位雷利先生了。"

"我猜这下你高兴了。"

"你不高兴吗?看,他上报了。"

"真的？快拿过来给我。我一直惦记着那个理想主义青年呢。我猜他是得了什么公民奖吧？"

"前两天，你还说他是精神病。"

"他能让我们两个像小丑一样跑去曼德维尔医院，可见他有多聪明，他不是精神病。即使这样一个理想主义者也能拿我们寻开心。"

利维太太看到两个女人、一只大鸟、一个咧着嘴笑的门卫。

"他在哪儿？我没有看到什么理想主义者啊？"利维先生示意躺在地上那团像母牛一样的东西。"那是他吗？躺在大街上？人间悲剧啊。寻欢作乐、烂醉如泥、自暴自弃，他已经沦落成一个大腹便便的流浪汉了。把这些记在你的'功劳簿'上吧，他是继特里克希小姐和我之后，又一条被你摧残的生命！"

"他是被鸟咬伤了耳朵，还是怎么回事？你看看，照片上有这么多警察，我早就跟你说过他有前科，那些人都是他的同伙，什么脱衣舞娘、皮条客、色情狂的。"

"他曾经献身理想事业，如今却成这副模样。不用担心，你迟早会付出代价的。几个月后，等阿贝尔曼把你告倒，你就会像你父亲一样推车沿街叫卖，有你的苦头吃。谁叫你要弄像阿贝尔曼这样的人，谁叫你整天不务正业！要是苏珊和桑德拉知道她们的父亲没有一分钱留给她们，她们准会震惊到休克。她们不会再理你，对她们来说，你就是一个'前老爸'。"

"行了，我这就进城去找雷利谈谈，把这桩疯狂的回信事件解决掉。"

"呵呵,大侦探戈斯·利维。不要太搞笑!那封信很可能就是你赢了比赛,高兴得忘乎所以时写下的。我就知道会有这么一天。"

"你知道吗?我觉得你其实希望阿贝尔曼能赢得这场官司。你其实就想看着我完蛋,哪怕你自己也会跟着一起完蛋。"

利维太太打了个哈欠,说道:"你玩火自焚,我有什么办法?这恰恰证明一直以来我对你的判断、我对女儿们说的都是正确的。我越想阿贝尔曼的官司,就越觉得这种事情是不可避免的,戈斯。谢天谢地我妈妈还有点钱,我就知道总有一天我会回到她那儿。不过,她可能没法再去圣胡安度假了,可我们总不能让苏珊和桑德拉整天吃花生吧。"

"哦,闭嘴。"

"你让我闭嘴?"利维太太被按摩板颠得上下起伏,"你让我看着你完蛋,默不作声吗?我得为自己和女儿们做打算啊。我的意思是,日子还要过下去,戈斯,我不能跟你一起堕落啊。我们只能庆幸你的父亲先走一步。要是他还在世,看着'利维制裤厂'因为你的恶作剧而毁于一旦,你就死定了,相信我,里昂·利维会把你驱逐出境的。他是一个意志坚定的勇士。无论如何,我要把里昂·利维基金办下去,就算我们母女节衣缩食,我也要设立奖项,表彰和奖励那些像你父亲一样拥有可贵品质的人。我不会让你在堕落之路上败坏他的名声,等阿贝尔曼的案子结束了,要是你运气好,你或许能在自己钟爱的车队里当个送水工什么的。天哪,到时候你要提着水桶、拿块海绵像个流浪汉一样跑来跑去吗?不过,你不要觉得自己受了委屈,这都是你自找的。"

现在,利维先生终于明白在他妻子奇怪的逻辑中他是注定要完蛋的。她想看到阿贝尔曼赢,她将这种胜利视为某种奇特的公平。自从她看过那封信以后,她已然从各个角度权衡过这件事。无论她踩着健身脚踏车,还是躺在按摩板上震来震去的时候,她脑子里无时无刻不在比较和思考,她的整个逻辑系统都在越来越肯定地说服自己——阿贝尔曼必须胜诉。那不仅是阿贝尔曼的胜利,也是她自己的胜利。在她每一次与女儿们的交谈与书信中,她都这样引导或暗示她们:你们的父亲是彻头彻尾的失败者。利维太太不允许输掉这一点,她需要那五十万美元的诽谤诉讼来证明自己。她甚至不关心丈夫跟雷利的谈话。这桩阿贝尔曼事件已经从纯粹的物质与生理层面,升华到一个更高的意识形态与精神的维度,在那里宇宙间的所有力量都要求戈斯·利维必须失败,戈斯·利维必将老无所依、穷困潦倒,拿着水桶和海绵漫无目的地到处流浪。

"行了,我这就去找雷利。"利维先生最后说道。

"你竟然这么固执,我真不敢相信。不过别担心,你从那个理想主义青年身上占不到任何便宜。他太聪明了,会把你再捉弄一番。等着瞧,又是一场徒劳无功的追踪。再去曼德维尔医院找他?这次他们会把你关在那儿,一个大男人开着一辆大学生喜欢玩的跑车。"

"我直接去他家。"

利维太太合起基金会的记事本,关掉按摩板,说道:"如果你进城去,就带上我。自从冈萨雷斯汇报说特里克希小姐咬了那个流氓的手以后,我就一直很担心她,我必须去看看她。她对利维制裤厂的宿怨又浮现了。"

"你还想摆弄那个老太婆?难道你还没把她折磨够吗?"

"这样小小的善举你都不愿意让我做。你这种类型的人格在心理学书上都找不到记录。你真应该去看看莱尼的医生,至少给他点面子。一旦你的案例登上心理学期刊,他们会邀请莱尼的医生去维也纳做演讲。你会让他声名大噪,就像那个瘸腿姑娘成就了弗洛伊德一样。"

当利维太太为这次慈善之旅化妆打扮,往眼皮上涂抹厚厚的宝蓝色眼影时,利维先生已经把跑车开出了那间壮观的三车位车库,车库修得像一间巨型的马车棚,已是锈迹斑斑。利维先生坐在车里,眺望波光粼粼的海湾,他的胸口泛起一阵灼烧感。他必须要让雷利坦白交代,否则阿贝尔曼的那些讼棍会让他一无所有。他绝不能让妻子如愿以偿。如果雷利承认那封信是他写的,如果这次自己能安然逃过此劫,他会洗心革面。他发誓要重新做人,他甚至愿意付出一点精力去打理公司,而监督管理那个地方才是明智之举。没人照管的利维制裤厂就像无人照看的孩子一样,会沦落成惹是生非的少年犯。只要一点点关爱、照顾、关注就能避免这一切。离利维制裤厂越远,它越会给你惹麻烦。这个如同得了先天顽疾、受到了命运诅咒的利维制裤厂啊!

"我认识的每个人都有一辆宽敞、漂亮的轿车,"利维太太边说边把自己塞进小小的跑车里,"只有你,只有你花了比凯迪拉克还贵的钱,买了一辆小孩子玩的跑车。坐在这辆车里,我的头发总被吹得乱蓬蓬的。"

为了印证这一点,就在他们呼啸驶过海滨高速路时,利维太太一缕喷过发胶的头发在风中僵硬地摆动。车子穿过沼泽区,两个人一路都沉默不语。利维先生对自己的未来忧心忡忡,而利维太太却满心憧憬,她那宝蓝色的睫毛在风中平静地扑闪着。终于,他们驶入城区,利维先生一边提速一边想着自己离疯子雷利越来越近了。这个家伙整日混迹于法国区,天知道他的私生活会是什么样子,祸事不断,神志错乱。

"我想我终于找到你的症结所在了,"当他们在市区的车流中放慢车速时,利维太太开口说道,"你疯狂的飙车就是线索。我忽然明白,你为什么随波逐流,为什么一点事业心也没有,为什么让大好的生意付诸东流。"为了制造效果,利维太太故意顿了顿,继续道:"因为,你有死亡冲动。"

"今天我最后一次提醒你——给我闭嘴!"

"争强好胜,敌意满满,愤愤不平,"雷利太太来个一吐为快,"戈斯,一切终将惨淡收场。"

今天是周六,利维制裤厂为了顺应自由企业的理念,周末停工。那个地方不管开不开工,总是死气沉沉,一副濒临倒闭的样子。利维夫妇的车子驶过工厂,看到一缕白烟幽幽地从烟囱里飘出,可能有人在烧树叶。利维先生若有所思地看着这股烟,心想肯定是哪个工人周五晚上不小心把裁剪桌靠在火炉边了,要么就可能真有人在里面烧树叶。更奇葩的事都发生过——有段时间,利维太太本人迷上了制陶,就霸占了一个火炉当窑用。

车子驶过工厂,利维太太望着厂房,叹息道:"悲哀啊,悲哀。"他们沿着运河转个弯,在德赛尔街码头对面一栋黑漆漆的木质公寓楼前停下车。地上的一串碎布片召唤着过路的人爬上斑驳的台阶,走进楼房深处。

"不要耽搁太久,"利维太太边说边扭动身子钻出跑车,她怀里抱着原本用来探望曼德维尔医院病人的曲奇饼干盒,"我正好把它用在特里克希小姐的项目上。或许她忙着吃饼干,就不用我多费口舌了。"她冲丈夫笑笑,又说道:"祝你好运,别再被那个理想主义青年捉弄啦。"

利维先生火速开往上城区。等红灯的时候,他抽出夹在座位中间的《晨报》,找到雷利家的地址,沿着运河在普利塔奇街行驶,再转弯驶入坑坑洼洼的君士坦丁堡街,颠簸着开到一处迷你住宅前。那个大个子怪胎就住在这样的玩具屋里吗?他是怎么从前门进进出出呢?

利维先生拾级而上,看到一根门柱上钉着"为和平在所不惜",房子前立着"还善良者和平"的标牌,心想就是这里没错。这时屋子里传来电话铃声。

"他们不在家!"一个女人在隔壁屋子里的百叶窗后面尖叫

道,"电话都响一上午了!"

邻居家的门开了,从里面走出来一个神情疲惫的女人,手肘支在门廊前的栏杆上。

"你知道雷利先生在哪里吗?"利维先生问道。

"我就知道他上了今天的《晨报》,他应该在某个精神病院吧。我的神经快要崩溃了,搬到他家隔壁,简直就是签了死刑执行令。"

"他就一个人住在这儿?上次我给他家打电话的时候是一位女士接听的。"

"那肯定是他的妈妈。她的神经也快崩溃了,她一定是去医院或者什么地方接他去了。"

"你和雷利先生熟吗?"

"我看着他长大的。小时候,他是妈妈的骄傲,学校里所有的修女老师都喜欢他,那时候他多可爱啊。看看现在,他成什么样子了,竟然躺在阴沟里。行了,他们最好考虑从这个街区搬出去,我实在受不了了,他们现在肯定在吵架呢。"

"我想跟你打听些事。既然你挺了解雷利先生的,你觉得他是不是那种毫无责任感,甚至有些危险的人物?"

"你想干什么?"安妮小姐眯起倦怠的双眼,"他又惹麻烦了?"

"我是戈斯·利维。他以前是我公司里的员工。"

"是吗?你没开玩笑吧?那个疯疯癫癫的伊格内修斯为那份工作很是骄傲呢。我常常听他对他妈妈说他干得如何如何的好。能有多好？几个星期之后就被炒了。好吧，既然他为你工作过，你肯定也挺了解他吧。"

那个可怜的怪物雷利当真为利维制裤厂的工作感到骄傲吗？他以前倒是总挂嘴边，这就是他脑子不正常的有力证据。

"请问他是不是惹上警察了？他是不是有犯罪前科呀？"

"倒是有一位便衣警察经常过来，是找他妈妈的，没找过雷利。他妈妈有点酗酒，我最近倒是没发现她喝醉，不过有一段时间她总是喝得大醉。有一次，我看见她在后院，自己被晾衣绳上的湿被单缠住。先生，和这样的人做邻居，我起码少活十年啊。那些噪声！什么班卓琴、小号、大喊大叫，还有电视机。雷利这家人就应该搬到乡下农场去住。每天，我起码要吃六七片阿司匹林。"安妮小姐把手伸进裙子领口，把滑下肩膀的衣带扯回来，"我跟你说，凭良心讲，在伊格内修斯养的那条大狗死之前，他还算正常。他的那条大狗以前总是跑到我窗户底下叫唤。从那个时候起，我的神经就出问题了。后来，那条狗死了，好吧，我以为我能过上太平安宁的日子了。但是，并没有！伊格内修斯把死去的大狗放在家里的前厅，在狗爪子里塞满鲜花。那是他们母子俩开始第一次争吵。说实话，我觉得他妈妈就是从那时候起开始酗酒的。于是伊格内修斯跑到牧师那儿，请他到家里为死去的狗说悼词。伊格内修斯要给死狗办场葬礼。你懂吗？牧师当然说不行啦，我觉得因为这件事伊格内修斯脱离了教会。后来，伊格内修斯自己为那只狗办了一场葬礼。一个大个子高中生应该更懂事才对。看见那边的十字架没?"利维先生绝望地看了一眼前院那个锈迹斑斑的凯尔特十字架。"一切就是从那里开始的。他找了二十几个小孩,站在院子里围着他看。伊格内修斯披了一件大斗篷,打扮得像个超人一样,到处都是闪着火光的蜡烛。他妈妈一直站在门口,尖叫着让他把死狗扔进垃圾桶,然后回屋去。好吧,从那时起,情况就变得越来越糟。伊格内修斯在大学里待了十年,他妈妈差点破产。她连家里的钢琴都卖了。哎呀,我倒不介意这些。你真应该看看他从大学带回来的女朋友。我对自己说:'这下好了,没准伊格内修斯娶妻生子,就搬出去了。'结果我又错了。这两个家伙整天待在房里,夜夜上演民歌会。我在窗边听的那些东西哟!什么'脱下你的裙子''滚下我的床''你怎么敢这样?我还是个处女',太可怕了!我二十四小时都要吃阿司匹林了。哼,后来那个姑娘走了,我不怪她。不过,她也够古怪的,竟然愿意跟伊格内修斯在一起。"安妮小姐又把手伸进衣领去扯另一根肩带。"城里这么多房子,我怎么偏偏搬到这里?你说说这是为什么啊?"

利维先生也想不出她为什么要搬到这个地方,但伊格内修斯·雷利的故事让他郁闷极了,他一心想离开君士坦丁堡大街。

"还有,"那个女人继续说道,像是迫切需要有人聆听她悲惨的遭遇,"这次的新闻报道是最后一根稻草。看看,这个街区的名声都臭了。如果他们再搞事情,我就报警,让警察以违反治安罪把他带走。我实在是受不了了,我的神经快崩溃了。

伊格内修斯洗个澡，我就觉得水管要爆裂，像发洪水一样。我年纪大了，经不起这群人的折磨。"安妮小姐越过利维先生的肩膀向外扫了一眼，"跟你聊天很愉快，先生，再见。"

她扭头回屋，砰地关上百叶窗。她的突然消失和那个奇怪的雷利传记一样，让利维先生摸不着头脑。这是什么样的邻居呀！利维雅宅如一道屏障，把他同这群人隔得远远的。这时，利维先生看到一辆老旧的普利茅斯车挣扎着停靠在路边，车毂擦着停泊处的路基咣咣作响，好一会儿车子终于停下来。车后座上，他看到那个大个子怪胎的身影。一个栗色头发的妇女从驾驶员的座位上爬出来，喝道："好了，你给我下车。"

"你不说清楚跟那个流口水的老男人怎么回事，我就不下车！"大个子回答道，"我还以为我们逃出了那个堕落的老法西斯的魔掌了。显然我错了，你一直背着我偷偷跟他来往。说不定当初就是你把他安插在赫尔墨斯商店前，现在想想，那个白痴曼库索没准也是你安排的，这就是我恶性循环的开始。我真是太天真、太信任你了，我一直被蒙在鼓里。这一切都是阴谋！"

"你给我下车！"

"你看见了吗？"安妮小姐透过百叶窗说道，"又来了。"

生锈的后车门摇摇晃晃地打开了，伸出一只裂口的沙漠靴。那个怪胎头上缠着纱布，面色苍白憔悴。

"我不跟放荡的女人住在同一个屋檐下。你深深地伤害了我，母亲大人！难怪你总是蛮横地攻击我！我怀疑你把我当成替罪羊,发泄内心的负罪感。"

这是什么样的家庭啊,利维先生心想,那位母亲看起来的确挺粗俗,竟然能有警察看上她。

"闭上你的臭嘴,"女人厉声叫道,"不许你诋毁像克劳德这样的正人君子。"

"正人君子?"伊格内修斯嗤笑道,"我就知道你会变成这个样子,这就是你和那些人鬼混的下场。"

沿街的居民跑到自家台阶上看热闹。多么荒唐的一天啊!利维先生心想,跟这些老百姓打交道,就要冒着丢人现眼的风险,他胸口的灼热感向周身蔓延。

这时,那个栗色头发的女人扑通跪下来,仰天自问:"上帝啊,我到底做错什么了?主啊,请告诉我。我向来虔诚。"

"你跪到雷克斯的坟墓上啦!"伊格内修斯大叫道,"现在你告诉我,你和那个淫棍麦卡锡分子都干什么了?你是不是加入什么秘密政党了?难怪家里有那么多政治迫害的小册子,难怪昨晚我被人跟踪。那个媒婆巴塔利亚在哪儿?在哪儿?她一定要受鞭刑!整件事是一场早有预谋的政变,是一次居心叵测的要铲除我的计划。上帝啊!毫无疑问,那只鸟也被一群法西斯分子训练过的。他们真是煞费苦心。"

"克劳德一直在追求我。"雷利太太挑衅地说。

"什么?"伊格内修斯咆哮起来,"你是说你让那个老男人对你动手动脚了?"

"克劳德是个绅士,我们才牵过几次手。"

伊格内修斯那对蓝黄眼睛火星直冒，两只大掌捂住耳朵，拒绝再听到任何一个字。

"天知道那个家伙心里有什么龌龊的想法。求你不要对我和盘托出，我的精神一定会彻底崩溃的。"

"闭嘴！"安妮小姐从百叶窗后大叫道，"你们这些人住在这里的日子要到头了！"

"克劳德算不上聪明，但他是个好人。最重要的是，他对家人好。桑塔说他喜欢关心政治是因为他很寂寞，他没什么事干。此时此刻，如果他开口向我求婚，我立刻会说：'好的，克劳德。'我说到做到，伊格内修斯，我不会再犹豫了。我有权利在有生之年找一个对我好的人，我有权利不再为家里的开销发愁。我和克劳德去护士长那儿取你衣物时，她把你的钱包也给了我们，我发现里面竟然有将近三十美元，这是最后一根稻草了。你疯疯癫癫的就够糟糕了，还背着你可怜的妈妈藏私房钱……"

"那笔钱我留着有用！"

"有什么用？和那些妓女鬼混？"雷利太太从雷克斯的墓前吃力地站起来，"伊格内修斯，你不光抽风，还很吝啬。"

"你真以为那个好色的克劳德想跟你结婚？"伊格内修斯含混不清地说道，趁机转换话题，"你只会被他拖进一家又一家恶臭的小旅馆，最后以自杀收场。"

"只要我愿意，我会结婚的，孩子。你阻止不了我。没门！"

"那男人是个危险的激进主义分子，"伊格内修斯阴沉地说道,"天知道他脑子里隐藏多少政治和意识形态的恐怖想法。他会虐待你,甚至更糟。"

"伊格内修斯,你以为自己是谁,竟敢来告诉我该怎么做?"雷利太太瞪着气呼呼的儿子说道。她又烦又累,厌倦了伊格内修斯的喋喋不休。"克劳德是木讷——好,我承认这一点。他的反动言论让我担忧——好,就算他对政治一窍不通。我根本不在乎什么政治,我只在乎临终前能不能死得体面。克劳德懂得好好待人,这是你所有的政治知识和硕士头衔都比不上的。不管我对你多好,我都指望不上你。我只希望在死前,有个人能对我好一点。你学到了一切,伊格内修斯,除了怎么做人!"

"受人善待不是你的命运,"伊格内修斯大叫道,"你就是个明显的受虐狂。别人对你好只会困扰你,毁了你。"

"去你的吧,伊格内修斯。你一次又一次地伤我的心,我都数不过来了。"

"只要我住在这儿,那个男人休想踏进家门一步。等他厌倦了你,说不定他会把变态的兴趣转移到我身上来。"

"说什么胡话呢,疯子?闭上你的臭嘴,我受够了。我来照顾你,你不是说想休息吗?好,我马上就帮你安排,让你好好休息。"

"一想到我可怜的父亲躺在坟墓里尸骨未寒……"伊格内修斯低声说道,假装擦眼泪。

"他都死二十年了。"

"二十一年，"伊格内修斯得意地纠正道，"看来，你把你亲爱的丈夫已经忘得一干二净了。"

"打扰一下，"利维先生勉强插进一句话，"我能跟你谈谈吗，雷利先生？"

"什么？"伊格内修斯说道，这才注意到在自家门廊上站着一个男人。

"你找伊格内修斯干什么？"雷利太太对陌生男子问道。利维先生做了一番自我介绍。"好吧，他在这儿。那天他在电话里胡说八道，你没当真吧？我当时太累了，没力气从他手里抢话筒。"

"我们能进屋说话吗？"利维先生问道，"我想私下跟他谈谈。"

"我无所谓，"雷利太太冷淡地说，她朝街边看了看，发现不少邻居在看热闹，"现在好了，整条街的人全都知道了。"

她打开前门，三个人走进狭小的过道。雷利太太把装着儿子围巾和弯刀的纸袋放下，问道："您有什么事，利维先生？伊格内修斯！快过来，跟这位先生谈谈。"

"妈妈，我必须先照顾一下我的肠道。在过去的二十四小时里它们受到很大的创伤，它的抵触情绪非常严重。"

"从卫生间出来，孩子，到这儿来。现在你跟这疯子有什么要说的，利维先生？"

"雷利先生，你知道这件事吗？"

利维先生边说便从夹克衫里掏出两封信。伊格内修斯看了一眼,说道:"当然不知道,这上面是你的签名,请你马上离开我家。妈妈,他就是那个二话不说,开除我的恶魔。"

"这封信不是你写的吗?"

"冈萨雷斯先生极其独裁,他根本不许我靠近打字机。事实上,他还狠狠地打过我一巴掌,因为我无意中瞟到了他正在写的信,那封信非常无聊。要是他能让我给他擦皮鞋,我都感恩戴德了。你也知道他对你那个死气沉沉的公司有多强的占有欲。"

"我知道。不过他说,他没写过那封信。"

"一派胡言,他说的每个字都不可信,此人最擅长口是心非。"

"对方要起诉,让我们赔一大笔钱。"

"就是伊格内修斯干的,"雷利太太粗鲁地插嘴道,"不管出了什么岔子,准是伊格内修斯干的。他到处惹麻烦,快说啊,伊格内修斯,跟这位先生说实话,快点儿,小子,不然我打爆你的头。"

"妈妈,让这个人快走!"伊格内修斯一边嚷嚷一边把他妈妈往利维先生身上推。

"雷利先生,那家伙要我赔偿五十万美元,我会倾家荡产的。"

"太糟糕啦!"雷利太太喊道,"伊格内修斯,你对这位可怜的先生做了什么?"

就在伊格内修斯要辩解自己在利维制裤厂的行为多么无懈

可击时，电话铃响了。

"你好？"雷利太太拿起话筒，"我是他妈妈，当然，我很清醒。"她责备地瞪了一眼伊格内修斯，"是吗？他做的？什么？哦，不。"她凶巴巴地瞪着自己儿子，此时他正紧张地搓着双手。"好的，先生，我把东西还给您，除了那只耳环，它被一只鸟叼走了。好的，我当然能记清你说了什么。我没有喝酒！"雷利太太砰地把话筒摔到座机上，转向她的儿子，说道："是那个热狗老板打来的，你被开除了。"

"谢天谢地，"伊格内修斯叹了口气，"我恐怕也受不了再推那个热狗车了。"

"你跟他说我什么了，孩子？你说我是一个酒鬼？"

"当然没有，多可笑。我从不跟别人讨论你。准是你以前醉酒的时候跟他打过电话。我猜你很有可能跟他约会过，在几家热狗店买醉狂欢。"

"你连在大街上卖热狗的活儿都做不来。难怪那个人生气，他说你给他惹的麻烦比之前任何一个小贩都多。"

"他非常痛恨我的世界观。"

"哦，闭嘴，否则我再扇你一巴掌！"雷利太太厉声叫道，"现在跟利维先生实话实说！"

多么恶劣的家庭环境啊，利维先生想，这个女人对待儿子太专横了。

"为什么？我说的都是实话啊。"伊格内修斯坚持道。

"让我看看那封信，利维先生。"

"别让她看,要是她看了会糊涂好几天的。"

雷利太太拿起钱包朝儿子的脑袋上打去。

"又来了!"伊格内修斯哭喊道。

"别打他了。"利维先生请求道。这个怪胎的头上还缠着绷带呢。除了拳击比赛,任何暴力都会让利维先生感到不适。这个叫雷利的怪胎真是可怜:妈妈跟老男人鬼混、酗酒,想把这个儿子扫地出门,甚至被警察记录在案。那条狗很可能是这个傻大个人生中唯一真正拥有的东西。有时候,你想了解一个人非得亲眼看看他的成长环境才行。这个雷利对利维制裤厂一片赤诚,现在利维先生有点后悔开除他了,这家伙真的以公司为荣呢。"让他好好休息吧,雷利太太。我们会把事情查清楚的。"

"救救我,先生,"伊格内修斯装腔作势地抓住利维先生夹克的衣襟,可怜兮兮地说,"只有命运女神知道她会对我做些什么,我太了解她的手段,我肯定完蛋了。您有没有想过跟特里克希小姐谈谈?她远比您想象的聪明。"

"我夫人也这么说,不过我不相信那个女人说的话。毕竟,特里克希小姐上了年纪,我认为她连购物清单都写不清楚。"

"上了年纪?"雷利太太叫道,"伊格内修斯!你跟我说特里克希是个可爱的女孩子,也在公司上班,你还说你们互相喜欢。现在我才知道她是一个连笔都拿不稳的老太婆。伊格内修斯!"

此情此景比利维先生预料得更悲惨。这个怪胎竟然让他妈妈相信自己在公司交了女朋友。

"求你了,"伊格内修斯对利维先生悄悄地说,"请到我的房间来一趟,我给你看些东西。"

"别相信伊格内修斯说的话。"雷利太太追在后面喊道,眼见她的儿子把利维先生拽进那间发霉的屋子。

"就让他安静一会儿吧。"利维先生坚定地对雷利太太说。这位雷利女士竟然不愿给她的孩子一个机会,简直跟他的妻子一样坏,难怪雷利沦落成这个样子。

房门在两个人身后关起来,利维先生忽然感到一阵恶心。房间里弥漫着陈年旧茶的味道,这让他想起父亲里昂·利维手肘边的陶瓷茶壶,壶身爬着纤细的裂纹,壶底残留着茶叶渣。他走到窗边,把百叶窗打开,一抬眼撞上安妮小姐的目光,她正从百叶窗后面凶巴巴地瞪过来。他转过身去,雷利正在翻弄一堆活页夹。

"看这儿,"伊格内修斯说道,"这是我在贵公司工作期间写下的日记,这些文字足以证明我对利维制裤厂的热爱胜过一切。那时候,我时时刻刻都在思索如何提振您的企业,脑海里时常浮现利维制裤厂的光辉形象,甚至半夜出现幻觉。所以我绝不会写那种信,我爱这家公司。在这儿,请您过目。"

利维先生接过文件夹,顺着雷利胖胖的食指看到:"今天,我们的办公室蓬荜生辉,迎来了我们的上司兼主子——戈斯·利维。说实话,我觉得他举止随便,态度冷漠。"食指跳过两行,接着引导,"总有一天,我对公司的付出、奉献会引起他的关注,而这样的模范表现反过来也会让他对利维制裤厂重拾信心。"像路标一样的食指直接跳到下一段:"特里克希小姐依旧守口如瓶,这足以证明,她比我想象得更精明。我猜这位女士知道很多内幕,她的冷漠只是为了掩饰她对利维制裤厂的憎恶。只要一谈到退休,她就变得滔滔不绝。"

"这就是证据,先生,"伊格内修斯说着从利维先生手里夺回活页夹,"审问特里克希那个疯婆子吧。老态龙钟只是她的伪装,那是她对工作和公司的反抗。事实上,她因为没有按时退休而对利维制裤厂怀恨在心。不过谁敢责怪她呢?有好几次,我们独处的时候,她一连几个小时喋喋不休地说着如何搞垮利维制裤厂。她的憎恨转换成对公司恶毒的攻击。"

利维先生掂量着这份"证据"的可信度。他相信雷利对公司满腔热忱,这一点他去公司的时候就看到了,隔壁那个女人也这么说,眼前还有雷利亲笔写下的日记为证;而另一边是对公司恨之入骨的特里克希小姐。虽然他妻子和这个怪胎都说她的老迈只是假象,他还是很怀疑特里克希小姐是否有能力写出那样的信函。不管怎么样,他在这间幽闭的卧室一刻也待不下去了。地板上散乱的纸张,让他恶心,而身旁指给他看日记的雷利先生浑身散发刺鼻的气味。他伸手去够门把手,却被雷利冲上去用身体堵住了去路。

"您必须相信我,"雷利叹息道,"特里克希这个邋遢的老太婆念念不忘一件事——火鸡、火腿,还是烤肉来着?我搞不清楚了。而且她又经常把这件事与不能按时退休放在一起抱怨。她曾发誓要复仇,她恨公司。"

利维先生把他推开,冲到客厅,那个栗色头发的妇人像门卫一样守在那儿。

"谢谢你,雷利先生,"利维先生说道,他必须赶紧离开这间幽闭恐怖的小屋,"如果我还有什么需要,我再打电话给你。"

"你还会需要他的,"当他跑过雷利太太身旁、跑向前门台阶的时候,雷利太太大声喊道,"不管出了什么乱子,准是伊格内修斯干的好事。"

她又嚷嚷了几句,不过被利维先生的马达声淹没了。幽蓝的尾气徐徐落在破旧的普利茅斯车上,人和车转眼消失得无影无踪。

"你现在闯祸了,"雷利太太对伊格内修斯说道,双手拽住那套白色小贩工作服,"这回我们是惹上大麻烦了,孩子。你知道他们会怎么惩罚伪造签名的人吗?他们会把你关进联邦监狱。那位先生的案子价值五十万美元。现在你真的闯祸了,伊格内修斯,闯大祸了!"

"求你了。"伊格内修斯虚弱地央求道,他的脸色由苍白转为惨白,进而变成死灰色。这会儿他真的难受极了,体内的幽门发起了史无前例的绝地反抗。"我早跟你说过,要我出去工作就会变成这个样子。"

利维先生抄了一条最近的路赶往德赛尔街码头。他飞速驶过拿破仑大街,冲上布罗德立交桥,径直上了高速路,若隐若现的决心如火苗般在胸口撺掇。如果怨恨驱使着特里克希小姐写下那封信，那么利维太太就是阿贝尔曼案件的始作俑者。不过，特里克希小姐能写出那样清楚的东西吗？利维先生希望她能。他飞速驶入特里克希小姐家所在的街区，一路上频频闪过酒吧、"熟食小龙虾""半开牡蛎"的广告牌。到了公寓楼，他顺着地上的碎石路走到一扇褐色大门前。他敲了敲门，开门的是利维夫人。对方一见他便说："瞧瞧谁回来啦，理想主义者的克星。你的案子解决了吗？"

"也许。"

"你现在说话的口气就像加里·库珀①，回答问题就说一个词。加里·利维探长。"她边说边拔下一根碍眼的宝蓝色睫毛，"好啦，我们走吧。特里克希小姐正大口大口地吃饼干，看得我直恶心。"

利维先生推开妻子走了进去，他做梦都想不到眼前的场景。利维雅宅让他无法镇定自若地面对君士坦丁堡街以及这里的室内装潢。特里克希小姐的居所到处都是碎布片、回收品、废铁和纸箱子，家具埋在这些垃圾下面。目光所及之处，散落着旧衣服、木箱子和废报纸。一条窄窄的通道穿过堆积如山的杂物，通向一扇窗户，而特里克希小姐正坐在窗下的椅子上品尝曲奇饼干。利维先生走过这条通道，经过一只挂着黑色假发的板条箱，穿过几个躺在报纸堆上的高筒鞋，朝窗边走去。特里克希小姐唯一"重获青春"的地方就是那副假牙，它们在两

---

① 加里·库珀（Gary Cooper, 1901—1961），美国著名影星。

片薄薄的嘴唇中闪闪发亮，利落地切割着饼干。

"你怎么突然不说话了？"利维太太问道，"发生什么事了，戈斯？任务又失败了？"

"特里克希小姐，"利维先生在老人耳边大喊道，"你有没有给阿贝尔曼纺织品公司写过一封信啊？"

"你简直无理取闹，"利维太太说道，"我猜，那个理想主义者又把你耍了，你又上当啦。"

"特里克希小姐！"

"什么？"特里克希小姐吼道，"我不得不说，你们这些人真是不让老人家安定！"

利维先生把信递给她，她从地上捡起一个放大镜看了起来。绿色的遮阳帽在她的面颊连同唇边的饼干渣上镀上一层惨淡的色彩。放下放大镜，特里克希小姐高兴地叫道："你们这些人有麻烦啦！"

"你写过那封信吗？雷利先生说信是你写的。"

"谁？"

"雷利先生。那个戴绿色帽子的大个子，他以前在利维制裤厂上班，"利维先生把《晨报》上的照片指给她看，"就是这个人。"

特里克希小姐拿着放大镜对准报纸，叫道："哦，我的天哪，原来他出事啦。"可怜的歌莉娅，他好像受伤了。"那是雷利，对不对？"

"对，你还记得他吧，他说那封信是你写的。"

"他这么说的?"歌莉娅·雷利不会说谎,绝不会。歌莉娅一直是忠实的朋友。特里克希小姐绞尽脑汁,或许那封信是自己写的,发生过的事情太多了,她记不起来了呀。"好吧,我猜可能是我写的,是的,既然你这么说,我觉得就是我干的。你们这帮人罪有应得,这几年快把我逼疯了,不让我退休,不给我火腿,啥也不给我。我必须说,我希望你们最后一无所有。"

"信是你写的?"利维太太不可思议地问道,"我对你那么好,你却写那种东西?你真是一条毒蛇!你可以跟利维制裤厂永别了,叛徒!你想退休?好啊,你被辞退了!"

特里克希小姐笑了。歌莉娅真够朋友。那个讨厌的女人终于生气了,她以后可能要去救济院了。不过此时此刻她正朝自己走过来,伸出涂抹着宝蓝色指甲的利爪。特里克希小姐尖叫起来。

"放过她吧,"利维先生对妻子说道,"好啦,好啦,两个女儿知道这样的事会开心吗?她们的妈妈没完没了地折磨一个老太太,又害她们失去名牌衣服。"

"所以,你怪我啰?"利维太太疯狂地嚷道,"是我把纸塞进打字机,是我帮她一个字一个字地敲出来的?"

"难道就因为没让你退休,你就写那种信报复利维制裤厂?"

"就是,就是。"特里克希小姐含混地说。

"亏我那么信任你,"利维太太气得吐沫乱飞,"把假牙还给我。"

她丈夫拦住她,没有让她去掰特里克希小姐的嘴。

"安静!"特里克希小姐吼道,露出一口雪白的尖牙,"难道在我自己家里,我都不得安生吗?"

"要不是你那个愚蠢、草率的'项目',这个女人早就退休安享晚年了,"利维先生痛斥妻子道,"这么多年,你预测来预测去,结果你才是那个差点让利维制裤厂倒闭的人。"

"我明白了,你不怪她,你怪我这个有品位、有理想的女人。就算有贼闯进利维制裤厂,你也会怪我。你需要帮助,戈斯,非常需要。"

"是的,我需要,莱尼的那个医生最能帮到我。"

"太好了,戈斯。"

"安静!"

"不过,你才是去给医生打电话的人,"利维先生对妻子命令道,"我要你打电话给他,让他证明特里克希小姐老迈失能,并且为她写这封信的动机给出一个解释。"

"这是你的麻烦,"利维太太气呼呼地说,"你给他打电话。"

"苏珊和桑德拉一定不想听到她们的妈妈犯下这种错误吧?"

"你威胁我。"

"跟你学的。毕竟,我们夫妻多年嘛,"利维先生看到愤怒与焦虑在妻子脸上交错闪现,她也有哑口无言的时候,"姑娘们应该不想知道她们亲爱的妈妈竟然是个大傻瓜。现在,想办法把特里克希弄到莱尼的医生那去。有了她的供词和医生证明，阿贝尔曼休想胜诉。你要做的就是把她带到法庭上，让法官看她一眼。"

"我是个有魅力的女人。"特里克希小姐自言自语地嘟囔着。

"你当然是啦，"利维先生俯身温和地对她说道，"我们会让你退休的，特里克希小姐，还给你涨工资。你不会吃亏的。"

"退休？"特里克希小姐激动得上气不接下气，"我真没想到啊，谢天谢地！"

"不过你得写一份声明，承认那封信是你写的，行不行？"

"当然行！"特里克希小姐喊道。歌莉娅是多么好的朋友啊！聪明的歌莉娅知道怎么帮助自己，谢天谢地她记得这封神奇的信。"你让我说什么都行。"

"忽然之间，我全明白了，"从报纸堆后面传出利维太太苦涩的声音，"你觉得你抓住了我的把柄，用两个宝贝女儿要挟我，把我甩了，好让自己随心所欲地做花花公子。现在，利维制裤厂真的要完蛋了。"

"哦，没错。利维制裤厂是该完蛋了，不过不是因为你那些无聊的小把戏，"利维先生看了看那两封信，"阿贝尔曼这件事让我想了很多。为什么没人肯买我们的裤子？因为它们过时了，因为它们的款式和面料沿用二十年前我父亲在世时的做法，因为那个老暴君不肯做任何改变，因为他摧毁了我最初创业的热情。"

"你父亲是一个了不起的人,不许你对他出言不逊。"

"闭嘴。特里克希写的那封怪信倒让我有了新思路。从现在开始,我们只做百慕大短裤,省事、省钱,利润又高。我还要引进一套全新的洗涤生产线和布料。然后,把利维制裤厂更名为利维短裤厂。"

"'利维短裤厂'?别逗了,一年不到,你就得破产。为了抹去你父亲的痕迹,你真是不惜一切代价啊。你不会做生意,你就是一个失败者、花花公子、跑马场骗子。"

"安静!我忍无可忍啦,你们这些人太讨厌。如果这就是退休生活,我宁愿回利维制裤厂上班。"说完,特里克希小姐拿着饼干盒朝他俩瞄准,"现在,快从我家里滚出去,把支票寄给我。"

"没错,我管不了利维制裤厂,可我管得好利维短裤厂!"

"你突然之间变得趾高气扬了。"利维太太近乎歇斯底里。戈斯·利维经营起公司来了?戈斯·利维要掌权了?她该怎么跟苏珊和桑德拉解释?她以后要怎么跟戈斯·利维相处?她自己又何去何从?"基金会的事也泡汤了,是不是?"

"当然不是。"利维先生暗自窃喜。终于他的妻子也有迷茫的时候,仿佛陷入混沌的海域,要请他来导航。"我们可以设一个奖。奖励什么来着?杰出服务和勇气?"

"对。"利维太太谦卑地附和道。

"看,这种人就勇气可嘉嘛,"他拿起报纸,指着那个站在躺平的理想主义者身边的黑人说道,"第一个奖就颁给他。"

"什么？一个戴着墨镜的可疑人士？波旁街上的小混混？求你了，戈斯，不能这么做。里昂·利维尸骨未寒，不能让他在地下不得安生。"

"这是手段，老里昂的惯用伎俩。我们厂里的工人大多是黑人，要跟他们搞好关系。过一阵子，我会需要更多更能干的工人，这样会营造良好的招聘氛围。"

"但不能奖励给那样的人啊，"利维太太听起来像是要干呕一般，"要奖励给好人嘛。"

"你的理想主义精神哪儿去了？我还以为你乐于帮助弱势群体呢。至少，你嘴上总是这么说。不管怎么样，雷利值得拯救，毕竟，他帮助我找到了罪魁祸首。"

"你不能沉浸在怨恨中度过此生。"

"谁沉浸在怨恨中了？我终于要做一些有意义的事情了。特里克希小姐，你家电话在哪儿？"

"谁？"特里克希小姐正在看一艘来自蒙罗维亚的货船，船上装满了"国际收获者"牌拖拉机，"我家没有电话，街角的杂货店有。"

"好吧，夫人，你去杂货店，先打电话给莱尼的医生，再打给报社，看看他们能否帮咱们联系上琼斯，不过那些人通常没有电话。或者你打给警察局问问，他们可能有办法，找到电话号码以后拿给我，我亲自打电话给他。"

利维太太站在原地呆呆地望着丈夫，彩色睫毛一动不动。

"要是你去杂货店，把欠我的复活节的火腿买回来，"特里克希小姐粗声粗气地说,"我要看到火腿立刻出现在我家里!这次休想赖账。如果你们想让我承认信是我写的,最好先给我点好处。"

她又冲着利维太太亮了亮锋利的假牙,仿佛那是一种信号,一种挑衅的姿态。

"去吧,"利维先生对妻子说道。"这下你有三个理由去杂货店了,"他塞给她一张十美元钞票,"我在这里等你。"

利维太太接过钱,对丈夫说道:"你现在心满意足了,从今往后我就是你的女仆了。你在我的头顶悬了一把剑,一个小小的失误让我受这么多苦。"

"一个小小的失误?那可是五十万美元的案子!再说,你受哪门子苦了?只是去趟街角的杂货店而已嘛。"

利维太太转过身,磕磕绊绊地走出客厅。门砰的一声关上了,就像从心头卸下重负一般,特里克希小姐进入香甜的梦乡。伴着鼾声,利维先生看到蒙罗维亚的货船驶出港口,沿海湾顺流而下。

这些天来,他纷繁的思绪第一次平静下来,围绕着那封信的一些事情在脑海中渐渐清晰起来。那封写给阿贝尔曼的信,里面的字句好像有所耳闻。对了,就在一个小时前,怪胎雷利家的院子里,什么"她必须受鞭刑""白痴曼库索",等等。这么说,那封信确实是雷利写的。利维先生温柔地看着这个捧着饼干盒子鼾声大作的"罪魁祸首",心想,为了大家,你就承认是自己老糊涂,写了那封信吧。唉,特里克希小姐呀,你被算计了。利维先生大笑起来。不过,你为什么会心甘情愿地承认呢?

"安静!"特里克希小姐从酣睡中惊醒,大吼道。

不管怎么说,那个怪胎雷利值得拯救。他不仅救了自己,也救了特里克希小姐,还救了利维一家,尽管方式怪异。不管那个波玛·琼斯是谁,他也应该得到一份丰厚的奖赏,或者说回报。让他在全新的利维短裤厂上班会是绝佳的公关手段。又是颁奖,又是提供工作,再加上报纸做宣传,利维短裤厂的开业一定会不同凡响。这个噱头绝了,不是吗?

利维先生望着货船穿过工业运河的河口。不久,利维太太也该上船了,目的地是圣胡安。她可以去看望她母亲嘛,在海滩上又唱又跳,多开心。她实在不适合利维短裤厂这个计划。

第十四章

  一整天，伊格内修斯都待在房间里断断续续地打瞌睡，清醒的时候他心神不宁地摆弄那副胶皮手套。整个下午，客厅里的电话响个不停。每一通电话都让他更加紧张、焦虑。他扯来胶皮手套，又戳又打，百般蹂躏。伊格内修斯就像名人一样，引来了一帮粉丝：他妈妈那些倒霉的穷亲戚、左邻右居、雷利太太久未谋面的朋友……他们一个接一个打来慰问电话。而每一通电话，伊格内修斯都以为是利维先生打来的，但听到的却总是妈妈千篇一律的抱怨。"这是不是太糟了？我该怎么办啊？家里的名声这下可毁啦！"忍无可忍的时候，伊格内修斯就大步流星地冲出房间找坚果饮料。倘若碰巧在客厅里遇见妈妈，她都不正眼看他一下，宁愿盯着他身后飘浮在地板上的毛絮球，而他自己似乎也无话可说。

  利维先生会做什么呢？阿贝尔曼太小肚鸡肠了，一点小小的批评都接受不了，真是个超级敏感的小气鬼。他把信寄给了错误的对象，他那满腔热忱与勇气被会错了意。在这个时候，伊格内修斯的神经系统绝对承受不了法庭宣判的刺激，在法官面前他会彻底崩溃的。他不知道还要过多久利维先生会再来找他，也不知道特里克希那个老糊涂跟他说了些什么疯话？火冒三丈又摸不着头脑的利维先生肯定会回来找他算账，然后立马把他关起来。这会儿，他就像等着上刑场一样，脑袋隐隐作痛，坚果饮料味同嚼蜡。这个阿贝尔曼真是狮子大开口，他脆弱的神经准是伤得不轻。倘若那封信真正的作者被揪出来，此人赔不起五十万美元该怎么办？拿命去抵吗？

坚果饮料像酸水一样汩汩地倒进肠子里。他整个人灌满了气，紧闭的幽门像扎了口的气球胀得鼓鼓的。巨大的嗝气从喉咙里向上涌，喷向污浊的奶白色吊灯。一旦踏入这个野蛮的世纪，什么都有可能发生，危机四伏、机关重重：阿贝尔曼、虎头蛇尾的"摩尔族圣战"、白痴曼库索、多利安·格林、报社记者、脱衣舞娘、鸟、艳照、少年犯、纳粹色情女，以及各种消费品，还有那个可恶的莫娜·明可弗——浑身散发着麝香味的小荡妇。总有一天，她会以某种方式付出代价的。君子报仇十年不晚，无论如何，他不会放过她。就算要花上几年、几十年的时间跟着她转战在一家又一家咖啡厅，奔走在一场又一场民歌会，或者游走在地铁站、棉花田与游行队伍之间。伊格内修斯祈求古老的诅咒降临到莫娜头上，然后他翻了个身，继续疯狂地虐待那副胶皮手套。

他妈妈怎么会有重新结婚这么无耻的念头！只有像她那样头脑简单的人才会晚节不保。那个法西斯老头准会对伊格内修斯发起一波又一波迫害，直到把他折磨得支离破碎、神经错乱。这个老家伙一定会给利维先生作证，好让他未来的继子被关起来，这样他就能在无知的艾琳·雷利身上任意发泄自己龌龊的欲望，并且肆无忌惮地往她脑子里灌输保守思想。只有那些既没有社保也没有失业赔偿的妓女才会青睐罗比乔克斯这样的淫棍；只有命运女神晓得，他从她们那儿占了多少便宜。

雷利太太听到儿子房间里传出吱吱声和打嗝的声音，心想最坏的可能就是他又在发作了。不过，她不想看到伊格内修斯，只要一听到他房门有动静，她就躲回自己的房间。五十万美元啊——她做梦也想不出这么一大笔钱来，她甚至难以想象一个人得做了多大的坏事，才会遭到这样的惩罚。如果说利维先生那边还心存疑虑的话，她却心如明镜。不管那封信里的内容是什么，都是伊格内修斯写的。伊格内修斯进监狱未尝不是一件好事，说不定这是唯一能拯救他的方法了。她拿起电话，尽量扯到客厅一角，第四次拨通了桑塔·巴塔利亚的号码。

"天哪，亲爱的，你真的很焦虑，"桑塔说道，"又怎么了？"

"我担心伊格内修斯惹了比上报纸更大的麻烦了，"雷利太太低声说道，"我不方便在电话里说。桑塔，你说得对，伊格内修斯应该进慈善医院。"

"就是，你终于想通了，我嗓子都说冒烟了。我跟你说，克劳德刚刚来过电话。他说他在医院见到伊格内修斯的时候，你儿子大闹了一场。克劳德说他有点害怕伊格内修斯，他太壮了。"

"那可太糟了，在医院里闹得很凶。我跟你说过伊格内修斯大吵大叫。当着所有医生和护士的面，我恨不得一死了之。克劳德没有很生气吧，啊？"

"他倒是没生气，只是担心你一个人在家里。他问用不用我们俩一起过去陪陪你?"

"千万别来,宝贝。"雷利太太赶紧制止。

"伊格内修斯这回又惹什么麻烦了?"

"我晚点再告诉你。现在我只想说,慈善医院的事我想了一整天,我下定决心了,眼下正是时候。他是我的亲生儿子,为了他好,我们得送他去接受治疗。"雷利太太想起电视剧里法庭上的一句台词,"我们得让他宣布自己患有间歇性精神失常。"

"间歇性?"桑塔奚落道。

"我们得帮帮伊格内修斯,否则他们会把他拖走的。"

"谁要把他拖走?"

"他好像在利维制裤厂上班的时候捅了一个大娄子。"

"哦,天哪!又来了,艾琳!赶紧挂电话,然后给慈善医院的人打电话,亲爱的。"

"不,听着,我不想当场看到他们带走伊格内修斯。伊格内修斯是个大块头,他说不定会大闹一场,我受不了那种场景,我的神经要崩溃啦。"

"块头大倒是真的,就像抓一头野生大象一样。那些人最好准备一张大网,"桑塔迫不及待地说,"艾琳,这是你做得最正确的决定。我告诉你,现在我就给慈善医院打电话,你到我这儿来,我让克劳德也过来。他听到这个消息准高兴。哇哦!不出一周你就能发结婚请柬,年底前你就会拥有一笔小小的财产,甜心。你就要得到铁路部门的退休金啦。"

雷利太太也觉得挺不错，不过她略有迟疑地问道："那些反动言论怎么办？"

"别担心，亲爱的。我们会摆脱那些论调的。到时候，克劳德要忙着装修你们的爱巢，光是把伊格内修斯的房间改装成休闲房就够他忙活的了。"

桑塔爆发出一阵男中音般的笑声。

"安妮小姐要是看到房子焕然一新，肯定脸都变绿了。"

"那就告诉那个女人：'出去走走，晃晃腰身，家宅变新。'"桑塔大笑道，"现在放下话筒，宝贝，快来我家，我这就给慈善医院打电话，快离开那间屋子。"

雷利太太耳边传来桑塔重重摔下话筒的声音。

雷利太太从前门的百叶窗向外望去，外面漆黑一片。这很好，邻居们不会看到伊格内修斯被拖走的情景。她跑进浴室，往脸上、裙前襟拍了几下香粉，又在鼻子下面的画了一个夸张的唇形，然后冲进房间找了一件外套。走到门口的时候，她停下脚步，她不能一声不吭地走掉。毕竟，他是自己的孩子。

她走到伊格内修斯卧室门口，听到房间里弹簧床垫砰砰直响，声音越来越大，不亚于格里格①的那首《在山魔王的宫殿里》。她敲敲门，无人应答。

"伊格内修斯。"她难过地叫道。

"干什么？"终于传出一个气喘吁吁的声音。

---

① 格里格（Edvard Grieg，1843—1907），挪威作曲家，民族乐派代表人物。

"我要出去一下,伊格内修斯,我想跟你道别。"

伊格内修斯没有说话。

"伊格内修斯,开开门,"雷利太太央求道,"跟我吻别一下吧,宝贝。"

"我觉得很难受,几乎动不了。"

"快点,儿子。"

房门缓缓地开了,伊格内修斯灰白的肥脸出现在门口。他妈妈看到他头上的绷带,眼里蓄满了泪水。

"亲我一下吧,宝贝。我很抱歉事情变得这么糟糕。"

"这些煽情的陈词滥调是什么意思?"伊格内修斯狐疑地问道,"你为什么突然之间变得这么和气?你是不是要去见那个老男人啊?"

"你说得没错,伊格内修斯。你不应该出去工作,我早应该知道这点。我应该想别的办法还清那笔赔偿金的。"雷利太太的眼角溢出一滴眼泪,在扑满白粉的脸颊上滚出一道泪痕,"要是利维先生打来电话,你千万不要接。我会照顾好你的。"

"哦,上帝!"伊格内修斯大吼道,"这下我真有大麻烦了,天知道你有什么阴谋。你去哪儿?"

"待在家里,不要接电话。"

"为什么?怎么了?"伊格内修斯充血的双眼流露出一丝恐惧,"你刚才跟谁在那儿小声打电话?"

"你不用担心利维先生的事,儿子,我会帮你解决的。只要记住,你可怜的妈妈都是为了你好。"

"我就害怕你这样。"

"别生我的气,宝贝。"雷利太太说完,穿着保龄球鞋的双脚一跳——自从昨晚接到安吉洛的电话,这双鞋就没脱过——她抱了抱伊格内修斯,亲了亲他的胡须。

然后,她放开手,跑到大门口,转身喊道:"我很抱歉撞上那栋房子,伊格内修斯,我爱你!"

百叶门砰地关上,她走掉了。

"回来!"伊格内修斯怒吼一声,冲过去扒开百叶窗,只见那辆没有挡泥板、像改装车一样的老普利茅斯已经隆隆地启动了。"回来!求你了,妈妈!"

"哦,闭嘴!"黑暗中传来安妮小姐的怒吼。

他妈妈肯定有事隐瞒,又在耍诡计想要彻底毁了他。她为什么强调让自己待在家里?她明知道以他现在的状况哪儿也去不了。伊格内修斯找到桑塔·巴塔利亚的号码,拨了过去。他必须问个清楚。

"我是伊格内修斯·雷利,"等桑塔拿起话筒,他开门见山地说,"晚上我妈妈给你打过电话没?"

"没有,"桑塔冷冷地答道,"我今天一整天都没跟你妈妈通过话。"

伊格内修斯挂断电话。一定出事了。今天,他明明听见妈妈对着话筒说了好几次"桑塔"这个名字,还有最后那通电话,他妈妈离开前的那次秘密通话。她只有跟巴塔利亚那个老鸱"密谋"的时候才会压低声音。伊格内修斯马上想到了他妈妈煽情式的告别，那分明是诀别嘛。她早就跟他说过，那个媒婆巴塔利亚建议他去慈善医院"休养一段时间"。一切都说得通了。只有他住进精神病院，阿贝尔曼或者利维就没办法起诉他——说不定这两个人都要告他。阿贝尔曼告他诽谤，利维则起诉他伪造签名。凭他母亲那点有限的智商，她一定认为住进精神病院是个绝妙的选择。真是太像她的作风了——好心办坏事——让她的孩子穿上紧身衣，承受电击治疗。当然，他妈妈可能压根没想到这些。不过，和她这样的女人打交道，一定要做好最坏的准备。这样看，桑塔·巴塔利亚那个婆娘的谎话让人很不安。

在美国，除非证实你有罪，否则在此之前你都是清白的。特里克希小姐或许已经坦白交代了，不过为什么利维先生没有打来电话呢？伊格内修斯可不想被关进精神病院，尤其是从法律上来讲自己目前还是清白的。显然，利维先生的来访激起了他妈妈最不理智、最情绪化的反应。"我会照顾好你的""我会帮你安排的"，是啊，她会安排，安排一条软水管对准他，让某个愚蠢的精神分析师揣摩他独特的世界观。治疗失败后，医生出于沮丧再把他塞进不足三平方英尺[①]的病房。不行，这绝对不行！这还不如蹲监狱呢。监狱只是禁锢你的肉身，精神病院折磨的却是你的灵魂、精神、意志——这是绝对不能容忍的。他妈妈口口声声说要保护他，却歉意连连，种种迹象都把

---

① 1平方英尺约为0.092平方米。

矛头指向慈善医院!

哦,命运女神,你这个混蛋!

此刻,他在狭小的房间里团团转,如同待宰的羔羊。精神病院雇来的壮汉虎视眈眈,他伊格内修斯·雷利则成了瓮中之鳖,而他的妈妈说不定正赶往去保龄球馆寻欢作乐的路上。全副武装的医用卡车正向君士坦丁堡街全速驶来。

逃啊,快逃啊!

伊格内修斯翻开钱包,里面的三十美元不翼而飞,准是在医院时被妈妈没收了。他看了一眼时钟,快八点了。整个午后和傍晚就在他昏昏欲睡和虐待手套中飞逝而去。伊格内修斯翻箱倒柜,把笔记本扔得到处都是,踩在脚下。他从床底下又拖出一堆笔记来,从里面找到几个硬币,又跑到书桌旁,搜罗出几个子儿,加起来一共有六十美分,这点钱极大地限制了他的逃生路线。不过,他今晚至少可以找个避风港——普利坦尼亚电影院。等电影院关门以后,他再偷偷溜回君士坦丁堡街看看妈妈回来没有。

伊格内修斯开始疯狂地换衣服。红色法兰绒睡衣腾空飞起,挂在吊灯上,一双大脚使劲挤进沙漠靴里。他好不容易一蹦一跳地穿上粗花呢长裤,差点没扣上腰间的扣子。接着伊格内修斯把衬衫、帽子、外衣胡乱地往身上套,然后冲到客厅,挤过狭窄的玄关。就在他伸手够门把手的时候,百叶窗上传来三记响亮的敲门声。

利维先生找上门了?他的幽门顿时发出求救信号,手背浮起一片疹子。他边挠手背边从百叶窗的缝隙向外望去，料想浑身长毛的医护大汉站在门外。

然而，站在门廊前的却是莫娜！她穿了一件草绿色灯芯绒质地的运动衫；乌黑的长发编成一根大辫子，顺耳侧垂在胸前，肩上背着一把吉他。

伊格内修斯恨不得冲出百叶门，劈开板条、门闩，扯过那根麻绳似的长辫子缠住她喉咙，直到把她勒得脸色发青。还好，理智占了上风。他看到的不仅是莫娜，更是一条逃生路线。命运女神还是大发慈悲了，她没有残忍到让他穿上紧身衣，把他关在只有荧光灯的水泥暗室里，来终结他的连环厄运。命运女神想要做出点弥补。于是，她奇迹般地把莫娜这个小蹄子，从地铁站、游行队伍、某个欧亚存在主义者肮脏的床上、装疯卖傻的黑人佛教徒的魔掌中，抑或治疗小组冗长的集会里，召唤出来，带到自己眼前。

"伊格内修斯，你在那间满是垃圾堆的屋子里吗？"莫娜以她一贯干脆、直接、略带些敌意的声音质问道。她又敲了敲百叶窗，眯着眼睛透过黑边镜框往屋子里看。莫娜不需要视力矫正，镜片是透明玻璃的，戴上眼镜是为了证明她对事业的热忱与决心。一对亮晶晶的耳环折射出街灯的光芒，晃动间叮叮当当，好像中国的玻璃饰品。"听着，我知道屋里有人。我听见你在客厅里跑来跑去的声音了，赶紧把这脏兮兮的百叶门打开。"

"是，是，我在呢！"伊格内修斯一边喊一边飞快地打开百叶门，"感谢命运女神，把你带过来！"

"天哪，你看起来糟透了。你是精神崩溃了还是怎么了？头上为什么缠着绷带？伊格内修斯，出什么事了？看看，你这是又胖了多少啊？我一直在看门廊上可怜兮兮的标语。你到底怎么啦？"

"一言难尽，"伊格内修斯感伤地说，他抓起莫娜的衣袖，把她拉进屋，"为什么要离开我，你这个小蹄子？你的新发型既迷人又有国际范儿。"他抓起莫娜的长辫子，贴在湿漉漉的胡子上吻个不停，接着说道："你头上的油烟和焦炭味让我想起了五光十色的纽约。我们马上出发，我必须去曼哈顿生根开花。"

"我就知道出问题了，不过你这副样子，简直糟透了，伊格。"

"快，快，我们去汽车旅馆。我急需释放我的生理冲动。你身上有钱吗？"

"别骗我了，"莫娜气呼呼地说，从伊格内修斯手里一把夺回湿漉漉的辫子，往肩膀后一甩，打在吉他上发出"咚"的一声。"看啊，伊格内修斯，我累坏了，我从昨天早上九点起一直在路上开车。那封关于和平党的信一寄出，我就对自己说：'莫娜，听着，这家伙不仅仅需要一封信，他需要你的帮助。他在迅速地沉沦。你能不能放下一切去拯救这个腐朽的灵魂？你能不能义无反顾地去挽救这个千疮百孔的精神残骸？'于是，我走出邮局，上了汽车就往这边开。我开了整整一个晚上，一直在开车。你那封关于和平党的疯狂的电报让我越想越难过。"

显然,莫娜在曼哈顿没什么要紧的事可做。

"我不怪你,"伊格内修斯大叫道,"那封电报是不是很可怕?一派胡言乱语。我已经连续几个星期陷入抑郁的深渊。这么多年,我一直守在母亲的身边,可是现在她决定要再婚,就想把我赶出去。我们必须离开,我一刻也受不了这个家了。"

"什么?谁会娶她啊?"

"谢天谢地,你懂我。你也看得出这一切是多么的荒唐可笑!"

"她现在在哪儿?我想知道那个女人到底对你做了什么?"

"现在她不知道在哪儿寻欢作乐呢,我再也不想见到她了。"

"我想也是,可怜的孩子。你最近在做什么呀,伊格内修斯?难道整天昏头昏脑地躺在房间里吗?"

"是啊,都好几个星期了。我躺在床上不能动弹,就是因为精神出了问题。你还记得我那封关于逮捕和车祸的信吗?写信之时,我妈妈与那个可恶的老男人第一次见面。从那时起,我的精神世界就开始失衡,厄运接踵而至,在和平党集会的时候达到顶峰。那些外在的表现只是我内心煎熬的征兆罢了。我渴望平和的精神生活,希望早日摆脱这间弥漫着敌意的小屋子。你那么有洞察力分析出信中所言是我的幻想,你从那些忧郁的符码中破译出我的求救信号,这些让我感激不尽。"

"我能从你的体重上看出你有多么缺乏运动。"

"我确实胖了很多,因为总躺在床上,光靠食物寻求安慰和解脱。现在我们必须走了,我必须离开这儿,这儿有太多可怕的记忆。"

"我早就告诉过你,离开这个地方。来吧,我们一起收拾收拾,"莫娜平淡的声音忽而高昂起来,"这太棒了,我就知道为了心理健康,你迟早会摆脱这里。"

"要是早点听你的话,我就不用受这些苦了。"伊格内修斯抱紧莫娜,把她和吉他都挤在墙上。他看得出莫娜已经喜不自胜了,因为她终于发现了一份充满正义的事业,一个活生生的案例,一个新项目。"你在天堂会有一个位置的,我的小荡妇。现在我们必须快点走。"

他拽着她就往门口走,莫娜问道:"你不用收拾行李吗?"

"哦,当然。有一些笔记和随笔,绝不能落入我妈妈的手里,要是她靠我的写作发了财,那才叫一个讽刺。"他们返回伊格内修斯的房间,"我顺便告诉你一声,我妈妈交往的对象是一个可疑的法西斯分子。"

"哦,不!"

"没错。你看看这个,你就能想象出他们是怎么折磨我的。"

他递给莫娜一本小册子,那是前些天他妈妈从门缝里塞给他的,标题是《你的邻居真的是美国人吗?》。莫娜看到封皮空白处的一行小字:"读读这些,艾琳,很受用。结尾处有几个问题,你可以问问你儿子。"

"哦,伊格内修斯!"莫娜抱怨道,"你都遭了什么罪啊?"

"精神创伤和无尽的恐惧!此时此刻,我想他们肯定在某个地方折磨那位温和派人士,早上我妈妈在杂货店听到那人说了几句联合国的好话。她念叨了一整天。"伊格内修斯打了个嗝,继续说,"我这几个星期担惊受怕的。"

"真奇怪,你妈妈竟然不在家,她以前时时刻刻在这儿转悠。"莫娜把吉他挂在床柱上,人躺在床上,"这间屋子……以前我们在这里多开心,坦露思想和灵魂,创作各种'反塔尔克'宣言。我猜那个大骗子还在学校里晃悠呢。"

"我也这么想。"伊格内修斯心不在焉地附和着。他希望莫娜从床上起来,过一会儿,她的小脑瓜说不定会"坦露"出什么东西来。无论如何,先离开这里再说。他钻进柜子里,找很久以前他妈妈买给他的旅行袋,他曾经背着那个旅行袋在男生训练营度过了灾难性的一天,那时他才十一岁。随后,他又在一堆泛黄的内裤里翻来找去,就像小狗在找骨头一般,没用的东西被他扔向脑后,在空中划出一道弧线。"我的小百合,你最好起来一下。这里有很多笔记本和纸条没有收拾,你帮我看看床底下。"

莫娜从湿漉漉的床单上跳下来,说道:"我把你的情况跟治疗小组的朋友们描述过:躲在房间里写作、跟社会脱节、过着修道院般的生活、满脑子离奇的中世纪思想。"

"他们肯定会感兴趣的,"伊格内修斯低声地说,一边把散落在地板上的袜子塞进刚刚找到的旅行袋里,"很快他们就会见到我本人了。"

"他们马上就要听到从你头脑中喷涌而出的那些原创思想啦。"

"嗯，唔，"伊格内修斯打了个哈欠，"或许我妈妈再婚对我来说是件好事。那些恋母情结要把我压垮了。"他说着把溜溜球也扔进旅行袋里，"从北向南，你一路上都顺利吧？"

"我在路上都没有停下来休息过，将近三十六个小时，我就是开、开、开，"莫娜边说边把笔记拢成一堆，"昨天晚上，我倒是在一家黑人餐馆停留片刻，不过没人招待我，我想可能是我的那把吉他把他们吓到了。"

"肯定是这样。他们把那你当成'红脖子'乡村歌手了。我见过那种人，他们都很小气，心胸狭隘。"

"我简直不敢相信自己能把你从这间地牢中拯救出来，摆脱这个阴森的洞穴。"

"不可思议，是不是？想想这么多年来，我一直在对抗你的睿智。"

"说真的，我们会在纽约过得非常快活的。"

"我等不及了，"伊格内修斯边说边塞好他的围巾和弯刀，"自由女神、帝国大厦、百老汇，去看我最喜爱的音乐剧明星首秀，品尝格林威治村的咖啡，同最前卫的学者高谈阔论。"

"你终于想清楚了。我简直不敢相信今晚在这间陋室里听到的每一个字。我们会解决你所有的问题，你会开启一段崭新而充满活力的生活，你的休眠期结束啦。我敢说等我们清除掉那些陈腐、禁忌和畸形的依恋之后，那些伟大的思想会源源不断地从你的头脑中流淌出来。"

"天知道会发生什么事，"伊格内修斯冷漠地说道，"我们快走吧,立即,马上。我必须警告你,我妈妈随时有可能回来。如果我再见到她,我的情况会更糟,我们必须快跑。"

"伊格内修斯,你别急啊,放松点,最糟糕的已经过去了。"

"不,还没有,"伊格内修斯飞快地说,"我妈妈很可能把那些暴徒带回来,你真该看看他们:白人至上主义者、清教徒,甚至更糟。我要把鲁特琴和小号也拿上。那些笔记收拾好了吗?"

"你写的东西真棒,"莫娜边收拾笔记边赞叹,"这些都是无政府主义的精华。"

"那只是一鳞半爪而已。"

"难道你不给你妈妈留一张言辞激烈的告别信或者抗议书吗?"

"不费那个事啦,她理解起来要好几个星期呢。"伊格内修斯一只胳膊抱着鲁特琴和小号,另一只胳膊夹着旅行袋。"那个活页文件夹别弄掉了,里面有我的日记和社会学畅想,我最近一直在写这个,这是我创作的最具商业化的作品。它很有可能被迪士尼或乔治·帕尔[①]改编成电影。"

"伊格内修斯。"莫娜在门口停住脚步,怀里堆满笔记本。那对苍白的嘴唇颤抖着,仿佛在酝酿一场演讲;透过亮闪闪的镜片,她那双疲惫不堪的双眼在伊格内修斯的脸上巡视着。她说道:"这是一个意义非凡的时刻,我觉得我正在拯救一个生命。"

[①] 乔治·帕尔(George Pal, 1908—1980),好莱坞著名制片人、导演。

"是啊,是啊,现在我们快逃吧,拜托,我们稍后再聊。"伊格内修斯推开她,摇摇晃晃地走到车旁,拉开小雷诺车的后门,爬了上去。后车座上堆满了标语牌和宣传册,车里弥漫着书报摊的气味。"快点!我们没时间了,别在房子前摆造型了。"

"我说,你真打算坐在后面?"莫娜边问边把一堆笔记本扔在后座上。

"当然了,"伊格内修斯大吼道,"在高速公路上开车,我绝不会坐在副驾驶那个致命的位置上。你赶紧上车,我们快离开这儿。"

"等等,还有很多笔记留在屋子里呢,"莫娜说着又跑回屋子,吉他拍在她后背上啪啪地响。等她再跑下台阶的时候,又抱回一摞笔记纸,她在砖头人行道上收住脚步,转头望向身后的房子。伊格内修斯知道,她想永久地记住这一幕——怀抱珍宝穿越雪地的伊莉莎[1]。与斯托夫人[2]一样,莫娜总会把人惹恼。最后,在伊格内修斯再三催促下,她走到车子旁,把第二堆笔记本扔到他的大腿上。"我觉得床底下还有一些。"

"别管那些了!"伊格内修斯尖叫道,"快点给我上车,把这玩意儿发动起来。哦,上帝,别用那把吉他戳我的脸!你怎么就不能像个体面的淑女一样拿个钱包呢?"

"见鬼去吧,"莫娜气呼呼地说,钻进前座发动车子,"你想在哪儿过夜?"

---

[1] 《汤姆叔叔的小屋》中的人物。
[2] 《汤姆叔叔的小屋》的作者。

"过夜?"伊格内修斯咆哮道,"我们不过夜,直接开回去。"

"伊格内修斯,我快要累死了,从昨天早上起,我一直在开车。"

"那至少先穿过庞恰特雷恩湖① 吧。"

"好吧,我们可以走堤道,在曼德维尔住一晚。"

"不行!"莫娜有可能把他送进一群警觉的精神科医生的魔爪中,"我们绝不能停在那儿,那里水质污染,正在闹瘟疫。"

"是吗?那我们就走老桥,往斯莱德尔方向开。"

"好的,那安全多了。堤道那条线总出事故,我们会掉进湖里淹死的。"小雷诺缓慢地启动,慢悠悠地加速。"照我的体型,这辆车真是太小了。你确定知道怎么回纽约?如果一直保持这种胎儿的姿势,我严重怀疑自己能不能撑过两天。"

"嘿,你们两个怪胎要去哪儿?"从百叶窗后面隐约传来安妮小姐的声音。 此时小雷诺已经开到街道中央。

"那个老女人还住在那儿?"莫娜问。

"闭嘴!快带我离开这儿。"

"你非得让我生气吗?"莫娜瞪着后视镜里的绿帽子,"我的意思是,我想知道一下。"

"哦,我的幽门!"伊格内修斯气喘吁吁地说,"请别对我发火啦。我的神经系统就要崩溃了。"

"不好意思,刚才我觉得我们又回到了从前:我坐在前面

---

① 庞恰特雷恩湖(Lake Pontchartrain),美国路易斯安那州东南部湖泊。

开车,你坐在后面不停地惹我生气。"

"我非常希望北方不要下雪。我的身体机能在那种气候下没法正常运转,还有一定要小心路上的灰狗巴士,它们能轻松碾压你这辆玩具车。"

"伊格内修斯,你怎么忽然之间又换上从前那副可恶的嘴脸?我怎么忽然觉得自己犯了一个很大的错误。"

"错误?当然不是,"伊格内修斯温柔地说,"不过还是要小心那辆救护车,我们总不能一上路就出事故吧。"

就在救护车驶过的瞬间,伊格内修斯弯下身子,看到车身上印着"慈善医院"几个大字。两车交会时,救护车顶端旋转的红灯照亮了小雷诺的车身。伊格内修斯顿时有种屈辱感,他本以为医院会派出一辆带栅栏的大卡车,没想到就用这么一辆又老又旧的凯迪拉克,这严重低估了他的实力。他很容易破窗而逃嘛。此时,那辆凯迪拉克发光的尾翼渐渐远去,莫娜也将小雷诺拐进了圣查尔斯大道。

命运女神总算把他从上一轮的厄运中解救出来了,她又将把自己驱向何处呢?这个新的循环将不同于他以往所有的经历。

在城市车流中,莫娜娴熟地驾驶着小雷诺穿梭在狭窄的车道中,将最后那点明明灭灭的灯光留在身后泥泞的郊区。接着他们驶入漆黑一片的盐碱地。在车灯照射下,伊格内修斯看到高速路牌上"U.S.11"的字样,路牌一闪而过。他把车窗摇下一两英寸,沼泽地送来的海风夹带着一丝咸味。

风仿佛能净化身心,他的幽门顺畅了。他又深深地吸了一口气,烟消云散的还有那隐隐的头痛。

他感激地凝视着莫娜的背影,看着她长长辫子在他的膝头轻盈地跳跃。谢天谢地,伊格内修斯心想,但又多么讽刺啊!他捧起莫娜的辫子,放在掌心,温柔地贴在自己湿漉漉的胡子上。